COLLECTION
FOLIO CLASSIQUE

Honoré de Balzac

Études de femme

Étude de femme,
Autre étude de femme,
La Femme abandonnée,
La Grenadière,
Madame Firmiani,
Les Secrets
de la princesse de Cadignan,
Le Message

Préface
de Jean Roudaut
Notice et notes
de Samuel S. de Sacy

Gallimard

« ONDA MULIER »

> *La femme est l'être qui projette la plus grande ombre ou la plus grande lumière dans nos rêves.*
>
> Charles Baudelaire.

On suit dans la correspondance de Balzac pendant les années 1832-1833 une longue rêverie, cela n'exclut pas la réflexion attentive, consacrée à un recueil de nouvelles qui se serait intitulé Études de femme. *A cette date, Balzac a déjà procédé à des rassemblements de textes : des* Scènes de la vie privée *ont paru en 1830, les trois volumes des* Romans et contes philosophiques *en 1831. C'est à l'occasion de la réimpression de ce dernier ouvrage qu'il envisage d'en retirer* Étude de femme, Madame Firmiani, Sarrazine ; *il souhaite constituer un nouvel ensemble en les associant à :* La Femme abandonnée, Les Amours d'une laide, La Transaction *(récit qui sera, plus tard, intitulé* Le Colonel Chabert), Une fille d'Ève. *Dans une étude publiée en 1967 par* L'Année balzacienne, *M. Henri Gauthier a soigneusement étudié* Le Projet du recueil : Etudes de femme, *et ses variations. A la fin du mois d'août 1832, on voit apparaître, dans une liste nouvelle où figurent :* Étude de femme, Madame Firmiani, La Transaction, La Femme abandonnée, Une fille d'Ève, Les Amours d'une laide, La Marana, La Succession, Les Orphelins *(ce sera* La Grenadière*)*, Sarrazine, *et un titre énigmatique :* Onda mulier. *On ne sait rien du contenu que Balzac envisageait de donner à ce récit. Et l'on peut s'interroger sur la forme même du titre qui combine de façon équivoque* unda *et* onde.

*Au début de 1833, le volume d'*Études de femme, *s'il avait pu alors prendre forme, aurait constitué une partie des* Études de mœurs *au même titre que les* Scènes de la vie privée *ou les* Scènes de village. *Un peu plus tard, dès mars 1833, il ne sera plus question du volume projeté, ni du livre consacré aux* Conversations de Paris entre onze heures et minuit, *qui lui aurait été parallèle. Ces deux volumes vont se dissoudre dans les* Études de mœurs, *désormais divisées en groupes symétriques : scènes de la vie parisienne, scènes de la vie de province, scènes de la vie de campagne. Le jeu, dans les titres, des répétitions et des substitutions évoque la table des matières d'un ouvrage de sciences naturelles.*

*Vouloir recomposer un livre qui n'a existé que dans le désir de Balzac et la mouvance de sa rêverie serait vain. Il faudrait tout d'abord restituer aux personnages les noms qui étaient les leurs dans les premières éditions, avant que la grande loi de réapparition des personnages ne vînt nommer Rastignac celui qui n'était originellement qu'Eugène, et faire marquise de Listomère celle qui était comtesse de **** (Étude de femme). *Il faudrait écarter du recueil l'étude sur* Les Secrets de la princesse de Cadignan, *qui date de 1839; réduire à ses premières* *composantes la nouvelle* Autre étude de femme *qui prend la forme sous laquelle on la lit après la mort de Balzac seulement ; retirer* Les Marana *des* Études philosophiques *où l'on peut aujourd'hui lire le texte. Mais où retrouver l'énigmatique* Onda mulier, *sinon justement à travers ces récits arbitrairement assemblés, où elle passe, ondoyante ?*

Chez Balzac le livre est composé par ajouts : comme, dans l'écriture, à un texte premier viennent s'adjoindre sur les placards d'abord, puis à chaque relecture des bourgeonnements. L'écriture n'est pas de progression comme celle de Stendhal, mais de rassemblement. L'art de Balzac est de réemploi : Autre étude de femme *est composée de textes d'origines différentes. Tout au long de sa vie Balzac réfléchit aux conditions dans lesquelles peuvent se rapprocher, ou s'opposer des récits ; le passage des volumes d'une série à l'autre, le déplacement dans les séries, la modification des titres sont autant d'indications de l'importance que Balzac prête à cette question : comment associer des textes qui n'étaient pas prévus pour agir ensemble, pour se supporter mutuellement ? Pour ce faire, Balzac utilisera souvent la forme de la « conversation », à laquelle, en 1832, il songeait à consacrer un volume. Cette forme a pour avantage de rassembler la disparate sans nécessiter de transition d'un motif à l'autre et de rendre actifs deux personnages essentiels du récit balzacien : celui qui parle et celui qui entend, celui qui, en général, ne raconte que pour troubler et celui qui, fasciné, écoute. Nous en avons un exemple avec* Autre étude de femme. *Horace Bianchon, observateur et analyste à la façon d'un romancier, rapporte les conversations qui se tiennent après deux heures du matin chez Mlle des Touches, et même le récit de* La Grande Bretèche *où il est désigné, p. 89, par la troisième personne parce que Balzac n'a pas eu le temps de relire l'ensemble et de corriger cette inadvertance. Le récit de* La Grande Bretèche *avait justement déjà été utilisé par Balzac, associé à une autre nouvelle intitulée* Le Message, *dans un texte qui avait pour titre* Le Conseil. *Par ces récits, le narrateur, qui était alors M. de Villaines, « conseillait » à Mme d'Esther, son interlocutrice, de ne pas céder à son amoureux Ernest de la Plaine. Il n'en pourrait résulter que de désastreuses conséquences semblables à celles qu'établissaient ces récits. Ceux-ci n'étaient donc pas donnés pour eux-mêmes, mais comme des illustrations d'une situation, et ils constituaient des moyens d'action indirecte du locuteur sur son auditeur.*

Dès qu'il est rattaché à Autre étude de femme, *ce récit perd sa portée première, mais en acquiert une nouvelle : le problème de la construction devient prédominant. Le mystère de la Grande Bretèche ne nous est connu que de façon indirecte : devant cette forteresse abandonnée, qu'il évoque comme ayant pu être un cloître, un cimetière, un refuge de lépreux même, Horace Bianchon tente d'imaginer le génie du lieu. D'un diagnostic, on passe à un inventaire, grâce aux propos rapportés du notaire Regnault. La mère Lepas résumera les commérages de la ville ; par elle Horace Bianchon connaîtra Rosalie. Le texte est ainsi construit par cercles concentriques :* Rosalie me paraissait située dans cette histoire romanesque comme la case qui se retrouve au milieu d'un damier ; elle était au centre même de l'intérêt et de la vérité ; elle me semblait nouée dans le nœud *(p. 106). Tout se passe comme si Balzac voulait nous rendre sensibles non plus à ce qu'il narre de terrible, mais à la progression de son récit vers son terme et vers ce qui se dérobe et qu'il désigne comme la case centrale. Horace Bianchon, par curiosité, a « séduit » le notaire Regnault, la mère Lepas. Il faut penser que dans le cas de Rosalie la séduction est plus complète :* Ce ne fut plus une séduction ordinaire à tenter, il y avait dans cette fille le dernier chapitre d'un roman *(p. 106). Un échange s'établit, d'une nuit amoureuse contre un récit. Au centre du texte, protégé par une série d'interprétations successives, il y aurait ainsi un secret, qu'Horace Bianchon croit connaître. Mais que nous dit d'autre Balzac en donnant à l'amant de la comtesse de Merret, le nom de comte Bagos de Férédia, qui consonne étrangement avec celui de l'amant de Mme Balzac : Ferdinand de Heredia, avant de l'enfermer vivant dans un mur ? La littérature n'est qu'allusion à une figure absente. Les récits s'accumulent, s'associent, afin d'approcher de quelque chose d'obscur qui tend à se dérober. Le narrateur doit donc à la fois délivrer de nouvelles fictions et réinterroger les anciens récits en les agençant en un nouvel ordre, afin de mieux cerner ce lieu central, cette case au milieu du damier, où prend origine son inachevable besoin de conter.*

Les commentaires dont Balzac émaille ses romans, et en quoi on a vu l'expression naïve du narcissisme de l'auteur, jouent un rôle plus ambigu : ils déplacent l'intérêt du récit de ce qui est dit à la façon dont cela est dit. Il ne s'agit ni d'exhibitionnisme, ni de formalisme, mais d'une réflexion continue sur la façon de manifester dans un récit la présence d'un secret, de le suggérer et de le retenir. Balzac baignera ainsi toute son œuvre d'une lumière oblique. Tout se passe comme si la mystérieuse « onda mulier » devait demeurer inconnue en la case blanche, au milieu du damier, et que tout dût parler d'elle. Quel que soit le motif romanesque, au terme du chemin, l'énigme est la même.

Selon le comte Adam Laginski, qui intervient dans Autre étude de femme *(p. 66) :* Organiser, par exemple, est un mot de l'Empire, et qui contient Napoléon tout entier. *Le Napoléon qui traverse, idéalement,* La Comédie humaine *est un peu le conquérant, sûrement l'Homme de Volonté, et expressément le créateur du Code. C'est en celui-ci que Balzac aime à reconnaître une figure familière de lui-même qui est un ordonnateur de fiction.*

*Bien que, dans l'*Avant-propos *que Balzac rédigea en 1842 pour la nouvelle édition de* La Comédie humaine, *il considère comme une des caractéristiques de son œuvre d'avoir diversifié les portraits de femmes, et d'avoir évité que les épouses fussent des doubles des maris ; bien que, dans les nouvelles postérieures à 1830, il ne manque pas d'attirer l'attention sur la rupture que constitue la révolution récente dans l'histoire des mœurs, instituant une distinction entre la grande dame et la femme comme il faut ; en fait les femmes ont toujours, sous différents noms, une même nature : quel que soit son statut politique, une femme* sera toujours, *selon Montriveau (p. 79),* la femme par excellence. *La révolution de 1830, dont les conséquences paraîtront de plus en plus importantes à Balzac, a seulement transformé son pouvoir : ce qui va distinguer les héroïnes les unes des autres ce seront les* *façons dont elles compenseront par les voies obliques de la séduction la perte de leur pouvoir social.*

Devant ruser tout autant avec elle-même qu'avec la société, la nature de la femme sera double : à une conduite raisonnablement conventionnelle s'opposent les obscurités de l'intériorité, comme la glace au feu. Ce sont des poêles à dessus de marbre *(p. 48) dit Horace Bianchon avec une lourdeur imagée que Balzac lui prête avec complaisance. Mais qu'un être s'enflamme, que le volcan s'éveille sous la neige, et c'en est fait des « singeries ». Pour un homme, dit Bianchon, c'est* un plaisir bien vif que de tracasser le feu quand on pense aux femmes *(p. 29). Il eût pu dire : un plaisir bien symbolique. Considérée comme naturellement actrice, la femme est qualifiée par l'association des contraires : elle utilise* les diablerie angéliques et les innocentes roueries *(p. 76). Sa conduite sera taxée de feinte :* « Il y a toujours un fameux singe dans la plus jolie et la plus angélique des femmes ! »

A ce mot, toutes les femmes baissèrent les yeux comme blessées par cette cruelle vérité, si cruellement formulée *(p. 53).*

Marcel Proust ne goûtait guère la vulgarité de telles remarques, ni celle d'un semblable commentaire de Bianchon sur un propos de de Marsay. Cependant, dans le texte qu'il consacre à Balzac et qui aurait figuré dans son Contre Sainte-Beuve *(Paris, Bibliothèque de la Pléiade, 1971, p. 273), non seulement il parle avec admiration de la totalité de l'œuvre, mais il fait bien valoir que « chaque mot, chaque geste, a ainsi des dessous dont Balzac n'avertit pas le lecteur, et qui sont d'une profondeur admirable ». L'un d'eux me paraît être cette possibilité de nous dire, par le biais de l'image de la femme, que le récit également est double et ambigu. A quoi tient la puissance de séduction de la princesse de Cadignan, sinon à son talent romanesque ? Elle a eu pour amants, au su de tous, de Marsay, Ajuda, d'Esgrignon, un ambassadeur, un général russe, deux ministres des Affaires étrangères, ce dont témoigne superbement* un album du plus haut prix, qu'aucune des bourgeoises qui trônent actuellement dans notre société industrielle et tracassière n'oserait étaler *(p. 241). Les différentes aventures de sa vie étant connues du lecteur, par sa conversation initiale avec la marquise d'Espard, le problème est de savoir quel roman en fera Diane d'Uxelles, duchesse de Maufrigneuse, princesse de Cadignan, quel lien elle établira entre ses noms ; comment, partant d'une innocence bafouée, elle aboutira à une innocence reconstituée ; quel visage elle s'inventera pour Daniel d'Arthez. Il n'est pas surprenant que Diane agisse à la façon du romancier : elle illustre la vocation qu'il lui prête.* Dans les cercles élégants, on disait que Diane voulait écrire un livre *(p. 244). Par le roman qu'elle lui conte, elle fait devant d'Arthez, lui-même écrivain, l'épreuve de l'efficacité du récit.*

Les secrets de la princesse de Cadignan sont multiples : elle partage les uns avec ses amants ; un autre a trait à son mariage ; la morale du récit est de révéler, nous dit-on, le secret des longs attachements. Un autre secret est plus actif dans le récit : la princesse a pris conscience, grâce à Michel Chrestien, de l'énigme qu'elle était : il disait que sous cette couche de glace il y avait des volcans ! *(p. 300). Elle a eu la révélation de l'existence en elle d'un être qui lui était inconnu. Elle se souvient d'avoir été aimée par*

Michel Chrestien : il revient dans ma pensée *(p. 253). C'est par l'intermédiaire de ce revenant que s'établira un lien entre d'Arthez et elle. La figure centrale du récit consacré aux* Secrets de la princesse de Cadignan *est celle d'un absent, d'un disparu, à travers qui tout se trame. Pour la princesse, la rencontre avec d'Arthez rend vivant un souvenir ancien ; tandis que la présence de la princesse entraîne chez d'Arthez la remémoration du roman amoureux que lui faisait son ami Michel Chrestien. Dans les deux cas, leur rencontre est comme la conclusion d'une fabulation antérieure. Il n'y a pas coup de foudre, mais reconnaissance. La séduction ne joue de l'un à l'autre que parce que chacun prend pour son partenaire la forme d'un désir qu'il ignorait, révèle par sa présence, comme étant l'expression d'un désir profond, ce qui aurait pu passer pour une aventure contingente. Et ce que l'un voit en l'autre ce n'est pas cet autre, mais, par son entremise, l'image d'un modèle idéal, qu'il ne savait pas avoir en lui.*

Quand elle voit pour la première fois d'Arthez, la princesse de Cadignan est vêtue de bleu et de blanc : elle a accordé la couleur de sa robe à celle de ses yeux, disposé de la bruyère blanche dans ses cheveux blonds pour rappeler sa blancheur célèbre. Seules ces teintes virginales sont mentionnées, à l'exclusion de toute autre couleur. Quand elle reverra d'Arthez chez elle, elle portera des couleurs grises, une sorte de demi-deuil *(p. 276). Serait-elle une forme féminine de Lazare, attendant de recevoir les couleurs de la vie et d'être ramenée du monde des apparences au domaine des êtres, du lieu des amours vaines à celui de l'amour vrai ?*

Un schéma identique organise l'action du récit consacré

à La Femme abandonnée. *La passion naît chez Gaston de Nueil d'une fabulation sur la séparation de Mme de Beauséant et de son amant Ajuda-Pinto :* cette femme placée en dehors du monde, victime de l'amour, ensevelie dans la solitude, grandissait dans sa pensée et se logeait dans son âme *(p. 128). Ce n'est pas vers un être qu'il se dirige, mais vers une légende. La passion est antérieure à la rencontre : elle est liée à une fabulation proprement romanesque. On est prêt à se reconnaître parce qu'on a rêvé amoureusement, et que le nouveau visage aperçu est le rappel de ce rêve.*

Séduire ce sera dès lors imaginer le rêve et le désir de l'autre, et les amener à la conscience, à la reconnaissance. A deux reprises, Gaston de Nueil révèle ainsi à Mme de Beauséant ce qu'elle espérait : qu'il revienne (Puis, madame de Beauséant avait été devinée. La femme est si reconnaissante de rencontrer un homme au fait des caprices si logiques de son cœur... [*p. 137*]), *qu'il la poursuive* (Être si bien obéie dans ses vœux secrets ! Où est la femme qui n'eût pas cédé à un tel bonheur ? [*p. 154*]). *La séduction est liée à la révélation dans les gestes manifestes des désirs latents. Ce qui trouble tant l'héroïne d'*Étude de femme, *Mme de Listomère, ce n'est pas l'acte manqué de Rastignac, mais qu'il lui fasse prendre conscience de son propre désir.*

Le séducteur est un interprète : il amène à la lumière une figure antérieure, enfouie. On sait l'importance que Balzac attachait à ce qu'il nommait le « don de spécialité » et à la double vue. Or que font Gaston de Nueil, ou Rastignac, sinon rendre visibles les désirs de leurs interlocutrices ? Ils jouent un rôle de médium. Ils voient ce qui est, et prévoient ce qu'ils font advenir. Le séducteur est une figure du romancier qui espère échanger un récit contre un amour; et une figure du lecteur, qui fait de toutes les héroïnes une image de l'« onda mulier » portée en lui. Chacun, dans l'amour, propose à l'autre ce qu'il ne possède pas, le manque qu'il lui demande de combler, le balbutiement dont il prémédite de faire une histoire. L'amour n'est pas la rencontre de deux êtres mais la confusion équivoque de deux images. Et on finit de s'aimer, dès que le langage cesse de préciser cette image en soi qui s'est révélée fascinante. Alors s'installe le bonheur, dont il n'y a rien à dire. Depuis ce jour, il n'a plus été question de la princesse de Cadignan, ni de d'Arthez *(p. 309).*

Cependant le texte insiste : Est-ce un dénouement ? Oui, pour les gens d'esprit ; non, pour ceux qui veulent tout savoir *(p. 309). Pourquoi les gens qui veulent « tout savoir » ne seraient-ils pas gens d'esprit, sinon parce qu'ils ne savent pas où doit cesser, par convenance, leur interrogation, parce qu'ils feignent d'ignorer que dans la case centrale du damier doit demeurer un blanc. Car si la princesse de Cadignan s'intéresse à d'Arthez parce que le souvenir de son ami Michel Chrestien l'a troublée, le texte ne précise pas de quelle figure antérieure, dans la mémoire de la princesse, Michel Chrestien était déjà l'écho. Le désir, même enfin exprimé, n'est jamais totalement transparent : en la princesse, d'Arthez n'aime-t-il pas d'abord le reflet de son ami, et celui dont il lui plaît tant qu'elle lui parle ? Et d'une façon tout aussi trouble, quel rôle joue, dans l'amour de Gaston de Nueil pour M*[me] *de Beauséant, le fait qu'elle ait été quittée par Ajuda-Pinto ? Qui poursuit-il auprès d'elle ? Le désir de Gaston de Nueil n'est-il pas moins de conquérir Mme de Beauséant, que de se substituer à Ajuda-Pinto ? Jouant des répétitions d'une façon qui évoque celle que théorisera Raymond Roussel, Honoré de Balzac dédouble le sens de ses titres :* La Femme abandonnée *c'est Mme de Beauséant que son amant, Ajuda-Pinto, vient de quitter à l'origine du récit, et c'est elle, de nouveau abandonnée par son nouvel amant, Gaston de Nueil, au terme de la nouvelle. Le récit assure le redoublement du sens dans le titre, en se déroulant d'une situation originelle à une autre finale, presque identique, la seconde jouant en écho de la première, mais décalée, transformée. Quand, tout au début du texte, Gaston de Nueil jure à Mme de Beauséant* une fidélité qui ne se déliera que par la mort *(p. 153), il fait de cette parole une répétition de toutes celles que dut prononcer Ajuda-Pinto, et en promet une modification, puisque la promesse initiale ne fut pas tenue. Nous pourrions espérer le récit d'un bonheur, si le titre ne demeurait dans la mémoire du lecteur comme la menace d'un recommencement.*

Le séducteur se glisse à la place d'un amant antérieur : Gaston de Nueil se substitue à Ajuda-Pinto ; le narrateur du Message *s'aperçoit qu'on lui donne, à table, la place qui aurait dû être celle de l'amant ; d'Arthez courtise la princesse en se fourrant* les pieds dans les souliers du républicain mort *(p. 269). La femme qu'ils contemplent leur donne moins le vertige que ne le fait l'idée de se confondre, par sa conquête, avec la figure antérieure du premier séducteur. Tout se passe comme si l'ouverture même du récit renvoyait à une aventure antérieure, jamais dite autrement que par ses incidentes. Celle-là même qui pourrait être évoquée du fait que le romancier ne peut tout dire, par l'image de la case blanche au centre du damier. D'autres puissances dorment dans l'ombre, et les images cheminent souterrainement. Ce qui passe pour originel est la réactivation de souvenirs : une rencontre n'est décisive que si elle apparaît comme la remémoration d'une situation, d'un roman, antérieurs.*

La figure féminine qui se répète de récit en récit a les traits d'une divinité tutélaire. Sous couvert de constatations banales, (comme tous les jeunes gens, j'aimais une femme de six ans plus âgée que moi [Autre étude de femme, *p. 48*], *ou :* Jeunes tous deux, nous n'en étions encore, l'un et l'autre, qu'à *la femme d'un certain âge,* c'est-à-dire à la femme qui se trouve entre trente-cinq et quarante ans [Le Message, *p. 314*]), *les narrateurs nous disent leur besoin de protection, leur attachement à une figure archaïque ou à une recomposition idéale de l'image maternelle. Une nouvelle prend ainsi figure de conte : Mme Firmiani rend son mari Octave de Camps sensible à l'origine frauduleuse de sa fortune : parce qu'il renonce à l'héritage maudit du père, il a droit d'être comblé au terme du récit par son épouse, compagne sensuelle et dispensatrice de fortune :* Je voulais m'agenouiller humblement devant mon époux *lui dit-elle lorsqu'elle le rejoint dans sa retraite,* en le suppliant d'accepter ma fortune *(p. 233). Balzac écrit cela comme son propre rêve éveillé. Pour que Proust, lisant la correspondance de Balzac, trouvât si vulgaire le fait qu'il mît « sur le même plan les triomphes de la vie et de la littérature »* (Contre Sainte-Beuve, *o.c., p. 265), il fallait qu'il refusât de considérer le rôle de substitut que joue pour Balzac l'œuvre littéraire : il y dit sans fard son espérance, et ne survit que parce qu'il peut la dire, ouvertement ou obliquement, allant jusqu'à prêter à Horace Bianchon ses propres intentions :* je regrette infiniment de n'avoir ni maîtresse, ni chenets, ni robe de chambre. Quand j'aurai tout cela, je ne raconterai pas mes observations. J'en profiterai (Étude de femme, *p. 28). Pour Balzac le même « moi » vit et fabule, et sans doute n'eût-il pas partagé la distinction tactique de Proust considérant que le « moi » qui vit est sans rapport avec celui qui écrit. Il écrit pour être aimé, pour être heureux. Mais comme la littérature ne se nourrit que d'un manque, d'une figure douloureusement absente, le bonheur est la fin de la littérature : le mot « dénouement » marque le terme du texte, et la réduction d'un nœud. De Rosalie, située au centre même* de l'intérêt et de la vérité, *Horace Bianchon, on s'en souvient, disait qu'elle lui semblait* nouée dans le nœud *(p. 106).*

Ce que paraissent dire ces Études de femme, *c'est une nostalgie. Et dès lors le singulier dans le titre n'affirme plus seulement qu'il y a une essence de la féminité (et que la révolution ne change que les pouvoirs), mais que toute narration s'organise autour d'une identique figure de femme : il y a, en plusieurs de ces récits, un désir englouti de retour, non pas à une condition enfantine mais à un état d'enfance restitué par la littérature. Par l'œuvre, l'auteur tend à faire de son avenir quelque chose d'aussi heureux qu'un rêve remémoré : l'amante-mère serait une figure de la Fortune. Si bien que le fondement de ces récits est moins le réalisme que le conflit du réalisme et de l'onirisme. La nouvelle de Balzac est un rêve agencé en vue de retrouver, dans la réalité, une situation dont on n'a plus que, par le rêve, l'image et le regret.*

Ce qui se précise par le biais des fictions, c'est une sorte de figure absente, à laquelle l'œuvre n'aura pas fait place, parce que justement elle ne pouvait exister qu'en filigrane, à la façon d'un secret qui fût reconnaissable, mais non dit, parce que sa place seule pourrait être précisée, et laissée vacante. C'est en la figure générale de l' « onda mulier » que se fondent, comme autant de manifestations d'une seule entité, les images des mères et des amantes substitutives. Il y a en elles quelque chose d'immuable, de primitif : elles ne se transforment pas, ne changent pas de caractère, alors que les hommes à leur contact succombent, se découvrent ou se transforment. Ce sont des êtres d'une seule pensée et d'une seule proie. (Ce qui est, selon ce que dit Balzac dans la Théorie de la démarche *(1833), la condition* pour pouvoir cacher sa pensée : il faut n'en avoir qu'une seule. *Cette remarque sans valeur psychologique trouve sa place dans sa mythologie personnelle.) Les lecteurs pourront penser à la façon dont d'Arthez devient la proie consentante de Diane d'Uxelles :* Le génie seul a la foi de l'enfance, la religion de l'amour, et se laisse volontiers bander les yeux *(p. 250). La figure que recomposent ainsi les images dispersées de femmes n'est pas seulement celle d'une mère idyllique, mais aussi d'une mère primitive, chasseresse comme Diane d'Uxelles ; dans la phrase* Diane attendait, elle voulait utiliser son amie, et s'en faire un chien de chasse *(p. 300), on ne peut savoir si l'image est entraînée par le nom, ou si elle a pour objet de rappeler de quelle divinité elle est la fidèle. Ce dont d'Arthez, devenant Actéon, aura l'intuition :* Il connaissait peut-être la femme, mais ignorait la divinité (*p. 257*).

A cette figure de la domination, s'oppose celle de l'ange qui devient proie, comme Lady Brandon, Rosina, propriété de la horde. Femme proie ou dévoreuse sans cœur, victime ou meurtrière, enfant ou sorcière, c'est de leur union en un seul être, de la transformation de la prêtresse en servante, que rêvent les narrateurs : Mme Firmiani, dont la puissance financière dit l'autorité, s'agenouille devant celui auquel elle la remet.

C'est à cette conversion que doit concourir la littérature. Elle tend à rendre supportable l'idée de l'avenir, en retrouvant dans les temps reculés de l'enfance l'image d'une protection. Elle ne vise pas à créer un monde qui serait soustrait à la trahison, à la chute, au temps, mais à faire sa place, au centre de l'échiquier, au visage ancestral de la déesse. C'est lui qui, naissant à nouveau de l'onde, renaissant des eaux primitives de la mémoire, nous permet encore d'aimer. Nous aimons parce que nous avons déjà été aimés. Une figure primitive de la femme ondoyante, diffuse, comme si aucune approche autre que celle de l'interminable série n'était possible, que la réfraction fût la condition de la vérité, une figure primitive, sans autre nom que celui de sa nature, toujours émergeante et toujours éloignée, irradie sa lumière : et quand nous aimons, comme l'un des héros de ces récits de Balzac, nous allons vers son visage enfoui en nous.

Jean Roudaut.

ÉTUDE DE FEMME

Dédié au Marquis Jean-Charles di Negro[1].

La marquise de Listomère est une de ces jeunes femmes élevées dans l'esprit de la Restauration. Elle a des principes, elle fait maigre, elle communie, et va très parée au bal, aux Bouffons, à l'Opéra ; son directeur lui permet d'allier le profane et le sacré. Toujours en règle avec l'Église et avec le monde, elle offre une image du temps présent, qui semble avoir pris le mot de *Légalité* pour épigraphe. La conduite de la marquise comporte précisément assez de dévotion pour pouvoir arriver sous une nouvelle Maintenon à la sombre piété des derniers jours de Louis XIV, et assez de mondanité pour adopter également les mœurs galantes des premiers jours de ce règne, s'il revenait. En ce moment, elle est vertueuse par calcul, ou par goût peut-être. Mariée depuis sept ans au marquis de Listomère, un de ces députés qui attendent la pairie, elle croit peut-être aussi servir par sa conduite l'ambition de sa famille. Quelques femmes attendent pour la juger le moment où monsieur de Listomère sera pair de France, et où elle aura trente-six ans, époque de la vie où la plupart des femmes s'aperçoivent qu'elles sont dupes des lois sociales[2]. Le marquis est un homme assez insignifiant : il est bien en cour, ses qualités sont négatives comme ses défauts ; les unes ne peuvent pas plus lui faire une réputation de vertu que les autres ne lui donnent l'espèce d'éclat jeté par les vices. Député, il ne parle jamais, mais il vote *bien* ; il se comporte dans son ménage comme à la Chambre. Aussi passe-t-il pour être le meilleur mari de France. S'il n'est pas susceptible de s'exalter, il ne gronde jamais, à moins qu'on ne le fasse attendre. Ses amis l'ont nommé *le temps couvert.* Il ne se rencontre en effet chez lui ni lumière trop vive, ni obscurité complète. Il ressemble à tous les ministères qui se sont succédé en France depuis la Charte. Pour une femme à principes, il était difficile de tomber en de meilleures mains. N'est-ce pas beaucoup pour une femme vertueuse que d'avoir épousé un homme incapable de faire des sottises ? Il s'est rencontré des dandies qui ont eu l'impertinence de presser légèrement la main de la marquise en dansant avec elle, ils n'ont recueilli que des regards de mépris, et tous ont éprouvé cette indifférence insultante qui, semblable aux gelées du printemps, détruit le germe des plus belles espérances. Les beaux, les spirituels, les fats, les hommes à sentiment qui se nourrissent en tétant leurs cannes[3], ceux à grand nom ou à grosse renommée, les gens de haute et petite volée, auprès d'elle tout a blanchi. Elle a conquis le droit de causer aussi longtemps et aussi souvent qu'elle le veut avec les hommes qui lui semblent spirituels, sans qu'elle soit couchée sur l'album de la médisance. Certaines femmes coquettes sont capables de suivre ce plan-là pendant sept ans pour satisfaire plus tard leurs fantaisies ; mais supposer cette arrière-pensée à la marquise de Listomère serait la calomnier. J'ai eu le bonheur de voir ce phénix des marquises : elle cause bien, je sais écouter, je lui ai plu, je vais à ses soirées. Tel était le but de mon ambition. Ni laide ni jolie, madame de Listomère a des dents blanches, le teint éclatant et les lèvres très rouges ; elle est grande et bien faite ; elle a le pied petit, fluet, et ne l'avance pas ; ses yeux, loin d'être éteints, comme le sont presque tous les yeux parisiens, ont un éclat doux qui devient magique si par hasard elle s'anime. On devine une âme à travers cette forme indécise. Si elle s'intéresse à la conversation, elle y déploie une grâce ensevelie sous les précautions d'un maintien froid, et alors elle est charmante. Elle ne veut pas de succès et en obtient. On trouve toujours ce qu'on ne cherche pas. Cette phrase est trop souvent vraie pour ne pas se changer un jour en proverbe. Ce sera la moralité de cette aventure, que je ne me permettrais pas de raconter, si elle ne retentissait en ce moment dans tous les salons de Paris.

La marquise de Listomère a dansé, il y a un mois environ, avec un jeune homme aussi modeste qu'il est étourdi, plein de bonnes qualités, et ne laissant voir que ses défauts ; il est passionné et se moque des passions ; il a du talent et il le cache ; il fait le savant avec les aristocrates et fait de l'aristocratie avec les savants. Eugène de Rastignac est un de ces jeunes gens très sensés qui essaient de tout et semblent tâter les hommes pour savoir ce que porte l'avenir. En attendant l'âge de l'ambition, il se moque de tout ; il a de la grâce et de l'originalité, deux qualités rares parce qu'elles s'excluent l'une l'autre. Il a causé sans préméditation de succès avec la marquise de Listomère, pendant une demi-heure environ. En se jouant des caprices d'une conversation qui, après avoir commencé à l'opéra de *Guillaume Tell*[4], en était venue aux devoirs des femmes, il avait plus d'une fois regardé la marquise de manière à l'embarrasser ; puis il la quitta et ne lui parla plus de toute la soirée ; il dansa, se mit à l'écarté, perdit quelque argent, et s'en alla se coucher. J'ai l'honneur de vous affirmer que tout se passa ainsi. Je n'ajoute, je ne retranche rien.

Le lendemain matin Rastignac se réveilla tard, resta dans son lit, où il se livra sans doute à quelques-unes de ces rêveries matinales pendant lesquelles un jeune homme se glisse comme un sylphe sous plus d'une courtine de soie, de cachemire ou de coton. En ces moments, plus le corps est lourd de sommeil, plus l'esprit est agile. Enfin Rastignac se leva sans trop bâiller, comme font tant de gens malappris, sonna son valet de chambre, se fit apprêter du thé, en but immodérément, ce qui ne paraîtra pas extraordinaire aux personnes qui aiment le thé ; mais pour expliquer cette circonstance aux gens qui ne l'acceptent que comme la panacée des indigestions, j'ajouterai qu'Eugène écrivait : il était commodément assis, et avait les pieds plus souvent sur ses chenets que dans sa chancelière. Oh ! avoir les pieds sur la barre polie qui réunit les deux griffons d'un garde-cendre, et penser à ses amours quand on se lève et qu'on est en robe de chambre, est chose si délicieuse, que je regrette infiniment de n'avoir ni maîtresse, ni chenets, ni robe de chambre. Quand j'aurai tout cela, je ne raconterai pas mes observations, j'en profiterai.

La première lettre qu'Eugène écrivit fut achevée en un quart d'heure ; il la plia, la cacheta et la laissa devant lui sans y mettre l'adresse. La seconde lettre, commencée à onze heures, ne fut finie qu'à midi. Les quatre pages étaient pleines.

— Cette femme me trotte dans la tête, dit-il en

pliant cette seconde épître, qu'il laissa devant lui, comptant y mettre l'adresse après avoir achevé sa rêverie involontaire. Il croisa les deux pans de sa robe de chambre à ramages, posa ses pieds sur un tabouret, coula ses mains dans les goussets de son pantalon de cachemire rouge, et se renversa dans une délicieuse bergère à oreilles dont le siège et le dossier décrivaient l'angle confortable de cent vingt degrés. Il ne prit plus de thé et resta immobile, les yeux attachés sur la main dorée qui couronnait sa pelle, sans voir ni main, ni pelle, ni dorure. Il ne tisonna même pas. Faute immense ! N'est-ce pas un plaisir bien vif que de tracasser le feu quand on pense aux femmes ? Notre esprit prête des phrases aux petites langues bleues qui se dégagent soudain et babillent dans le foyer. On interprète le langage puissant et brusque d'un *bourguignon.*

A ce mot arrêtons-nous, et plaçons ici pour les ignorants une explication due à un étymologiste très distingué qui a désiré garder l'anonyme. *Bourguignon* est le nom populaire et symbolique donné, depuis le règne de Charles VI, à ces détonations bruyantes dont l'effet est d'envoyer sur un tapis ou sur une robe un petit charbon, léger principe d'incendie. Le feu dégage, dit-on, une bulle d'air qu'un ver rongeur a laissée dans le cœur du bois. *Inde amor, inde burgundus.* L'on tremble en voyant rouler comme une avalanche le charbon qu'on avait si industrieusement essayé de poser entre deux bûches flamboyantes. Oh ! tisonner quand on aime, n'est-ce pas développer matériellement sa pensée ?

Ce fut en ce moment que j'entrai chez Eugène, il fit un soubresaut et me dit : — Ah ! te voilà, mon cher Horace[5]. Depuis quand es-tu là ?

— J'arrive.

— Ah !

Il prit les deux lettres, y mit les adresses et sonna son domestique.

— Porte cela en ville.

Et Joseph y alla sans faire d'observations ; excellent domestique !

Nous nous mîmes à causer de l'expédition de Morée, dans laquelle je désirais être employé en qualité de médecin. Eugène me fit observer que je perdrais beaucoup à quitter Paris, et nous parlâmes de choses indifférentes. Je ne crois pas que l'on me sache mauvais gré de supprimer notre conversation...

....

Au moment où la marquise de Listomère se leva, sur les deux heures après midi, sa femme de chambre, Caroline, lui remit une lettre, elle la lut pendant que Caroline la coiffait. (Imprudence que commettent beaucoup de jeunes femmes.)

O cher ange d'amour, trésor de vie et de bonheur ! A ces mots, la marquise allait jeter la lettre au feu ; mais il lui passa par la tête une fantaisie que toute femme vertueuse comprendra merveilleusement, et qui était de voir comment un homme qui débutait ainsi pouvait finir. Elle lut. Quand elle eut tourné la quatrième page, elle laissa tomber ses bras comme une personne fatiguée.

— Caroline, allez savoir qui a remis cette lettre chez moi.

— Madame, je l'ai reçue du valet de chambre de monsieur le baron de Rastignac.

Il se fit un long silence.

— Madame veut-elle s'habiller ? demanda Caroline.

— Non.

— Il faut qu'il soit bien impertinent ! pensa la marquise.

....

Je prie toutes les femmes d'imaginer elles-mêmes le commentaire.

Madame de Listomère termina le sien par la résolution formelle de consigner monsieur Eugène à sa porte, et si elle le rencontrait dans le monde de lui témoigner plus que du dédain ; car son insolence ne pouvait se comparer à aucune de celles que la marquise avait fini par excuser. Elle voulut d'abord garder la lettre ; mais, toute réflexion faite, elle la brûla.

— Madame vient de recevoir une fameuse déclaration d'amour, et elle l'a lue ! dit Caroline à la femme de charge.

— Je n'aurais jamais cru cela de madame, répondit la vieille tout étonnée.

La soir, la comtesse alla chez le marquis de Beauséant, où Rastignac devait probablement se trouver. C'était un samedi. Le marquis de Beauséant étant un peu parent à monsieur de Rastignac, ce jeune homme ne pouvait manquer de venir pendant la soirée. A deux heures du matin, madame de Listomère, qui n'était restée que pour accabler Eugène de sa froideur, l'avait attendu vainement. Un homme d'esprit, Stendhal, a eu la bizarre idée de nommer *cristallisation*[6] le travail que la pensée de la marquise fit avant, pendant et après cette soirée.

Quatre jours après, Eugène grondait son valet de chambre.

— Ah çà ! Joseph, je vais être forcé de te renvoyer, mon garçon !

— Plaît-il, monsieur ?

— Tu ne fais que des sottises. Où as-tu porté les deux lettres que je t'ai remises vendredi ?

Joseph devint stupide. Semblable à quelque statue du porche d'une cathédrale, il resta immobile, entièrement absorbé par le travail de son imaginative. Tout à coup il sourit bêtement et dit :

— Monsieur, l'une était pour madame la marquise de Listomère, rue Saint-Dominique, et l'autre pour l'avoué de monsieur...

— Es-tu certain de ce que tu dis là ?

Joseph demeura tout interdit. Je vis bien qu'il fallait que je m'en mêlasse, moi qui, par hasard, me trouvais encore là.

— Joseph a raison, dis-je. Eugène se tourna de mon côté. — J'ai lu les adresses fort involontairement, et...

— Et, dit Eugène en m'interrompant, l'une des lettres n'était pas pour madame de Nucingen ?

— Non, de par tous les diables ! Aussi, ai-je cru, mon cher, que ton cœur avait pirouetté de la rue Saint-Lazare à la rue Saint-Dominique.

Eugène se frappa le front du plat de la main et se mit à sourire. Joseph vit bien que la faute ne venait pas de lui.

Maintenant, voilà où sont les moralités que tous les jeunes gens devraient méditer. *Première faute :* Eugène trouva plaisant de faire rire madame de Listomère de la méprise qui l'avait rendue maîtresse d'une lettre d'amour qui n'était pas pour elle. *Deuxième faute :* il n'alla chez madame de Listomère que quatre jours après l'aventure, laissant ainsi les pensées d'une vertueuse jeune femme se cristalliser. Il se trouvait encore une dizaine de fautes qu'il faut passer sous silence, afin de donner aux dames le plaisir de les déduire *ex professo* à ceux qui ne les devineront pas. Eugène arrive à la porte de la marquise ; mais quand il veut passer, le concierge l'arrête et lui dit que madame la marquise est sortie. Comme il remontait en voiture, le marquis entra.

— Venez donc, Eugène ! Ma femme est chez elle.

Oh ! excusez le marquis. Un mari, quelque bon qu'il soit, atteint difficilement à la perfection. En montant l'escalier, Rastignac s'aperçut alors des dix fautes de logique mondaine qui se trouvaient dans ce passage du beau livre de sa vie. Quand madame de Listomère vit son mari entrant avec Eugène, elle ne put s'empêcher de rougir. Le jeune baron observa cette rougeur subite. Si l'homme le plus modeste conserve encore un petit fonds de fatuité dont il ne se dépouille pas plus que la femme ne se sépare de sa fatale coquetterie, qui pourrait blâmer Eugène de s'être alors dit en lui-même : « Quoi, cette forteresse aussi ? » Et il se posa dans sa cravate. Quoique les jeunes gens ne soient pas très avares, ils aiment tous à mettre une tête de plus dans leur médaillier.

Monsieur de Listomère se saisit de la *Gazette de France,* qu'il aperçut dans un coin de la cheminée, et alla vers l'embrasure d'une fenêtre pour acquérir, le journaliste aidant, une opinion à lui sur l'état de la France. Une femme, voire même une prude, ne reste pas longtemps embarrassée, même dans la situation la plus difficile où elle puisse se trouver : il semble qu'elle ait toujours à la main la feuille de figuier que lui a donnée notre mère Ève. Aussi, quand Eugène, interprétant en faveur de sa vanité la consigne donnée à la porte, salua madame de Listomère d'un air passablement délibéré, sut-elle voiler toutes ses pensées par un de ces sourires féminins plus impénétrables que ne l'est la parole d'un roi.

— Seriez-vous indisposée, madame ? Vous aviez fait défendre votre porte.

— Non, monsieur.

— Vous alliez sortir, peut-être ?

— Pas davantage.

— Vous attendiez quelqu'un ?

— Personne.

— Si ma visite est indiscrète, ne vous en prenez qu'à monsieur le marquis. J'obéissais à votre mystérieuse consigne quand il m'a lui-même introduit dans le sanctuaire.

— Monsieur de Listomère n'était pas dans ma confidence. Il n'est pas toujours prudent de mettre un mari au fait de certains secrets...

L'accent ferme et doux avec lequel la marquise prononça ces paroles et le regard imposant qu'elle lança firent bien juger à Rastignac qu'il s'était trop pressé de se poser dans sa cravate.

— Madame, je vous comprends, dit-il en riant ; je dois alors me féliciter doublement d'avoir rencontré monsieur le marquis, il me procure l'occasion de vous présenter une justification qui serait pleine de dangers si vous n'étiez pas la bonté même.

La marquise regarda le jeune baron d'un air assez étonné ; mais elle répondit avec dignité : — Monsieur, le silence sera de votre part la meilleure des excuses. Quant à moi, je vous promets le plus entier oubli, pardon que vous méritez à peine.

— Madame, dit vivement Eugène, le pardon est inutile là où il n'y a pas eu d'offense. La lettre, ajouta-t-il à voix basse, que vous avez reçue et qui a dû vous paraître si inconvenante, ne vous était pas destinée.

La marquise ne put s'empêcher de sourire, elle voulait avoir été offensée.

— Pourquoi mentir ? reprit-elle d'un air dédaigneusement enjoué, mais d'un son de voix assez doux. Maintenant que je vous ai grondé, je rirai volontiers d'un stratagème qui n'est pas sans malice. Je connais de pauvres femmes qui s'y prendraient. « Dieu ! comme il aime ! » diraient-elles. La marquise se mit à rire forcément, et ajouta d'un air d'indulgence : — Si nous voulons rester amis, qu'il ne soit plus question de méprises dont je ne puis être la dupe.

— Sur mon honneur, madame, vous l'êtes beaucoup plus que vous ne pensez, répliqua vivement Eugène.

— Mais de quoi parlez-vous donc là ? demanda monsieur de Listomère qui depuis un instant écoutait la conversation sans en pouvoir percer l'obscurité.

— Oh ! cela n'est pas intéressant pour vous, répondit la marquise.

Monsieur de Listomère reprit tranquillement la lecture de son journal et dit : — Ah ! madame de Mortsauf est morte : votre pauvre frère est sans doute à Clochegourde.

— Savez-vous, monsieur, reprit la marquise en se tournant vers Eugène, que vous venez de dire une impertinence ?

— Si je ne connaissais pas la rigueur de vos principes, répondit-il naïvement, je croirais que vous voulez ou me donner des idées desquelles je me défends, ou m'arracher mon secret. Peut-être encore voulez-vous vous amuser de moi.

La marquise sourit. Ce sourire impatienta Eugène.

— Puissiez-vous, madame, dit-il, toujours croire à une offense que je n'ai point commise ! et je souhaite bien ardemment que le hasard ne vous fasse pas découvrir dans le monde la personne qui devait lire cette lettre...

— Hé quoi ! ce serait toujours pour madame de Nucingen ? s'écria madame de Listomère plus curieuse de pénétrer un secret que de se venger des épigrammes du jeune homme.

Eugène rougit. Il faut avoir plus de vingt-cinq ans pour ne pas rougir en se voyant reprocher la bêtise d'une fidélité que les femmes raillent pour ne pas montrer combien elles en sont envieuses. Néanmoins il dit avec assez de sang-froid : « Pourquoi pas, madame ? »

Voilà les fautes que l'on commet à vingt-cinq ans. Cette confidence causa une commotion violente à madame de Listomère ; mais Eugène ne savait pas encore analyser un visage de femme en le regardant à la hâte ou de côté. Les lèvres seules de la marquise avaient pâli. Madame de Listomère sonna pour demander du bois, et contraignit ainsi Rastignac à se lever pour sortir.

— Si cela est, dit alors la marquise en arrêtant Eugène par un air froid et composé, il vous serait difficile de m'expliquer, monsieur, par quel hasard mon nom a pu se trouver sous votre plume. Il n'en est pas d'une adresse écrite sur une lettre comme du claque d'un voisin qu'on peut par étourderie prendre pour le sien en quittant le bal.

Eugène décontenancé regarda la marquise d'un air à la fois fat et bête, il sentit qu'il devenait ridicule, balbutia une phrase d'écolier et sortit. Quelques jours après la marquise acquit des preuves irrécusables de la véracité d'Eugène. Depuis seize jours elle ne va plus dans le monde.

Le marquis dit à tous ceux qui lui demandent raison de ce changement : « Ma femme a une gastrite. »

Moi qui la soigne et qui connais son secret, je sais qu'elle a seulement une petite crise nerveuse de laquelle elle profite pour rester chez elle.

Paris, février 1830[7].

AUTRE ÉTUDE DE FEMME

A Léon Gozlan[1]

Comme un témoignage de bonne confraternité littéraire.

A Paris, il se rencontre presque toujours deux soirées dans les bals ou dans les *raouts*. D'abord une soirée officielle à laquelle assistent les personnes priées, un beau monde qui s'ennuie. Chacun pose pour le voisin. La plupart des jeunes femmes ne viennent que pour une seule personne. Quand chaque femme s'est assurée qu'elle est la plus belle pour cette personne et que cette opinion a pu être partagée par quelques autres, après des phrases insignifiantes échangées, comme celles-ci : « Comptez-vous aller de bonne heure à la Crampade ? — Madame de Portenduère a bien chanté ! — Quelle est cette petite femme qui a tant de diamants ? » ou, après avoir lancé des phrases épigrammatiques qui font un plaisir passager et des blessures de longue durée, les groupes s'éclaircissent, les indifférents s'en vont, les bougies brûlent dans les bobèches. La maîtresse de la maison arrête alors quelques artistes, des gens gais, des amis, en leur disant : « Restez, nous soupons entre nous. » On se rassemble dans un petit salon. La seconde, la véritable soirée a lieu ; soirée où, comme sous l'ancien régime, chacun entend ce qui se dit, où la conversation est générale, où l'on est forcé d'avoir de l'esprit et de contribuer à l'amusement public. Tout est en relief, un rire franc succède à ces airs gourmés qui, dans le monde, attristent les plus jolies figures. Enfin, le plaisir commence là où le raout finit. Le raout, cette froide revue du luxe, ce défilé d'amours-propres en grand costume, est une de ces inventions anglaises qui tendent à *mécanifier* les autres nations. L'Angleterre semble tenir à ce que le monde entier s'ennuie comme elle et autant qu'elle. Cette seconde soirée est donc, en France, dans quelques maisons, une heureuse protestation de l'ancien esprit de notre joyeux pays ; mais, malheureusement, peu de maisons protestent, et la raison en est bien simple : si l'on ne soupe plus beaucoup aujourd'hui, c'est que, sous aucun régime, il n'y a eu moins de gens casés, posés et arrivés que sous le règne de Louis-Philippe où la Révolution a recommencé légalement. Tout le monde court vers quelque but, ou trotte après la fortune. Le temps est devenu la plus chère denrée, personne ne peut donc se livrer à cette prodigieuse prodigalité de rentrer chez soi le lendemain pour se réveiller tard. On ne retrouve donc plus de seconde soirée que chez les femmes assez riches pour ouvrir leur maison ; et depuis juillet 1830, ces femmes se comptent dans Paris. Malgré l'opposition muette du faubourg Saint-Germain, deux ou trois femmes, parmi lesquelles se trouvent madame la marquise d'Espard et mademoiselle des Touches, n'ont pas voulu renoncer à la part d'influence qu'elles avaient sur Paris, et n'ont point fermé leurs salons.

Le salon de mademoiselle des Touches, célèbre d'ailleurs à Paris, est le dernier asile où se soit réfugié l'esprit français d'autrefois, avec sa profondeur cachée, ses mille détours et sa politesse exquise. Là vous observerez encore de la grâce dans les manières malgré les conventions de la politesse, de l'abandon dans la causerie malgré la réserve naturelle aux gens comme il faut, et surtout de la générosité dans les idées. Là, nul ne pense à garder sa pensée pour un drame ; et, dans un récit, personne ne voit un livre à faire. Enfin le hideux squelette d'une littérature aux abois ne se dresse point, à propos d'une saillie heureuse ou d'un sujet intéressant. Le souvenir d'une de ces soirées m'est [2] plus particulièrement resté, moins à cause d'une confidence où l'illustre de Marsay mit à découvert un des replis les plus profonds du cœur de la femme, qu'à cause des observations auxquelles son récit donna lieu sur les changements qui se sont opérés chez la femme française depuis la fatale révolution de Juillet.

Pendant cette soirée, le hasard avait réuni plusieurs personnes auxquelles d'incontestables mérites ont valu des réputations européennes. Ceci n'est point une flatterie adressée à la France, car plusieurs étrangers se trouvaient parmi nous. Les hommes qui brillèrent le plus n'étaient d'ailleurs pas les plus célèbres. Ingénieuses reparties, observations fines, railleries excellentes, peintures dessinées avec une netteté brillante, pétillèrent et se pressèrent sans apprêt, se prodiguèrent sans dédain comme sans recherche, mais furent délicieusement senties et délicatement savourées. Les gens du monde se firent surtout remarquer par une grâce, par une verve tout artistiques. Vous rencontrerez ailleurs, en Europe, d'élégantes manières, de la cordialité, de la bonhomie, de la science ; mais à Paris seulement, dans ce salon et dans ceux dont je viens de parler, abonde l'esprit particulier qui donne à toutes ces qualités sociales un agréable et capricieux ensemble, je ne sais quelle allure fluviale qui fait facilement serpenter cette profusion de pensées, de formules, de contes, de documents historiques. Paris, capitale du goût, connaît seul cette science qui change une conversation en une joute où chaque nature d'esprit se condense par un trait, où chacun dit sa phrase et jette son expérience dans un mot, où tout le monde s'amuse, se délasse et s'exerce. Aussi, là seulement, vous échangerez vos idées ; là vous ne porterez pas, comme le dauphin de la fable[3], quelque singe sur vos épaules ; là vous serez compris, et ne risquerez pas de mettre au jeu des pièces d'or contre du billon. Enfin, là, des secrets bien trahis, des causeries légères et profondes ondoient, tournent, changent d'aspect et de couleurs à chaque phrase. Les critiques vives et les récits pressés s'entraînent les uns les autres. Tous les yeux écoutent, les gestes interrogent et la physionomie répond. Enfin, là tout est, en un mot, esprit et pensée. Jamais le phénomène oral qui, bien étudié, bien manié, fait la puissance de l'acteur et du conteur, ne m'avait si complètement ensorcelé. Je ne fus pas seul soumis à ces prestiges, et nous passâmes tous une soirée délicieuse. La conversation, devenue conteuse, entraîna dans son cours précipité de curieuses confidences, plusieurs portraits, mille folies, qui rendent cette ravissante improvisation tout à fait intraduisible ; mais, en laissant à ces choses leur verdeur, leur abrupt naturel, leurs fallacieuses sinuosités, peut-être comprendrez-vous bien le charme d'une véritable soirée française, prise au moment où la familiarité la plus douce fait oublier à chacun ses intérêts, son amour-propre spécial, ou, si vous voulez, ses prétentions.

Vers deux heures du matin, au moment où le souper finissait, il ne se trouva plus autour de la table que des intimes, tous éprouvés par un commerce de quinze années, ou des gens de beaucoup de goût, bien élevés et qui savaient le monde. Par une convention tacite et bien observée, au souper chacun renonçait à son importance. Une égalité absolue y donnait le ton. Il n'y avait d'ailleurs alors personne qui ne fût très fier d'être lui-même. Mademoiselle des Touches oblige ses convives à rester à table jusqu'au départ, après avoir maintes fois remarqué le changement total qui s'opère dans les esprits par le déplacement. De la salle à manger au salon, le charme se rompt. Selon Sterne, les idées d'un auteur qui s'est fait la barbe diffèrent de celles qu'il avait auparavant. Si Sterne a raison, ne peut-on pas affirmer hardiment que les dispositions des gens à table ne sont plus celles des mêmes gens revenus au salon ? L'atmosphère n'est plus capiteuse, l'œil ne contemple plus le brillant désordre du dessert, on a perdu les bénéfices de cette mollesse d'esprit, de cette bénévolence qui nous envahit quand nous restons dans l'assiette particulière à l'homme rassasié, bien établi sur une de ces chaises moelleuses comme on les fait aujourd'hui. Peut-être cause-t-on plus volontiers devant un dessert, en compagnie de vins fins, pendant le délicieux moment où chacun peut mettre son coude sur la table et sa tête dans sa main. Non seulement alors tout le monde aime à parler, mais encore à écouter. La digestion, presque toujours attentive, est, selon les caractères, ou babillarde, ou silencieuse. Chacun y trouve alors son compte. Ne fallait-il pas ce préambule pour vous initier aux charmes du récit confidentiel par lequel un homme célèbre, mort depuis, a peint l'innocent jésuitisme de la femme avec cette finesse particulière aux gens qui ont vu beaucoup de choses et qui fait des hommes d'État de délicieux conteurs, lorsque, comme les princes de Talleyrand et de Metternich, ils daignent conter.

De Marsay, nommé premier ministre depuis six mois[4], avait déjà donné les preuves d'une capacité supérieure. Quoique ceux qui le connaissaient de longue main ne fussent pas étonnés de lui voir déployer tous les talents et les diverses aptitudes de l'homme d'État, on pouvait se demander s'il se savait être un grand politique, ou s'il s'était développé dans le feu des circonstances. Cette question venait de lui être adressée dans une intention évidemment philosophique par un homme d'esprit et d'observation qu'il avait nommé préfet, qui fut longtemps journaliste, et qui l'admirait sans mêler à son admiration ce filet de critique vinaigrée avec lequel, à Paris, un homme supérieur s'excuse d'en admirer un autre.

— Y a-t-il eu, dans votre vie antérieure, un fait, une pensée, un désir qui vous ait appris votre vocation ? lui dit Émile Blondet, car nous avons tous, comme Newton, notre pomme qui tombe et qui nous amène sur le terrain où nos facultés se déploient...

— Oui, répondit de Marsay, je vais vous conter cela.

Jolies femmes, dandies politiques, artistes, vieillards, les intimes de de Marsay, tous se mirent alors commodément, chacun dans sa pose, et regardèrent le premier ministre. Est-il besoin de dire qu'il n'y avait plus de domestiques, que les portes étaient closes et les portières tirées ? Le silence fut si profond qu'on entendit dans la cour le murmure des cochers, les coups de pied et les bruits que font les chevaux en demandant à revenir à l'écurie.

— L'homme d'État, mes amis, n'existe que par une seule qualité, dit le ministre en jouant avec son couteau de nacre et d'or : savoir être toujours maître de soi, faire à tout propos le décompte de chaque événement, quelque fortuit qu'il puisse être ; enfin, avoir, dans son moi intérieur, un être froid et désintéressé qui assiste en spectateur à tous les mouvements de notre vie, à nos passions, à nos sentiments, et qui nous souffle à propos de toute chose l'arrêt d'une espèce de barème moral.

— Vous nous expliquez ainsi pourquoi l'homme d'État est si rare en France, dit le vieux lord Dudley.

— Au point de vue sentimental, ceci est horrible, reprit le ministre. Aussi, quand ce phénomène a lieu chez un jeune homme... (Richelieu, qui, averti du danger de Concini[5] par une lettre, la veille, dormit jusqu'à midi, quand on devait tuer son bienfaiteur à dix heures), un jeune homme, Pitt ou Napoléon, si vous voulez, est-il une monstruosité ? Je suis devenu ce monstre de très bonne heure, et grâce à une femme.

— Je croyais, dit madame de Montcornet en souriant, que nous défaisions beaucoup plus de politique que nous n'en faisions.

— Le monstre de qui je vous parle n'est un monstre que parce qu'il vous résiste, répondit le conteur en faisant une ironique inclination de tête.

— S'il s'agit d'une aventure d'amour, dit la baronne de Nucingen, je demande qu'on ne la coupe par aucune réflexion.

— La réflexion y est si contraire ! s'écria Joseph Bridau.

— J'avais dix-sept ans, reprit de Marsay, la Restauration allait se raffermir, mes vieux amis savent combien alors j'étais impétueux et bouillant. J'aimais pour la première fois, et, je puis aujourd'hui le dire, j'étais un des plus jolis jeunes gens de Paris. J'avais la beauté, la jeunesse, deux avantages dus au hasard et dont nous sommes fiers comme d'une conquête. Je suis forcé de me taire sur le reste. Comme tous les jeunes gens, j'aimais une femme de six ans plus âgée que moi[6]. Personne de vous, dit-il en faisant par un regard le tour de la table, ne peut se douter de son nom ni la reconnaître. Ronquerolles, dans ce temps, a seul pénétré mon secret, il l'a bien gardé, j'aurais craint son sourire ; mais il est parti, dit le ministre en regardant autour de lui.

— Il n'a pas voulu souper, dit madame de Sérisy.

— Depuis six mois, possédé par mon amour, incapable de soupçonner que ma passion me maîtrisait, reprit le premier ministre, je me livrais à ces adorables divinisations qui sont et le triomphe et le fragile bonheur de la jeunesse. Je gardais *ses* vieux gants, je buvais en infusion les fleurs qu'*elle* avait portées, je me relevais la nuit pour aller voir *ses* fenêtres. Tout mon sang se portait au cœur en respirant le parfum qu'*elle* avait adopté. J'étais à mille lieues de reconnaître que les femmes sont des poêles à dessus de marbre.

— Oh ! faites-nous grâce de vos horribles sentences ! dit madame de Camps en souriant.

— J'aurais foudroyé, je crois, de mon mépris le philosophe qui a publié cette terrible pensée d'une profonde justesse, reprit de Marsay. Vous êtes tous trop spirituels pour que je vous en dise davantage. Ce peu de mots vous rappellera vos propres folies. Grande dame s'il en fut jamais, et veuve sans enfants (oh ! tout y était !), mon idole s'était enfermée pour marquer elle-même mon linge avec ses cheveux ; enfin, elle répondait à mes folies par d'autres folies. Ainsi, comment ne pas croire à la passion quand elle est garantie par la folie ? Nous avions mis l'un et l'autre tout notre esprit à cacher un si complet et si bel amour aux yeux du monde ; et nous y réussissions. Aussi, quel charme nos escapades n'avaient-elles pas ! D'elle, je ne vous dirai rien : alors parfaite, elle passe encore aujourd'hui pour une des plus belles femmes de Paris ; mais alors on se serait fait tuer pour obtenir un de ses regards. Elle était restée dans une situation de fortune satisfaisante pour une femme adorée et qui aimait, mais que la Restauration, à laquelle elle devait un lustre nouveau, rendait peu convenable relativement à son nom. Dans ma situation, j'avais la fatuité de ne pas concevoir un soupçon. Quoique ma jalousie fût alors d'une puissance de cent vingt Othello, ce sentiment terrible sommeillait en moi comme l'or dans sa pépite. Je me serais fait donner des coups de bâton par mon domestique si j'avais eu la lâcheté de mettre en question la pureté de cet ange si frêle et si fort, si blond et si naïf, pur, candide, et dont l'œil bleu se laissait pénétrer à fond de cœur, avec une adorable soumission, par mon regard. Jamais la moindre hésitation dans la pose, dans le regard ou la parole ; toujours blanche, fraîche, et prête au bien-aimé comme le lys oriental du *Cantique des Cantiques* !... Ah ! mes amis ! s'écria douloureusement le ministre redevenu jeune homme, il faut se heurter bien durement la tête au dessus de marbre pour dissiper cette poésie !

Ce cri naturel, qui eut de l'écho chez les convives, piqua leur curiosité déjà si savamment excitée.

— Tous les matins, monté sur ce beau Sultan que vous m'aviez envoyé d'Angleterre, dit-il à lord Dudley, je passais le long de sa calèche dont les chevaux allaient exprès au pas, et je voyais le mot d'ordre écrit en fleurs dans son bouquet pour le cas où nous ne pourrions rapidement échanger une phrase. Quoique nous nous vissions à peu près tous les soirs dans le monde et qu'elle m'écrivît tous les jours, nous avions adopté, pour tromper les regards et déjouer les observations, une manière d'être. Ne pas se regarder, s'éviter, dire du mal l'un de l'autre ; s'admirer et se vanter ou se poser en amoureux dédaigné ; tous ces vieux manèges ne valent pas, de part et d'autre, une fausse passion avouée pour une personne indifférente, et un air d'indifférence pour la véritable idole. Si deux amants veulent jouer ce jeu, le monde en sera toujours la dupe ; mais ils doivent être alors bien sûrs l'un de l'autre. Son plastron, à elle, était un homme en faveur, un homme de cour, froid et dévot qu'elle ne recevait point chez elle. Cette comédie se donnait au profit des sots et des salons qui en riaient. Il n'était point question de mariage entre nous : six ans de différence pouvaient la préoccuper ; elle ne savait rien de ma fortune que, par principe, j'ai toujours cachée. Quant à moi, charmé de son esprit, de ses manières, de l'étendue de ses connaissances, de sa science du monde, je l'eusse épousée sans réflexion. Néanmoins cette réserve me plaisait. Si, la première, elle m'eût parlé mariage d'une certaine façon, peut-être eussé-je trouvé de la vulgarité dans cette âme accomplie. Six mois pleins et entiers, un diamant de la plus belle eau ! voilà ma part d'amour en ce bas monde. Un matin, pris par cette fièvre de courbature que donne un rhume à son début, j'écris un mot pour remettre une de ces fêtes secrètes enfouies sous les toits de Paris comme des perles dans la mer. Une fois la lettre envoyée, un remords me prend : elle ne me croira pas malade ! pensé-je. Elle faisait la jalouse et la soupçonneuse. Quand la jalousie est vraie, dit de Marsay en s'interrompant, elle est le signe évident d'un amour unique...

— Pourquoi ? demanda vivement la princesse de Cadignan.

— L'amour unique et vrai, dit de Marsay, produit

une sorte d'apathie corporelle en harmonie avec la contemplation dans laquelle on tombe. L'esprit complique tout alors, il se travaille lui-même, se dessine des fantaisies, en fait des réalités, des tourments ; et cette jalousie est aussi charmante que gênante.

Un ministre étranger sourit en se rappelant, à la clarté d'un souvenir, la vérité de cette observation.

— D'ailleurs, me disais-je, comment perdre un bonheur ? fit de Marsay en reprenant son récit. Ne valait-il pas mieux venir enfiévré ? Puis, me sachant malade, je la crois capable d'accourir et de se compromettre. Je fais un effort, j'écris une seconde lettre, je la porte moi-même, car mon homme de confiance n'était plus là. Nous étions séparés par la rivière, j'avais Paris à traverser ; mais enfin, à une distance convenable de son hôtel, j'avise un commissionnaire, je lui recommande de faire monter la lettre aussitôt, et j'ai la belle idée de passer en fiacre devant sa porte pour voir si, par hasard, elle ne recevra pas les deux billets à la fois. Au moment où j'arrive, à deux heures, la grande porte s'ouvrait pour laisser entrer la voiture de qui ?... du plastron ! Il y a quinze ans de cela... eh ! bien, en vous en parlant, l'orateur épuisé, le ministre desséché au contact des affaires publiques sent encore un bouillonnement dans son cœur et une chaleur à son diaphragme. Au bout d'une heure, je repasse : la voiture était encore dans la cour ! Mon mot restait sans doute chez le concierge. Enfin, à trois heures et demie, la voiture partit, je pus étudier la physionomie de mon rival : il était grave, il ne souriait point ; mais il aimait, et sans doute il s'agissait de quelque affaire. Je vais au rendez-vous, la reine de mon cœur y vient, je la trouve calme, pure et sereine. Ici, je dois vous avouer que j'ai toujours trouvé Othello non seulement stupide, mais de mauvais goût. Un homme à moitié nègre est seul capable de se conduire ainsi. Shakespeare l'a bien senti d'ailleurs en intitulant sa pièce *Le More de Venise.* L'aspect de la femme aimée a quelque chose de si balsamique pour le cœur, qu'il doit dissiper la douleur, les doutes, les chagrins : toute ma colère tomba, je retrouvai mon sourire. Ainsi cette contenance qui, à mon âge, eût été la plus horrible dissimulation, fut un effet de ma jeunesse et de mon amour. Une fois ma jalousie enterrée, j'eus la puissance d'observer. Mon état maladif était visible, les doutes horribles qui m'avaient travaillé l'augmentaient encore. Enfin, je trouvai un joint pour glisser ces mots : « Vous n'aviez personne ce matin chez vous ? en me fondant sur l'inquiétude où m'avait jeté la crainte qu'elle ne disposât de sa matinée d'après mon premier billet. — Ah ! dit-elle, il faut être homme pour avoir de pareilles idées ! Moi, penser à autre chose qu'à tes souffrances ? Jusqu'au moment où le second billet est venu, je n'ai fait que chercher les moyens de t'aller voir. — Et tu es restée seule ? — Seule », dit-elle en me regardant avec une si parfaite attitude d'innocence, que ce fut défié par un air de ce genre-là que le More a dû tuer Desdémona. Comme elle occupait à elle seule son hôtel, ce mot était un affreux mensonge. Un seul mensonge détruit cette confiance absolue qui, pour certaines âmes, est le fond même de l'amour. Pour vous exprimer ce qui se fit en moi dans ce moment, il faudrait admettre que nous avons un être intérieur dont le *nous* visible est le fourreau, que cet être, brillant comme une lumière, est délicat comme une ombre... eh ! bien, ce beau *moi* fut alors vêtu pour toujours d'un crêpe. Oui, je sentis une main froide et décharnée me passer le suaire de l'expérience, m'imposer le deuil éternel que met en notre âme une première trahison. En baissant les yeux pour ne pas lui laisser remarquer mon éblouissement, cette pensée orgueilleuse me rendit un peu de force : « Si elle te trompe, elle est indigne de toi ! » Je mis ma rougeur subite et quelques larmes qui me vinrent aux yeux sur un redoublement de douleur, et la douce créature voulut me reconduire jusque chez moi, les stores du fiacre baissés. Pendant le chemin, elle fut d'une sollicitude et d'une tendresse qui eussent trompé ce même More de Venise que je prends pour point de comparaison. En effet, si ce grand enfant hésite deux secondes encore, tout spectateur intelligent devine qu'il va demander pardon à Desdémona. Aussi, tuer une femme, est-ce un acte d'enfant ! Elle pleura en me quittant, tant elle était malheureuse de ne pouvoir me soigner elle-même. Elle souhaitait être mon valet de chambre, dont le bonheur était pour elle un sujet de jalousie, et tout cela rédigé, oh ! mais comme l'eût écrit Clarisse heureuse[7]. Il y a toujours un fameux singe dans la plus jolie et la plus angélique des femmes !

A ce mot, toutes les femmes baissèrent les yeux comme blessées par cette cruelle vérité, si cruellement formulée.

— Je ne vous dis rien ni de la nuit, ni de la semaine que j'ai passées, reprit de Marsay, je me suis reconnu homme d'État.

Ce mot fut si bien dit que nous laissâmes tous échapper un geste d'admiration.

— En repassant avec un esprit infernal les véritables cruelles vengeances qu'on peut tirer d'une femme, dit de Marsay en continuant (et, comme nous nous aimions, il y en avait de terribles, d'irréparables), je me méprisais, je me sentais vulgaire, je formulais insensiblement un code horrible, celui de l'Indulgence. Se venger d'une femme, n'est-ce pas reconnaître qu'il n'y en a qu'une pour nous, que nous ne saurions nous passer d'elle ? et alors la vengeance est-elle le moyen de la reconquérir ? Si elle ne nous est pas indispensable, s'il y en a d'autres, pourquoi ne pas lui laisser le droit de changer que nous nous arrogeons ? Ceci, bien entendu, ne s'applique qu'à la passion ; autrement, ce serait antisocial, et rien ne prouve mieux la nécessité d'un mariage indissoluble que l'instabilité de la passion. Les deux sexes doivent être enchaînés, comme des bêtes féroces qu'ils sont, dans des lois fatales, sourdes et muettes. Supprimez la vengeance, la trahison n'est plus rien en amour. Ceux qui croient qu'il n'existe qu'une seule femme dans le monde pour eux, ceux-là doivent être pour la vengeance, et alors il n'y en a qu'une, celle d'Othello. Voici la mienne.

Ce mot détermina parmi nous tous ce mouvement imperceptible que les journalistes peignent ainsi dans les discours parlementaires : (*Profonde sensation.*)

— Guéri de mon rhume et de l'amour pur, absolu, divin, je me laissai aller à une aventure dont l'héroïne était charmante, et d'un genre de beauté tout opposé à celui de mon ange trompeur. Je me gardai bien de rompre avec cette femme si forte et si bonne comédienne, car je ne sais pas si le véritable amour donne d'aussi gracieuses jouissances qu'en prodigue une si savante tromperie. Une pareille hypocrisie vaut la vertu (je ne dis pas cela pour vous autres Anglaises, milady, s'écria doucement le ministre, en s'adressant à lady Barimore, fille de lord Dudley). Enfin, je tâchai d'être le même amoureux. J'eus à faire travailler, pour mon nouvel ange, quelques mèches de mes cheveux, et j'allai chez un habile artiste qui, dans ce temps, demeurait rue Boucher. Cet homme avait le monopole des présents capillaires, et je donne son adresse pour ceux qui n'ont pas beaucoup de cheveux : il en a de tous les genres et de toutes les couleurs. Après s'être fait expliquer ma commande, il me montra ses ouvrages. Je vis alors des œuvres de patience qui surpassent ce que les contes attribuent aux fées et ce que font les forçats. Il me mit au courant des caprices et des modes qui régissaient la partie des cheveux. — Depuis un an, me dit-il, on a eu la fureur de marquer le linge en cheveux ; et, heureusement, j'avais de belles collections de cheveux et d'excellentes ouvrières. En entendant ces mots, je suis atteint par un soupçon, je tire mon mouchoir, et lui dis : « En sorte que ceci s'est fait chez vous, avec de faux cheveux ? » Il regarda mon mouchoir, et dit : « Oh ! cette dame était bien difficile, elle a voulu vérifier la nuance de ses cheveux. Ma femme a marqué ces mouchoirs-là elle-même. Vous avez là, monsieur, une des plus belles choses qui se soient exécutées. » Avant ce dernier trait de lumière, j'aurais cru à quelque chose, j'aurais fait attention à la parole d'une femme. Je sortis ayant foi dans le plaisir, mais, en fait d'amour, je devins athée comme un mathématicien. Deux mois après, j'étais assis auprès de la femme éthérée, dans son boudoir, sur son divan ; je tenais l'une de ses mains, elle les avait fort belles, et nous gravissions les Alpes du sentiment, cueillant les plus jolies fleurs, effeuillant des marguerites (il y a toujours un moment où l'on effeuille des marguerites, même quand on est dans un salon et qu'on n'a pas de marguerites)... Au plus fort de la tendresse, et quand on s'aime le mieux, l'amour a si bien la conscience de son peu de durée, qu'on éprouve un invincible besoin de se demander : « M'aimes-tu ? m'aimeras-tu toujours ? » Je saisis ce moment élégiaque, si tiède, si fleuri, si épanoui, pour lui faire dire ses plus beaux mensonges dans le ravissant langage de ces exagérations spirituelles, et de cette poésie gasconne particulières à l'amour. Charlotte étala la fine fleur de ses tromperies : elle ne pouvait pas vivre sans moi, j'étais le seul homme qu'il y eût pour elle au monde, elle avait peur de m'ennuyer parce que ma présence lui ôtait tout son esprit ; près de moi, ses facultés devenaient tout amour ; elle était d'ailleurs trop tendre pour ne pas avoir des craintes ; elle cherchait depuis six mois le moyen de m'attacher éternellement, et il n'y avait que Dieu qui connaissait ce secret-là : enfin elle faisait de moi son dieu !...

Les femmes qui entendaient alors de Marsay parurent offensées en se voyant si bien jouées, car il accompagna ces mots par des mines, par des poses de tête et des minauderies qui faisaient illusion.

— Au moment où j'allais croire à ces adorables faussetés, lui tenant toujours sa main moite dans la mienne, je lui dis : « Quand épouses-tu le duc ?... » Ce coup de pointe était si direct, mon regard si bien affronté avec le sien, et sa main si doucement posée dans la mienne, que son tressaillement, si léger qu'il fût, ne put être entièrement dissimulé ; son regard fléchit sous le mien, une faible rougeur nuança ses joues. « Le duc ! Que voulez-vous dire ? répondit-elle en feignant un profond étonnement. — Je sais tout, repris-je ; et, dans mon opinion, vous ne devez plus tarder : il est riche, il est duc ; mais il est plus que dévot, il est religieux ! Aussi suis-je certain que vous m'avez été fidèle, grâce à ses scrupules. Vous ne sauriez croire combien il est urgent pour vous de le compromettre vis-à-vis de lui-même et de

Dieu ; sans cela, vous n'en finiriez jamais. — Est-ce un rêve ? dit-elle en faisant sur ses cheveux au-dessus du front, quinze ans avant la Malibran, le si célèbre geste de la Malibran. — Allons, ne fais pas l'enfant, mon ange, lui dis-je en voulant lui prendre les mains. Mais elle se croisa les mains sur la taille avec un petit air prude et courroucé. — Épousez-le, je vous le permets, repris-je en répondant à son geste par le *vous* de salon. Il y a mieux, je vous y engage. — Mais, dit-elle en tombant à mes genoux, il y a quelque horrible méprise : je n'aime que toi dans le monde ; tu peux m'en demander les preuves que tu voudras. — Relevez-vous, ma chère, et faites-moi l'honneur d'être franche. — Comme avec Dieu. — Doutez-vous de mon amour ? — Non. — De ma fidélité ? — Non. — Eh ! bien, j'ai commis le plus grand des crimes, repris-je, j'ai douté de votre amour et de votre fidélité. Entre deux ivresses, je me suis mis à regarder tranquillement autour de moi. — Tranquillement ! s'écria-t-elle en soupirant. En voilà bien assez. Henri, vous ne m'aimez plus. Elle avait déjà trouvé, comme vous le voyez, une porte pour s'évader. Dans ces sortes de scènes un adverbe est bien dangereux. Mais heureusement la curiosité lui fit ajouter : — Et qu'avez-vous vu ? Ai-je jamais parlé au duc autrement que dans le monde ? avez-vous surpris dans mes yeux... ? — Non, dis-je ; mais dans les siens. Et vous m'avez fait aller huit fois à Saint-Thomas-d'Aquin vous voir entendant la même messe que lui. — Ah ! s'écria-t-elle enfin, je vous ai donc rendu jaloux. — Oh ! je voudrais bien l'être, lui dis-je en admirant la souplesse de cette vive intelligence et ces tours d'acrobate qui ne réussissent que devant des aveugles. Mais, à force d'aller à l'église, je suis devenu très incrédule. Le jour de mon premier rhume et de votre première tromperie, quand vous m'avez cru au lit, vous avez reçu le duc, et vous m'avez dit n'avoir vu personne. — Savez-vous que votre conduite est infâme ? — En quoi ? Je trouve que votre mariage avec le duc est une excellente affaire : il vous donne un beau nom, la seule position qui vous convienne, une situation brillante, honorable. Vous serez l'une des reines de Paris. J'aurais des torts envers vous si je mettais un obstacle à cet arrangement, à cette vie honorable, à cette superbe alliance. Ah ! quelque jour, Charlotte, vous me rendrez justice en découvrant combien mon caractère est différent de celui des autres jeunes gens... Vous alliez être forcée de me tromper... Oui, vous eussiez été très embarrassée de rompre avec moi, car il vous épie. Il est temps de nous séparer, le duc est d'une vertu sévère. Il faut que vous deveniez prude, je vous le conseille. Le duc est vain, il sera fier de sa femme. — Ah ! me dit-elle en fondant en larmes, Henri, si tu avais parlé ! oui, si tu l'avais voulu (j'avais tort, comprenez-vous ?), nous fussions allés vivre toute notre vie dans un coin, mariés, heureux, à la face du monde. — Enfin, il est trop tard, repris-je en lui baisant les mains et prenant un petit air de victime. — Mon Dieu ! mais je puis tout défaire, reprit-elle. — Non, vous êtes trop avancée avec le duc. Je dois même faire un voyage pour nous mieux séparer. Nous aurions à craindre l'un et l'autre notre propre amour... — Croyez-vous, Henri, que le duc ait des soupçons ? J'étais encore Henri, mais j'avais pour toujours perdu le *tu*. — Je ne le pense pas, répondis-je, en prenant les manières et le ton d'un *ami ;* mais soyez tout à fait dévote, réconciliez-vous avec Dieu, car le duc attend des preuves, il hésite, et il faut le décider. » Elle se leva, fit deux fois le tour de son boudoir dans une agitation véritable ou feinte; puis elle trouva sans doute une pose et un regard en harmonie avec cette situation nouvelle, car elle s'arrêta devant moi, me tendit la main et me dit d'un son de voix ému : « Eh ! bien, Henri, vous êtes un loyal, un noble et charmant homme : je ne vous oublierai jamais. » Ce fut d'une admirable stratégie. Elle fut ravissante dans cette transition, nécessaire à la situation dans laquelle elle voulait se mettre vis-à-vis de moi. Je pris l'attitude, les manières et le regard d'un homme si profondément affligé que je vis sa dignité trop récente mollir ; elle me regarda, me prit par la main, m'attira, me jeta presque, mais doucement, sur le divan, et me dit après un moment de silence : « Je suis profondément triste, mon enfant. Vous m'aimez ? — Oh ! oui. — Eh ! bien, qu'allez-vous devenir ? »

Ici, toutes les femmes échangèrent un regard.

— Si j'ai souffert en me rappelant sa trahison, je ris encore de l'air d'intime conviction et de douce satisfaction intérieure qu'elle avait, sinon de ma mort, du moins d'une mélancolie éternelle, reprit de Marsay. Oh ! ne riez pas encore, dit-il aux convives, il y a mieux. Je la regardai très amoureusement après une pause, et lui dis : « Oui, voilà ce que je me suis demandé. — Eh ! bien, que ferez-vous ? — Je me le suis demandé le lendemain de mon rhume. — Et... ? dit-elle avec une visible inquiétude. — Et je me suis mis en mesure auprès de cette petite dame à qui j'étais censé faire la cour. » Charlotte se dressa de dessus le divan comme une biche surprise, trembla comme une feuille, me jeta l'un de ces regards dans lesquels les femmes oublient toute leur dignité, toute leur pudeur, leur finesse, leur grâce même, l'étincelant regard de la vipère poursuivie, forcée dans son coin, et me dit :

« Et moi qui l'aimais ! moi qui combattais ! moi qui... Elle fit sur la troisième idée, que je vous laisse à deviner, le plus beau point d'orgue que j'aie entendu. — Mon Dieu ! s'écria-t-elle, sommes-nous malheureuses ! Nous ne pouvons jamais être aimées. Il n'y a jamais rien de sérieux pour vous dans les sentiments les plus purs. Mais, allez, quand vous friponnez, vous êtes encore nos dupes. — Je le vois bien, dis-je d'un air contrit. Vous avez beaucoup trop d'esprit dans votre colère pour que votre cœur en souffre. Cette modeste épigramme redoubla sa fureur, elle trouva des larmes de dépit. — Vous me déshonorez le monde et la vie, dit-elle, vous m'enlevez toutes mes illusions, vous me dépravez le cœur. Elle me dit tout ce que j'avais le droit de lui dire avec une simplicité d'effronterie, avec une témérité naïve qui certes eussent cloué sur place un autre homme que moi. — Qu'allons-nous être, pauvres femmes, dans la société que nous fait la Charte de Louis XVIII !... (Jugez jusqu'où l'avait entraînée sa phraséologie.) — Oui, nous sommes nées pour souffrir. En fait de passion, nous sommes toujours au-dessus et vous au-dessous de la loyauté. Vous n'avez rien d'honnête au cœur. Pour vous l'amour est un jeu où vous trichez toujours. — Chère, lui dis-je, prendre quelque chose au sérieux dans la société actuelle, ce serait filer le parfait amour avec une actrice. — Quelle infâme trahison ! elle a été raisonnée... — Non, raisonnable. — Adieu, monsieur de Marsay, dit-elle, vous m'avez horriblement trompée... — Madame la duchesse, répondis-je en prenant une attitude soumise, se souviendra-t-elle donc des injures de Charlotte ? — Certes, dit-elle d'un ton amer. — Ainsi, vous me détestez ? » Elle inclina la tête, et je me dis en moi-même : il y a de la ressource ! Je partis sur un sentiment qui lui laissait croire qu'elle avait quelque chose à venger. Eh! bien, mes amis, j'ai beaucoup étudié la vie des hommes qui ont eu des succès auprès des femmes, mais je ne crois pas que ni le maréchal de Richelieu, ni Lauzun, ni Louis de Valois aient jamais fait, pour la première fois, une si savante retraite. Quant à mon esprit et à mon cœur, ils se sont formés là pour toujours, et l'empire qu'alors j'ai su conquérir sur les mouvements irréfléchis qui nous font faire tant de sottises, m'a donné ce beau sang-froid que vous connaissez.

— Combien je plains la seconde! dit la baronne de Nucingen.

Un sourire imperceptible, qui vint effleurer les lèvres pâles de de Marsey, fit rougir Delphine de Nucingen.

— *Gomme on ouplie!* s'écria le baron de Nucingen.

La naïveté du célèbre banquier eut un tel succès que sa femme, qui fut cette *seconde* de de Marsay, ne put s'empêcher de rire comme tout le monde.

— Vous êtes tous disposés à condamner cette femme, dit lady Dudley, eh! bien, je comprends comment elle ne considérait pas son mariage comme une inconstance! Les hommes ne veulent jamais distinguer entre la constance et la fidélité. Je connais la femme de qui monsieur de Marsay nous a conté l'histoire, et c'est une de vos dernières grandes dames!...

— Hélas! milady, vous avez raison, reprit de Marsay. Depuis cinquante ans bientôt nous assistons à la ruine continue de toutes les distinctions sociales, nous aurions dû sauver les femmes de ce grand naufrage, mais le Code civil a passé sur leurs têtes le niveau de ses articles. Quelque terribles que soient ces paroles, disons-les : les duchesses s'en vont, et les marquises aussi ! Quant aux baronnes, j'en demande pardon à madame de Nucingen, qui se fera comtesse quand son mari deviendra pair de France, les baronnes n'ont jamais pu se faire prendre au sérieux.

— L'aristocratie commence à la vicomtesse, dit Blondet en souriant.

— Les comtesses resteront, reprit de Marsay. Une femme élégante sera plus ou moins comtesse, comtesse de l'Empire ou d'hier, comtesse de vieille roche, ou, comme on dit en italien, comtesse de politesse. Mais quant à la grande dame, elle est morte avec l'entourage grandiose du dernier siècle, avec la poudre, les mouches, les mules à talons, les corsets busqués ornés d'un delta de nœuds en rubans. Les duchesses aujourd'hui passent par les portes sans qu'il soit besoin de les faire élargir pour leurs paniers. Enfin, l'Empire a vu les dernières robes à queue ! Je suis encore à comprendre comment le souverain qui voulait faire balayer sa cour par le satin ou le velours de robes ducales n'a pas établi pour certaines familles le droit d'aînesse par d'indestructibles lois. Napoléon n'a pas deviné les effets de ce Code qui le rendait si fier. Cet homme, en créant ses duchesses, engendrait nos *femmes comme il faut d'aujourd'hui*, le produit médiat de sa législation[8].

— La pensée, prise comme un marteau et par l'enfant qui sort du collège et par le journaliste obscur, a démoli les magnificences de l'état social, dit le comte de Vandenesse. Aujourd'hui, tout drôle qui peut convenablement soutenir sa tête sur un col, couvrir sa puissante poitrine d'homme d'une demi-aune de satin en forme de cuirasse, montrer un front où reluise un génie apocryphe sous des cheveux bouclés, se dandiner sur deux escarpins vernis ornés de chaussettes en soie qui coûtent six francs, tient son lorgnon dans une de ses arcades sourcilières en plissant le haut de sa joue[9], et, fût-il clerc d'avoué, fils d'entrepreneur ou bâtard de banquier, il toise impertinemment la plus jolie duchesse, l'évalue quand elle descend l'escalier d'un théâtre, et dit à son ami habillé par Buisson, chez qui nous nous habillons tous, et monté sur vernis comme le premier duc venu : « Voilà, mon cher, une femme comme il faut. »

— Vous n'avez pas su, dit lord Dudley, devenir un parti, vous n'aurez pas de politique d'ici longtemps. En France, vous parlez beaucoup d'organiser le Travail et vous n'avez pas encore organisé la Propriété. Voici donc ce qui vous arrive : un duc quelconque (il s'en rencontrait encore sous Louis XVIII ou sous Charles X, qui possédaient deux cent mille livres de rente, un magnifique hôtel, un domestique[10] somptueux), ce duc pouvait se conduire en grand seigneur. Le dernier de ces grands seigneurs français est le prince de Talleyrand. Ce duc laisse quatre enfants, dont deux filles. En supposant beaucoup de bonheur dans la manière dont il les a mariés tous, chacun de ses hoirs[11] n'a plus que soixante ou quatre-vingt mille livres de rente aujourd'hui ; chacun d'eux est père ou mère de plusieurs enfants, conséquemment obligé de vivre dans un appartement, au rez-de-chaussée ou au premier étage d'une maison, avec la plus grande économie ; qui sait même s'ils ne quêtent pas une fortune ? Dès lors la femme du fils aîné, qui n'est duchesse que de nom, n'a ni sa voiture, ni ses gens, ni sa loge, ni son temps à elle ; elle n'a ni son appartement dans son hôtel, ni sa fortune, ni ses babioles ; elle est enterrée dans le mariage comme une femme de la rue Saint-Denis l'est dans son commerce ; elle achète les bas de ses chers petits enfants, les nourrit et surveille ses filles qu'elle ne met plus au couvent. Vos femmes les plus nobles sont ainsi devenues d'estimables couveuses.

— Hélas ! oui, dit Joseph Bridau. Notre époque n'a plus ces belles fleurs féminines qui ont orné les grands siècles de la Monarchie française. L'éventail de la grande dame est brisé. La femme n'a plus à rougir, à médire, à chuchoter, à se cacher, à se montrer. L'éventail ne sert plus qu'à s'éventer. Quand une chose n'est plus que ce qu'elle est, elle est trop utile pour appartenir au luxe.

— Tout en France a été complice de la femme comme il faut, dit Daniel d'Arthez. L'aristocratie y a consenti par sa retraite au fond de ses terres où elle est allée se cacher pour mourir, émigrant à l'intérieur devant les idées, comme jadis à l'étranger devant les masses populaires. Les femmes qui pouvaient fonder des salons européens, commander l'opinion, la retourner comme un gant, dominer le monde en dominant les hommes d'art ou de pensée qui devaient le dominer, ont commis la faute d'abandonner le terrain, honteuses d'avoir à lutter avec une bourgeoisie enivrée de pouvoir et débouchant sur la scène du monde pour s'y faire peut-être hacher en morceaux par les barbares qui la talonnent. Aussi, là où les bourgeois veulent voir des princesses, n'aperçoit-on que des jeunes personnes comme il faut. Aujourd'hui les princes ne trouvent plus de grandes dames à compromettre, ils ne peuvent même plus illustrer une femme prise au hasard. Le duc de Bourbon est le dernier prince qui ait usé de ce privilège.

— Et Dieu sait seul ce qu'il lui en coûte ! dit lord Dudley.

— Aujourd'hui, les princes ont des femmes comme il faut, obligées de payer en commun leur loge avec des amies, et que la faveur royale ne grandirait pas d'une ligne, qui filent sans éclat entre les eaux de la bourgeoisie et celles de la noblesse, ni tout à fait nobles, ni tout à fait bourgeoises, dit amèrement la marquise de Rochefide.

— La Presse a hérité de la Femme, s'écria Rastignac. La femme n'a plus le mérite du feuilleton parlé, des délicieuses médisances ornées de beau langage. Nous lisons des feuilletons écrits dans un patois qui change tous les trois ans, de petits journaux plaisants comme des croque-morts, et légers comme le plomb de leurs caractères. Les conversations françaises se font en iroquois révolutionnaire d'un bout à l'autre de la France par de longues colonnes imprimées dans des hôtels où grince une presse à la place des cercles élégants qui y brillaient jadis.

— Le glas de la haute société sonne, entendez-vous ! dit un prince russe, et le premier coup est votre mot moderne de *femme comme il faut !*

— Vous avez raison, mon prince, dit de Marsay. Cette femme, sortie des rangs de la noblesse, ou poussée de la bourgeoisie, venue de tout terrain, même de la province, est l'expression du temps actuel, une dernière image du bon goût, de l'esprit, de la grâce, de la distinction réunis, mais amoindris. Nous ne verrons plus de grandes dames en France, mais il y aura pendant longtemps des femmes comme il faut, envoyées par l'opinion publique dans une haute chambre féminine, et qui seront pour le beau sexe ce qu'est le *gentleman* en Angleterre.

— Et ils appellent cela être en progrès ! dit mademoiselle des Touches ; je voudrais savoir où est le progrès.

— Ah ! le voici, dit madame de Nucingen. Autrefois une femme pouvait avoir une voix de harengère, une démarche de grenadier, un front de courtisane audacieuse, les cheveux plantés en arrière, le pied gros, la main épaisse, elle était néanmoins une grande dame ; mais aujourd'hui, fût-elle une Montmorency, si les demoiselles de Montmorency pouvaient jamais être ainsi, elle ne serait pas une femme comme il faut.

— Mais, qu'entendez-vous par une femme comme il faut ? demanda naïvement le comte Adam Laginski.

— C'est une création moderne, un déplorable triomphe du système électif appliqué au beau sexe, dit le ministre. Chaque révolution a son mot, un mot où elle se résume et qui la peint.

— Vous avez raison, dit le prince russe qui était venu se faire une réputation littéraire à Paris. Expliquer certains mots ajoutés de siècle en siècle à votre belle langue, ce serait faire une magnifique histoire. Organiser, par exemple, est un mot de l'Empire, et qui contient Napoléon tout entier.

— Tout cela ne me dit pas ce qu'est une femme comme il faut ! s'écria le jeune Polonais.

— Eh ! bien, je vais vous l'expliquer, répondit Émile Blondet au comte Adam. Par une jolie matinée, vous flânez dans Paris. Il est plus de deux heures, mais cinq heures ne sont pas sonnées. Vous voyez venir à vous une femme ; le premier coup d'œil jeté sur elle est comme la préface d'un beau livre, il vous fait pressentir un monde de choses élégantes et fines. Comme le botaniste à travers monts et vaux de son herborisation, parmi les vulgarités parisiennes vous rencontrez enfin une fleur rare. Ou cette femme est accompagnée de deux hommes très distingués, dont un au moins est décoré, ou quelque domestique en petite tenue la suit à dix pas de distance. Elle ne porte ni couleurs éclatantes, ni bas à jours, ni boucle de ceinture trop travaillée, ni pantalons à manchettes brodées bouillonnant autour de sa cheville. Vous remarquez à ses pieds soit des souliers de prunelle à cothurnes croisés sur un bas de coton d'une finesse excessive ou sur un bas de soie uni de couleur grise, soit des brodequins de la plus exquise simplicité. Une étoffe assez jolie et d'un prix médiocre vous fait distinguer sa robe, dont la façon surprend plus d'une bourgeoise : c'est presque toujours une redingote attachée par des nœuds, et mignonnement bordée d'une ganse ou d'un filet imperceptible. L'inconnue a une manière à elle de s'envelopper dans un châle ou dans une mante ; elle sait se prendre de la chute des reins au cou, en dessinant une sorte de carapace qui changerait une bourgeoise en tortue, mais sous laquelle elle vous indique les plus belles formes, tout en les voilant. Par quel moyen ? Ce secret, elle le garde sans être protégée par aucun brevet d'invention. Elle se donne par la marche un certain mouvement concentrique et harmonieux qui fait frissonner sous l'étoffe sa forme suave ou dangereuse, comme à midi la couleuvre sous la gaze verte de son herbe frémissante. Doit-elle à un ange ou à un diable cette ondulation gracieuse qui joue sous la longue chape de soie noire, en agite la dentelle au bord, répand un baume aérien, et que je nommerais volontiers la brise de la Parisienne ? Vous reconnaîtrez sur les bras, à la taille, autour du cou, une science de plis qui drape la plus rétive étoffe, de manière à vous rappeler la Mnémosyne antique. Ah ! comme elle entend, passez-moi cette expression, *la coupe de la démarche* ! Examinez bien cette façon d'avancer le pied en moulant la robe avec une si décente précision qu'elle excite chez le passant une admiration mêlée de désir, mais comprimée par un profond respect. Quand une Anglaise essaie de ce pas, elle a l'air d'un grenadier qui se porte en avant pour attaquer une redoute. A la femme de Paris le génie de la démarche ! Aussi la municipalité lui devait-elle l'asphalte des trottoirs. Cette inconnue ne heurte personne. Pour passer, elle attend avec une orgueilleuse modestie qu'on lui fasse place. La distinction particulière aux femmes bien élevées se trahit surtout par la manière dont elle tient le châle ou la mante croisés sur sa poitrine. Elle vous a, tout en marchant, un petit air digne et serein, comme les madones de Raphaël dans leur cadre. Sa pose, à la fois tranquille et dédaigneuse, oblige le plus insolent dandy à se déranger pour elle. Le chapeau, d'une simplicité remarquable, a des rubans frais. Peut-être y aura-t-il des fleurs, mais les plus habiles de ces femmes n'ont que des nœuds. La plume veut la voiture, les fleurs attirent trop le regard. Là-dessous vous voyez la figure fraîche et reposée d'une femme sûre d'elle-même sans fatuité, qui ne regarde rien et voit tout, dont la vanité, blasée par une continuelle satisfaction, répand sur sa physionomie une indifférence qui pique la curiosité. Elle sait qu'on l'étudie, elle sait que presque tous, même les femmes, se retournent pour la revoir. Aussi traverse-t-elle Paris comme un fil de la Vierge, blanche et pure. Cette belle espèce affectionne les latitudes les plus chaudes, les longitudes les plus propres de Paris ; vous la trouverez entre la 10e et la 110e arcade de la rue de Rivoli ; sous la Ligne des boulevards, depuis l'Équateur des Panoramas, où fleurissent les productions des Indes, où s'épanouissent les plus chaudes créations de l'industrie, jusqu'au cap de la Madeleine ; dans les contrées les moins crottées de bourgeoisie, entre le 30e et le 150e numéro de la rue du Faubourg-Saint-Honoré. Durant l'hiver, elle se plaît sur la terrasse des Feuillants, et point sur le trottoir en bitume qui la longe. Selon le temps, elle vole dans l'allée des Champs-Élysées, bordée à l'est par la place Louis XV [12], à l'ouest par l'avenue de Marigny, au midi par la chaussée, au nord par les jardins du faubourg Saint-Honoré. Jamais vous ne rencontrerez cette jolie variété de femme dans les régions hyperboréales de la rue Saint-Denis, jamais dans les Kamtschatka des rues boueuses, petites ou commerciales ; jamais nulle part par le mauvais temps. Ces fleurs de Paris éclosent par un temps oriental, parfument les promenades, et, passé cinq heures, se replient comme les belles-de-jour. Les femmes que vous verrez plus tard ayant un peu de leur air, essayant de les singer, sont des femmes *comme il en faut;* tandis que la belle inconnue, votre Béatrix de la journée, est la *femme comme il faut.* Il n'est pas facile pour les étrangers, cher comte, de reconnaître les différences auxquelles les observateurs émérites les distinguent, tant la femme est comédienne, mais elles crèvent les yeux aux Parisiens : c'est des agrafes mal cachées, des cordons qui montrent leur lacis d'un blanc roux au dos de la robe par une fente entrebâillée, des souliers éraillés, des rubans de chapeau repassés, une robe trop bouffante, une tournure trop gommée. Vous remarquerez une sorte d'effort dans l'abaissement prémédité de la paupière. Il y a de la convention dans la pose. Quant à la bourgeoise, il est impossible de la confondre avec la femme comme il faut ; elle la fait admirablement ressortir, elle explique le charme que vous a jeté votre inconnue. La bourgeoise est affairée, sort par tous les temps, trotte, va, vient, regarde, ne sait pas si elle entrera, si elle n'entrera pas dans un magasin. Là où la femme comme il faut sait bien ce qu'elle veut et ce qu'elle fait, la bourgeoise est indécise, retrousse sa robe pour passer un ruisseau, traîne avec elle un enfant qui l'oblige à guetter les voitures ; elle est mère en public, et cause avec sa fille ; elle a de l'argent dans son cabas et des bas à jour aux pieds ; en hiver, elle a un boa par-dessus une pèlerine en fourrure, un châle et une écharpe en été : la bourgeoise entend admirablement les pléonasmes de toilette. Votre belle promeneuse, vous la retrouverez aux Italiens, à l'Opéra, dans un bal. Elle se montre alors sous un aspect si différent, que vous diriez deux créations sans analogie. La femme est sortie de ses vêtements mystérieux comme un papillon de sa larve soyeuse. Elle sert, comme une friandise, à vos yeux ravis les formes que le matin son corsage modelait à peine. Au théâtre, elle ne dépasse pas les secondes loges, excepté aux Italiens. Vous pourrez alors étudier à votre aise la savante lenteur de ses mouvements. L'adorable trompeuse use des petits artifices politiques de la femme avec un naturel qui exclut toute idée d'art et de préméditation. A-t-elle une main royalement belle, le plus fin croira qu'il était absolument nécessaire de rouler, de remonter ou d'écarter celle de ses *ringleets* [13] ou de ses boucles qu'elle caresse. Si elle a quelque splendeur dans le profil, il vous paraîtra qu'elle donne de l'ironie ou de la grâce à ce qu'elle dit au voisin, en se posant de manière à produire ce magique effet de profil perdu tant affectionné par les grands peintres, qui attire la lumière sur la joue, dessine le nez par une ligne nette, illumine le rose des narines, coupe le front à vive arête, laisse au regard sa paillette de feu, mais dirigée dans l'espace, et pique d'un trait de lumière la blanche rondeur du menton. Si elle a un joli pied, elle se jettera sur un divan avec la coquetterie d'une chatte au soleil, les pieds en avant, sans que vous trouviez à son attitude autre chose que le plus délicieux modèle donné par la lassitude à la statuaire. Il n'y a que la femme comme il faut pour être à l'aise dans sa toilette ; rien ne la gêne. Vous ne la surprendrez jamais, comme une bourgeoise, à remonter une épaulette récalcitrante, à faire descendre un busc insubordonné, à regarder si la gorgerette accomplit son office de gardien infidèle autour de deux trésors étincelant de blancheur, à se regarder dans les glaces pour savoir si la coiffure se maintient dans ses quartiers. Sa toilette est toujours en harmonie avec son caractère ; elle a eu le temps de s'étudier, de décider ce qui lui va bien, car elle connaît depuis longtemps ce qui ne lui va pas. Vous ne la verrez pas à la sortie, elle disparaît avant la fin du spectacle. Si par hasard elle se montre calme et noble sur les marches rouges de l'escalier, elle éprouve alors des sentiments violents. Elle est là par ordre, elle a quelque regard furtif à donner, quelque promesse à recevoir. Peut-être descend-elle ainsi lentement pour satisfaire la vanité d'un esclave auquel elle obéit parfois. Si votre rencontre a lieu dans un bal ou dans une soirée, vous recueillerez le miel affecté ou naturel de sa voix rusée ; vous serez ravi de sa parole vide, mais à laquelle elle saura communiquer la valeur de la pensée par un manège inimitable.

— Pour être femme comme il faut, n'est-il pas nécessaire d'avoir de l'esprit ? demanda le comte polonais.

— Il est impossible de l'être sans avoir beaucoup de goût, répondit madame d'Espard.

— Et en France avoir du goût, c'est avoir plus que de l'esprit, dit le Russe.

— L'esprit de cette femme est le triomphe d'un art

tout plastique, reprit Blondet. Vous ne saurez pas ce qu'elle a dit, mais vous serez charmé. Elle aura hoché la tête, ou gentiment haussé ses blanches épaules, elle aura doré une phrase insignifiante par le sourire d'une petite moue charmante, ou aura mis l'épigramme de Voltaire dans un *hein !* dans un *ah !* dans un *et donc !* Un air de tête sera la plus active interrogation ; elle donnera de la signification au mouvement par lequel elle fait danser une cassolette attachée à son doigt par un anneau. C'est des grandeurs artificielles obtenues par des petitesses superlatives : elle a fait retomber noblement sa main en la suspendant au bras du fauteuil comme des gouttes de rosée à la marge d'une fleur, et tout a été dit, elle a rendu un jugement sans appel à émouvoir le plus insensible. Elle a su vous écouter, elle vous a procuré l'occasion d'être spirituel, et j'en appelle à votre modestie, ces moments-là sont rares.

L'air candide du jeune Polonais à qui Blondet s'adressait fit éclater de rire tous les convives.

— Vous ne causez pas une demi-heure avec une bourgeoise sans qu'elle fasse apparaître son mari sous une forme quelconque, reprit Blondet qui ne perdit rien de sa gravité : mais si vous savez que votre femme comme il faut est mariée, elle a eu la délicatesse de si bien dissimuler son mari, qu'il vous faut un travail de Christophe Colomb pour le découvrir. Souvent vous n'y réussissez pas tout seul. Si vous n'avez pu questionner personne, à la fin de la soirée vous la surprenez à regarder fixement un homme entre deux âges et décoré, qui baisse la tête et sort. Elle a demandé sa voiture et part. Vous n'êtes pas la rose, mais vous avez été près d'elle, et vous vous couchez sous les lambris dorés d'un délicieux rêve qui se continuera peut-être lorsque le Sommeil aura, de son doigt pesant, ouvert les portes d'ivoire du temple des fantaisies. Chez elle, aucune femme comme il faut n'est visible avant quatre heures quand elle reçoit. Elle est assez savante pour vous faire toujours attendre. Vous trouverez tout de bon goût dans sa maison, son luxe est de tous les moments et se rafraîchit à propos ; vous ne verrez rien sous des cages de verre, ni les chiffons d'aucune enveloppe appendue comme un garde-manger. Vous aurez chaud dans l'escalier. Partout des fleurs égaieront vos regards ; les fleurs, seul présent qu'elle accepte, et de quelques personnes seulement : les bouquets ne vivent qu'un jour, donnent du plaisir et veulent être renouvelés ; pour elle, ils sont, comme en Orient, un symbole, une promesse. Les coûteuses bagatelles à la mode sont étalées, mais sans viser au musée ni à la boutique de curiosités. Vous la surprendrez au coin de son feu, sur sa causeuse, d'où elle vous saluera sans se lever. Sa conversation ne sera plus celle du bal. Ailleurs elle était votre créancière, chez elle son esprit vous doit du plaisir. Ces nuances, les femmes comme il faut les possèdent à merveille. Elle aime en vous un homme qui va grossir sa société, l'objet des soins et des inquiétudes que se donnent aujourd'hui les femmes comme il faut. Aussi, pour vous fixer dans son salon, sera-t-elle d'une ravissante coquetterie. Vous sentez là surtout combien les femmes sont isolées aujourd'hui, pourquoi elles veulent avoir un petit monde à qui elles servent de constellation. La causerie est impossible sans généralités.

— Oui, dit de Marsay, tu saisis bien le défaut de notre époque. L'épigramme, ce livre en un mot, ne tombe plus, comme pendant le dix-huitième siècle, ni sur les personnes, ni sur les choses, mais sur des événements mesquins, et meurt avec la journée.

— Aussi l'esprit de la femme comme il faut, quand elle en a, reprit Blondet, consiste-t-il à mettre tout en doute, comme celui de la bourgeoise lui sert à tout affirmer. Là est la grande différence entre ces deux femmes : la bourgeoise a certainement de la vertu, la femme comme il faut ne sait pas si elle en a encore, ou si elle en aura toujours ; elle hésite et résiste là où l'autre refuse net pour tomber à plat. Cette hésitation en toute chose est une des dernières grâces que lui laisse notre horrible époque. Elle va rarement à l'église, mais elle parlera religion et voudra vous convertir si vous avez le bon goût de faire l'esprit fort, car vous aurez ouvert une issue aux phrases stéréotypées, aux airs de tête et aux gestes convenus entre toutes ces femmes : « Ah ! fi donc ! je vous croyais trop d'esprit pour attaquer la religion ! La société croule et vous lui ôtez son soutien. Mais la religion, en ce moment, c'est vous et moi, c'est la propriété, c'est l'avenir de nos enfants. Ah ! ne soyons pas égoïstes. L'individualisme est la maladie de l'époque, et la religion en est le seul remède, elle unit les familles que vos lois désunissent », etc. Elle entame alors un discours néo-chrétien saupoudré d'idées politiques, qui n'est ni catholique ni protestant, mais moral, oh ! moral en diable, où vous reconnaissez une pièce de chaque étoffe qu'ont tissue les doctrines modernes aux prises.

Les femmes ne purent s'empêcher de rire des minauderies par lesquelles Émile illustrait ses railleries.

— Ce discours, cher comte Adam, dit Blondet en regardant le Polonais, vous démontrera que la femme comme il faut ne représente pas moins le gâchis intellectuel que le gâchis politique, de même qu'elle est entourée des brillants et peu solides produits d'une industrie qui pense sans cesse à détruire ses œuvres pour les remplacer. Vous sortirez de chez elle en vous disant : « Elle a décidément de la supériorité dans les idées ! » Vous le croirez d'autant plus qu'elle aura sondé votre cœur et votre esprit d'une main délicate, elle vous aura demandé vos secrets ; car la femme comme il faut paraît tout ignorer pour tout apprendre ; il y a des choses qu'elle ne sait jamais, même quand elle les sait. Seulement vous serez inquiet, vous ignorerez l'état de son cœur. Autrefois les grandes dames aimaient avec affiches, journal à la main et annonces ; aujourd'hui la femme comme il faut a sa petite passion réglée comme un papier de musique, avec ses croches, ses noires, ses blanches, ses soupirs, ses points d'orgue, ses dièses à la clef. Faible femme, elle ne veut compromettre ni son amour, ni son mari, ni l'avenir de ses enfants. Aujourd'hui le nom, la position, la fortune ne sont plus des pavillons assez respectés pour couvrir toutes les marchandises à bord. L'aristocratie entière ne s'avance plus pour servir de paravent à une femme en faute. La femme comme il faut n'a donc point, comme la grande dame d'autrefois, une allure de haute lutte, elle ne peut rien briser sous son pied, c'est elle qui serait brisée. Aussi est-elle la femme des jésuitiques *mezzo termine,* des plus louches tempéraments, des convenances gardées, des passions anonymes menées entre deux rives à brisants. Elle redoute ses domestiques comme une Anglaise qui a toujours en perspective le procès en criminelle conversation [14]. Cette femme si libre au bal, si jolie à la promenade, est esclave au logis ; elle n'a d'indépendance qu'à huis clos, ou dans les idées. Elle veut rester femme comme il faut. Voilà son thème. Or, aujourd'hui, la femme quittée par son mari, réduite à une maigre pension, sans voiture, ni luxe, ni loges, sans les divins accessoires de la toilette, n'est plus ni femme, ni fille, ni bourgeoise ; elle est dissoute et devient une chose. Les carmélites ne veulent pas d'une femme mariée, il y aurait bigamie ; son amant en voudra-t-il toujours ? Là est la question. La femme comme il faut peut donner lieu peut-être à la calomnie, jamais à la médisance.

— Tout cela est horriblement vrai, dit la princesse de Cadignan.

— Aussi, reprit Blondet, la femme comme il faut vit-elle entre l'hypocrisie anglaise et la gracieuse franchise du dix-huitième siècle ; système bâtard qui révèle un temps où rien de ce qui succède ne ressemble à ce qui s'en va, où les transitions ne mènent à rien, où il n'y a que des nuances, où les grandes figures s'effacent, où les distinctions sont purement personnelles. Dans ma conviction, il est impossible qu'une femme, fût-elle née aux environs du trône, acquière avant vingt-cinq ans la science encyclopédique des riens, la connaissance des manèges, les grandes petites choses, les musiques de voix et les harmonies de couleurs, les diableries angéliques et les innocentes roueries, le langage et le mutisme, le sérieux et les railleries, l'esprit et la bêtise, la diplomatie et l'ignorance, qui constituent la femme comme il faut.

— D'après le programme que vous venez de nous tracer, dit mademoiselle des Touches à Émile Blondet, où classeriez-vous la femme auteur ? Est-ce une femme comme il faut ?

— Quand elle n'a pas de génie, c'est une femme comme il n'en faut pas, répondit Émile Blondet en accompagnant sa réponse d'un regard fin qui pouvait passer pour un éloge adressé franchement à Camille

Maupin[15]. Cette opinion n'est pas de moi, mais de Napoléon, ajouta-t-il.

— Oh ! n'en voulez pas à Napoléon, dit Canalis en laissant échapper un geste emphatique, ce fut une de ses petitesses d'être jaloux du génie littéraire, car il a eu des petitesses. Qui pourra jamais expliquer, peindre ou comprendre Napoléon ? Un homme qu'on représente les bras croisés, et qui a tout fait ! qui a été le plus beau pouvoir connu, le pouvoir le plus concentré, le plus mordant, le plus acide de tous les pouvoirs ; singulier génie qui a promené partout la civilisation armée sans la fixer nulle part ; un homme qui pouvait tout faire parce qu'il voulait tout ; prodigieux phénomène de volonté, domptant une maladie par une bataille, et qui cependant devait mourir de maladie dans son lit après avoir vécu au milieu des balles et des boulets ; un homme qui avait dans la tête un code et une épée, la parole et l'action ; esprit perspicace qui a tout deviné, excepté sa chute ; politique bizarre qui jouait les hommes à poignées par économie, et qui respecta trois têtes, celles de Talleyrand, de Pozzo di Borgo[16] et de Metternich, diplomates dont la mort eût sauvé l'Empire français, et qui lui paraissaient peser plus que des milliers de soldats ; homme auquel, par un rare privilège, la nature avait laissé un cœur dans son corps de bronze ; homme rieur et bon à minuit entre des femmes, et, le matin, maniant l'Europe comme une jeune fille qui s'amuserait à fouetter l'eau de son bain ! Hypocrite et généreux, aimant le clinquant et simple, sans goût et protégeant les arts ; malgré ces antithèses, grand en tout par instinct ou par organisation ; César à vingt-cinq ans, Cromwell à trente ; puis, comme un épicier du Père La Chaise[17], bon père et bon époux. Enfin, il a improvisé des monuments, des empires, des rois, des codes, des vers, un roman, et le tout avec plus de portée que de justesse. N'a-t-il pas voulu faire de l'Europe la France ? Et, après nous avoir fait peser sur la terre de manière à changer les lois de la gravitation, il nous a laissés plus pauvres que le jour où il avait mis la main sur nous. Et lui, qui avait pris un empire avec son nom, perdit son nom au bord de son empire, dans une mer de sang et de soldats. Homme qui, tout pensée et tout action, comprenait Desaix et Fouché !

— Tout arbitraire et tout justice à propos, le vrai roi ! dit de Marsay.

— Ah ! quel *blézir te tichérer en fus égoudant,* dit le baron de Nucingen.

— Mais croyez-vous que ce que nous vous servons soit commun ? dit Joseph Bridau. S'il fallait payer les plaisirs de la conversation comme vous payez ceux de la danse ou de la musique, votre fortune n'y suffirait pas ! Il n'y a pas deux représentations pour le même trait d'esprit.

— Sommes-nous donc si réellement diminuées que ces messieurs le pensent ? dit la princesse de Cadignan en adressant aux femmes un sourire à la fois douteur et moqueur. Parce qu'aujourd'hui, sous un régime qui rapetisse toutes choses, vous aimez les petits plats, les petits appartements, les petits tableaux, les petits articles, les petits journaux, les petits livres, est-ce à dire que les femmes seront aussi moins grandes ? Pourquoi le cœur humain changerait-il parce que vous changez d'habit ? A toutes les époques les passions seront les mêmes. Je sais d'admirables dévouements, de sublimes souffrances auxquelles manque la publicité, la gloire si vous voulez, qui jadis illustrait les fautes de quelques femmes. Mais pour n'avoir pas sauvé un roi de France, on n'en est pas moins Agnès

Sorel. Croyez-vous que notre chère marquise d'Espard ne vaille pas madame Doublet ou madame du Deffant, chez qui l'on disait et l'on faisait tant de mal ? Taglioni ne vaut-elle pas Camargo ? Malibran n'est-elle pas égale à la Saint-Huberti ? Nos poètes ne sont-ils pas supérieurs à ceux du dix-huitième siècle ? Si, dans ce moment, par la faute des épiciers qui gouvernent, nous n'avons pas de genre à nous, l'Empire n'a-t-il pas eu son cachet de même que le siècle de Louis XV, et sa splendeur ne fut-elle pas fabuleuse ? Les sciences ont-elles perdu ?

— Je suis de votre avis, madame, les femmes de cette époque sont vraiment grandes, répondit le général Montriveau. Quand la postérité sera venue pour nous, est-ce que madame Récamier n'aura pas des proportions aussi grandes que celles des femmes les plus belles des temps passés ? Nous avons fait tant d'histoire que les historiens manqueront ! Le siècle de Louis XIV n'a eu qu'une madame de Sévigné, nous en avons mille aujourd'hui dans Paris qui certes écrivent mieux qu'elle et qui ne publient pas leurs lettres. Que la femme française s'appelle *femme comme il faut* ou *grande dame,* elle sera toujours la femme par excellence. Émile Blondet nous a fait une peinture des agréments d'une femme d'aujourd'hui ; mais au besoin cette femme qui minaude, qui parade, qui gazouille les idées de messieurs tels et tels, serait héroïque ! Et, disons-le, vos fautes, mesdames, sont d'autant plus poétiques qu'elles seront toujours et en tout temps environnées des plus grands périls. J'ai beaucoup vu le monde, je l'ai peut-être observé trop tard ; mais, dans les circonstances où l'illégalité de vos sentiments pouvait être excusée, j'ai toujours remarqué les effets de je ne sais quel hasard, que vous pouvez appeler la

Providence, accablant fatalement celles que nous nommons des femmes légères.

— J'espère, dit madame de Vandenesse, que nous pouvons être grandes autrement...

— Oh ! laissez le marquis de Montriveau nous prêcher, s'écria madame d'Espard.

— D'autant plus qu'il a beaucoup prêché d'exemple, dit la baronne de Nucingen.

— Ma foi, reprit le général, entre tous les drames, car vous vous servez beaucoup de ce mot-là, dit-il en regardant Blondet, où s'est montré le doigt de Dieu, le plus effrayant de ceux que j'ai vus a été presque mon ouvrage...

— Eh ! bien, dites-nous-le ? s'écria Lady Barimore. J'aime tant à frémir.

— C'est un goût de femme vertueuse, répliqua de Marsay en regardant la charmante fille de lord Dudley.

— Pendant la campagne de 1812, dit alors le général Montriveau, je fus la cause involontaire d'un malheur affreux qui pourra vous servir, docteur Bianchon, dit-il en me regardant, vous qui vous occupez beaucoup de l'esprit humain en vous occupant du corps, à résoudre quelques-uns de vos problèmes sur la Volonté [18]. Je faisais ma seconde campagne, j'aimais le péril et je riais de tout, en jeune et simple lieutenant d'artillerie que j'étais ! Lorsque nous arrivâmes à la Bérésina, l'armée n'avait plus, comme vous le savez, de discipline, et ne connaissait plus l'obéissance militaire. C'était un ramas d'hommes de toutes nations, qui allait instinctivement du nord au midi. Les soldats chassaient de leurs foyers un général en haillons et pieds nus quand il ne leur apportait ni bois ni vivres. Après le passage de cette célèbre rivière, le désordre ne fut pas moindre. Je sortais tranquillement, tout seul, sans vivres, des marais de Zembin, et j'allais cherchant une maison où l'on voulût bien me recevoir. N'en trouvant pas, ou chassé de celles que je rencontrais, j'aperçus heureusement, vers le soir, une mauvaise petite ferme de Pologne, de laquelle rien ne pourrait vous donner une idée, à moins que vous n'ayez vu les maisons de bois de la Basse-Normandie ou les plus pauvres métairies de la Beauce. Ces habitations consistent en une seule chambre partagée dans un bout par une cloison en planches, et la plus petite pièce sert de magasin à fourrages. L'obscurité du crépuscule me permit de voir de loin une légère fumée qui s'échappait de cette maison. Espérant y trouver des camarades plus compatissants que ceux auxquels je m'étais adressé jusqu'alors, je marchai courageusement jusqu'à la ferme. En y entrant, je trouvai la table mise. Plusieurs officiers, parmi lesquels était une femme, spectacle assez ordinaire, mangeaient des pommes de terre, de la chair de cheval grillée sur des charbons et des betteraves gelées. Je reconnus parmi les convives deux ou trois capitaines d'artillerie du premier régiment dans lequel j'avais servi. Je fus accueilli par un hourra d'acclamations qui m'aurait fort étonné de l'autre côté de la Bérésina; mais en ce moment le froid était moins intense, mes camarades se reposaient, ils avaient chaud, ils mangeaient, et la salle jonchée de bottes de paille leur offrait la perspective d'une nuit de délices. Nous n'en demandions pas tant alors. Les camarades pouvaient être philanthropes gratis, une des manières les plus ordinaires d'être philanthrope. Je me mis à manger en m'asseyant sur des bottes de fourrage. Au bout de la table, du côté de la porte par laquelle on communiquait avec la petite pièce pleine de paille et de foin, se trouvait mon ancien colonel, un des hommes les plus extraordinaires que j'aie jamais rencontrés dans tout le ramassis d'hommes qu'il m'a été permis de voir. Il était Italien. Or, toutes les fois que la nature est belle dans les contrées méridionales, elle est alors sublime. Je ne sais si vous avez remarqué la singulière blancheur des Italiens quand ils sont blancs... C'est magnifique, aux lumières surtout. Lorsque je lus le fantastique portrait que Charles Nodier nous a tracé du colonel Oudet, j'ai retrouvé mes propres sensations dans chacune de ses phrases élégantes. Italien, comme la plupart des officiers qui commandaient son régiment, emprunté, du reste, par l'Empereur à l'armée d'Eugène, mon colonel était un homme de haute taille ; il avait bien cinq pieds huit à neuf pouces, admirablement proportionné, peut-être un peu gros, mais d'une vigueur prodigieuse, et leste, découplé comme un lévrier. Ses cheveux noirs, bouclés à profusion, faisaient valoir son teint blanc comme celui d'une femme ; il avait de petites mains, un joli pied, une bouche gracieuse, un nez aquilin dont les lignes étaient minces et dont le bout se pinçait naturellement et blanchissait quand il était en colère, ce qui arrivait souvent. Son irascibilité passait si bien toute croyance, que je ne vous en dirai rien ; vous allez en juger d'ailleurs. Personne ne restait calme près de lui. Moi seul peut-être je ne le craignais pas ; il m'avait pris, il est vrai, dans une si singulière amitié que tout ce que je faisais, il le trouvait bon. Quand la colère le travaillait, son front se crispait, et ses muscles dessinaient au milieu de son front un delta, ou, pour mieux dire, le fer à cheval de Redgauntlet [19]. Ce signe vous terrifiait encore plus peut-être que les éclairs magnétiques de ses yeux bleus. Tout son corps tressaillait alors, et sa force, déjà si grande à l'état normal, devenait presque sans bornes. Il grasseyait beaucoup. Sa voix, au moins aussi puissante que celle de l'Oudet de Charles Nodier, jetait une incroyable richesse de son dans la syllabe ou dans la consonne sur laquelle tombait ce grasseyement. Si ce vice de prononciation était une grâce chez lui dans certains moments, lorsqu'il commandait la manœuvre ou qu'il était ému, vous ne sauriez imaginer combien de puissance exprimait cette accentuation si vulgaire à Paris. Il faudrait l'avoir entendu. Lorsque le colonel était tranquille, ses yeux bleus peignaient une douceur angélique, et son front pur avait une expression pleine de charme. A une parade, à l'armée d'Italie, aucun homme ne pouvait lutter avec lui. Enfin d'Orsay lui-même, le beau d'Orsay, fut vaincu par notre colonel lors de la dernière revue passée par Napoléon avant d'entrer en Russie. Tout était opposition chez cet homme privilégié. La passion vit par les contrastes. Aussi ne me demandez pas s'il exerçait sur les femmes ces irrésistibles influences auxquelles votre nature (le général regardait la princesse de Cadignan) se plie comme la matière vitrifiable sous la canne du souffleur ; mais, par une singulière fatalité, un observateur se rendrait peut-être compte de ce phénomène, le colonel avait peu de bonnes fortunes, ou négligeait d'en avoir. Pour vous donner une idée de sa violence, je vais vous dire en deux mots ce que je lui ai vu faire dans un paroxysme de colère. Nous montions avec nos canons un chemin très étroit, bordé d'un côté par un talus assez haut, et de l'autre par des bois. Au milieu du chemin, nous nous rencontrâmes avec un autre régiment d'artillerie, à la tête duquel marchait le colonel. Ce colonel veut faire reculer le capitaine de notre régiment qui se trouvait en tête de la première batterie. Naturellement notre capitaine s'y refuse ; mais le colonel fait signe à sa première batterie d'avancer, et malgré le soin que le conducteur mit à se jeter sur le bois, la roue du premier canon prit la jambe droite de notre capitaine, et la lui brisa net en le renversant de l'autre côté de son cheval. Tout cela fut l'affaire d'un moment. Notre colonel, qui se trouvait à une faible distance, devine la querelle, accourt au grand galop en passant à travers les pièces et le bois au risque de se jeter les quatre fers en l'air, et arrive sur le terrain en face de l'autre colonel au moment où notre capitaine criait : « A moi !... » en tombant. Non, notre colonel italien n'était plus un homme !... Une écume semblable à la mousse du vin de Champagne lui bouillonnait à la bouche, il grondait comme un lion. Hors d'état de prononcer une parole, ni même un cri, il fit un signe effroyable à son antagoniste, en lui montrant le bois et tirant son sabre. Les deux colonels y entrèrent. En deux secondes nous vîmes l'adversaire de notre colonel à terre, la tête fendue en deux. Les soldats de ce régiment reculèrent, ah ! diantre, et bon train ! Ce capitaine, que l'on avait manqué de tuer, et qui jappait dans le bourbier où la roue du canon l'avait jeté, avait pour femme une ravissante Italienne de Messine qui n'était pas indifférente à notre colonel. Cette circonstance avait augmenté sa fureur. Sa protection appartenait à ce mari, il devait le défendre comme la femme elle-même. Or, dans la cabane où je reçus un si bon accueil au-delà de Zembin, ce capitaine était en face de moi, et sa femme se trouvait à l'autre bout de la table vis-à-vis le colonel. Cette Messinaise était une petite femme appelée Rosina, fort brune, mais portant dans ses yeux noirs et fendus en amande toutes les ardeurs du soleil de la Sicile. En ce moment elle était dans un déplorable état de maigreur ; elle avait les joues couvertes de poussière comme un fruit exposé aux intempéries d'un grand chemin. A peine vêtue de haillons, fatiguée par les marches, les cheveux en désordre et collés ensemble sous un morceau de châle en marmotte[20], il y avait encore de la femme chez elle : ses mouvements étaient jolis ; sa bouche rose et chiffonnée, ses dents blanches, les formes de sa figure, son corsage, attraits que la misère, le froid, l'incurie n'avaient pas tout à fait dénaturés, parlaient encore d'amour à qui pouvait penser à une femme. Rosina offrait d'ailleurs en elle une de ces natures frêles en apparence, mais nerveuses et pleines de force. La figure du mari, gentilhomme piémontais, annonçait une bonhomie goguenarde, s'il est permis d'allier ces deux mots. Courageux, instruit, il paraissait ignorer les liaisons qui existaient entre sa femme et le colonel depuis environ trois ans. J'attribuais ce laisser-aller aux mœurs italiennes ou à quelque secret de ménage ; mais il y avait dans la physionomie de cet homme un trait qui m'inspirait toujours une involontaire défiance. Sa lèvre inférieure, mince et très mobile, s'abaissait aux deux extrémités, au lieu de se relever, ce qui me semblait trahir un fonds de cruauté dans ce caractère en apparence flegmatique et paresseux. Vous devez bien imaginer que la conversation n'était pas très brillante lorsque j'arrivai. Mes camarades fatigués mangeaient en silence, naturellement ils me firent quelques questions ; et nous nous racontâmes nos malheurs, tout en les entremêlant de réflexions sur la campagne, sur les généraux, sur leurs fautes, sur les Russes et le froid. Un moment après mon arrivée, le colonel, ayant fini son maigre repas, s'essuie les moustaches, nous souhaite le bonsoir, jette son regard noir à l'Italienne, et lui dit : « Rosina ? » Puis, sans attendre de réponse, il va se coucher dans la petite grange aux fourrages. Le sens de l'interpellation du colonel était facile à saisir. Aussi la jeune femme laissa-t-elle échapper un geste indescriptible qui peignait tout à la fois et la contrariété qu'elle devait éprouver à voir sa dépendance affichée sans aucun respect humain, et l'offense faite à sa dignité de femme, ou à son mari ; mais il y eut encore dans la crispation des traits de son visage, dans le rapprochement violent de ses sourcils, une sorte de pressentiment : elle eut peut-être une prévision de sa destinée. Rosina resta tranquillement à table. Un instant après, et vraisemblablement lorsque le colonel fut couché dans son lit de foin ou de paille, il répéta : « Rosina ?... » L'accent de ce second appel fut encore plus brutalement interrogatif que l'autre. Le grasseyement du colonel et le nombre que la langue italienne permet de donner aux voyelles et aux finales, peignirent tout le despotisme, l'impatience, la volonté de cet homme. Rosina pâlit, mais elle se leva, passa derrière nous et rejoignit le colonel. Tous mes camarades gardèrent un profond silence ; mais moi, malheureusement, je me mis à rire après les avoir tous regardés, et mon rire se répéta de bouche en bouche. — *Tu ridi ?* dit le mari. — Ma foi, mon camarade, lui répondis-je en redevenant sérieux, j'avoue que j'ai eu tort, je te demande mille fois pardon ; et si tu n'es pas content des excuses que je te fais, je suis prêt à te rendre raison... — Ce n'est pas toi qui as tort, c'est moi ! reprit-il froidement. Là-dessus, nous nous couchâmes dans la salle, et bientôt nous nous endormîmes tous d'un profond sommeil. Le lendemain, chacun, sans éveiller son voisin, sans chercher un compagnon de voyage, se mit en route à sa fantaisie avec cette espèce d'égoïsme qui a fait de notre déroute un des plus horribles drames de personnalité[21], de tristesse et d'horreur qui jamais se soient passés sous le ciel. Cependant, à sept ou huit cents pas de notre gîte, nous nous retrouvâmes presque tous, et nous marchâmes ensemble, comme des oies conduites en troupes par le despotisme aveugle d'un enfant. Une même nécessité nous poussait. Arrivés à un monticule d'où l'on pouvait encore apercevoir la ferme où nous avions passé la nuit, nous entendîmes des cris qui ressemblaient au rugissement des lions dans le désert, au mugissement des taureaux ; mais non, cette clameur ne pouvait se comparer à rien de connu. Néanmoins nous distinguâmes un faible cri de femme mêlé à cet horrible et sinistre râle. Nous nous retournâmes tous, en proie à je ne sais quel sentiment de frayeur ; nous ne vîmes plus la maison, mais un vaste bûcher. L'habitation, qu'on avait barricadée, était tout en flammes. Des tourbillons de fumée, enlevés par le vent, nous apportaient et les sons rauques et je ne sais quelle odeur forte. A quelques pas de nous, marchait le capitaine qui venait tranquillement se joindre à notre caravane ; nous le contemplâmes tous en silence, car nul n'osa l'interroger ; mais lui, devinant notre curiosité, tourna sur sa poitrine l'index de la main droite, et de la gauche montrant l'incendie : « *Son'io !* » dit-il. Nous continuâmes à marcher sans lui faire une seule observation.

— Il n'y a rien de plus terrible que la révolte d'un mouton, dit de Marsay.

— Il serait affreux de nous laisser aller avec cette horrible image dans la mémoire, dit madame de Portenduère. Je vais en rêver...

— Et quelle sera la punition de la première de monsieur de Marsay ? dit en souriant lord Dudley.

— Quand les Anglais plaisantent, leurs fleurets sont mouchetés, dit Blondet.

— Monsieur Bianchon peut nous le dire, répondit de Marsay en s'adressant à moi, car il l'a vue mourant.

— Oui, dis-je, et sa mort est une des plus belles que je connaisse. Nous avions passé le duc et moi la nuit au chevet de la mourante, dont la pulmonie[22], arrivée au dernier degré, ne laissait aucun espoir, elle avait été administrée la veille. Le duc s'était endormi. Madame la duchesse, s'étant réveillée vers quatre heures du matin, me fit, de la manière la plus touchante et en souriant, un signe amical pour me dire de le laisser reposer, et cependant elle allait mourir! Elle était arrivée à une maigreur extraordinaire, mais son visage avait conservé ses traits et ses formes vraiment sublimes. Sa pâleur faisait ressembler sa peau à de la porcelaine derrière laquelle on aurait mis une lumière. Ses yeux vifs et ses couleurs tranchaient sur ce teint plein d'une molle élégance, et il respirait dans sa physionomie une imposante tranquillité. Elle paraissait plaindre le duc, et ce sentiment prenait sa source dans une tendresse élevée qui semblait ne plus connaître de bornes aux approches de la mort. Le silence était profond. La chambre, doucement éclairée par une lampe, avait l'aspect de toutes les chambres de malades au moment de la mort. En ce moment la pendule sonna. Le duc se réveilla, et fut au désespoir d'avoir dormi. Je ne vis pas le geste d'impatience par lequel il peignit le regret qu'il éprouvait d'avoir perdu de vue sa femme pendant un des derniers moments qui lui étaient accordés; mais il est sûr qu'une personne autre que la mourante aurait pu s'y tromper. Homme d'État, préoccupé des intérêts de la France, le duc avait mille de ces bizarreries apparentes qui font prendre les gens de génie pour des fous, mais dont l'explication se trouve dans la nature exquise et dans les exigences de leur esprit. Il vint se mettre dans un fauteuil près du lit de sa femme, et la regarda fixement. La mourante avança un peu la main, prit celle de son mari, la serra faiblement ; et d'une voix douce, mais émue, elle lui dit : « Mon pauvre ami, qui donc maintenant te comprendra ? » Puis elle mourut en le regardant.

— Les histoires que conte le docteur, dit le duc de Rhétoré, font des impressions bien profondes.

— Mais douces, reprit mademoiselle des Touches.

— Ah ! madame, répliqua le docteur, j'ai des histoires terribles dans mon répertoire : mais chaque récit a son heure dans une conversation, selon ce joli mot rapporté par Chamfort[23] et dit au duc de Fronsac : « Il y a dix bouteilles de vin de Champagne entre ta saillie et le moment où nous sommes. »

— Mais il est deux heures du matin, et l'histoire de Rosine nous a préparées, dit la maîtresse de maison.

— Dites, monsieur Bianchon !... demanda-t-on de tous côtés.

A un geste du complaisant docteur, le silence régna.

— A une centaine de pas environ de Vendôme, sur les bords du Loir, dit-il, il se trouve une vieille maison brune, surmontée de toits très élevés, et si complètement isolée qu'il n'existe à l'entour ni tannerie puante ni méchante auberge, comme vous en voyez aux abords de presque toutes les petites villes. Devant ce logis est un jardin donnant sur la rivière, et où les buis, autrefois ras, qui dessinaient les allées, croissent maintenant à leur fantaisie. Quelques saules, nés dans le Loir, ont rapidement poussé comme la haie de clôture, et cachent à demi la maison. Les plantes que nous appelons mauvaises décorent de leur belle végétation le talus de la rive. Les arbres fruitiers, négligés depuis dix ans, ne produisent plus de récolte, et leurs rejetons forment des taillis. Les espaliers ressemblent à des charmilles. Les sentiers, sablés jadis, sont remplis de pourpier; mais, à vrai dire, il n'y a plus trace de sentier. Du haut de la montagne sur laquelle pendent les ruines du vieux château des ducs de Vendôme, le seul endroit d'où l'œil puisse plonger sur cet enclos, on se dit que, dans un temps qu'il est difficile de déterminer, ce coin de terre fit les délices de quelque gentilhomme occupé de roses, de tulipiers, d'horticulture en un mot, mais surtout gourmand de bons fruits. On aperçoit une tonnelle, ou plutôt les débris d'une tonnelle sous laquelle est encore une table que le temps n'a pas entièrement dévorée. A l'aspect de ce jardin qui n'est plus, les joies négatives de la vie paisible dont on jouit en province se devinent, comme on devine l'existence d'un bon négociant en lisant l'épitaphe de sa tombe. Pour compléter les idées tristes et douces qui saisissent l'âme, un des murs offre un cadran solaire orné de cette inscription bourgeoisement chrétienne : ULTIMAM COGITA[24] ! Les toits de cette maison sont horriblement dégradés, les persiennes sont toujours closes, les balcons sont couverts de nids d'hirondelles, les portes restent constamment fermées. De hautes herbes ont dessiné par des lignes vertes les fentes des perrons, les ferrures sont rouillées. La lune, le soleil, l'hiver, l'été, la neige ont creusé les bois, gauchi les planches, rongé les peintures. Le morne silence qui règne là n'est troublé que par les oiseaux, les chats, les fouines, les rats et les souris, libres de trotter, de se battre, de se manger. Une invisible main a partout écrit le mot : *Mystère*. Si, poussé par la curiosité, vous alliez voir cette maison du côté de la rue, vous apercevriez une grande porte de forme ronde par le haut, et à laquelle les enfants du pays ont fait des trous nombreux. J'ai appris plus tard que cette porte était condamnée depuis dix ans. Par ces brèches irrégulières, vous pourriez observer la parfaite harmonie qui existe entre la façade du jardin et la façade de la cour. Le même désordre y règne. Des bouquets d'herbes encadrent les pavés. D'énormes lézardes sillonnent les murs, dont les crêtes noircies sont enlacées par les mille festons de la pariétaire. Les marches du perron sont disloquées, la corde de la cloche est pourrie, les gouttières sont brisées. Quel feu tombé du ciel a passé par là ? Quel tribunal a ordonné de semer du sel sur ce logis ? — Y a-t-on insulté Dieu ? Y a-t-on trahi la France ? Voilà ce qu'on se demande. Les reptiles y rampent sans vous répondre. Cette maison vide et déserte est une immense énigme dont le mot n'est connu de personne. Elle était autrefois un petit fief, et porte le nom de la *Grande Bretèche*[25]. Pendant le temps de mon séjour à Vendôme, où Desplein m'avait laissé pour soigner un riche malade, la vue de ce singulier logis devint un de mes plaisirs les plus vifs. N'était-ce pas mieux qu'une ruine ? A une ruine se rattachent quelques souvenirs d'une irréfragable authenticité ; mais cette habitation encore debout quoique lentement démolie par une main vengeresse, renfermait un secret, une pensée inconnue ; elle trahissait un caprice tout au moins. Plus d'une fois, le soir, je me fis aborder à la haie devenue sauvage qui protégeait cet enclos. Je bravais les égratignures, j'entrais dans ce jardin sans maître, dans cette propriété qui n'était plus ni publique ni particulière ; j'y restais des heures entières à contempler son désordre. Je n'aurais pas voulu, pour prix de l'histoire à laquelle sans doute était dû ce spectacle bizarre, faire une seule question à quelque Vendômois bavard. Là, je composais de délicieux romans, je m'y livrais à de petites débauches de mélancolie qui me ravissaient. Si j'avais connu le motif, peut-être vulgaire, de cet abandon, j'eusse perdu les poésies inédites dont je m'enivrais. Pour moi, cet asile représentait les images les plus variées de la vie humaine, assombrie par ses malheurs : c'était tantôt l'air du cloître, moins les religieux ; tantôt la paix du cimetière, sans les morts qui vous parlent leur langage épitaphique ; aujourd'hui la maison du lépreux, demain celle des Atrides ; mais c'était surtout la province avec ses idées recueillies, avec sa vie de sablier. J'y ai souvent pleuré, je n'y ai jamais ri. Plus d'une fois j'ai ressenti des terreurs involontaires en y entendant, au-dessus de ma tête, le sifflement sourd que rendaient les ailes de quelque ramier pressé. Le sol y est humide ; il faut s'y défier des lézards, des vipères, des grenouilles qui s'y promènent avec la sauvage liberté de la nature ; il faut surtout ne pas craindre le froid, car en quelques instants vous sentez un manteau de glace qui se pose sur vos épaules, comme la main du commandeur sur le cou de don Juan. Un soir j'y ai frissonné : le vent avait fait tourner une vieille girouette rouillée, dont les cris ressemblèrent à un gémissement poussé par la maison au moment où j'achevais un drame assez noir par lequel je m'expliquais cette espèce de douleur monumentalisée. Je revins à mon auberge, en proie à des idées sombres. Quand j'eus soupé, l'hôtesse entra d'un air de mystère dans ma chambre, et me dit : « Monsieur, voici monsieur Regnault. — Qu'est monsieur Regnault ? — Comment, monsieur ne connaît pas monsieur Regnault ? Ah ! c'est drôle », dit-elle en s'en allant.

Tout à coup je vis apparaître un homme long, fluet, vêtu de noir, tenant son chapeau à la main, et qui se présenta comme un bélier prêt à fondre sur son rival, en me montrant un front fuyant, une petite tête pointue, et une face pâle, assez semblable à un verre d'eau sale. Vous eussiez dit de l'huissier d'un ministre. Cet inconnu portait un vieil habit, très usé sur les plis ; mais il avait un diamant au jabot de sa chemise et des boucles d'or à ses oreilles. « Monsieur, à qui ai-je l'honneur de parler ? » lui dis-je. Il s'assit sur une chaise, se mit devant mon feu, posa son chapeau sur ma table, et me répondit en se frottant les mains : « Ah ! il fait bien froid. Monsieur, je suis monsieur Regnault. » Je m'inclinai, en me disant à moi-même : « *Il bondo cani !* Cherche. — Je suis, reprit-il, notaire à Vendôme. — J'en suis ravi, monsieur, m'écriai-je, mais je ne suis point en mesure de tester, pour des raisons à moi connues. — Petit moment, reprit-il, en levant la main comme pour m'imposer silence. Permettez, monsieur, permettez ! J'ai appris que vous alliez vous promener quelquefois dans le jardin de la Grande Bretèche. — Oui, monsieur. — Petit moment ! dit-il en répétant son geste, cette action constitue un véritable délit. Monsieur, je viens, au nom et comme exécuteur testamentaire de feu madame la comtesse de Merret, vous prier de discontinuer vos visites. Petit moment ! Je ne suis pas un Turc et ne veux point vous en faire un crime. D'ailleurs, bien permis à vous d'ignorer les circonstances qui m'obligent à laisser tomber en ruines le plus bel hôtel de Vendôme. Cependant, monsieur, vous paraissez avoir de l'instruction, et devez savoir que les lois défendent, sous des peines graves, d'envahir une propriété close. Une haie vaut un mur. Mais l'état dans lequel la maison se trouve peut servir d'excuse à votre curiosité. Je ne demanderais pas mieux que vous laisser libre d'aller et venir dans cette maison ; mais, chargé d'exécuter les volontés de la testatrice, j'ai l'honneur, monsieur, de vous prier de ne plus entrer dans le jardin. Moi-même, monsieur, depuis l'ouverture du testament, je n'ai pas mis le pied dans cette maison, qui dépend, comme j'ai eu l'honneur de vous le dire, de la succession de madame de Merret. Nous en avons seulement constaté les portes et fenêtres, afin d'asseoir les impôts que je paie annuellement sur des fonds à ce destinés par feu madame la comtesse[26]. Ah ! mon cher monsieur, son testament a fait bien du bruit dans Vendôme ! » Là, il s'arrêta pour se moucher, le digne homme ! Je respectai sa loquacité, comprenant à merveille que la succession de madame de Merret était l'événement le plus important de sa vie, toute sa réputation, sa gloire, sa Restauration. Il me fallait dire adieu à mes belles rêveries, à mes romans ; je ne fus donc pas rebelle au plaisir d'apprendre la vérité d'une manière officielle. — Monsieur, lui dis-je, serait-il indiscret de vous demander les raisons de cette bizarrerie ? A ces mots, un air qui exprimait tout le plaisir que ressentent les hommes habitués à monter sur le *dada,* passa sur la figure du notaire. Il releva le col de sa chemise avec une sorte de fatuité, tira sa tabatière, l'ouvrit, m'offrit du tabac ; et, sur mon refus, il en saisit une forte pincée. Il était heureux ! Un homme qui n'a pas de dada ignore tout le parti que l'on peut tirer de la vie. Un dada est le milieu précis entre la passion et la monomanie. En ce moment, je compris cette jolie expression de Sterne[27] dans toute son étendue, et j'eus une complète idée de la joie avec laquelle l'oncle Tobie enfourchait, Trim aidant, son cheval de bataille. — Monsieur, me dit monsieur Regnault, j'ai été premier clerc de maître Roguin, à Paris. Excellente étude, dont vous avez peut-être entendu parler ? Non ? Cependant une malheureuse faillite l'a rendu célèbre. N'ayant pas assez de fortune pour traiter à Paris, au prix où les charges montèrent en 1816, je vins ici acquérir l'étude de mon prédécesseur. J'avais des parents à Vendôme, entre autres une tante fort riche, qui m'a donné sa fille en mariage. — Monsieur, reprit-il après une légère pause, trois mois après avoir été agréé par Monseigneur le Garde des sceaux, je fus mandé un soir, au moment où j'allais me coucher (je n'étais pas encore marié), par madame la comtesse de Merret, en son château de Merret. Sa femme de chambre, une brave fille qui sert aujourd'hui dans cette hôtellerie, était à ma porte avec la calèche de madame la comtesse. Ah ! petit moment ! Il faut vous dire, monsieur, que monsieur le comte de Merret était allé mourir à Paris deux mois avant que je vinsse ici. Il y périt misérablement en se livrant à des excès de tous les genres. Vous comprenez ? Le jour de son départ, madame la comtesse avait quitté la Grande Bretèche et l'avait démeublée. Quelques personnes prétendent même qu'elle a brûlé les meubles, les tapisseries, enfin toutes les choses généralement quelconques qui garnissaient les lieux présentement loués par ledit sieur... (Tiens, qu'est-ce que je dis donc ? Pardon, je croyais dicter un bail.) Qu'elle les brûla, reprit-il, dans la prairie de Merret. Êtes-vous allé à Merret, monsieur ? Non, dit-il en faisant lui-même ma réponse. Ah ! c'est un fort bel endroit ! Depuis trois mois environ, dit-il en continuant après un petit hochement de tête, monsieur le comte et madame la comtesse avaient vécu singulièrement ; ils ne recevaient plus personne, madame habitait le rez-de-chaussée, et monsieur le premier étage. Quand madame la comtesse resta seule, elle ne se montra plus qu'à l'église. Plus tard, chez elle, à son château, elle refusa de voir les amis et amies qui vinrent lui faire des visites. Elle était déjà très changée au moment où elle quitta la Grande Bretèche pour aller à Merret. Cette chère femme-là... (Je dis chère, parce que ce diamant me vient d'elle, je ne l'ai vue, d'ailleurs, qu'une seule fois !) Donc, cette bonne dame était très malade ; elle avait sans doute désespéré de sa santé, car elle est morte sans vouloir appeler de médecins ; aussi, beaucoup de nos dames ont-elles pensé qu'elle ne jouissait pas de toute sa tête. Monsieur, ma curiosité fut donc singulièrement excitée en apprenant que madame de Merret avait besoin de mon ministère. Je n'étais pas le seul qui s'intéressât à cette histoire. Le soir même, quoiqu'il fût tard, toute la ville sut que j'allais à Merret. La femme de chambre répondit assez vaguement aux questions que je lui fis en chemin ; néanmoins, elle me dit que sa maîtresse avait été administrée par le curé de Merret pendant la journée, et qu'elle paraissait ne pas devoir passer la nuit. J'arrivai sur les onze heures au château. Je montai le grand escalier. Après avoir traversé de grandes pièces hautes et noires, froides et humides en diable, je parvins dans la chambre à coucher d'honneur où était madame la comtesse. D'après les bruits qui couraient sur cette dame (monsieur, je n'en finirais pas si je vous répétais tous les contes qui se sont débités à son égard !), je me la figurais comme une coquette. Imaginez-vous que j'eus beaucoup de peine à la trouver dans le grand lit où elle gisait. Il est vrai que, pour éclairer cette énorme chambre à frises de l'ancien régime, et poudrées de poussière à faire éternuer rien qu'à les voir, elle avait une de ces anciennes lampes d'Argant [28].

Ah ! mais vous n'êtes pas allé à Merret ! Eh ! bien, monsieur, le lit est un de ces lits d'autrefois, avec un ciel élevé, garni d'indienne à ramages. Une petite table de nuit était près du lit, et je vis dessus une *Imitation de Jésus-Christ,* que, par parenthèse, j'ai achetée à ma femme, ainsi que la lampe. Il y avait aussi une grande bergère pour la femme de confiance, et deux chaises. Point de feu, d'ailleurs. Voilà le mobilier. Ça n'aurait pas fait dix lignes dans un inventaire. Ah ! mon cher monsieur, si vous aviez vu, comme je la vis alors, cette vaste chambre tendue en tapisseries brunes, vous vous seriez cru transporté dans une véritable scène de roman. C'était glacial, et mieux que cela, funèbre, ajouta-t-il en levant le bras par un geste théâtral et faisant une pause. A force de regarder, en venant près du lit, je finis par voir madame de Merret, encore grâce à la lueur de la lampe dont la clarté donnait sur les oreillers. Sa figure était jaune comme de la cire, et ressemblait à deux mains jointes. Madame la comtesse avait un bonnet de dentelles qui laissait voir de beaux cheveux, mais blancs comme du fil. Elle était sur son séant, et paraissait s'y tenir avec beaucoup de difficulté. Ses grands yeux noirs, abattus par la fièvre, sans doute, et déjà presque morts, remuaient à peine sous les os où sont les sourcils. — Ça, dit-il en me montrant l'arcade de ses yeux. Son front était humide. Ses mains décharnées ressemblaient à des os recouverts d'une peau tendre ; ses veines, ses muscles se voyaient parfaitement bien. Elle avait dû être très belle ; mais, en ce moment ! je fus saisi de je ne sais quel sentiment à son aspect. Jamais, au dire de ceux qui l'ont ensevelie, une créature vivante n'avait atteint à sa maigreur sans mourir. Enfin, c'était épouvantable à voir ! Le mal avait si bien rongé cette femme qu'elle n'était plus qu'un fantôme. Ses lèvres d'un violet pâle me parurent immobiles quand elle me parla. Quoique ma profession m'ait familiarisé avec ces spectacles en me conduisant parfois au chevet des mourants pour constater leurs dernières volontés, j'avoue que les familles en larmes et les agonies que j'ai vues n'étaient rien auprès de cette femme solitaire et silencieuse, dans ce vaste château. Je n'entendais pas le moindre bruit, je ne voyais pas ce mouvement que la respiration de la malade aurait dû imprimer aux draps qui la couvraient, et je restai tout à fait immobile, occupé à la regarder avec une sorte de stupeur. Il me semble que j'y suis encore. Enfin ses grands yeux se remuèrent, elle essaya de lever sa main droite qui retomba sur le lit, et ces mots sortirent de sa bouche comme un souffle, car sa voix n'était déjà plus une voix : « Je vous attendais avec bien de l'impatience. » Ses joues se colorèrent vivement. Parler, monsieur, était un effort pour elle. — Madame, lui dis-je. Elle me fit signe de me taire. En ce moment, la vieille femme de charge se leva et me dit à l'oreille : « Ne parlez pas, madame la comtesse est hors d'état d'entendre le moindre bruit, et ce que vous lui diriez pourrait l'agiter. » Je m'assis. Quelques instants après, madame de Merret rassembla tout ce qui lui restait de forces pour mouvoir son bras droit, le mit, non sans des peines infinies, sous son traversin ; elle s'arrêta pendant un petit moment ; puis, elle fit un dernier effort pour retirer sa main, et lorsqu'elle eut pris un papier cacheté, des gouttes de sueur tombèrent de son front. « Je vous confie mon testament, dit-elle. Ah ! mon Dieu ! Ah ! » Ce fut tout. Elle saisit un crucifix qui était sur son lit, le porta rapidement à ses lèvres, et mourut. L'expression de ses yeux fixes me fait encore frissonner quand j'y songe. Elle avait dû bien souffrir !

Il y avait de la joie dans son dernier regard, sentiment qui resta gravé sur ses yeux morts. J'emportai le testament ; et, quand il fut ouvert, je vis que madame de Merret m'avait nommé son exécuteur testamentaire. Elle léguait la totalité de ses biens à l'hôpital de Vendôme, sauf quelques legs particuliers. Mais voici quelles furent ses dispositions relatives à la Grande Bretèche. Elle me recommanda de laisser cette maison pendant cinquante années révolues, à partir du jour de sa mort, dans l'état où elle se trouverait au moment de son décès, en interdisant l'entrée des appartements à quelque personne que ce fût, en défendant d'y faire la moindre réparation, et allouant même une rente afin de gager des gardiens, s'il en était besoin, pour assurer l'entière exécution de ses intentions. A l'expiration de ce terme, si le vœu de la testatrice à été accompli, la maison doit appartenir à mes héritiers, car monsieur sait que les notaires ne peuvent accepter de legs ; sinon, la Grande Bretèche reviendrait à qui de droit, mais à la charge de remplir les conditions indiquées dans un codicille annexé au testament, et qui ne doit être ouvert qu'à l'expiration desdites cinquante années. Le testament n'a point été attaqué, donc... A ce mot, et sans achever sa phrase, le notaire oblong me regarda d'un air de triomphe, je le rendis tout à fait heureux en lui adressant quelques compliments. — Monsieur, lui dis-je en terminant, vous m'avez si vivement impressionné que je crois voir cette mourante plus pâle que ses draps ; ses yeux luisants me font peur ; et je rêverai d'elle cette nuit. Mais vous devez avoir formé quelques conjectures sur les dispositions contenues dans ce bizarre testament. — Monsieur, me dit-il avec une réserve comique, je ne me permets jamais de juger la conduite des personnes qui m'ont honoré par le don d'un diamant. Je déliai bientôt la langue du scrupuleux notaire vendômois, qui me communiqua, non sans de longues digressions, les observations dues aux profonds politiques des deux sexes dont les arrêts font loi dans Vendôme. Mais ces observations étaient si contradictoires, si diffuses que je faillis m'endormir, malgré l'intérêt que je prenais à cette histoire authentique. Le ton lourd et l'accent monotone de ce notaire, sans doute habitué à s'écouter lui-même et à se faire écouter de ses clients ou de ses compatriotes, triompha de ma curiosité. Heureusement il s'en alla. — Ah! ah! monsieur, bien des gens, me dit-il dans l'escalier, voudraient vivre encore quarante-cinq ans ; mais, petit moment ! Et il mit, d'un air fin, l'index de sa main droite sur sa narine, comme s'il eût voulu dire : faites bien attention à ceci ! — Pour aller jusque-là, jusque-là, dit-il, il ne faut pas avoir la soixantaine. Je fermai ma porte, après avoir été tiré de mon apathie par ce dernier trait que le notaire trouva très spirituel ; puis, je m'assis dans mon fauteuil, en mettant mes pieds sur les deux chenets de ma cheminée. Je m'enfonçai dans un roman à la Radcliffe[29], bâti sur les données juridiques de monsieur Regnault, quand ma porte, manœuvrée par la main adroite d'une femme, tourna sur ses gonds. Je vis venir mon hôtesse, grosse femme réjouie, de belle humeur, qui avait manqué sa vocation : c'était une Flamande qui aurait dû naître dans un tableau de Téniers. — Eh ! bien, monsieur ? me dit-elle. Monsieur Regnault vous a sans doute rabâché son histoire de la Grande Bretèche. — Oui, mère Lepas. — Que vous a-t-il dit ? Je lui répétai en peu de mots la ténébreuse et froide histoire de madame de Merret. A chaque phrase, mon hôtesse tendait le cou, en me regardant avec une perspicacité d'aubergiste, espèce de juste milieu entre l'instinct du gendarme, l'astuce de l'espion et la ruse du commerçant. — Ma chère madame Lepas ! ajoutai-je en terminant, vous paraissez en savoir davantage. Hein ? Autrement, pourquoi seriez-vous montée chez moi ? — Ah ! foi d'honnête femme, aussi vrai que je m'appelle Lepas... — Ne jurez pas, vos yeux sont gros d'un secret. Vous avez connu monsieur de Merret. Quel homme était-ce ? — Dame, monsieur de Merret, voyez-vous, était un bel homme qu'on ne finissait pas de voir, tant il était long ! un digne gentilhomme venu de Picardie, et qui avait, comme nous disons ici, la tête près du bonnet. Il payait tout comptant pour n'avoir de difficultés avec personne. Voyez-vous, il était vif. Nos dames le trouvaient toutes fort aimable. — Parce qu'il était vif ! dis-je à mon hôtesse. — Peut-être bien, dit-elle. Vous pensez bien, monsieur, qu'il fallait bien avoir eu quelque chose devant soi, comme on dit, pour épouser madame de Merret qui, sans vouloir nuire aux autres, était la plus belle et la plus riche personne du Vendômois. Elle était aux environs de vingt mille livres de rente. Toute la ville assistait à sa noce. La mariée était mignonne et avenante, un vrai bijou de femme. Ah ! ils ont fait un beau couple dans le temps ! — Ont-ils été heureux en ménage ? — Heu, heu ! oui et non, autant qu'on peut le présumer, car vous pensez bien que, nous autres, nous ne vivions pas à pot et à rôt[30] avec eux ! Madame de Merret était une bonne femme, bien gentille, qui avait peut-être bien à souffrir quelquefois des vivacités de son mari ; mais quoiqu'un peu fier, nous l'aimions. Bah ! c'était son état à lui d'être comme ça ! Quand on est noble, voyez-vous... — Cependant il a bien fallu quelque catastrophe pour que monsieur et madame de Merret se séparassent violemment ? — Je n'ai point dit qu'il y ait eu de catastrophe, monsieur. Je n'en sais rien. — Bien. Je suis sûr maintenant que vous savez tout. — Eh ! bien, monsieur, je vais tout dire. En voyant monter chez vous monsieur Regnault, j'ai bien pensé qu'il vous parlerait de madame de Merret, à propos de la Grande Bretèche. Ça m'a donné l'idée de consulter monsieur, qui me paraît un homme de bon conseil et incapable de trahir une pauvre femme comme moi qui n'ai jamais fait de mal à personne, et qui se trouve cependant tourmentée par sa conscience. Jusqu'à présent je n'ai point osé m'ouvrir aux gens de ce pays-ci, ce sont tous des bavards à langue d'acier. Enfin, monsieur, je n'ai pas encore eu de voyageur qui soit demeuré si longtemps que vous dans mon auberge, et auquel je puisse dire l'histoire des quinze mille francs... — Ma chère dame Lepas ! lui répondis-je en arrêtant le flux de ses paroles, si votre confidence est de nature à me compromettre, pour tout au monde je ne voudrais pas en être chargé. — Ne craignez rien, dit-elle en m'interrompant. Vous allez voir. Cet empressement me fit croire que je n'étais pas le seul à qui ma bonne aubergiste eût communiqué le secret dont je devais être l'unique dépositaire, et j'écoutai. — Monsieur, dit-elle, quand l'Empereur envoya ici des Espagnols prisonniers de guerre ou autres, j'eus à loger, au compte du gouvernement, un jeune Espagnol envoyé à Vendôme sur parole. Malgré la parole, il allait tous les jours se montrer au Sous-Préfet. C'était un Grand d'Espagne ! Excusez du peu ! Il portait un nom en *os* et en *dia,* comme Bagos de Férédia. J'ai son nom écrit sur mes registres ; vous pourrez le lire, si vous le voulez. Oh ! c'était un beau jeune homme pour un Espagnol qu'on dit tous laids. Il n'avait guère que cinq pieds deux ou trois pouces, mais il était bien fait ; il avait de petites mains qu'il soignait, ah ! fallait voir. Il avait autant de brosses pour ses mains qu'une femme en a pour toutes ses toilettes ! Il avait de grands cheveux noirs, un œil de feu, un teint un peu cuivré, mais qui me plaisait tout de même. Il portait du linge fin comme je n'en ai jamais vu à personne, quoique j'aie logé des princesses, et entre autres le général Bertrand, le duc et la duchesse d'Abrantès, monsieur Decazes et le roi d'Espagne. Il ne mangeait pas grand-chose ; il avait des manières si polies, si aimables, qu'on ne pouvait pas lui en vouloir. Oh ! je l'aimais beaucoup, quoiqu'il ne dît pas quatre paroles par jour et qu'il fût impossible d'avoir avec lui la moindre conversation ; si on lui parlait, il ne répondait pas : c'était un tic, une manie qu'ils ont tous, à ce qu'on m'a dit. Il lisait son bréviaire comme un prêtre, il allait à la messe et à tous les offices régulièrement. Où se mettait-il (nous avons remarqué cela plus tard) ? A deux pas de la chapelle de madame de Merret. Comme il se plaça là dès la première fois qu'il vint à l'église, personne n'imagina qu'il y eût de l'intention dans son fait. D'ailleurs, il ne levait pas le nez de dessus son livre de prières, le pauvre jeune homme ! Pour lors, monsieur, le soir il se promenait sur la montagne, dans les ruines du château. C'était son seul amusement à ce pauvre homme, il se rappelait là son pays. On dit que c'est tout montagnes en Espagne ! Dès les premiers jours de sa détention, il s'attarda. Je fus inquiète en ne le voyant revenir que sur le coup de minuit ; mais nous nous habituâmes tous à sa fantaisie ; il prit la clef de la porte, et nous ne l'attendîmes plus. Il logeait dans la maison que nous avons dans la rue des Casernes. Pour lors, un de nos valets d'écurie nous dit qu'un soir, en allant faire baigner les chevaux, il avait vu le Grand d'Espagne nageant au loin dans la rivière comme un vrai poisson. Quand il revint, je lui dis de prendre garde aux herbes ; il parut contrarié d'avoir été vu dans l'eau. — Enfin, monsieur, un jour, ou plutôt un matin, nous ne le trouvâmes plus dans sa chambre, il n'était pas revenu. A force de fouiller partout, je vis un écrit dans le tiroir de sa table où il y avait cinquante pièces d'or espagnoles qu'on nomme des portugaises et qui valaient environ cinq mille francs ; puis des diamants pour dix mille francs dans une petite boîte cachetée. Son écrit disait donc qu'au cas où il ne reviendrait pas, il nous laissait cet argent et ces diamants, à la charge de fonder des messes pour remercier Dieu de son évasion et pour son salut. Dans ce temps-là, j'avais encore un homme, qui courut à sa recherche. Et voilà le drôle de l'histoire ! Il rapporta les habits de l'Espagnol qu'il découvrit sous une grosse pierre, dans une espèce de pilotis sur le bord de la rivière, du côté du château, à peu près en face de la Grande Bretèche. Mon mari était allé là si matin, que personne ne l'avait vu. Il brûla les habits après avoir lu la lettre, et nous avons déclaré, suivant le désir du comte Férédia, qu'il s'était évadé. Le Sous-Préfet mit toute la gendarmerie à ses trousses ; mais brust ! on ne l'a point rattrapé. Lepas a cru que l'Espagnol s'était noyé. Moi, monsieur, je ne le pense point, je crois plutôt qu'il est pour quelque chose dans l'affaire de madame de Merret, vu que Rosalie m'a dit que le crucifix auquel sa maîtresse tenait tant qu'elle s'est fait ensevelir avec, était d'ébène et d'argent ; or, dans les premiers temps de son séjour, monsieur Férédia en avait un d'ébène et d'argent que je ne lui ai plus revu. Maintenant, monsieur, n'est-il pas vrai que je ne dois point avoir de remords des quinze mille francs de l'Espagnol, et qu'ils sont bien à moi ? —

Certainement. Mais vous n'avez pas essayé de questionner Rosalie ? lui dis-je. — Oh ! si fait, monsieur. Que voulez-vous ! Cette fille-là, c'est un mur. Elle sait quelque chose ; mais il est impossible de la faire jaser. Après avoir encore causé pendant un moment avec moi, mon hôtesse me laissa en proie à des pensées vagues et ténébreuses, à une curiosité romanesque, à une terreur religieuse assez semblable au sentiment profond qui nous saisit quand nous entrons à la nuit dans une église sombre où nous apercevons une faible lumière lointaine sous les arceaux élevés ; une figure indécise glisse, un frottement de robe ou de soutane se fait entendre... nous avons frissonné. La Grande Bretèche et ses hautes herbes, ses fenêtres condamnées, ses ferrements rouillés, ses portes closes, ses appartements déserts, se montra tout à coup fantastiquement devant moi. J'essayai de pénétrer dans cette mystérieuse demeure en y cherchant le nœud de cette solennelle histoire, le drame qui avait tué trois personnes. Rosalie fut à mes yeux l'être le plus intéressant de Vendôme. Je découvris, en l'examinant, les traces d'une pensée intime, malgré la santé brillante qui éclatait sur son visage potelé. Il y avait chez elle un principe de remords ou d'espérance ; son attitude annonçait un secret, comme celle des dévotes qui prient avec excès ou celle de la fille infanticide qui entend toujours le dernier cri de son enfant. Sa pose était cependant naïve et grossière, son niais sourire n'avait rien de criminel, et vous l'eussiez jugée innocente, rien qu'à voir le grand mouchoir à carreaux rouges et bleus qui recouvrait son buste vigoureux, encadré, serré, ficelé par une robe à raies blanches et violettes. — Non, pensais-je, je ne quitterai pas Vendôme sans savoir toute l'histoire de la Grande

Bretèche. Pour arriver à mes fins je deviendrai l'ami de Rosalie, s'il le faut absolument. — Rosalie ! lui dis-je un soir. — Plaît-il, monsieur ? — Vous n'êtes pas mariée ? Elle tressaillit légèrement. — Oh ! je ne manquerai point d'hommes quand la fantaisie d'être malheureuse me prendra ! dit-elle en riant. Elle se remit promptement de son émotion intérieure, car toutes les femmes, depuis la grande dame jusqu'aux servantes d'auberge inclusivement, ont un sang-froid qui leur est particulier. — Vous êtes assez fraîche, assez appétissante pour ne pas manquer d'amoureux ! Mais, dites-moi, Rosalie, pourquoi vous êtes-vous faite servante d'auberge en quittant madame de Merret ? Est-ce qu'elle ne vous a pas laissé quelque rente ? — Oh ! que si ! Mais, monsieur, ma place est la meilleure de tout Vendôme. Cette réponse était une de celles que les juges et les avoués nomment *dilatoires*. Rosalie me paraissait située dans cette histoire romanesque comme la case qui se trouve au milieu d'un damier ; elle était au centre même de l'intérêt et de la vérité ; elle me semblait nouée dans le nœud. Ce ne fut plus une séduction ordinaire à tenter, il y avait dans cette fille le dernier chapitre d'un roman ; aussi, dès ce moment Rosalie devint-elle l'objet de ma prédilection. A force d'étudier cette fille, je remarquai chez elle, comme chez toutes les femmes de qui nous faisons notre pensée principale, une foule de qualités : elle était propre, soigneuse ; elle était belle, cela va sans dire ; elle eut bientôt tous les attraits que notre désir prête aux femmes, dans quelque situation qu'elles puissent être. Quinze jours après la visite du notaire, un soir, ou plutôt un matin, car il était de très bonne heure, je dis à Rosalie : « Raconte-moi donc tout ce que tu sais sur madame de Merret ? — Oh ! répondit-elle avec terreur, ne me demandez pas cela, monsieur Horace ! » Sa belle figure se rembrunit, ses couleurs vives et animées pâlirent, et ses yeux n'eurent plus leur innocent éclat humide. — Eh ! bien, reprit-elle, puisque vous le voulez, je vous le dirai ; mais gardez-moi bien le secret ! — Va ! ma pauvre fille, je garderai tous les secrets avec une probité de voleur, c'est la plus loyale qui existe. — Si cela vous est égal, me dit-elle, j'aime mieux que ce soit avec la vôtre. Là-dessus, elle ragréa [31] son foulard, et se posa pour conter ; car il y a, certes, une attitude de confiance et de sécurité nécessaire pour faire un récit. Les meilleures narrations se disent à une certaine heure, comme nous sommes là, tous à table. Personne n'a bien conté debout ou à jeun. Mais s'il fallait reproduire fidèlement la diffuse éloquence de Rosalie, un volume entier suffirait à peine. Or, comme l'événement dont elle me donna la confuse connaissance se trouve placé, entre le bavardage du notaire et celui de madame Lepas, aussi exactement que les moyens termes d'une proportion arithmétique le sont entre leurs deux extrêmes, je n'ai plus qu'à vous le dire en peu de mots. J'abrège donc. La chambre que madame de Merret occupait à la Bretèche était située au rez-de-chaussée. Un petit cabinet de quatre pieds de profondeur environ, pratiqué dans l'intérieur du mur, lui servait de garde-robe. Trois mois avant la soirée dont je vais vous raconter les faits, madame de Merret avait été assez sérieusement indisposée pour que son mari la laissât seule chez elle, et il couchait dans une chambre au premier étage. Par un de ces hasards impossibles à prévoir, il revint, ce soir-là, deux heures plus tard que de coutume du Cercle où il allait lire les journaux et causer politique avec les habitants du pays. Sa femme le croyait rentré, couché, endormi. Mais l'invasion de la France avait été l'objet d'une discussion fort animée ; la partie de billard s'était échauffée, il avait perdu quarante francs, somme énorme à Vendôme, où tout le monde thésaurise, et où les mœurs sont contenues dans les bornes d'une modestie digne d'éloges, qui peut-être devient la source d'un bonheur vrai dont ne se soucie aucun Parisien. Depuis quelque temps monsieur de Merret se contentait de demander à Rosalie si sa femme était couchée ; sur la réponse toujours affirmative de cette fille, il allait immédiatement chez lui, avec cette bonhomie qu'enfantent l'habitude et la confiance. En rentrant, il lui prit fantaisie de se rendre chez madame de Merret pour lui conter sa mésaventure, peut-être aussi pour s'en consoler. Pendant le dîner, il avait trouvé madame de Merret fort coquettement mise ; il se disait, en allant du Cercle chez lui, que sa femme ne souffrait plus, que sa convalescence l'avait embellie, et il s'en apercevait, comme les maris s'aperçoivent de tout, un peu tard. Au lieu d'appeler Rosalie qui dans ce moment était occupée dans la cuisine à voir la cuisinière et le cocher jouant un coup difficile de la brisque[32], monsieur de Merret se dirigea vers la chambre de sa femme, à la lueur de son falot qu'il avait déposé sur la première marche de l'escalier. Son pas facile à reconnaître retentissait sur les voûtes du corridor. Au moment où le gentilhomme tourna la clef de la chambre de sa femme il crut entendre fermer la porte du cabinet dont je vous ai parlé ; mais, quand il entra, madame de Merret était seule, debout devant la cheminée. Le mari pensa naïvement en lui-même que Rosalie était dans le cabinet ; cependant un soupçon qui lui tinta dans l'oreille avec un bruit de cloches le mit en défiance ; il regarda sa femme, et lui trouva dans les yeux je ne sais quoi de trouble et de fauve. — Vous rentrez bien tard, dit-elle. Cette voix ordinairement si pure et si gracieuse lui parut légèrement altérée. Monsieur de Merret ne répondit rien, car en ce moment Rosalie entra. Ce fut un coup de foudre pour lui. Il se promena dans la chambre, en allant d'une fenêtre à l'autre par un mouvement uniforme et les bras croisés. — Avez-vous appris quelque chose de triste, ou souffrez-vous ? lui demanda timidement sa femme pendant que Rosalie la déshabillait. Il garda le silence. — Retirez-vous, dit madame de Merret à sa femme de chambre, je mettrai mes papillotes moi-même. Elle devina quelque malheur au seul aspect de la figure de son mari et voulut être seule avec lui. Lorsque Rosalie fut partie, ou censée partie, car elle resta pendant quelques instants dans le corridor, monsieur de Merret vint se placer devant sa femme, et lui dit froidement : « Madame, il y a quelqu'un dans votre cabinet ! » Elle regarda son mari d'un air calme, et lui répondit avec simplicité : « Non, monsieur ». Ce non navra monsieur de Merret, il n'y croyait pas ; et pourtant jamais sa femme ne lui avait paru ni plus pure ni plus religieuse qu'elle semblait l'être en ce moment. Il se leva pour aller ouvrir le cabinet ; madame de Merret le prit par la main, l'arrêta, le regarda d'un air mélancolique, et lui dit d'une voix singulièrement émue : « Si vous ne trouvez personne, songez que tout sera fini entre nous ! » L'incroyable dignité empreinte dans l'attitude de sa femme rendit au gentilhomme une profonde estime pour elle, et lui inspira une de ces résolutions auxquelles il ne manque plus qu'un vaste théâtre pour devenir immortelles. — Non, dit-il, Joséphine, je n'irai pas. Dans l'un et l'autre cas, nous serions séparés à jamais. Écoute, je connais toute la pureté de ton âme, et sais que tu mènes une vie sainte, tu ne voudrais pas commettre un péché mortel aux dépens de ta vie. A ces mots, madame de Merret regarda son mari d'un œil hagard. — Tiens, voici ton crucifix, ajouta cet homme. Jure-moi devant Dieu qu'il n'y a là personne, je te croirai, je n'ouvrirai jamais cette porte. Madame de Merret prit le crucifix et dit : « Je le jure. — Plus haut, dit le mari, et répète : Je jure devant Dieu qu'il n'y a personne dans ce cabinet. » Elle répéta la phrase sans se troubler. — C'est bien, dit froidement monsieur de Merret. Après un moment de silence : « Vous avez une bien belle chose que je ne connaissais pas, dit-il en examinant ce crucifix d'ébène incrusté d'argent, et très artistement sculpté. — Je l'ai trouvé chez Duvivier, qui, lorsque cette troupe de prisonniers passa par Vendôme l'année dernière, l'avait acheté d'un religieux espagnol. — Ah ! » dit monsieur de Merret en remettant le crucifix au clou, et il sonna. Rosalie ne se fit pas attendre. Monsieur de Merret alla vivement à sa rencontre, l'emmena dans l'embrasure de la fenêtre qui donnait dans le jardin, et lui dit à voix basse : « Je sais que Gorenflot veut t'épouser, la pauvreté seule vous empêche de vous mettre en ménage, et tu lui as dit que tu ne serais pas sa femme s'il ne trouvait moyen de se rendre maître maçon... Eh ! bien, va le chercher, dis-lui de venir ici avec sa truelle et ses outils. Fais en sorte de n'éveiller que lui dans sa maison ; sa fortune passera vos désirs. Surtout sors d'ici sans jaser, sinon... » Il fronça le sourcil. Rosalie partit, il la rappela. — Tiens, prends mon passe-partout, dit-il. — Jean ! cria monsieur de Merret d'une voix tonnante dans le corridor. Jean, qui était tout à la fois son cocher et son homme de confiance, quitta sa partie de brisque, et vint. — Allez vous coucher tous, lui dit son maître en lui faisant signe de s'approcher ; et le gentilhomme ajouta, mais à voix basse : « Lorsqu'ils seront tous endormis, *endormis,* entends-tu bien ? tu descendras m'en prévenir. » Monsieur de Merret, qui n'avait pas perdu de vue sa femme, tout en donnant des ordres, revint tranquillement auprès d'elle devant le feu, et se mit à lui raconter les événements de la partie de billard et les discussions du Cercle. Lorsque Rosalie fut de retour, elle trouva monsieur et madame de Merret causant très amicalement. Le gentilhomme avait récemment fait plafonner toutes les pièces qui composaient son appartement de réception au rez-de-chaussée. Le plâtre est fort rare à Vendôme, le transport en augmente beaucoup le prix ; le gentilhomme en avait fait donc venir une assez grande quantité, sachant qu'il trouverait toujours bien des acheteurs pour ce qui lui resterait. Cette circonstance lui inspira le dessein qu'il mit à exécution. — Monsieur, Gorenflot est là, dit Rosalie à voix basse. — Qu'il entre ! répondit tout haut le gentilhomme picard. Madame de Merret pâlit légèrement en voyant le maçon. — Gorenflot, dit le mari, va prendre des briques sous la remise, et apportes-en assez pour murer la porte de ce cabinet ; tu te serviras du plâtre qui me reste pour enduire le mur. Puis attirant à lui Rosalie et l'ouvrier : « Écoute, Gorenflot, dit-il à voix basse, tu coucheras ici cette nuit. Mais, demain matin, tu auras un passeport pour aller en pays étranger dans une ville que je t'indiquerai. Je te remettrai six mille francs pour ton voyage. Tu demeureras dix ans dans cette ville ; si tu ne t'y plaisais pas, tu pourrais t'établir dans une autre, pourvu que ce soit au même pays. Tu passeras par Paris, où tu m'attendras. Là je t'assurerai par un contrat six autres mille francs qui te seront payés à ton retour au cas où tu aurais rempli les conditions de notre marché. A ce prix, tu devras garder le plus profond silence sur ce que tu auras fait ici cette nuit. Quant à toi, Rosalie, je te donnerai dix mille francs qui ne te seront comptés que le jour de tes noces, et à la condition d'épouser Gorenflot ; mais, pour vous marier, il faut se taire. Sinon, plus de dot. » — Rosalie, dit madame de Merret, venez me coiffer. Le mari se promena tranquillement de long en large, en surveillant la porte, le maçon et sa femme, mais sans laisser paraître une défiance injurieuse. Gorenflot fut obligé de faire du bruit. Madame de Merret saisit un moment où l'ouvrier déchargeait des briques et où son mari se trouvait au bout de la chambre, pour dire à Rosalie : « Mille francs de rente pour toi, ma chère enfant, si tu peux dire à Gorenflot de laisser une crevasse en bas. » Puis, tout haut, elle lui dit avec un sang-froid : « Va donc l'aider ! » Monsieur et madame de Merret restèrent silencieux pendant tout le temps que Gorenflot mit à murer la porte. Ce silence était calcul chez le mari, qui ne voulait pas fournir à sa femme le prétexte de jeter des paroles à double entente ; et chez madame de Merret ce fut prudence ou fierté. Quand le mur fut à moitié de son élévation, le rusé maçon prit un moment où le gentilhomme avait le dos tourné pour donner un coup de pioche dans l'une des deux vitres de la porte. Cette action fit comprendre à madame de Merret que Rosalie avait parlé à Gorenflot. Tous trois virent alors une figure d'homme sombre et brune, des cheveux noirs, un regard de feu. Avant que son mari se fût retourné, la pauvre femme eut le temps de faire un signe de tête à l'étranger pour qui ce signe voulait dire : « Espérez ! » A quatre heures, vers le petit jour, car on était au mois de septembre, la construction fut achevée. Le maçon resta sous la garde de Jean, et monsieur de Merret coucha dans la chambre de sa femme. Le lendemain matin, en se levant, il dit avec insouciance : « Ah ! diable ! il faut que j'aille à la mairie pour le passeport. » Il mit son chapeau sur sa tête, fit trois pas vers la porte, se ravisa, prit le crucifix. Sa femme tressaillit de bonheur. — Il ira chez Duvivier, pensa-t-elle. Aussitôt que le gentilhomme fut sorti, madame de Merret sonna Rosalie ; puis, d'une voix terrible : « La pioche ! la pioche ! s'écria-t-elle, et à l'ouvrage ! J'ai vu hier comment Gorenflot s'y prenait, nous aurons le temps d'y faire un trou et de le reboucher. » En un clin d'œil, Rosalie apporta une espèce de *merlin* à sa maîtresse, qui, avec une ardeur dont rien ne pourrait donner une idée, se mit à démolir le mur. Elle avait déjà fait sauter quelques briques, lorsqu'en prenant son élan pour appliquer un coup encore plus vigoureux que les autres, elle vit monsieur de Merret derrière elle ; elle s'évanouit. — Mettez madame sur son lit, dit froidement le gentilhomme. Prévoyant ce qui devait arriver pendant son absence, il avait tendu un piège à sa femme ; il avait tout bonnement écrit au maire, et envoyé chercher Duvivier. Le bijoutier arriva au moment où le désordre de l'appartement venait d'être réparé. — Duvivier, lui demanda le gentilhomme, n'avez-vous pas acheté des crucifix aux Espagnols qui ont passé par ici ? — Non, monsieur. — Bien, je vous remercie, dit-il en échangeant avec sa femme un regard de tigre. — Jean, ajouta-t-il en se tournant vers son valet de confiance, vous ferez servir mes repas dans la chambre de madame de Merret, elle est malade, et je ne la quitterai pas qu'elle ne soit rétablie. Le cruel gentilhomme resta vingt jours près de sa femme. Durant les premiers moments, quand il se faisait quelque bruit dans le cabinet et que Joséphine voulait l'implorer pour l'inconnu mourant, il lui répondait sans lui permettre de dire un seul mot : « Vous avez juré sur la croix qu'il n'y avait là personne. »

Après ce récit, toutes les femmes se levèrent de table, et le charme sous lequel Bianchon les avait tenues fut dissipé par ce mouvement. Néanmoins quelques-unes d'entre elles avaient eu quasi froid en entendant le dernier mot.

Paris, juin 1839-1842[33].

LA FEMME ABANDONNÉE

A Madame la duchesse d'Abrantès[1]

Son affectionné serviteur

HONORÉ DE BALZAC

Paris, août 1835.

En 1822, au commencement du printemps, les médecins de Paris envoyèrent en Basse-Normandie un jeune homme qui relevait alors d'une maladie inflammatoire causée par quelque excès d'étude, ou de vie peut-être. Sa convalescence exigeait un repos complet, une nourriture douce, un air froid et l'absence totale de sensations extrêmes. Les grasses campagnes du Bessin et l'existence pâle de la province parurent donc propices à son rétablissement. Il vint à Bayeux, jolie ville située à deux lieues de la mer, chez une de ses cousines, qui l'accueillit avec cette cordialité particulière aux gens habitués à vivre dans la retraite, et pour lesquels l'arrivée d'un parent ou d'un ami devient un bonheur.

A quelques usages près, toutes les petites villes se ressemblent. Or, après plusieurs soirées passées chez sa cousine madame de Sainte-Sevère, ou chez les personnes qui composaient sa compagnie, ce jeune Parisien, nommé monsieur le baron Gaston de Nueil, eut bientôt connu les gens que cette société exclusive regardait comme étant toute la ville. Gaston de Nueil vit en eux le personnel immuable que les observateurs retrouvent dans les nombreuses capitales de ces anciens États qui formaient la France d'autrefois.

C'était d'abord la famille dont la noblesse, inconnue à cinquante lieues plus loin, passe, dans le département, pour incontestable et de la plus haute antiquité. Cette espèce de *famille royale* au petit pied effleure par ses alliances, sans que personne s'en doute, les Navarreins, les Grandlieu, touche aux Cadignan, et s'accroche aux Blamont-Chauvry. Le chef de cette race illustre est toujours un chasseur déterminé. Homme sans manières, il accable tout le monde de sa supériorité nominale ; tolère le sous-préfet, comme il souffre l'impôt ; n'admet aucune des puissances nouvelles créées par le dix-neuvième siècle, et fait observer, comme une monstruosité politique, que le premier ministre n'est pas gentilhomme. Sa femme a le ton tranchant, parle haut, a eu des adorateurs, mais fait régulièrement ses pâques ; elle élève mal ses filles, et pense qu'elles seront toujours assez riches de leur nom. La femme et le mari n'ont d'ailleurs aucune idée du luxe actuel : ils gardent les livrées de théâtre, tiennent aux anciennes formes pour l'argenterie, les meubles, les voitures, comme pour les mœurs et le langage. Ce vieux faste s'allie d'ailleurs assez bien avec l'économie des provinces. Enfin c'est les gentilshommes d'autrefois, moins les lods et ventes [2], moins la meute et les habits galonnés ; tous pleins d'honneur entre eux, tous dévoués à des princes qu'ils ne voient qu'à distance. Cette maison historique *incognito* conserve l'originalité d'une antique tapisserie de haute-lice. Dans la famille végète infailliblement un oncle ou un frère, lieutenant-général, cordon rouge, homme de cour, qui est allé en Hanovre avec le maréchal de Richelieu, et que vous retrouvez là comme le feuillet égaré d'un vieux pamphlet du temps de Louis XV.

A cette famille fossile s'oppose une famille plus riche, mais de noblesse moins ancienne. Le mari et la femme vont passer deux mois d'hiver à Paris, ils en rapportent le ton fugitif et les passions éphémères. Madame est élégante, mais un peu guindée et toujours en retard avec les modes. Cependant elle se moque de l'ignorance affectée par ses voisins ; son argenterie est moderne ; elle a des grooms, des nègres, un valet de chambre. Son fils aîné a tilbury, ne fait rien, il a un majorat[3] ; le cadet est auditeur au Conseil d'État. Le père, très au fait des intrigues du ministère, raconte des anecdotes sur Louis XVIII et sur madame du Cayla[4] ; il place dans le *cinq pour cent,* évite la conversation sur les cidres, mais tombe encore parfois dans la manie de rectifier le chiffre des fortunes départementales ; il est membre du conseil général, se fait habiller à Paris, et porte la croix de la Légion d'honneur. Enfin ce gentilhomme a compris la Restauration, et bat monnaie à la Chambre ; mais son royalisme est moins pur que celui de la famille avec laquelle il rivalise. Il reçoit la *Gazette* et les *Débats.* L'autre famille ne lit que la *Quotidienne.*

Monseigneur l'évêque, ancien vicaire général, flotte entre ces deux puissances qui lui rendent les honneurs dus à la religion, mais en lui faisant sentir parfois la morale que le bon La Fontaine a mise à la fin de l'*Ane chargé de reliques*[5]. Le bonhomme est roturier.

Puis viennent les astres secondaires, les gentilshommes qui jouissent de dix à douze mille livres de rente, et qui ont été capitaines de vaisseau, ou capitaines de cavalerie, ou rien du tout. A cheval par les chemins, ils tiennent le milieu entre le curé portant les sacrements et le contrôleur des contributions en tournée. Presque tous ont été dans les pages ou dans les mousquetaires, et achèvent paisiblement leurs jours dans une *faisance-valoir*[6], plus occupés d'une coupe de bois ou de leur cidre que de la monarchie. Cependant ils parlent de la charte et des libéraux entre deux *rubbers* de whist ou pendant une partie de trictrac, après avoir calculé des dots et arrangé des mariages en rapport avec les généalogies qu'ils savent par cœur. Leurs femmes font les fières et prennent les airs de la cour dans leurs cabriolets d'osier ; elles croient être parées quand elles sont affublées d'un châle et d'un bonnet ; elles achètent annuellement deux chapeaux, mais après de mûres délibérations, et se les font apporter de Paris par occasion ; elles sont généralement vertueuses et bavardes.

Autour de ces éléments principaux de la gent aristocratique se groupent deux ou trois vieilles filles de qualité qui ont résolu ce problème de l'immobilisation de la créature humaine. Elles semblent être scellées dans les maisons où vous les voyez : leurs figures, leurs toilettes font partie de l'immeuble, de la ville, de la province ; elles en sont la tradition, la mémoire, l'esprit. Toutes ont quelque chose de raide et de monumental ; elles savent sourire ou hocher la tête à propos, et, de temps en temps, disent des mots qui passent pour spirituels.

Quelques riches bourgeois se sont glissés dans ce petit faubourg Saint-Germain, grâce à leurs opinions aristocratiques ou à leurs fortunes. Mais, en dépit de leurs quarante ans, là chacun dit d'eux : — Ce petit *un tel* pense bien ! Et l'on en fait des députés. Généralement ils sont protégés par les vieilles filles, mais on en cause.

Puis enfin deux ou trois ecclésiastiques sont reçus dans cette société d'élite, pour leur étole, ou parce qu'ils ont de l'esprit, et que ces nobles personnes, s'ennuyant entre elles, introduisent l'élément bourgeois dans leurs salons comme un boulanger met de la levure dans sa pâte.

La somme d'intelligence amassée dans toutes ces têtes se compose d'une certaine quantité d'idées anciennes auxquelles se mêlent quelques pensées nouvelles qui se brassent en commun tous les soirs. Semblables à l'eau d'une petite anse, les phrases qui représentent ces idées ont leur flux et reflux quotidien, leur remous perpétuel, exactement pareil : qui en entend aujourd'hui le vide retentissement l'entendra demain, dans un an, toujours. Leurs arrêts immuablement portés sur les choses d'ici-bas forment une science traditionnelle à laquelle il n'est au pouvoir de personne d'ajouter une goutte d'esprit. La vie de ces routinières personnes gravite dans une sphère d'habitudes aussi incommutables que le sont leurs opinions religieuses, politiques, morales et littéraires.

Un étranger est-il admis dans ce cénacle, chacun lui dira, non sans une sorte d'ironie : « Vous ne trouverez pas ici le brillant de votre monde parisien ! » et chacun condamnera l'existence de ses voisins en cherchant à faire croire qu'il est une exception dans cette société, qu'il a tenté sans succès de la rénover. Mais si, par malheur, l'étranger fortifie par quelque remarque l'opinion que ces gens ont mutuellement d'eux-mêmes, il passe aussitôt pour un homme méchant, sans foi ni loi, pour un Parisien corrompu, *comme le sont en général tous les Parisiens.*

Quand Gaston de Nueil apparut dans ce petit monde, où l'étiquette était parfaitement observée, où chaque chose de la vie s'harmoniait[7], où tout se trouvait mis à jour, où les valeurs nobiliaires et territoriales étaient cotées comme le sont les fonds de la Bourse à la dernière page des journaux, il avait été pesé d'avance dans les balances infaillibles de l'opinion bayeusaine. Déjà sa cousine madame de Sainte-Sevère avait dit le chiffre de sa fortune, celui de ses espérances, exhibé son arbre généalogique, vanté ses connaissances, sa politesse et sa modestie. Il reçut l'accueil auquel il devait strictement prétendre, fut accepté comme un bon gentilhomme, sans façon, parce qu'il n'avait que vingt-trois ans ; mais certaines jeunes personnes et quelques mères lui firent les yeux doux. Il possédait dix-huit mille livres de rente dans la vallée d'Auge, et son père devait tôt ou tard lui laisser le château de Manerville avec toutes ses dépendances. Quant à son instruction, à son avenir politique, à sa valeur personnelle, à ses talents, il n'en fut seulement pas question. Ses terres étaient bonnes et les fermages bien assurés ; d'excellentes plantations y avaient été faites ; les réparations et les impôts étaient à la charge des fermiers ; les pommiers avaient trente-huit ans ; enfin son père était en marché pour acheter deux cents arpents de bois contigus à son parc, qu'il voulait entourer de murs : aucune espérance ministérielle, aucune célébrité humaine ne pouvait lutter contre de tels avantages. Soit malice, soit calcul, madame de Sainte-Sevère n'avait pas parlé du frère aîné de Gaston, et Gaston n'en dit pas un mot. Mais ce frère était poitrinaire, et paraissait devoir être bientôt enseveli, pleuré, oublié. Gaston de Nueil commença par s'amuser de ces personnages ; il en dessina, pour ainsi dire, les figures sur son album dans la sapide[8] vérité de leurs physionomies anguleuses, crochues, ridées, dans la plaisante originalité de leurs costumes et de leurs tics ; il se délecta des *normanismes* de leur idiome, du fruste de leurs idées et de leurs caractères. Mais, après avoir épousé pendant un moment cette existence semblable à celle des écureuils occupés à tourner leur cage, il sentit l'absence des oppositions[9] dans une vie arrêtée d'avance, comme celle des religieux au fond des cloîtres, et tomba dans une crise qui n'est encore ni l'ennui, ni le dégoût, mais qui en comporte presque tous les effets. Après les légères souffrances de cette transition, s'accomplit pour l'individu le phénomène de sa transplantation dans un terrain qui lui est contraire, où il doit s'atrophier et mener une vie rachitique. En effet, si rien ne le tire de ce monde, il en adopte insensiblement les usages, et se fait à son vide qui le gagne et l'annule. Déjà les poumons de Gaston s'habituaient à cette atmosphère. Prêt à reconnaître une sorte de bonheur végétal dans ces journées passées sans soins[10] et sans idées, il commençait à perdre le souvenir de ce mouvement de sève, de cette fructification constante des esprits qu'il avait si ardemment épousée dans la sphère parisienne, et allait se pétrifier parmi ces pétrifications, y demeurer pour toujours, comme les compagnons d'Ulysse, content de sa grasse enveloppe. Un soir Gaston de Nueil se trouvait assis entre une vieille dame et l'un des vicaires généraux du diocèse, dans un salon à boiseries peintes en gris, carrelé en grands carreaux de terre blancs, décoré de quelques portraits de famille, garni de quatre tables de jeu, autour desquelles seize personnes babillaient en jouant au whist. Là, ne pensant à rien, mais digérant un de ces dîners exquis, l'avenir de la journée en province, il se surprit à justifier les usages du pays. Il concevait pourquoi ces gens-là continuaient à se servir des cartes de la veille, à les battre sur des tapis usés, et comment ils arrivaient à ne plus s'habiller ni pour eux-mêmes ni pour les autres. Il devinait je ne sais quelle philosophie dans le mouvement uniforme de cette vie circulaire, dans le calme de ces habitudes logiques et dans l'ignorance des choses élégantes. Enfin il comprenait presque l'inutilité du luxe. La ville de Paris, avec ses passions, ses orages et ses plaisirs, n'était déjà plus dans son esprit que comme un souvenir d'enfance. Il admirait de bonne foi les mains rouges, l'air modeste et craintif d'une jeune personne dont, à la première vue, la figure lui avait paru niaise, les manières sans grâces, l'ensemble repoussant et la mine souverainement ridicule. C'en était fait de lui. Venu de la province à Paris, il allait retomber de l'existence inflammatoire de Paris dans la froide vie de province, sans une phrase qui frappa son oreille et lui apporta soudain une émotion semblable à celle que lui aurait causée quelque motif original parmi les accompagnements d'un opéra ennuyeux.

— N'êtes-vous pas allé voir hier madame de Beauséant ? dit une vieille femme au chef de la maison princière du pays.

— J'y suis allé ce matin, répondit-il. Je l'ai trouvée bien triste et si souffrante que je n'ai pas pu la décider à venir dîner demain avec nous.

— Avec madame de Champignelles ? s'écria la douairière en manifestant une sorte de surprise.

— Avec ma femme, dit tranquillement le gentilhomme. Madame de Beauséant n'est-elle pas de la maison de Bourgogne ? Par les femmes, il est vrai ; mais enfin ce nom-là blanchit tout. Ma femme aime beaucoup la vicomtesse, et la pauvre dame est depuis si longtemps seule que...

En disant ces derniers mots, le marquis de Champignelles regarda d'un air calme et froid les personnes qui l'écoutaient en l'examinant ; mais il fut presque impossible de deviner s'il faisait une concession au malheur ou à la noblesse de madame de Beauséant, s'il était flatté de la recevoir, ou s'il voulait forcer par orgueil les gentilshommes du pays et leurs femmes à la voir.

Toutes les dames parurent se consulter en se jetant le même coup d'œil ; et alors, le silence le plus profond ayant tout à coup régné dans le salon, leur attitude fut prise comme un indice d'improbation.

— Cette madame de Beauséant est-elle par hasard celle dont l'aventure avec monsieur d'Ajuda-Pinto a fait tant de bruit ? demanda Gaston à la personne près de laquelle il était [11].

— Parfaitement la même, lui répondit-on. Elle est venue habiter Courcelles après le mariage du marquis d'Ajuda, personne ici ne la reçoit. Elle a d'ailleurs beaucoup trop d'esprit pour ne pas avoir senti la fausseté de sa position : aussi n'a-t-elle cherché à voir personne. Monsieur de Champignelles et quelques hommes se sont présentés chez elle, mais elle n'a reçu que monsieur de Champignelles à cause peut-être de leur parenté : ils sont alliés par les Beauséant. Le marquis de Beauséant le père a épousé une Champignelles de la branche aînée. Quoique la vicomtesse de Beauséant passe pour descendre de la maison de Bourgogne, vous comprenez que nous ne pouvions pas admettre ici une femme séparée de son mari. C'est de vieilles idées auxquelles nous avons encore la bêtise de tenir. La vicomtesse a eu d'autant plus de tort dans ses escapades que monsieur de Beauséant est un galant homme, un homme de cour : il aurait très bien entendu raison. Mais sa femme est une tête folle...

Monsieur de Nueil, tout en entendant la voix de son interlocutrice, ne l'écoutait plus. Il était absorbé par mille fantaisies. Existe-t-il d'autre mot pour exprimer les attraits d'une aventure au moment où elle sourit à l'imagination, au moment où l'âme conçoit de vagues espérances, pressent d'inexplicables félicités, des craintes, des événements, sans que rien encore n'alimente ni ne fixe les caprices de ce mirage ? L'esprit voltige alors, enfante des projets impossibles et donne en germe les bonheurs d'une passion. Mais peut-être le germe de la passion la contient-elle entièrement, comme une graine contient une belle fleur avec ses parfums et ses riches couleurs. Monsieur de Nueil ignorait que madame de Beauséant se fût réfugiée en Normandie après un éclat que la plupart des femmes envient et condamnent, surtout lorsque les séductions de la jeunesse et de la beauté justifient presque la faute qui l'a causé. Il existe un prestige inconcevable dans toute espèce de célébrité, à quelque titre qu'elle soit due. Il semble que, pour les femmes comme jadis pour les familles, la gloire d'un crime en efface la honte. De même que telle maison s'enorgueillit de ses têtes tranchées, une jolie, une jeune femme devient plus attrayante par la fatale renommée d'un amour heureux ou d'une affreuse trahison. Plus elle est à plaindre, plus elle excite de sympathies. Nous ne sommes impitoyables que pour les choses, pour les sentiments et les aventures vulgaires. En attirant les regards, nous paraissons grands. Ne faut-il pas en effet s'élever au-dessus des autres pour en être vu ? Or, la foule éprouve involontairement un sentiment de respect pour tout ce qui s'est grandi, sans trop demander compte des moyens. En ce moment, Gaston de Nueil se sentait poussé vers madame de Beauséant par la secrète influence de ces raisons, ou peut-être par la curiosité, par le besoin de mettre un intérêt dans sa vie actuelle, enfin par cette foule de motifs impossibles à dire, et que le mot de *fatalité* sert souvent à exprimer. La vicomtesse de Beauséant avait surgi devant lui tout à coup, accompagnée d'une foule d'images gracieuses : elle était un monde nouveau ; près d'elle sans doute il y avait à craindre, à espérer, à combattre, à vaincre. Elle devait contraster avec les personnes que Gaston voyait dans ce salon mesquin ; enfin c'était une femme, et il n'avait point encore rencontré de femme dans ce monde froid où les calculs remplaçaient les sentiments, où la politesse n'était plus que des devoirs, et où les idées les plus simples avaient quelque chose de trop blessant pour être acceptées ou émises. Madame de Beauséant réveillait en son âme le souvenir de ses rêves de jeune homme et ses plus vivaces passions, un moment endormies. Gaston de Nueil devint distrait pendant le reste de la soirée. Il pensait aux moyens de s'introduire chez madame de Beauséant, et certes il n'en existait guère. Elle passait pour être éminemment spirituelle. Mais, si les personnes d'esprit peuvent se laisser séduire par les choses originales ou fines, elles sont exigeantes, savent tout deviner ; auprès d'elles il y a donc autant de chances pour se perdre que pour réussir dans la difficile entreprise de plaire. Puis la vicomtesse devait joindre à l'orgueil de sa situation la dignité que son nom lui commandait. La solitude profonde dans laquelle elle vivait semblait être la moindre des barrières élevées entre elle et le monde. Il était donc presque impossible à un inconnu, de quelque bonne famille qu'il fût, de se faire admettre chez elle. Cependant le lendemain matin monsieur de Nueil dirigea sa promenade vers le pavillon de Courcelles, et fit plusieurs fois le tour de l'enclos qui en dépendait. Dupé par les illusions auxquelles il est si naturel de croire à son âge, il regardait à travers les brèches ou par-dessus les murs, restait en contemplation devant les persiennes fermées ou examinait celles qui étaient ouvertes. Il espérait un hasard romanesque, il en combinait les effets sans s'apercevoir de leur impossibilité, pour s'introduire auprès de l'inconnue. Il se promena pendant plusieurs matinées fort infructueusement ; mais, à chaque promenade, cette femme placée en dehors du monde, victime de l'amour, ensevelie dans la solitude, grandissait dans sa pensée et se logeait dans son âme. Aussi le cœur de Gaston battait-il d'espérance et de joie si par hasard, en longeant les murs de Courcelles, il venait à entendre le pas pesant de quelque jardinier.

Il pensait bien à écrire à madame de Beauséant ; mais que dire à une femme que l'on n'a pas vue et qui ne nous connaît pas ? D'ailleurs Gaston se défiait de lui-même ; puis, semblable aux jeunes gens encore pleins d'illusions, il craignait plus que la mort les terribles dédains du silence, et frissonnait en songeant à toutes les chances que pouvait avoir sa première prose amoureuse d'être jetée au feu. Il était en proie à mille idées contraires qui se combattaient. Mais enfin, à force d'enfanter des chimères, de composer des romans et de se creuser la cervelle, il trouva l'un de ces heureux stratagèmes qui finissent par se rencontrer dans le grand nombre de ceux que l'on rêve, et qui révèlent à la femme la plus innocente l'étendue de la passion avec laquelle un homme s'est occupé d'elle. Souvent les bizarreries sociales créent autant d'obstacles réels entre une femme et son amant, que les poètes orientaux [12] en ont mis dans les délicieuses fictions de leurs contes, et leurs images les plus fantastiques sont rarement exagérées. Aussi, dans la nature comme dans le monde des fées, la femme doit-elle toujours appartenir à celui qui sait arriver à elle et la délivrer de la situation où elle languit. Le plus pauvre des calenders, tombant amoureux de la fille d'un calife, n'en était pas certes séparé par une distance plus grande que celle qui se trouvait entre Gaston et madame de Beauséant. La vicomtesse vivait dans une ignorance absolue des circonvallations tracées autour d'elle par monsieur de Nueil, dont l'amour s'accroissait de toute la grandeur des obstacles à franchir, et qui donnaient à sa maîtresse improvisée les attraits que possède toute chose lointaine.

Un jour, se fiant à son inspiration, il espéra tout de l'amour qui devait jaillir de ses yeux. Croyant la parole plus éloquente que ne l'est la lettre la plus passionnée, et spéculant aussi sur la curiosité naturelle à la femme, il alla chez monsieur de Champignelles en se proposant de l'employer à la réussite de son entreprise. Il dit au gentilhomme qu'il avait à s'acquitter d'une commission importante et délicate auprès de madame de Beauséant ; mais, ne sachant point si elle lisait les lettres d'une écriture inconnue ou si elle accorderait sa confiance à un étranger, il le priait de demander à la vicomtesse, lors de sa première visite, si elle daignerait le recevoir. Tout en invitant le marquis à garder le secret en cas de refus, il l'engagea fort spirituellement à ne point taire à madame de Beauséant les raisons qui pouvaient le faire admettre chez elle. N'était-il pas homme d'honneur, loyal et incapable de se prêter à une chose de mauvais goût ou même malséante ! Le hautain gentilhomme, dont les petites vanités avaient été flattées, fut complètement dupé par cette diplomatie de l'amour qui prête à un jeune homme l'aplomb et la haute dissimulation d'un vieil ambassadeur. Il essaya bien de pénétrer les secrets de Gaston ; mais celui-ci, fort embarrassé de les lui dire, opposa des phrases normandes aux adroites interrogations de monsieur de Champignelles, qui, en chevalier français, le complimenta sur sa discrétion.

Aussitôt le marquis courut à Courcelles avec cet empressement que les gens d'un certain âge mettent à rendre service aux jolies femmes. Dans la situation où se trouvait la vicomtesse de Beauséant, un message de cette espèce était de nature à l'intriguer. Aussi, quoiqu'elle ne vît, en consultant ses souvenirs, aucune raison qui pût amener chez elle monsieur de Nueil, n'aperçut-elle aucun inconvénient à le recevoir, après toutefois s'être prudemment enquise de sa position dans le monde. Elle avait cependant commencé par refuser ; puis elle avait discuté ce point de convenance avec monsieur de Champignelles, en l'interrogeant pour tâcher de deviner s'il savait le motif de cette visite ; puis elle était revenue sur son refus. La discussion et la discrétion forcée du marquis avaient irrité sa curiosité.

Monsieur de Champignelles, ne voulant point paraître ridicule, prétendait, en homme instruit, mais discret, que la vicomtesse devait parfaitement bien connaître l'objet de cette visite, quoiqu'elle le cherchât de bien bonne foi sans le trouver. Madame de Beauséant créait des liaisons entre Gaston et des gens qu'il ne connaissait pas, se perdait dans d'absurdes suppositions, et se demandait à elle-même si elle avait jamais vu monsieur de Nueil. La lettre d'amour la plus vraie ou la plus habile n'eût certes pas produit autant d'effet que cette espèce d'énigme sans mot de laquelle madame de Beauséant fut occupée à plusieurs reprises.

Quand Gaston apprit qu'il pouvait voir la vicomtesse, il fut tout à la fois dans le ravissement d'obtenir si promptement un bonheur ardemment souhaité et singulièrement embarrassé de donner un dénouement à sa ruse. — Bah ! *la* voir, répétait-il en s'habillant, la voir, c'est tout ! Puis il espérait, en franchissant la porte de Courcelles, rencontrer un expédient pour dénouer le nœud gordien qu'il avait serré lui-même. Gaston était du nombre de ceux qui, croyant à la toute-puissance de la nécessité, vont toujours ; et, au dernier moment, arrivés en face du danger, ils s'en inspirent et trouvent des forces pour le vaincre. Il mit un soin particulier à sa toilette. Il s'imaginait, comme les jeunes gens, que d'une boucle bien ou mal placée dépendait son succès, ignorant qu'au jeune âge tout est charme et attrait. D'ailleurs les femmes de choix qui ressemblent à madame de Beauséant ne se laissent séduire que par les grâces de l'esprit et par la supériorité du caractère. Un grand caractère flatte leur vanité, leur promet une grande passion et paraît devoir admettre les exigences de leur cœur. L'esprit les amuse, répond aux finesses de leur nature, et elles se croient comprises. Or, que veulent toutes les femmes, si ce n'est d'être amusées, comprises ou adorées ? Mais il faut avoir bien réfléchi sur les choses de la vie pour deviner la haute coquetterie que comportent la négligence du costume et la réserve de l'esprit dans une première entrevue. Quand nous devenons assez rusés pour être d'habiles politiques, nous sommes trop vieux pour profiter de notre expérience. Tandis que Gaston se défiait assez de son esprit pour emprunter des séductions à son vêtement, madame de Beauséant elle-même mettait instinctivement de la recherche dans sa toilette et se disait en arrangeant sa coiffure : — Je ne veux cependant pas être à faire peur.

Monsieur de Nueil avait dans l'esprit, dans sa personne et dans les manières, cette tournure naïvement originale qui donne une sorte de saveur aux gestes et aux idées ordinaires, permet de tout dire et fait tout passer. Il était instruit, pénétrant, d'une physionomie heureuse et mobile comme son âme impressible[13]. Il y avait de la passion, de la tendresse dans ses yeux vifs ; et son cœur, essentiellement bon, ne les démentait pas. La résolution qu'il prit en entrant à Courcelles fut donc en harmonie avec la nature de son caractère franc et de son imagination ardente. Malgré l'intrépidité de l'amour, il ne put cependant se défendre d'une violente palpitation quand, après avoir traversé une grande cour dessinée en jardin anglais, il arriva dans une salle où un valet de chambre, lui ayant demandé son nom, disparut et revint pour l'introduire.

— Monsieur le baron de Nueil.

Gaston entra lentement, mais d'assez bonne grâce, chose plus difficile encore dans un salon où il n'y a qu'une femme que dans celui où il y en a vingt. A l'angle de la cheminée, où, malgré la saison, brillait un grand foyer, et sur laquelle se trouvaient deux candélabres allumés jetant de molles lumières, il aperçut une jeune femme assise dans cette moderne bergère à dossier très élevé, dont le siège bas lui permettait de donner à sa tête des poses variées pleines de grâce et d'élégance, de l'incliner, de la pencher, de la redresser languissamment, comme si c'était un fardeau pesant ; puis de plier ses pieds, de les montrer ou de les rentrer sous les longs plis d'une robe noire. La vicomtesse voulut placer sur une petite table ronde le livre qu'elle lisait ; mais ayant en même temps tourné la tête vers monsieur de Nueil, le livre, mal posé, tomba dans l'intervalle qui séparait la table de la bergère. Sans paraître surprise de cet accident, elle se rehaussa, et s'inclina pour répondre au salut du jeune homme, mais d'une manière imperceptible et presque sans se lever de son siège où son corps resta plongé. Elle se courba pour s'avancer, remua vivement le feu ; puis elle se baissa, ramassa un gant qu'elle mit avec négligence à sa main gauche, en cherchant l'autre par un regard promptement réprimé ; car de sa main droite, main blanche, presque transparente, sans bagues, fluette, à doigts effilés, et dont les ongles roses formaient un ovale parfait, elle montra une chaise comme pour dire à Gaston de s'asseoir. Quand son hôte inconnu fut assis, elle tourna la tête vers lui par un mouvement interrogant [14] et coquet dont la finesse ne saurait se peindre ; il appartenait à ces intentions bienveillantes, à ces gestes gracieux, quoique précis, que donnent l'éducation première et l'habitude constante des choses de bon goût. Ces mouvements multipliés se succédèrent rapidement en un instant, sans saccades ni brusquerie, et charmèrent Gaston par ce mélange de soin et d'abandon qu'une jolie femme ajoute aux manières aristocratiques de la haute compagnie. Madame de Beauséant contrastait trop vivement avec les automates parmi lesquels il vivait depuis deux mois d'exil au fond de la Normandie, pour ne pas lui personnifier la poésie de ses rêves ; aussi ne pouvait-il en comparer les perfections à aucune de celles qu'il avait jadis admirées. Devant cette femme et dans ce salon meublé comme l'est un salon du faubourg Saint-Germain, plein de ces riens si riches qui traînent sur les tables, en apercevant des livres et des fleurs, il se retrouva dans Paris. Il foulait un vrai tapis de Paris, revoyait le type distingué, les formes frêles de la Parisienne, sa grâce exquise, et sa négligence des effets cherchés qui nuisent tant aux femmes de province.

Madame la vicomtesse de Beauséant était blonde, blanche comme une blonde, et avait les yeux bruns. Elle présentait noblement son front, un front d'ange déchu qui s'enorgueillit de sa faute et ne veut point de pardon. Ses cheveux, abondants et tressés en hauteur au-dessus de deux bandeaux qui décrivaient sur ce front de larges courbes, ajoutaient encore à la majesté de sa tête. L'imagination retrouvait, dans les spirales de cette chevelure dorée, la couronne ducale de Bourgogne ; et, dans les yeux brillants de cette grande dame, tout le courage de sa maison ; le courage d'une femme forte seulement pour repousser le mépris et l'audace, mais pleine de tendresse pour les sentiments doux. Les contours de sa petite tête, admirablement posée sur un long col blanc ; les traits de sa figure fine, ses lèvres déliées et sa physionomie mobile gardaient une expression de prudence exquise, une teinte d'ironie affectée qui ressemblait à de la ruse et à de l'impertinence. Il était difficile de ne pas lui pardonner ces deux péchés féminins en pensant à ses malheurs, à la passion qui avait failli lui coûter la vie, et qu'attestaient soit les rides qui, par le moindre mouvement, sillonnaient son front, soit la douloureuse éloquence de ses beaux yeux souvent levés vers le ciel. N'était-ce pas un spectacle imposant, et encore agrandi par la pensée, de voir dans un immense salon silencieux cette femme séparée du monde entier, et qui, depuis trois ans, demeurait au fond d'une petite vallée, loin de la ville, seule avec les souvenirs d'une jeunesse brillante, heureuse, passionnée, jadis remplie par des fêtes, par de constants hommages, mais maintenant livrée aux horreurs du néant ? Le sourire de cette femme annonçait une haute conscience de sa valeur. N'étant ni mère ni épouse, repoussée par le monde, privée du seul cœur qui pût fait battre le sien sans honte, ne tirant d'aucun sentiment les secours nécessaires à son âme chancelante, elle devait prendre sa force sur elle-même, vivre de sa propre vie, et n'avoir d'autre espérance que celle de la femme abandonnée : attendre la mort, en hâter la lenteur malgré les beaux jours qui lui restaient encore. Se sentir destinée au bonheur, et périr sans le recevoir, sans le donner ?... une femme ! Quelles douleurs ! Monsieur de Nueil fit ces réflexions avec la rapidité de l'éclair, et se trouva bien honteux de son personnage en présence de la plus grande poésie dont puisse s'envelopper une femme. Séduit par le triple éclat de la beauté, du malheur et de la noblesse, il demeura presque béant, songeur, admirant la vicomtesse, mais ne trouvant rien à lui dire.

Madame de Beauséant, à qui cette surprise ne déplut sans doute point, lui tendit la main par un geste doux, mais impératif ; puis, rappelant un sourire sur ses lèvres pâlies, comme pour obéir encore aux grâces de son sexe, elle lui dit : « Monsieur de Champignelles m'a prévenue, monsieur, du message dont vous vous êtes si complaisamment chargé pour moi. Serait-ce de la part de... »

En entendant cette terrible phrase, Gaston comprit encore mieux le ridicule de sa situation, le mauvais goût, la déloyauté de son procédé envers une femme et si noble et si malheureuse. Il rougit. Son regard, empreint de mille pensées, se troubla ; mais tout à coup, avec cette force que de jeunes cœurs savent puiser dans le sentiment de leurs fautes, il se rassura ;

puis, interrompant madame de Beauséant, non sans faire un geste plein de soumission, il lui répondit d'une voix émue : — Madame, je ne mérite pas le bonheur de vous voir ; je vous ai indignement trompée. Le sentiment auquel j'ai obéi, si grand qu'il puisse être, ne saurait faire excuser le misérable subterfuge qui m'a servi pour arriver jusqu'à vous. Mais, madame, si vous aviez la bonté de me permettre de vous dire...

La vicomtesse lança sur monsieur de Nueil un coup d'œil plein de hauteur et de mépris ; leva la main pour saisir le cordon de sa sonnette, sonna ; le valet de chambre vint ; elle lui dit, en regardant le jeune homme avec dignité : — Jacques, éclairez monsieur.

Elle se leva fière, salua Gaston, et se baissa pour ramasser le livre tombé. Ses mouvements furent aussi secs, aussi froids que ceux par lesquels elle l'accueillit avaient été mollement élégants et gracieux. Monsieur de Nueil s'était levé, mais il restait debout. Madame de Beauséant lui jeta de nouveau un regard comme pour lui dire : — Eh ! bien, vous ne sortez pas ?

Ce regard fut empreint d'une moquerie si perçante, que Gaston devint pâle comme un homme près de défaillir. Quelques larmes roulèrent dans ses yeux ; mais il les retint, les sécha dans les feux de la honte et du désespoir, regarda madame de Beauséant avec une sorte d'orgueil qui exprimait tout ensemble et de la résignation et une certaine conscience de sa valeur : la vicomtesse avait le droit de le punir, mais le devait-elle ? Puis il sortit. En traversant l'antichambre, la perspicacité de son esprit et son intelligence aiguisée par la passion lui firent comprendre tout le danger de sa situation. — Si je quitte cette maison, se dit-il, je n'y pourrai jamais rentrer ; je serai toujours un sot pour la vicomtesse. Il est impossible à une femme, et elle est femme ! de ne pas deviner l'amour qu'elle inspire ; elle ressent peut-être un regret vague et involontaire de m'avoir si brusquement congédié, mais elle ne doit pas, elle ne peut pas révoquer son arrêt : c'est à moi de la comprendre.

A cette réflexion, Gaston s'arrête sur le perron, laisse échapper une exclamation, se retourne vivement et dit : — J'ai oublié quelque chose ! Et il revint vers le salon, suivi du valet de chambre qui, plein de respect pour un baron et pour les droits sacrés de la propriété, fut complètement abusé par le ton naïf avec lequel cette phrase fut dite. Gaston entra doucement sans être annoncé. Quand la vicomtesse, pensant peut-être que l'intrus était son valet de chambre, leva la tête, elle trouva devant elle monsieur de Nueil.

— Jacques m'a éclairé, dit-il en souriant. Son sourire, empreint d'une grâce à demi triste, ôtait à ce mot tout ce qu'il avait de plaisant, et l'accent avec lequel il était prononcé devait aller à l'âme.

Madame de Beauséant fut désarmée.

— Eh ! bien, asseyez-vous, dit-elle.

Gaston s'empara de la chaise par un mouvement avide. Ses yeux, animés par la félicité, jetèrent un éclat si vif que la vicomtesse ne put soutenir ce jeune regard, baissa les yeux sur son livre et savoura le plaisir toujours nouveau d'être pour un homme le principe de son bonheur, sentiment impérissable chez la femme. Puis, madame de Beauséant avait été devinée. La femme est si reconnaissante de rencontrer un homme au fait des caprices si logiques de son cœur, qui comprenne les allures en apparence contradictoires de son esprit, les fugitives pudeurs de ses sensations tantôt timides, tantôt hardies, étonnant mélange de coquetterie et de naïveté !

— Madame, s'écria doucement Gaston, vous connaissez ma faute, mais vous ignorez mes crimes. Si vous saviez avec quel bonheur j'ai...

— Ah ! prenez garde, dit-elle en levant un de ses doigts d'un air mystérieux à la hauteur de son nez, qu'elle effleura ; puis, de l'autre main, elle fit un geste pour prendre le cordon de la sonnette.

Ce joli mouvement, cette gracieuse menace provoquèrent sans doute une triste pensée, un souvenir de sa vie heureuse, du temps où elle pouvait être tout charme et toute gentillesse, où le bonheur justifiait les caprices de son esprit comme il donnait un attrait de plus aux moindres mouvements de sa personne. Elle amassa les rides de son front entre ses deux sourcils ; son visage, si doucement éclairé par les bougies, prit une sombre expression ; elle regarda monsieur de Nueil avec une gravité dénuée de froideur, et lui dit en femme profondément pénétrée par le sens de ses paroles : — Tout ceci est bien ridicule ! Un temps a été, monsieur, où j'avais le droit d'être follement gaie, où j'aurais pu rire avec vous et vous recevoir sans crainte ; mais aujourd'hui, ma vie est bien changée, je ne suis plus maîtresse de mes actions, et suis forcée d'y réfléchir. A quel sentiment dois-je votre visite ? Est-ce curiosité ? Je paie alors bien cher un fragile instant de bonheur. Aimeriez-vous déjà *passionnément* une femme infailliblement calomniée et que vous n'avez jamais vue ? Vos sentiments seraient donc fondés sur la mésestime, sur une faute à laquelle le hasard a donné de la célébrité. Elle jeta son livre sur la table avec dépit. — Hé ! quoi, reprit-elle après avoir lancé un regard terrible sur Gaston, parce que j'ai été faible, le monde veut donc que je le sois toujours ? Cela est affreux, dégradant. Venez-vous chez moi pour me plaindre ?

Vous êtes bien jeune pour sympathiser avec des peines de cœur. Sachez-le bien, monsieur, je préfère le mépris à la pitié ; je ne veux subir la compassion de personne. Il y eut un moment de silence. — Eh ! bien, vous voyez, monsieur, reprit-elle en levant la tête vers lui d'un air triste et doux, quel que soit le sentiment qui vous ait porté à vous jeter étourdiment dans ma retraite, vous me blessez. Vous êtes trop jeune pour être tout à fait dénué de bonté, vous sentirez donc l'inconvenance de votre démarche ; je vous la pardonne, et vous en parle maintenant sans amertume. Vous ne reviendrez plus ici, n'est-ce pas ? Je vous prie quand je pourrais ordonner. Si vous me faisiez une nouvelle visite, il ne serait ni en votre pouvoir ni au mien d'empêcher toute la ville de croire que vous devenez mon amant, et vous ajouteriez à mes chagrins un chagrin bien grand. Ce n'est pas votre volonté, je pense.

Elle se tut en le regardant avec une dignité vraie qui le rendit confus.

— J'ai eu tort, madame, répondit-il d'un ton pénétré ; mais l'ardeur, l'irréflexion, un vif besoin de bonheur sont à mon âge des qualités et des défauts. Maintenant, reprit-il, je comprends que je n'aurais pas dû chercher à vous voir, et cependant mon désir était bien naturel...

Il tâcha de raconter avec plus de sentiment que d'esprit les souffrances auxquelles l'avait condamné son exil nécessaire. Il peignit l'état d'un jeune homme dont les feux brûlaient sans aliment, en faisant penser qu'il était digne d'être aimé tendrement, et néanmoins n'avait jamais connu les délices d'un amour inspiré par une femme jeune, belle, pleine de goût, de délicatesse. Il expliqua son manque de convenance sans vouloir le justifier. Il flatta madame de Beauséant en lui prouvant qu'elle réalisait pour lui le type de la maîtresse incessamment mais vainement appelée par la plupart des jeunes gens. Puis, en parlant de ses promenades matinales autour de Courcelles, et des idées vagabondes qui le saisissaient à l'aspect du pavillon où il s'était enfin introduit, il excita cette indéfinissable indulgence que la femme trouve dans son cœur pour les folies qu'elle inspire. Il fit entendre une voix passionnée dans cette froide solitude, où il apportait les chaudes inspirations du jeune âge et les charmes d'esprit qui décèlent une éducation soignée. Madame de Bauséant était privée depuis trop longtemps des émotions que donnent les sentiments vrais finement exprimés pour ne pas en sentir vivement les délices. Elle ne put s'empêcher de regarder la figure expressive de monsieur de Nueil, et d'admirer en lui cette belle confiance de l'âme qui n'a encore été ni déchirée par les cruels enseignements de la vie du monde, ni dévorée par les perpétuels calculs de l'ambition ou de la vanité. Gaston était le jeune homme dans sa fleur, et se produisait en homme de caractère qui méconnaît encore ses hautes destinées. Ainsi tous deux faisaient à l'insu l'un de l'autre les réflexions les plus dangereuses pour leur repos, et tâchaient de se les cacher. Monsieur de Nueil reconnaissait dans la vicomtesse une de ces femmes si rares, toujours victimes de leur propre perfection et de leur inextinguible tendresse, dont la beauté gracieuse est le moindre charme quand elles ont une fois permis l'accès de leur âme où les sentiments sont infinis, où tout est bon, où l'instinct du beau s'unit aux expressions les plus variées de l'amour pour purifier les voluptés et les rendre presque saintes : admirable secret de la femme, présent exquis si rarement accordé par la nature. De son côté, la vicomtesse, en écoutant l'accent vrai avec lequel Gaston lui parlait des malheurs de sa jeunesse, devinait les souffrances imposées par la timidité aux grands enfants de vingt-cinq ans, lorsque l'étude les a garantis de la corruption et du contact des gens du monde dont l'expérience raisonneuse corrode les belles qualités du jeune âge. Elle trouvait en lui le rêve de toutes les femmes, un homme chez lequel n'existait encore ni cet égoïsme de famille et de fortune, ni ce sentiment personnel qui finissent par tuer, dans leur premier élan, le dévouement, l'honneur, l'abnégation, l'estime de soi-même, fleurs d'âme sitôt fanées qui d'abord enrichissent la vie d'émotions délicates, quoique fortes, et ravivent en l'homme la probité du cœur. Une fois lancés dans les vastes espaces du sentiment, ils arrivèrent très loin en théorie, sondèrent l'un et l'autre la profondeur de leurs âmes, s'informèrent de la vérité de leurs expressions. Cet examen, involontaire chez Gaston, était prémédité chez madame de Beauséant. Usant de sa finesse naturelle ou acquise, elle exprimait, sans se nuire à elle-même, des opinions contraires aux siennes pour connaître celles de monsieur de Nueil. Elle fut si spirituelle, si gracieuse, elle fut si bien elle-même avec un jeune homme qui ne réveillait point sa défiance, en croyant ne plus le revoir, que Gaston s'écria naïvement à un mot délicieux dit par elle-même : — Eh ! madame, comment un homme a-t-il pu vous abandonner ?

La vicomtesse resta muette. Gaston rougit, il pensait l'avoir offensée. Mais cette femme était surprise par le premier plaisir profond et vrai qu'elle ressentait depuis le jour de son malheur. Le roué le plus habile n'eût pas fait à force d'art le progrès que monsieur de Nueil dut à ce cri parti du cœur. Ce jugement arraché à la candeur d'un homme jeune la rendait innocente à ses yeux, condamnait le monde, accusait celui qui l'avait quittée, et justifiait la solitude où elle était venue languir. L'absolution mondaine, les touchantes sympathies, l'estime sociale, tant souhaitées, si cruellement refusées, enfin ses plus secrets désirs étaient accomplis par cette exclamation qu'embellissaient encore les plus douces flatteries du cœur et cette admiration toujours avidement savourée par les femmes. Elle était donc entendue et comprise, monsieur de Nueil lui donnait tout naturellement l'occasion de se grandir de sa chute. Elle regarda la pendule.

— Oh ! madame, s'écria Gaston, ne me punissez pas de mon étourderie. Si vous ne m'accordez qu'une soirée, daignez ne pas l'abréger encore.

Elle sourit du compliment.

— Mais, dit-elle, puisque nous ne devons plus nous revoir, qu'importe un moment de plus ou de moins ? Si je vous plaisais, ce serait un malheur.

— Un malheur tout venu, répondit-il tristement.

— Ne me dites pas cela, reprit-elle gravement. Dans toute autre position je vous recevrais avec plaisir. Je vais vous parler sans détour, vous comprendrez pourquoi je ne veux pas, pourquoi je ne dois pas vous revoir. Je vous crois l'âme trop grande pour ne pas sentir que si j'étais seulement soupçonnée d'une seconde faute, je deviendrais, pour tout le monde, une femme méprisable et vulgaire, je ressemblerais aux autres femmes. Une vie pure et sans tache donnera donc du relief à mon caractère. Je suis trop fière pour ne pas essayer de demeurer au milieu de la Société comme un être à part, victime des lois par mon mariage [15], victime des hommes par mon amour. Si je ne restais pas fidèle à ma position, je mériterais tout le blâme qui m'accable et perdrais ma propre estime. Je n'ai pas eu la haute vertu sociale d'appartenir à un homme que je n'aimais pas. J'ai brisé, malgré les lois, les liens du mariage : c'était un tort, un crime, ce sera tout ce que vous voudrez; mais pour moi cet état équivalait à la mort. J'ai voulu vivre. Si j'eusse été mère, peut-être aurais-je trouvé des forces pour supporter le supplice d'un mariage imposé par les convenances. A dix-huit ans, nous ne savons guère, pauvres jeunes filles, ce que l'on nous fait faire. J'ai violé les lois du monde, le monde m'a punie ; nous étions justes l'un et l'autre. J'ai cherché le bonheur. N'est-ce pas une loi de notre nature que d'être heureuses ? J'étais jeune, j'étais belle... J'ai cru rencontrer un être aussi aimant qu'il paraissait passionné. J'ai été bien aimée pendant un moment !...

Elle fit une pause.

— Je pensais, reprit-elle, qu'un homme ne devait jamais abandonner une femme dans la situation où je me trouvais. J'ai été quittée, j'aurai déplu. Oui, j'ai manqué sans doute à quelque loi de nature : j'aurai été trop aimante, trop dévouée ou trop exigeante, je ne sais. Le malheur m'a éclairée. Après avoir été longtemps l'accusatrice, je me suis résignée à être la seule criminelle. J'ai donc absous à mes dépens celui de qui je croyais avoir à me plaindre. Je n'ai pas été assez adroite pour le conserver : la destinée m'a fortement punie de ma maladresse. Je ne sais qu'aimer : le moyen de penser à soi quand on aime ? J'ai donc été l'esclave quand j'aurais dû me faire tyran. Ceux qui me connaîtront pourront me condamner, mais ils m'estimeront. Mes souffrances m'ont appris à ne plus m'exposer à l'abandon. Je ne comprends pas comment j'existe encore, après avoir subi les douleurs des huit premiers jours qui ont suivi cette crise, la plus affreuse dans la vie d'une femme. Il faut avoir vécu pendant trois ans seule pour avoir la force de parler comme je le fais en ce moment de cette douleur. L'agonie se termine ordinairement par la mort, eh ! bien, monsieur, c'était une agonie sans le tombeau pour dénouement. Oh ! j'ai bien souffert !

La vicomtesse leva ses beaux yeux vers la corniche à laquelle sans doute elle confia tout ce que ne devait pas entendre un inconnu. Une corniche est bien la plus douce, la plus soumise, la plus complaisante confidente que les femmes puissent trouver dans les occasions où elles n'osent regarder leur interlocuteur. La corniche d'un boudoir est une institution. N'est-ce pas un confessionnal, moins le prêtre ? En ce moment, madame de Beauséant était éloquente et belle ; il faudrait dire coquette, si ce mot n'était pas trop fort. En se rendant justice, en mettant entre elle et l'amour les plus hautes barrières, elle aiguillonnait tous les sentiments de l'homme : et, plus elle élevait le but, mieux elle l'offrait aux regards. Enfin elle abaissa ses yeux sur Gaston, après leur avoir fait perdre l'expression trop attachante que leur avait communiquée le souvenir de ses peines.

— Avouez que je dois rester froide et solitaire ? lui dit-elle d'un ton calme.

Monsieur de Nueil se sentait une violente envie de tomber aux pieds de cette femme alors sublime de raison et de folie, il craignit de lui paraître ridicule ; il réprima donc et son exaltation et ses pensées : il éprouvait à la fois et la crainte de ne point réussir à les bien exprimer, et la peur de quelque terrible refus ou d'une moquerie dont l'appréhension glace les âmes les plus ardentes. La réaction des sentiments qu'il refoulait au moment où ils s'élançaient de son cœur lui causa cette douleur profonde que connaissent les gens timides et les ambitieux, souvent forcés de dévorer leurs désirs. Cependant il ne put s'empêcher de rompre le silence pour dire d'une voix tremblante : — Permettez-moi, madame, de me livrer à une des plus grandes émotions de ma vie, en vous avouant ce que vous me faites éprouver. Vous m'agrandissez le cœur ! Je sens en moi le désir d'occuper ma vie à vous faire oublier vos chagrins, à vous aimer pour tous ceux qui vous ont haïe ou blessée. Mais c'est une effusion de cœur bien soudaine, qu'aujourd'hui rien ne justifie et que je devrais...

— Assez, monsieur, dit madame de Beauséant. Nous sommes allés trop loin l'un et l'autre. J'ai voulu dépouiller de toute dureté le refus qui m'est imposé, vous en expliquer les tristes raisons, et non m'attirer des hommages. La coquetterie ne va bien qu'à la femme heureuse. Croyez-moi, restons étrangers l'un à l'autre. Plus tard, vous saurez qu'il ne faut point former de liens quand ils doivent nécessairement se briser un jour.

Elle soupira légèrement, et son front se plissa pour reprendre aussitôt la pureté de sa forme.

— Quelles souffrances pour une femme, reprit-elle, de ne pouvoir suivre l'homme qu'elle aime dans toutes les phases de sa vie ! Puis ce profond chagrin ne doit-il pas horriblement retentir dans le cœur de cet homme, si elle en est bien aimée. N'est-ce pas un double malheur ?

Il y eut un moment de silence, après lequel elle dit en souriant et en se levant pour faire lever son hôte : —

Vous ne vous doutiez pas en venant à Courcelles d'y entendre un sermon.

Gaston se trouvait en ce moment plus loin de cette femme extraordinaire qu'à l'instant où il l'avait abordée. Attribuant le charme de cette heure délicieuse à la coquetterie d'une maîtresse de maison jalouse de déployer son esprit, il salua froidement la vicomtesse, et sortit désespéré. Chemin faisant, le baron cherchait à surprendre le vrai caractère de cette créature souple et dure comme un ressort; mais il lui avait vu prendre tant de nuances, qu'il lui fut impossible d'asseoir sur elle un jugement vrai. Puis les intonations de sa voix lui retentissaient encore aux oreilles, et le souvenir prêtait tant de charmes aux gestes, aux airs de tête, au jeu des yeux, qu'il s'éprit davantage à cet examen. Pour lui, la beauté de la vicomtesse reluisait encore dans les ténèbres, les impressions qu'il en avait reçues se réveillaient attirées l'une par l'autre, pour de nouveau le séduire en lui révélant des grâces de femme et d'esprit inaperçues d'abord. Il tomba dans une de ces méditations vagabondes pendant lesquelles les pensées les plus lucides se combattent, se brisent les unes contre les autres, et jettent l'âme dans un court accès de folie. Il faut être jeune pour révéler et pour comprendre les secrets de ces sortes de dithyrambes, où le cœur, assailli par les idées les plus justes et les plus folles, cède à la dernière qui le frappe, à une pensée d'espérance ou de désespoir, au gré d'une puissance inconnue. A l'âge de vingt-trois ans, l'homme est presque toujours dominé par un sentiment de modestie : les timidités, les troubles de la jeune fille l'agitent, il a peur de mal exprimer son amour, il ne voit que des difficultés et s'en effraie, il tremble de ne pas plaire, il serait hardi s'il n'aimait pas tant ; plus il sent le prix du bonheur, moins il croit que sa maîtresse puisse le lui facilement accorder ; d'ailleurs, peut-être se livre-t-il trop entièrement à son plaisir, et craint-il de n'en point donner ; lorsque, par malheur, son idole est imposante, il l'adore en secret et de loin ; s'il n'est pas deviné, son amour expire. Souvent cette passion hâtive, morte dans un jeune cœur, y reste brillante d'illusions. Quel homme n'a pas plusieurs de ces vierges souvenirs qui, plus tard, se réveillent, toujours plus gracieux, et apportent l'image d'un bonheur parfait ? souvenirs semblables à ces enfants perdus à la fleur de l'âge, et dont les parents n'ont connu que les sourires. Monsieur de Nueil revint donc de Courcelles en proie à un sentiment gros de résolutions extrêmes. Madame de Beauséant était déjà devenue pour lui la condition de son existence : il aimait mieux mourir que de vivre sans elle. Encore assez jeune pour ressentir ces cruelles fascinations que la femme parfaite exerce sur les âmes neuves et passionnées, il dut passer une de ces nuits orageuses pendant lesquelles les jeunes gens vont du bonheur au suicide, du suicide au bonheur, dévorent toute une vie heureuse et s'endorment impuissants. Nuits fatales, où le plus grand malheur qui puisse arriver est de se réveiller philosophe. Trop véritablement amoureux pour dormir, monsieur de Nueil se leva, se mit à écrire des lettres dont aucune ne le satisfit, et les brûla toutes.

Le lendemain, il alla faire le tour du petit enclos de Courcelles ; mais à la nuit tombante, car il avait peur d'être aperçu par la vicomtesse. Le sentiment auquel il obéissait alors appartient à une nature d'âme si mystérieuse, qu'il faut être encore jeune homme, ou se trouver dans une situation semblable, pour en comprendre les muettes félicités et les bizarreries ; toutes choses qui feraient hausser les épaules aux gens assez heureux pour toujours voir le *positif* de la vie. Après des hésitations cruelles, Gaston écrivit à madame de Beauséant la lettre suivante, qui peut passer pour un modèle de la phraséologie particulière aux amoureux, et se comparer aux dessins faits en cachette par les enfants pour la fête de leurs parents ; présents détestables pour tout le monde, excepté pour ceux qui les reçoivent.

« MADAME,

Vous exercez un si grand empire sur mon cœur, sur mon âme et ma personne, qu'aujourd'hui ma destinée dépend entièrement de vous. Ne jetez pas ma lettre au feu. Soyez assez bienveillante pour la lire. Peut-être me pardonnerez-vous cette première phrase en vous apercevant que ce n'est pas une déclaration vulgaire ni intéressée, mais l'expression d'un fait naturel. Peut-être serez-vous touchée par la modestie de mes prières, par la résignation que m'inspire le sentiment de mon infériorité, par l'influence de votre détermination sur ma vie. A mon âge, madame, je ne sais qu'aimer, j'ignore entièrement et ce qui peut plaire à une femme et ce qui la séduit ; mais je me sens au cœur, pour elle, d'enivrantes adorations. Je suis irrésistiblement attiré vers vous par le plaisir immense que vous me faites éprouver, et pense à vous avec tout l'égoïsme qui nous entraîne là où, pour nous, est la chaleur vitale. Je ne me crois pas digne de vous. Non, il me semble impossible à moi, jeune, ignorant, timide, de vous apporter la millième partie du bonheur que j'aspirais en vous entendant, en vous voyant. Vous êtes pour moi la seule femme qu'il y ait dans le monde. Ne concevant point la vie sans vous, j'ai pris la résolution de quitter la France et d'aller jouer mon existence jusqu'à ce que je la perde dans quelque entreprise impossible, aux Indes, en Afrique, je ne sais où. Ne faut-il pas que je combatte un amour sans bornes par quelque chose d'infini ? Mais si vous voulez me laisser l'espoir, non pas d'être à vous, mais d'obtenir votre amitié, je reste. Permettez-moi de passer près de vous, rarement même si vous l'exigez, quelques heures semblables à celles que j'ai surprises. Ce frêle bonheur, dont les vives jouissances peuvent m'être interdites à la moindre parole trop ardente, suffira pour me faire endurer les bouillonnements de mon sang. Ai-je trop présumé de votre générosité en vous suppliant de souffrir un commerce où tout est profit pour moi seulement ? Vous saurez bien faire voir à ce monde, auquel vous sacrifiez tant, que je ne vous suis rien. Vous êtes si spirituelle et si fière ! Qu'avez-vous à craindre ? Maintenant je voudrais pouvoir vous ouvrir mon cœur, afin de vous persuader que mon humble demande ne cache aucune arrière-pensée. Je ne vous aurais pas dit que mon amour était sans bornes en vous priant de m'accorder de l'amitié, si j'avais l'espoir de vous faire partager le sentiment profond enseveli dans mon âme. Non, je serai près de vous ce que vous voudrez que je sois, pourvu que j'y sois. Si vous me refusiez, et vous le pouvez, je ne murmurerai point, je partirai. Si plus tard une femme autre que vous entre pour quelque chose dans ma vie, vous aurez eu raison ; mais si je meurs fidèle à mon amour, vous concevrez quelque regret peut-être ! L'espoir de vous causer un regret adoucira mes angoisses, et sera toute la vengeance de mon cœur méconnu... »

Il faut n'avoir ignoré aucun des excellents malheurs du jeune âge, il faut avoir grimpé sur toutes les Chimères aux doubles ailes blanches qui offrent leur croupe féminine à de brûlantes imaginations, pour comprendre le supplice auquel Gaston de Nueil fut en proie quand il supposa son premier *ultimatum* entre les mains de madame de Beauséant. Il voyait la vicomtesse froide, rieuse et plaisantant de l'amour comme les êtres qui n'y croient plus. Il aurait voulu reprendre sa lettre, il la trouvait absurde, il lui venait dans l'esprit mille et une idées infiniment meilleures, ou qui eussent été plus touchantes que ses froides phrases, ses maudites phrases alambiquées, sophistiques, prétentieuses, mais heureusement assez mal ponctuées et fort bien écrites de travers. Il essayait de ne pas penser, de ne pas sentir; mais il pensait, il sentait et souffrait. S'il avait eu trente ans, il se serait enivré; mais ce jeune homme encore naïf ne connaissait ni les ressources de l'opium [16], ni les expédients de l'extrême civilisation. Il n'avait pas là, près de lui, un de ces bons amis de Paris, qui savent si bien vous dire: « PAETE, NON DOLET [17]! » en vous tendant une bouteille de vin de Champagne, ou vous entraînent à une orgie pour vous adoucir les douleurs de l'incertitude. Excellents amis, toujours ruinés lorsque vous êtes riche, toujours aux Eaux quand vous les cherchez, ayant toujours perdu leur dernier louis au jeu quand vous leur en demandez un, mais ayant toujours un mauvais cheval à vous vendre; au demeurant, les meilleurs enfants de la terre, et toujours prêts à s'embarquer avec vous pour descendre une de ces pentes rapides sur lesquelles se dépensent le temps, l'âme et la vie!

Enfin monsieur de Nueil reçut des mains de Jacques

une lettre ayant un cachet de cire parfumée aux armes de Bourgogne, écrite sur un petit papier vélin, et qui sentait la jolie femme.

Il courut aussitôt s'enfermer pour lire et relire *sa* lettre.

« Vous me punissez bien sévèrement, monsieur, et de la bonne grâce que j'ai mise à vous sauver la rudesse d'un refus, et de la séduction que l'esprit exerce toujours sur moi. J'ai eu confiance en la noblesse du jeune âge, et vous m'avez trompée. Cependant je vous ai parlé sinon à cœur ouvert, ce qui eût été parfaitement ridicule, du moins avec franchise, et vous ai dit ma situation, afin de faire concevoir ma froideur à une âme jeune. Plus vous m'avez intéressée, plus vive a été la peine que vous m'avez causée. Je suis naturellement tendre et bonne; mais les circonstances me rendent mauvaise. Une autre femme eût brûlé votre lettre sans lire; moi je l'ai lue, et j'y réponds. Mes raisonnements vous prouveront que, si je ne suis pas insensible à l'expression d'un sentiment que j'ai fait naître, même involontairement, je suis loin de le partager, et ma conduite vous démontrera bien mieux encore la sincérité de mon âme. Puis, j'ai voulu, pour votre bien, employer l'espèce d'autorité que vous me donnez sur votre vie, et désire l'exercer une seule fois pour faire tomber le voile qui vous couvre les yeux.

« J'ai bientôt trente ans, monsieur, et vous en avez vingt-deux à peine. Vous ignorez vous-même ce que seront vos pensées quand vous arriverez à mon âge. Les serments que vous jurez si facilement aujourd'hui pourront alors vous paraître bien lourds. Aujourd'hui, je veux bien le croire, vous me donneriez sans regret votre vie entière, vous sauriez mourir même pour un plaisir éphémère ; mais à trente ans, l'expérience vous ôterait la force de me faire chaque jour des sacrifices, et moi, je serais profondément humiliée de les accepter. Un jour, tout vous commandera, la nature elle-même vous ordonnera de me quitter ; je vous l'ai dit, je préfère la mort à l'abandon. Vous le voyez, le malheur m'a appris à calculer. Je raisonne, je n'ai point de passion. Vous me forcez à vous dire que je ne vous aime point, que je ne dois, ne peux, ni ne veux vous aimer. J'ai passé le moment de la vie où les femmes cèdent à des mouvements de cœur irréfléchis, et ne saurais plus être la maîtresse que vous quêtez. Mes consolations, monsieur, viennent de Dieu, non des hommes. D'ailleurs je lis trop clairement dans les cœurs à la triste lumière de l'amour trompé, pour accepter l'amitié que vous demandez, que vous offrez. Vous êtes la dupe de votre cœur et vous espérez bien plus en ma faiblesse qu'en votre force. Tout cela est un effet d'instinct. Je vous pardonne cette ruse d'enfant, vous n'en êtes pas encore complice. Je vous ordonne, au nom de cet amour passager, au nom de votre vie, au nom de ma tranquillité, de rester dans votre pays, de ne pas y manquer une vie honorable et belle pour une illusion qui s'éteindra nécessairement. Plus tard, lorsque vous aurez, en accomplissant votre véritable destinée, développé tous les sentiments qui attendent l'homme, vous apprécierez ma réponse, que vous accusez peut-être en ce moment de sécheresse. Vous retrouverez alors avec plaisir une vieille femme dont l'amitié vous sera certainement douce et précieuse : elle n'aura été soumise ni aux vicissitudes de la passion, ni aux désenchantements de la vie ; enfin de nobles idées, des idées religieuses la conserveront pure et sainte. Adieu, monsieur, obéissez-moi en pensant que vos succès jetteront quelque plaisir dans ma solitude, et ne songez à moi que comme on songe aux absents. »

Après avoir lu cette lettre, Gaston de Nueil écrivit ces mots :

« Madame, si je cessais de vous aimer en acceptant les chances que vous m'offrez d'être un homme ordinaire, je mériterais bien mon sort, avouez-le ! Non, je ne vous obéirai pas, et je vous jure une fidélité qui ne se déliera que par la mort. Oh ! prenez ma vie, à moins cependant que vous ne craigniez de mettre un remords dans la vôtre... »

Quand le domestique de monsieur de Nueil revint de Courcelles, son maître lui dit : — A qui as-tu remis mon billet ?

— A madame la vicomtesse elle-même ; elle était en voiture, et partait...

— Pour venir en ville ?

— Monsieur, je ne le pense pas. La berline de madame la vicomtesse était attelée avec des chevaux de poste.

— Ah ! elle s'en va, dit le baron.

— Oui, monsieur, répondit le valet de chambre.

Aussitôt Gaston fit ses préparatifs pour suivre madame de Beauséant et elle le mena jusqu'à Genève sans se savoir accompagnée par lui. Entre les mille réflexions qui l'assaillirent pendant ce voyage, celle-ci : « Pourquoi s'est-elle en allée ? » l'occupa plus spécialement. Ce mot fut le texte d'une multitude de suppositions, parmi lesquelles il choisit naturellement la plus flatteuse, et que voici : — Si la vicomtesse veut m'aimer, il n'y a pas de doute qu'en femme d'esprit, elle préfère la Suisse où personne ne nous connaît, à la France où elle rencontrerait des censeurs.

Certains hommes passionnés n'aimeraient pas une femme assez habile pour choisir son terrain, c'est des raffinés. D'ailleurs rien ne prouve que la supposition de Gaston fût vraie.

La vicomtesse prit une petite maison sur le lac. Quand elle y fut installée, Gaston s'y présenta par une belle soirée, à la nuit tombante. Jacques, valet de chambre essentiellement aristocratique, ne s'étonna point de voir monsieur de Nueil, et l'annonça en valet habitué à tout comprendre. En entendant ce nom, en voyant le jeune homme, madame de Beauséant laissa tomber le livre qu'elle tenait ; sa surprise donna le temps à Gaston d'arriver à elle, et de lui dire d'une voix qui lui parut délicieuse : — Avec quel plaisir je prenais les chevaux qui vous avaient menée !

Être si bien obéie dans ses vœux secrets ! Où est la femme qui n'eût pas cédé à un tel bonheur ? Une Italienne, une de ces divines créatures dont l'âme est à l'antipode de celle des Parisiennes, et que de ce côté des Alpes on trouverait profondément immorale, disait en lisant les romans français : « Je ne vois pas pourquoi ces pauvres amoureux passent autant de temps à arranger ce qui doit être l'affaire d'une matinée. » Pourquoi le narrateur ne pourrait-il pas, à l'exemple de cette bonne Italienne, ne pas trop faire languir ses auditeurs ni son sujet ? Il y aurait bien quelques scènes de coquetterie charmantes à dessiner, doux retards que madame de Beauséant voulait apporter au bonheur de Gaston pour tomber avec grâce comme les vierges de l'antiquité ; peut-être aussi pour jouir des voluptés chastes d'un premier amour, et le faire arriver à sa plus haute expression de force et de puissance. Monsieur de

Nueil était encore dans l'âge où un homme est la dupe de ces caprices, de ces jeux qui affriandent tant les femmes, et qu'elles prolongent, soit pour bien stipuler leurs conditions, soit pour jouir plus longtemps de leur pouvoir dont la prochaine diminution est instinctivement devinée par elles. Mais ces petits protocoles de boudoir, moins nombreux que ceux de la conférence de Londres, tiennent trop peu de place dans l'histoire d'une passion vraie pour être mentionnés.

Madame de Beauséant et monsieur de Nueil demeurèrent pendant trois années dans la villa située sur le lac de Genève que la vicomtesse avait louée. Ils y restèrent seuls, sans voir personne, sans faire parler d'eux, se promenant en bateau, se levant tard, enfin heureux comme nous rêvons tous de l'être. Cette petite maison était simple, à persiennes vertes, entourée de larges balcons ornés de tentes, une véritable maison d'amants, maison à canapés blancs, à tapis muets, à tentures fraîches, où tout reluisait de joie. A chaque fenêtre le lac apparaissait sous des aspects différents ; dans le lointain, les montagnes et leurs fantaisies nuageuses, colorées, fugitives ; au-dessus d'eux un beau ciel ; puis, devant eux, une longue nappe d'eau capricieuse, changeante ! Les choses semblaient rêver pour eux, et tout leur souriait.

Des intérêts graves rappelèrent monsieur de Nueil en France : son frère et son père étaient morts ; il fallut quitter Genève. Les deux amants achetèrent cette maison, ils auraient voulu briser les montagnes et faire enfuir l'eau du lac en ouvrant une soupape, afin de tout emporter avec eux. Madame de Beauséant suivit monsieur de Nueil. Elle réalisa sa fortune, acheta, près de Manerville, une propriété considérable qui joignait les terres de Gaston, et où ils demeurèrent ensemble.

Monsieur de Nueil abandonna très gracieusement à sa mère l'usufruit des domaines de Manerville, en retour de la liberté qu'elle lui laissa de vivre garçon. La terre de madame de Beauséant était située près d'une petite ville, dans une des plus jolies positions de la vallée d'Auge. Là, les deux amants mirent entre eux et le monde des barrières que ni les idées sociales, ni les personnes ne pouvaient franchir, et retrouvèrent leurs bonnes journées de la Suisse. Pendant neuf années entières [18], ils goûtèrent un bonheur qu'il est inutile de décrire ; le dénouement de cette aventure en fera sans doute deviner les délices à ceux dont l'âme peut comprendre, dans l'infini de leurs modes, la poésie et la prière.

Cependant, monsieur le marquis de Beauséant (son père et son frère aîné étaient morts), le mari de madame de Beauséant, jouissait d'une parfaite santé. Rien ne nous aide mieux à vivre que la certitude de faire le bonheur d'autrui par notre mort. Monsieur de Beauséant était un de ces gens ironiques et entêtés qui, semblables à des rentiers viagers, trouvent un plaisir de plus que n'en ont les autres à se lever bien portants chaque matin. Galant homme du reste, un peu méthodique, cérémonieux, et calculateur capable de déclarer son amour à une femme aussi tranquillement qu'un laquais dit : « Madame est servie. »

Cette petite notice biographique sur le marquis de Beauséant a pour objet de faire comprendre l'impossibilité dans laquelle était la marquise d'épouser monsieur de Nueil.

Or, après ces neuf années de bonheur, le plus doux bail [19] qu'une femme ait jamais pu signer, monsieur de Nueil et madame de Beauséant se trouvèrent dans une situation tout aussi naturelle et tout aussi fausse que celle où ils étaient restés depuis le commencement de cette aventure ; crise fatale néanmoins, de laquelle il est impossible de donner une idée, mais dont les termes peuvent être posés avec une exactitude mathématique.

Madame la comtesse de Nueil, mère de Gaston, n'avait jamais voulu voir madame de Beauséant. C'était une personne roide et vertueuse, qui avait très légalement accompli le bonheur de monsieur de Nueil le père. Madame de Beauséant comprit que cette honorable douairière devait être son ennemie, et tenterait d'arracher Gaston à sa vie immorale et antireligieuse. La marquise aurait bien voulu vendre sa terre, et retourner à Genève. Mais c'eût été se défier de monsieur de Nueil, elle en était incapable. D'ailleurs, il avait précisément pris beaucoup de goût pour la terre de Valleroy, où il faisait force plantations, force mouvements de terrains. N'était-ce pas l'arracher à une espèce de bonheur mécanique que les femmes souhaitent toujours à leurs maris et même à leurs amants ? Il était arrivé dans le pays une demoiselle de La Rodière, âgée de vingt-deux ans, et riche de quarante mille livres de rentes. Gaston rencontrait cette héritière à Manerville toutes les fois que son devoir l'y conduisait. Ces personnages étant ainsi placés comme les chiffres d'une proportion arithmétique, la lettre suivante, écrite et remise un matin à Gaston, expliquera maintenant l'affreux problème que, depuis un mois, madame de Beauséant tâchait de résoudre.

« Mon ange aimé, t'écrire quand nous vivons cœur à cœur, quand rien ne nous sépare, quand nos caresses nous servent si souvent de langage, et que les paroles sont aussi des caresses, n'est-ce pas un contresens ? Eh ! bien, non, mon amour. Il est de certaines choses qu'une femme ne peut dire en présence de son amant ;

la seule pensée de ces choses lui ôte la voix, lui fait refluer tout son sang vers le cœur ; elle est sans force et sans esprit. Être ainsi près de toi me fait souffrir ; et souvent j'y suis ainsi. Je sens que mon cœur doit être tout vérité pour toi, ne te déguiser aucune de ses pensées, même les plus fugitives ; et j'aime trop ce doux laisser-aller qui me sied si bien, pour rester plus longtemps gênée, contrainte. Aussi vais-je te confier mon angoisse : oui, c'est une angoisse. Écoute-moi ? Ne fais pas ce petit : *ta ta ta...* par lequel tu me fais taire avec une impertinence que j'aime, parce que de toi tout me plaît. Cher époux du ciel, laisse-moi te dire que tu as effacé tout souvenir des douleurs sous le poids desquelles jadis ma vie allait succomber. Je n'ai connu l'amour que par toi. Il a fallu la candeur de ta belle jeunesse, la pureté de ta grande âme pour satisfaire aux exigences d'un cœur de femme exigeante. Ami, j'ai bien souvent palpité de joie en pensant que, durant ces neuf années, si rapides et si longues, ma jalousie n'a jamais été réveillée. J'ai eu toutes les fleurs de ton âme, toutes tes pensées. Il n'y a pas eu le plus léger nuage dans notre ciel, nous n'avons pas su ce qu'était un sacrifice, nous avons toujours obéi aux inspirations de nos cœurs. J'ai joui d'un bonheur sans bornes pour une femme. Les larmes qui mouillent cette page te diront-elles bien toute ma reconnaissance ? j'aurais voulu l'avoir écrite à genoux. Eh ! bien, cette félicité m'a fait connaître un supplice plus affreux que ne l'était celui de l'abandon. Cher, le cœur d'une femme a des replis bien profonds : j'ai ignoré moi-même jusqu'aujourd'hui l'étendue du mien, comme j'ignorais l'étendue de l'amour. Les misères les plus grandes qui puissent nous accabler sont encore légères à porter en comparaison de la seule idée du malheur de celui que nous aimons. Et si nous le causions, ce malheur, n'est-ce pas à en mourir ?... Telle est la pensée qui m'oppresse. Mais elle en traîne après elle une autre beaucoup plus pesante ; celle-là dégrade la gloire de l'amour, elle le tue, elle en fait une humiliation qui ternit à jamais la vie. Tu as trente ans et j'en ai quarante [20]. Combien de terreurs cette différence d'âge n'inspire-t-elle pas à une femme aimante ? Tu peux avoir d'abord involontairement, puis sérieusement senti les sacrifices que tu m'as faits, en renonçant à tout au monde pour moi. Tu as pensé peut-être à ta destinée sociale, à ce mariage qui doit augmenter nécessairement ta fortune, te permettre d'avouer ton bonheur, tes enfants, de transmettre tes biens, de reparaître dans le monde et d'y occuper ta place avec honneur. Mais tu auras réprimé ces pensées, heureux de me sacrifier, sans que je le sache, une héritière, une fortune et un bel avenir. Dans ta générosité de jeune homme, tu auras voulu rester fidèle aux serments qui ne nous lient qu'à la face de Dieu. Mes douleurs passées te seront apparues, et j'aurai été protégée par le malheur d'où tu m'as tirée. Devoir ton amour à ta pitié ! cette pensée m'est plus horrible encore que la crainte de te faire manquer ta vie. Ceux qui savent poignarder leurs maîtresses sont bien charitables quand ils les tuent heureuses, innocentes, et dans la gloire de leurs illusions... Oui, la mort est préférable aux deux pensées qui, depuis quelques jours, attristent secrètement mes heures. Hier, quand tu m'as demandé si doucement : Qu'as-tu ? ta voix m'a fait frissonner. J'ai cru que, selon ton habitude, tu lisais dans mon âme, et j'attendais tes confidences, imaginant avoir eu de justes pressentiments en devinant les calculs de ta raison. Je me suis alors souvenue de quelques attentions qui te sont habituelles, mais où j'ai cru apercevoir cette sorte d'affectation par laquelle les hommes trahissent une loyauté pénible à porter. En ce moment, j'ai payé bien cher mon bonheur, j'ai senti que la nature nous vend toujours les trésors de l'amour. En effet, le sort ne nous a-t-il pas séparés ? Tu te seras dit : — Tôt ou tard, je dois quitter la pauvre Claire, pourquoi ne pas m'en séparer à temps ? Cette phrase était écrite au fond de ton regard. Je t'ai quitté pour aller pleurer loin de toi. Te dérober des larmes ! Voilà les premières que le chagrin m'a fait verser depuis dix ans, et je suis trop fière pour te les montrer ; mais je ne t'ai point accusé. Oui, tu as raison, je ne dois point avoir l'égoïsme d'assujettir ta vie brillante et longue à la mienne bientôt usée... Mais si je me trompais ?... si j'avais pris une de tes mélancolies d'amour pour une pensée de raison ?... Ah ! mon ange, ne me laisse pas dans l'incertitude, punis ta jalouse femme ; mais rends-lui la conscience de son amour et du tien : toute la femme est dans ce sentiment, qui sanctifie tout. Depuis l'arrivée de ta mère, et depuis que tu as vu chez elle mademoiselle de La Rodière, je suis en proie à des doutes qui nous déshonorent. Fais-moi souffrir, mais ne me trompe pas : je veux tout savoir et ce que ta mère te dit et ce que tu penses ! Si tu as hésité entre quelque chose et moi, je te rends ta liberté... Je te cacherai ma destinée, je saurai ne pas pleurer devant toi ; seulement, je ne veux plus te revoir... Oh ! je m'arrête, mon cœur se brise . . . .

. . . .

« Je suis restée morne et stupide pendant quelques instants. Ami, je ne me trouve point de fierté contre toi, tu es si bon, si franc ! Tu ne saurais ni me blesser, ni me tromper ; mais tu me diras la vérité, quelque cruelle qu'elle puisse être. Veux-tu que j'encourage tes aveux ? Eh ! bien, cœur à moi, je serai consolée par une pensée de femme. N'aurais-je pas possédé de toi l'être jeune et pudique, toute grâce, toute beauté, toute délicatesse, un Gaston que nulle femme ne peut plus connaître et de qui j'ai délicieusement joui... Non, tu n'aimeras plus comme tu m'as aimée, comme tu m'aimes ; non, je ne saurais avoir de rivale. Mes souvenirs seront sans amertume en pensant à notre amour, qui fait toute ma pensée. N'est-il pas hors de ton pouvoir d'enchanter désormais une femme par les agaceries enfantines, par les gentillesses d'un cœur jeune, par ces coquetteries d'âme, ces grâces du corps et ces rapides ententes de volupté, enfin par l'adorable cortège qui suit l'amour adolescent ? Ah, tu es homme ! maintenant, tu obéiras à ta destinée en calculant tout. Tu auras des soins, des inquiétudes, des ambitions, des soucis qui *la* priveront de ce sourire constant et inaltérable par lequel tes lèvres étaient toujours embellies pour moi. Ta voix, pour moi toujours si douce, sera parfois chagrine. Tes yeux, sans cesse illuminés d'un éclat céleste en me voyant, se terniront souvent pour *elle*. Puis, comme il est impossible de t'aimer comme je t'aime, cette femme ne te plaira jamais autant que je t'ai plu. Elle n'aura pas ce soin perpétuel que j'ai eu de moi-même et cette étude continuelle de ton bonheur dont jamais l'intelligence ne m'a manqué. Oui, l'homme, le cœur, l'âme que j'aurai connus n'existeront plus ; je les ensevelirai dans mon souvenir pour en jouir encore, et vivre heureuse de cette belle vie passée, mais inconnue à tout ce qui n'est pas nous.

« Mon cher trésor, si cependant tu n'as pas conçu la plus légère idée de liberté, si mon amour ne te pèse pas, si mes craintes sont chimériques, si je suis toujours pour toi ton Ève, la seule femme qu'il y ait dans le monde, cette lettre lue, viens ! accours ! Ah ! je t'aimerai dans un instant plus que je ne t'ai aimé, je crois, pendant ces neuf années. Après avoir subi le supplice inutile de ces soupçons dont je m'accuse, chaque jour ajouté à notre amour, oui, un seul jour, sera toute une vie de bonheur. Ainsi, parle ! sois franc : ne me trompe pas, ce serait un crime. Dis ? veux-tu ta liberté ? As-tu réfléchi à ta vie d'homme ? As-tu un regret ? Moi, te causer un regret ! j'en mourrais. Je te l'ai dit : j'ai assez d'amour pour préférer ton bonheur au mien, ta vie à la mienne. Quitte, si tu le peux, la riche mémoire de nos neuf années de bonheur pour n'en être pas influencé dans ta décision ; mais parle ! Je te suis soumise, comme à Dieu, à ce seul consolateur qui me reste si tu m'abandonnes. »

Quand madame de Beauséant sut la lettre entre les mains de monsieur de Nueil, elle tomba dans un abattement si profond, et dans une méditation si engourdissante, par la trop grande abondance de ses pensées, qu'elle resta comme endormie. Certes, elle souffrit de ces douleurs dont l'intensité n'a pas toujours été proportionnée aux forces de la femme, et que les femmes seules connaissent. Pendant que la malheureuse marquise attendait son sort, monsieur de Nueil était, en lisant sa lettre, fort *embarrassé,* selon l'expression employée par les jeunes gens dans ces sortes de crises. Il avait alors presque cédé aux instigations de sa mère et aux attraits de mademoiselle de La Rodière, jeune personne assez insignifiante, droite comme un peuplier, blanche et rose, muette à demi, suivant le programme prescrit à toutes les jeunes filles à marier ; mais ses quarante mille livres de rente en fonds de terre parlaient suffisamment pour elle. Madame de Nueil, aidée par sa sincère affection de mère, cherchait à embaucher son fils pour la Vertu. Elle lui faisait observer ce qu'il y avait pour lui de flatteur à être préféré par mademoiselle de La Rodière, lorsque tant de riches partis lui étaient proposés : il était bien temps de songer à son sort, une si belle occasion ne se retrouverait plus ; il aurait un jour quatre-vingt mille livres de rente en biens-fonds ; la fortune consolait de tout ; si madame de Beauséant l'aimait pour lui, elle devait être la première à l'engager à se marier. Enfin cette bonne mère n'oubliait aucun des moyens d'action par lesquels une femme peut influer sur la raison d'un homme. Aussi avait-elle amené son fils à chanceler. La lettre de madame de Beauséant arriva dans un moment où l'amour de Gaston luttait contre toutes les séductions d'une vie arrangée convenablement et conforme aux idées du monde ; mais cette lettre décida le combat. Il résolut de quitter la marquise et de se marier. — Il faut être homme dans la vie ! se dit-il. Puis il soupçonna les douleurs que sa résolution causerait à sa maîtresse. Sa vanité d'homme autant que sa conscience d'amant les lui grandissant encore, il fut pris d'une sincère pitié. Il ressentit tout d'un coup cet immense malheur, et crut nécessaire, charitable d'amortir cette mortelle blessure. Il espéra pouvoir amener madame de Beauséant à un état calme, et se faire ordonner par elle ce cruel mariage, en l'accoutumant par degrés à l'idée d'une séparation nécessaire, en laissant toujours entre eux mademoiselle de La Rodière comme un fantôme, et en la lui sacrifiant d'abord pour se la faire imposer plus tard. Il allait, pour réussir dans cette compatissante entreprise, jusqu'à compter sur la noblesse, la fierté de la marquise, et sur les belles qualités de son âme. Il lui répondit alors afin d'endormir ses soupçons. Répondre ! Pour une femme qui joignait à l'intuition de l'amour vrai les perceptions les plus délicates de l'esprit féminin, la lettre était un arrêt. Aussi, quand Jacques entra, qu'il s'avança vers madame de Beauséant pour lui remettre un papier plié triangulairement, la pauvre femme tressaillit-elle comme une hirondelle prise. Un froid inconnu tomba de sa tête à ses pieds, en l'enveloppant d'un linceul de glace. S'il n'accourait pas à ses genoux, s'il n'y venait pas pleurant, pâle, amoureux, tout était dit. Cependant il y a tant d'espérances dans le cœur des femmes qui aiment ! il faut bien des coups de poignard pour les tuer, elles aiment et saignent jusqu'au dernier.

— Madame a-t-elle besoin de quelque chose ? demanda Jacques d'une voix douce en se retirant.

— Non, dit-elle.

— Pauvre homme ! pensa-t-elle en essuyant une larme, il me devine, lui, un valet !

Elle lut : *Ma bien-aimée, tu te crées des chimères...* En apercevant ces mots, un voile épais se répandit sur les yeux de la marquise. La voix secrète de son cœur lui criait : « Il ment. » Puis, sa vue embrassant toute la première page avec cette espèce d'avidité lucide que communique la passion, elle avait lu en bas ces mots : *Rien n'est arrêté...* Tournant la page avec une vivacité convulsive, elle vit distinctement l'esprit qui avait dicté les phrases entortillées de cette lettre où elle ne retrouva plus les jets impétueux de l'amour ; elle la froissa, la déchira, la roula, la mordit, la jeta dans le feu, et s'écria : « Oh ! l'infâme ! il m'a possédée ne m'aimant plus !... » Puis, demi-morte, elle alla se jeter sur son canapé.

Monsieur de Nueil sortit après avoir écrit sa lettre.

Quand il revint, il trouva Jacques sur le seuil de la porte, et Jacques lui remit une lettre en lui disant : « Madame la marquise n'est plus au château. »

Monsieur de Nueil étonné brisa l'enveloppe et lut : « Madame, si je cessais de vous aimer en acceptant les chances que vous m'offrez d'être un homme ordinaire, je mériterais bien mon sort, avouez-le ? Non, je ne vous obéirai pas, et je vous jure une fidélité qui ne se déliera que par la mort. Oh ! prenez ma vie, à moins cependant que vous ne craigniez de mettre un remords dans la vôtre... » C'était le billet qu'il avait écrit à la marquise au moment où elle partait pour Genève. Au-dessous, Claire de Bourgogne avait ajouté : ***Monsieur, vous êtes libre.***

Monsieur de Nueil retourna chez sa mère, à Manerville. Vingt jours après, il épousa mademoiselle Stéphanie de La Rodière.

Si cette histoire d'une vérité vulgaire se terminait là, ce serait presque une mystification. Presque tous les hommes n'en ont-ils pas une plus intéressante à se raconter ? Mais la célébrité du dénouement, malheureusement vrai[21] ; mais tout ce qu'il pourra faire naître de souvenirs au cœur de ceux qui ont connu les célestes délices d'une passion infinie, et l'ont brisée eux-mêmes ou perdue par quelque fatalité cruelle, mettront peut-être ce récit à l'abri des critiques. Madame la marquise de Beauséant n'avait point quitté son château de Valleroy lors de sa séparation avec monsieur de Nueil. Par une multitude de raisons qu'il faut laisser ensevelies dans le cœur des femmes, et d'ailleurs chacune d'elles devinera celles qui lui seront propres, Claire continua d'y demeurer après le mariage de monsieur de Nueil. Elle vécut dans une retraite si profonde que ses gens, sa femme de chambre et Jacques exceptés, ne la virent point. Elle exigeait un silence absolu chez elle, et ne sortait de son appartement que pour aller à la chapelle de Valleroy, où un prêtre du voisinage venait lui dire la messe tous les matins. Quelques jours après son mariage, le comte de Nueil tomba dans une espèce d'apathie conjugale, qui pouvait faire supposer le bonheur tout aussi bien que le malheur. Sa mère disait à tout le monde : « Mon fils est parfaitement heureux. » Madame Gaston de Nueil, semblable à beaucoup de jeunes femmes, était un peu terne, douce, patiente; elle devint enceinte après un mois de mariage. Tout cela se trouvait conforme aux idées reçues. Monsieur de Nueil était très bien pour elle, seulement il fut, deux mois après avoir quitté la marquise, extrêmement rêveur et pensif. — « Mais il avait toujours été sérieux », disait sa mère.

Après sept mois de ce bonheur tiède, il arriva quelques événements légers en apparence, mais qui comportent de trop larges développements de pensées, et accusent de trop grands troubles d'âme, pour n'être pas rapportés simplement, et abandonnés au caprice des interprétations de chaque esprit. Un jour, pendant lequel monsieur de Nueil avait chassé sur les terres de Manerville et de Valleroy, il revint par le parc de madame de Beauséant, fit demander Jacques, l'attendit; et, quand le valet de chambre fut venu : — La marquise aime-t-elle toujours le gibier? lui demanda-t-il. Sur la réponse affirmative de Jacques, Gaston lui offrit une somme assez forte accompagnée de raisonnements très spécieux, afin d'obtenir de lui le léger service de réserver pour la marquise le produit de sa chasse. Il parut fort peu important à Jacques que sa maîtresse mangeât une perdrix tuée par son garde ou par monsieur de Nueil, puisque celui-ci désirait que la marquise ne sût pas l'origine du gibier. — Il a été tué sur ses terres, dit le comte. Jacques se prêta pendant plusieurs jours à cette innocente tromperie. Monsieur de Nueil partait dès le matin pour la chasse, et ne revenait chez lui que pour dîner, n'ayant jamais rien tué. Une semaine entière se passa ainsi. Gaston s'enhardit assez pour écrire une longue lettre à la marquise et la lui fit parvenir. Cette lettre lui fut renvoyée sans avoir été ouverte. Il était presque nuit quand le valet de chambre de la marquise la lui rapporta. Soudain le comte s'élança hors du salon où il paraissait écouter un caprice d'Hérold[22] écorché sur le piano par sa femme, et courut chez la marquise avec la rapidité d'un homme qui vole à un rendez-vous. Il sauta dans le parc par une brèche qui lui était connue, marcha lentement à travers les allées en s'arrêtant par moments comme pour essayer de réprimer les sonores palpitations de son cœur ; puis, arrivé près du château, il en écouta les bruits sourds, et présuma que tous les gens étaient à table. Il alla jusqu'à l'appartement de madame de Beauséant. La marquise ne quittait jamais sa chambre à coucher ; monsieur de Nueil put en atteindre la porte sans avoir fait le moindre bruit. Là, il vit à la lueur de deux bougies la marquise maigre et pâle, assise dans un grand fauteuil, le front incliné, les mains pendantes, les yeux arrêtés sur un objet qu'elle paraissait ne point voir. C'était la douleur dans son expression la plus complète. Il y avait dans cette attitude une vague espérance, mais on ne savait si Claire de Bourgogne regardait vers la tombe ou dans le passé. Peut-être les larmes de monsieur de Nueil brillèrent-elles dans les ténèbres, peut-être sa respiration eut-elle un léger retentissement, peut-être lui échappa-t-il un tressaillement involontaire, ou peut-être sa présence était-elle impossible sans le phénomène d'intussusception[23] dont l'habitude est à la fois la gloire, le bonheur et la preuve du véritable amour. Madame de Beauséant tourna lentement son visage vers la porte et vit son ancien amant. Le comte fit alors quelques pas.

— Si vous avancez, monsieur, s'écria la marquise en pâlissant, je me jette par cette fenêtre !

Elle sauta sur l'espagnolette, l'ouvrit, et se tint un pied sur l'appui extérieur de la croisée, la main au balcon et la tête tournée vers Gaston.

— Sortez ! sortez ! cria-t-elle, ou je me précipite.

A ce cri terrible, monsieur de Nueil, entendant les gens en émoi, se sauva comme un malfaiteur.

Revenu chez lui, le comte écrivit une lettre très courte, et chargea son valet de chambre de la porter à madame de Beauséant, en lui recommandant de faire savoir à la marquise qu'il s'agissait de vie ou de mort pour lui. Le messager parti, monsieur de Nueil rentra dans le salon et y trouva sa femme qui continuait à déchiffrer le caprice. Il s'assit en attendant la réponse. Une heure après, le caprice fini, les deux époux étaient l'un devant l'autre, silencieux, chacun d'un côté de la cheminée, lorsque le valet de chambre revint de Valleroy, et remit à son maître la lettre qui n'avait pas été ouverte. Monsieur de Nueil passa dans un boudoir attenant au salon, où il avait mis son fusil en revenant de la chasse, et se tua.

Ce prompt et fatal dénouement si contraire à toutes les habitudes de la jeune France[24] est naturel.

Les gens qui ont bien observé, ou délicieusement éprouvé les phénomènes auxquels l'union parfaite de deux êtres donne lieu, comprendront parfaitement ce suicide. Une femme ne se forme pas, ne se plie pas en un jour aux caprices de la passion. La volupté, comme une fleur rare, demande les soins de la culture la plus ingénieuse ; le temps, l'accord des âmes, peuvent seuls en révéler toutes les ressources, faire naître ces plaisirs tendres, délicats, pour lesquels nous sommes imbus de mille superstitions et que nous croyons inhérents à la personne dont le cœur nous les prodigue. Cette admirable entente, cette croyance religieuse, et la certitude féconde de ressentir un bonheur particulier ou excessif près de la personne aimée, sont en partie le secret des attachements durables et des longues passions. Près d'une femme qui possède le génie de son sexe, l'amour n'est jamais une habitude : son adorable tendresse sait revêtir des formes si variées ; elle est si spirituelle et si aimante tout ensemble ; elle met tant d'artifices dans sa nature, ou de naturel dans ses artifices, qu'elle se rend aussi puissante par le souvenir qu'elle l'est par sa présence. Auprès d'elle toutes les femmes pâlissent. Il faut avoir eu la crainte de perdre un amour si vaste, si brillant, ou l'avoir perdu pour en connaître tout le prix. Mais si, l'ayant connu, un homme s'en est privé pour tomber dans quelque mariage froid ; si la femme avec laquelle il a espéré rencontrer les mêmes félicités lui prouve, par quelques-uns de ces faits ensevelis dans les ténèbres de la vie conjugale, qu'elles ne renaîtront plus pour lui ; s'il a encore sur les lèvres le goût d'un amour céleste, et qu'il ait blessé mortellement sa véritable épouse au profit d'une chimère sociale, alors il lui faut mourir ou avoir cette philosophie matérielle, égoïste, froide, qui fait horreur aux âmes passionnées.

Quant à madame de Beauséant, elle ne crut sans doute pas que le désespoir de son ami allât jusqu'au suicide, après l'avoir largement abreuvé d'amour pendant neuf années. Peut-être pensait-elle avoir seule à souffrir. Elle était d'ailleurs bien en droit de se refuser au plus avilissant partage qui existe, et qu'une épouse peut subir par de hautes raisons sociales, mais qu'une maîtresse doit avoir en haine, parce que dans la pureté de son amour en réside toute la justification.

Angoulême, septembre 1832 [25].

LA GRENADIÈRE

A D. W.[1]

La Grenadière est une petite habitation située sur la rive droite de la Loire, en aval et à un mille environ du pont de Tours[2]. En cet endroit, la rivière, large comme un lac, est parsemée d'îles vertes et bordée par une roche sur laquelle sont assises plusieurs maisons de campagne, toutes bâties en pierre blanche, entourées de clos de vigne et de jardins où les plus beaux fruits du monde mûrissent à l'exposition du midi. Patiemment terrassés par plusieurs générations, les creux du rocher réfléchissent les rayons du soleil, et permettent de cultiver en pleine terre, à la faveur d'une température factice, les productions des plus chauds climats. Dans une des moins profondes anfractuosités qui découpent cette colline s'élève la flèche de Saint-Cyr, petit village duquel dépendent toutes ces maisons éparses. Puis, un peu plus loin, la Choisille se jette dans la Loire par une grasse vallée qui interrompt ce long coteau. La Grenadière, sise à mi-côte du rocher, à une centaine de pas de l'église, est un de ces vieux logis âgés de deux ou trois cents ans qui se rencontrent en Touraine dans chaque jolie situation. Une cassure de roc a favorisé la construction d'une rampe qui arrive en pente douce sur la *levée,* nom donné dans le pays à la digue établie au bas de la côte pour maintenir la Loire dans son lit, et sur laquelle passe la grande route de Paris à Nantes. En haut de la rampe est une porte, où commence un petit chemin pierreux, ménagé entre deux terrasses, espèces de fortifications garnies de treilles et d'espaliers, destinées à empêcher l'éboulement des terres. Ce sentier pratiqué au pied de la terrasse supérieure, et presque caché par les arbres de celle qu'il couronne, mène à la maison par une pente rapide, en laissant voir la rivière dont l'étendue s'agrandit à chaque pas. Ce chemin creux est terminé par une seconde porte de style gothique, cintrée, chargée de quelques ornements simples mais en ruines, couvertes de giroflées sauvages, de lierres, de mousses et de pariétaires. Ces plantes indestructibles décorent les murs de toutes les terrasses, d'où elles sortent par la fente des assises, en dessinant à chaque nouvelle saison de nouvelles guirlandes de fleurs.

En franchissant cette porte vermoulue, un petit jardin, conquis sur le rocher par une dernière terrasse dont la vieille balustrade noire domine toutes les autres, offre à la vue son gazon orné de quelques arbres verts et d'une multitude de rosiers et de fleurs. Puis, en face du portail, à l'autre extrémité de la terrasse, est un pavillon de bois appuyé sur le mur voisin, et dont les poteaux sont cachés par des jasmins, des chèvrefeuilles, de la vigne et des clématites. Au milieu de ce dernier jardin, s'élève la maison sur un perron voûté, couvert de pampres, et sur lequel se trouve la porte d'une vaste cave creusée dans le roc. Le logis est entouré de treilles et de grenadiers en pleine terre, de là vient le nom donné à cette closerie. La façade est composée de deux larges fenêtres séparées par une porte bâtarde très rustique, et de trois mansardes prises sur un toit d'une élévation prodigieuse relativement au peu de hauteur du rez-de-chaussée. Ce toit à deux pignons est couvert en ardoises. Les murs du bâtiment principal sont peints en jaune ; et la porte, les contrevents d'en bas, les persiennes des mansardes sont vertes.

En entrant, vous trouverez un petit palier où commence un escalier tortueux, dont le système change à chaque tournant ; il est en bois presque pourri ; sa rampe creusée en forme de vis a été brunie par un long usage. A droite est une vaste salle à manger boisée à l'antique, dallée en carreau blanc fabriqué à Château-Regnault[3] ; puis, à gauche, un salon de pareille dimension, sans boiseries, mais tendu d'un papier aurore à bordure verte. Aucune des deux pièces n'est plafonnée ; les solives sont en bois de noyer et les interstices remplis d'un torchis blanc fait avec de la bourre. Au premier étage, il y a deux grandes chambres dont les murs sont blanchis à la chaux ; les cheminées en pierre y sont moins richement sculptées que celles du rez-de-chaussée. Toutes les ouvertures sont exposées au midi. Au nord, il n'y a qu'une seule porte, donnant sur les vignes et pratiquée derrière l'escalier. A gauche de la maison est adossée une construction en colombage, dont les bois sont extérieurement garantis de la pluie et du soleil par des ardoises qui dessinent sur les murs de longues lignes bleues, droites ou transversales. La cuisine, placée dans cette espèce de chaumière, communique intérieurement avec la maison, mais elle a néanmoins une entrée particulière, élevée de quelques marches, au bas desquelles se trouve un puits profond, surmonté d'une pompe champêtre enveloppée de sabines[4], de plantes aquatiques et de hautes herbes. Cette bâtisse récente prouve que la Grenadière était jadis un simple *vendangeoir.* Les propriétaires y venaient de la ville, dont elle est séparée par le vaste lit de la Loire, seulement pour faire leur récolte, ou quelque partie de plaisir. Ils y envoyaient dès le matin leurs provisions et n'y couchaient guère que pendant le temps des vendanges. Mais les Anglais sont tombés comme un nuage de sauterelles sur la Touraine, et il a bien fallu compléter la Grenadière pour la leur louer. Heureusement ce moderne appendice est dissimulé sous les premiers tilleuls d'une allée plantée dans un ravin au bas des vignes. Le vignoble, qui peut avoir deux arpents, s'élève au-dessus de la maison, et la domine entièrement par une pente si raide qu'il est très difficile de la gravir. A peine y a-t-il entre la maison et cette colline verdie par des pampres traînants un espace de cinq pieds, toujours humide et froid, espèce de fossé plein de végétations vigoureuses où tombent, par les temps de pluie, les engrais de la vigne qui vont enrichir le sol des jardins soutenus par la terrasse à balustrade. La maison du closier [5] chargé de faire les façons de la vigne est adossée au pignon de gauche ; elle est couverte en chaume et fait en quelque sorte le pendant de la cuisine. La propriété est entourée de murs et d'espaliers ; la vigne est plantée d'arbres fruitiers de toute espèce ; enfin pas un pouce de ce terrain précieux n'est perdu pour la culture. Si l'homme néglige un aride quartier de roche, la nature y jette soit un figuier, soit des fleurs champêtres, ou quelques fraisiers abrités par des pierres.

En aucun lieu du monde vous ne rencontreriez une demeure tout à la fois si modeste et si grande, si riche en fructifications, en parfums, en points de vue. Elle est, au cœur de la Touraine, une petite Touraine où toutes les fleurs, tous les fruits, toutes les beautés de ce pays sont complètement représentés. C'est les raisins de chaque contrée, les figues, les pêches, les poires de toutes les espèces, et des melons en plein champ aussi bien que la réglisse, les genêts d'Espagne, les lauriers-roses de l'Italie et les jasmins des Açores. La Loire est à vos pieds. Vous la dominez d'une terrasse élevée de trente toises[6] au-dessus de ses eaux capricieuses ; le soir vous respirez ses brises venues fraîches de la mer et parfumées dans leur route par les fleurs des longues levées. Un nuage errant qui, à chaque pas dans l'espace, change de couleur et de forme, sous un ciel parfaitement bleu, donne mille aspects nouveaux à chaque détail des paysages magnifiques qui s'offrent aux regards, en quelque endroit que vous vous placiez. De là, les yeux embrassent d'abord la rive gauche de la Loire depuis Amboise ; la fertile plaine où s'élèvent Tours, ses faubourgs, ses fabriques, le Plessis ; puis une partie de la rive gauche qui, depuis Vouvray jusqu'à Saint-Symphorien, décrit un demi-cercle de rochers pleins de joyeux vignobles. La vue n'est bornée que par les riches coteaux du Cher, horizon bleuâtre, chargé de parcs et de châteaux. Enfin, à l'ouest, l'âme se perd dans le fleuve immense sur lequel naviguent à toute heure les bateaux à voiles blanches enflées par les vents qui règnent presque toujours dans ce vaste bassin. Un prince peut faire sa *villa* de la Grenadière, mais certes un poète en fera toujours son logis ; deux amants y verront le plus doux refuge, elle est la demeure d'un bon bourgeois de Tours ; elle a des poésies pour toutes les imaginations, pour les plus humbles et les plus froides comme pour les plus élevées et les plus passionnées : personne n'y reste sans y sentir l'atmosphère du bonheur, sans y comprendre toute une vie tranquille, dénuée d'ambition, de soins. La rêverie est dans l'air et dans le murmure des flots ; les sables parlent, ils sont tristes ou gais, dorés ou ternes ; tout est mouvement autour du possesseur de cette vigne, immobile au milieu de ses fleurs vivaces et de ses fruits appétissants. Un Anglais donne mille francs pour habiter pendant six mois cette humble maison ; mais il s'engage à en respecter les récoltes : s'il veut les fruits, il en double le loyer ; si le vin lui fait envie, il double encore la somme. Que vaut donc la Grenadière avec sa rampe, son chemin creux, sa triple terrasse, ses deux arpents de vigne, ses balustrades de rosiers fleuris, son vieux perron, sa pompe, ses clématites échevelées et ses arbres cosmopolites ? N'offrez pas de prix ! La Grenadière ne sera jamais à vendre. Achetée une fois en 1690, et laissée à regret pour quarante mille francs, comme un cheval favori abandonné par l'Arabe du désert, elle est restée dans la même famille, elle en est l'orgueil, le joyau patrimonial, le Régent. Voir, n'est-ce pas avoir ? a dit un poète. De là vous voyez trois allées de la Touraine et sa cathédrale suspendue dans les airs comme un ouvrage en filigrane. Peut-on payer de tels trésors ? Pourrez-vous jamais payer la santé que vous recouvrez là sous les tilleuls ?

Au printemps d'une des plus belles années de la Restauration, une dame, accompagnée d'une femme de charge et de deux enfants, dont le plus jeune paraissait avoir huit ans et l'autre environ treize, vint à Tours y chercher une habitation. Elle vit la Grenadière et la loua. Peut-être la distance qui la séparait de la ville la décida-t-elle à s'y loger. Le salon lui servit de chambre à coucher, elle mit chaque enfant dans une des pièces du premier étage, et la femme de charge coucha dans un petit cabinet ménagé au-dessus de la cuisine. La salle à manger devint le salon commun à la petite famille et le lieu de réception. La maison fut meublée très simplement, mais avec goût ; il n'y eut rien d'inutile ni rien qui sentît le luxe. Les meubles choisis par l'inconnue étaient en noyer, sans aucun ornement. La propreté, l'accord régnant entre l'intérieur et l'extérieur du logis en firent tout le charme.

Il fut donc assez difficile de savoir si madame Willemsens (nom que prit l'étrangère) appartenait à la riche bourgeoisie, à la haute noblesse ou à certaines classes équivoques de l'espèce féminine. Sa simplicité donnait matière aux suppositions les plus contradictoires, mais ses manières pouvaient confirmer celles qui lui étaient favorables. Aussi, peu de temps après son arrivée à Saint-Cyr, sa conduite réservée excita-t-elle l'intérêt des personnes oisives, habituées à observer en province tout ce qui semble devoir animer la sphère étroite où elles vivent. Madame Willemsens était une femme d'une taille assez élevée, mince et maigre, mais délicatement faite. Elle avait de jolis pieds, plus remarquables par la grâce avec laquelle ils étaient attachés que par leur étroitesse, mérite vulgaire ; puis des mains qui semblaient belles sous le gant. Quelques rougeurs foncées et mobiles couperosaient son teint blanc, jadis frais et coloré. Des rides précoces flétrissaient un front de forme élégante, couronné par de beaux cheveux châtains, bien plantés et toujours tressés en deux nattes circulaires, coiffure de vierge qui seyait à sa physionomie mélancolique. Ses yeux noirs, fortement cernés, creusés, pleins d'une ardeur fiévreuse, affectaient un calme menteur ; et par moments, si elle oubliait l'expression qu'elle s'était imposée, il s'y peignait de secrètes angoisses. Son visage ovale était un peu long ; mais peut-être autrefois le bonheur et la santé lui donnaient-ils de justes proportions. Un faux sourire, empreint d'une tristesse douce, errait habituellement sur ses lèvres pâles ; néanmoins sa bouche s'animait et son sourire exprimait les délices du sentiment maternel quand les deux enfants, par lesquels elle était toujours accompagnée, la regardaient ou lui faisaient une de ces questions intarissables et oiseuses, qui toutes ont un sens pour une mère. Sa démarche était lente et noble. Elle conserva la même mise avec une constance qui annonçait l'intention formelle de ne plus s'occuper de sa toilette et d'oublier le monde, par qui elle voulait sans doute être oubliée. Elle avait une robe noire très longue, serrée par un ruban de moire, et par-dessus, en guise de châle, un fichu de batiste à large ourlet dont les deux bouts étaient négligemment passés dans sa ceinture. Chaussée avec un soin qui dénotait des habitudes d'élégance, elle portait des bas de soie gris qui complétaient la teinte de deuil répandue dans ce costume de convention. Enfin son chapeau, de forme anglaise et invariable, était en étoffe grise et orné d'un voile noir. Elle paraissait être d'une extrême faiblesse et très souffrante. Sa seule promenade consistait à aller de la Grenadière au pont de Tours, où, quand la soirée était calme, elle venait avec les deux enfants respirer l'air frais de la Loire et admirer les effets produits par le soleil couchant dans ce paysage aussi vaste que l'est celui de la baie de Naples ou du lac de Genève. Durant le temps de son séjour à la Grenadière, elle ne se rendit que deux fois à Tours : ce fut d'abord pour prier le principal du collège de lui indiquer les meilleurs maîtres de latin, de mathématiques et de dessin ; puis pour déterminer avec les personnes qui lui furent désignées soit le prix de leurs leçons, soit les heures auxquelles ces leçons pourraient être données aux enfants. Mais il lui suffisait de se montrer une ou deux fois par semaine, le soir, sur le pont, pour exciter l'intérêt de presque tous les habitants de la ville, qui s'y promènent habituellement. Cependant, malgré l'espèce d'espionnage innocent que créent en province le désœuvrement et l'inquiète curiosité des principales sociétés, personne ne put obtenir de renseignements certains sur le rang que l'inconnue occupait dans le monde, ni sur sa fortune, ni même sur son état véritable. Seulement le propriétaire de la Grenadière apprit à quelques-uns de ses amis le nom, sans doute vrai, sous lequel l'inconnue avait contracté son bail. Elle s'appelait Augusta Willemsens, comtesse de Brandon. Ce nom devait être celui de son mari. Plus tard les derniers événements de cette histoire confirmèrent la véracité de cette révélation ; mais elle n'eut de publicité que dans le monde de commerçants fréquenté par le propriétaire. Aussi madame Willemsens demeura constamment un mystère pour les gens de la bonne compagnie, et tout ce qu'elle leur permit de deviner en elle fut une nature distinguée, des manières simples, délicieusement naturelles, et un son de voix d'une douceur angélique. Sa profonde solitude, sa mélancolie et sa beauté si passionnément obscurcie, à demi flétrie même, avaient tant de charmes que plusieurs jeunes gens s'éprirent d'elle ; mais plus leur amour fut sincère, moins il fut audacieux : puis elle était imposante, il était difficile d'oser lui parler. Enfin, si quelques hommes hardis lui écrivirent, leurs lettres durent être brûlées sans avoir été ouvertes. Madame Willemsens jetait au feu toutes celles qu'elle recevait, comme si elle eût voulu passer sans le plus léger souci le temps de son séjour en Touraine. Elle semblait être venue dans sa ravissante retraite pour se livrer tout entière au bonheur de vivre. Les trois maîtres auxquels l'entrée de la Grenadière fut permise parlèrent avec une sorte d'admiration respectueuse du tableau touchant que présentait l'union intime et sans nuages de ces enfants et de cette femme.

Les deux enfants excitèrent également beaucoup d'intérêt, et les mères ne pouvaient pas les regarder sans envie. Tous deux ressemblaient à madame Willemsens, qui était en effet leur mère. Ils avaient l'un et l'autre ce teint transparent et ces vives couleurs, ces yeux purs et humides, ces longs cils, cette fraîcheur de formes qui impriment tant d'éclat aux beautés de l'enfance. L'aîné, nommé Louis-Gaston, avait les cheveux noirs et un regard plein de hardiesse. Tout en lui dénotait une santé robuste, de même que son front large et haut, heureusement bombé, semblait trahir un caractère énergique. Il était leste, adroit dans ses mouvements, bien découplé, n'avait rien d'emprunté, ne s'étonnait de rien, et paraissait réfléchir sur tout ce qu'il voyait. L'autre, nommé Marie-Gaston, était presque blond, quoique parmi ses cheveux quelques mèches fussent déjà cendrées et prissent la couleur des cheveux de sa mère. Marie avait les formes grêles, la délicatesse de traits, la finesse gracieuse, qui charmaient tant dans madame Willemsens. Il paraissait maladif : ses yeux gris lançaient un regard doux, ses couleurs étaient pâles. Il y avait de la femme en lui. Sa mère lui conservait encore la collerette brodée, les longues boucles frisées et la petite veste ornée de brandebourgs et d'olives qui revêt un jeune garçon d'une grâce indicible, et trahit ce plaisir de parure tout féminin dont s'amuse la mère autant que l'enfant peut-être. Ce joli costume contrastait avec la veste simple de l'aîné, sur laquelle se rabattait le col tout uni de sa chemise. Les pantalons, les brodequins, la couleur des habits étaient semblables et annonçaient deux frères aussi bien que leur ressemblance. Il était impossible en les voyant de n'être pas touché des soins de Louis pour Marie. L'aîné avait pour le second quelque chose de paternel dans le regard ; et Marie, malgré l'insouciance du jeune âge, semblait pénétré de reconnaissance pour Louis : c'était deux petites fleurs à peine séparées de leur tige, agitées par la même brise, éclairées par le même rayon de soleil, l'une colorée, l'autre étiolée à demi. Un mot, un regard, une inflexion de voix de leur mère suffisait pour les rendre attentifs, leur faire tourner la tête, écouter, entendre un ordre, une prière, une recommandation, et obéir. Madame Willemsens leur faisait toujours comprendre ses désirs, sa volonté, comme s'il y eût entre eux une pensée commune. Quand ils étaient, pendant la promenade, occupés à jouer en avant d'elle, cueillant une fleur, examinant un insecte, elle les contemplait avec un attendrissement si profond que le passant le plus indifférent se sentait ému, s'arrêtait pour voir les enfants, leur sourire, et saluer la mère par un coup d'œil d'ami. Qui n'eût pas admiré l'exquise propreté de leurs vêtements, leur joli son de voix, la grâce de leurs mouvements, leur physionomie heureuse et l'instinctive noblesse qui révélait en eux une éducation soignée dès le berceau ! Ces enfants semblaient n'avoir jamais ni crié ni pleuré. Leur mère avait comme une prévoyance électrique de leurs désirs, de leurs douleurs, les prévenant, les calmant sans cesse. Elle paraissait craindre une de leurs plaintes plus que sa condamnation éternelle. Tout dans ces enfants était un éloge pour leur mère ; et le tableau de leur triple vie, qui semblait une même vie, faisait naître des demi-pensées vagues et caressantes, image de ce bonheur que nous rêvons de goûter dans un monde meilleur. L'existence intérieure de ces trois créatures si harmonieuses s'accordait avec les idées que l'on concevait à leur aspect : c'était la vie d'ordre, régulière et simple qui convient à l'éducation des enfants. Tous deux se levaient une heure après la venue du jour, récitaient d'abord une courte prière, habitude de leur enfance, paroles vraies, dites pendant sept ans sur le lit de leur mère, commencées et finies entre deux baisers. Puis les deux frères, accoutumés sans doute à ces soins minutieux de la personne, si nécessaires à la santé du corps, à la pureté de l'âme, et qui donnent en quelque sorte la conscience du bien-être, faisaient une toilette aussi scrupuleuse que peut l'être celle d'une jolie femme. Ils ne manquaient à rien, tant ils avaient peur l'un et l'autre d'un reproche, quelque tendrement qu'il leur fût adressé par leur mère quand, en les embrassant, elle leur disait au déjeuner, suivant la circonstance : — Mes chers anges, où donc avez-vous pu déjà vous noircir les ongles ? Tous deux descendaient alors au jardin, y secouaient les impressions de la nuit dans la rosée et la fraîcheur, en attendant que la femme de charge eût préparé le salon commun, où ils allaient étudier leurs leçons jusqu'au lever de leur mère. Mais de moment en moment ils en épiaient le réveil, quoiqu'ils ne dussent entrer dans sa chambre qu'à une heure convenue. Cette irruption matinale, toujours faite en contravention au pacte primitif, était toujours une scène délicieuse et pour eux et pour madame Willemsens. Marie sautait sur le lit pour passer ses bras autour de son idole, tandis que Louis, agenouillé au chevet, prenait la main de sa mère. C'était alors des interrogations inquiètes, comme un amant en trouve pour sa maîtresse ; puis des rires d'anges, des caresses tout à la fois passionnées et pures, des silences éloquents, des bégaiements, des histoires enfantines interrompues et reprises par des baisers, rarement achevées, toujours écoutées...

— Avez-vous bien travaillé ? demandait la mère, mais d'une voix douce et amie, près de plaindre la fainéantise comme un malheur, prête à lancer un regard mouillé de larmes à celui qui se trouvait content de lui-même. Elle savait que ses enfants étaient animés par le désir de lui plaire ; eux savaient que leur mère ne vivait que pour eux, les conduisait dans la vie avec toute l'intelligence de l'amour, et leur donnait toutes ses pensées, toutes ses heures. Un sens merveilleux, qui n'est encore ni l'égoïsme ni la raison, qui est peut-être le sentiment dans sa première candeur, apprend aux enfants s'ils sont ou non l'objet de soins exclusifs, et si l'on s'occupe d'eux avec bonheur. Les aimez-vous bien ? Ces chères créatures, tout franchise et tout justice, sont alors admirablement reconnaissantes. Elles aiment avec passion, avec jalousie, ont les délicatesses les plus gracieuses, trouvent à dire les mots les plus tendres ; elles sont confiantes, elles croient en tout à vous. Aussi peut-être n'y a-t-il pas de mauvais enfants sans mauvaises mères ; car l'affection qu'ils ressentent est toujours en raison de celle qu'ils ont éprouvée, des premiers soins qu'ils ont reçus, des premiers mots qu'ils ont entendus, des premiers regards où ils ont cherché l'amour et la vie. Tout devient alors attrait ou tout est répulsion. Dieu a mis les enfants au sein de la mère pour lui faire comprendre qu'ils devaient y rester longtemps. Cependant il se rencontre des mères cruellement méconnues, de tendres et sublimes tendresses constamment froissées : effroyables ingratitudes, qui prouvent combien il est difficile d'établir des principes absolus en fait de sentiment. Il ne manquait dans le cœur de cette mère et dans ceux de ses fils aucun des mille liens qui devaient les attacher les uns aux autres. Seuls sur la terre, ils y vivaient de la même vie et se comprenaient bien. Quand au matin madame Willemsens demeurait silencieuse, Louis et Marie se taisaient en respectant tout d'elle, même les pensées qu'ils ne partageaient pas. Mais l'aîné, doué d'une pensée déjà forte, ne se contentait jamais des assurances de bonne santé que lui donnait sa mère : il en étudiait le visage avec une sombre inquiétude, ignorant le danger, mais le pressentant lorsqu'il voyait autour de ses yeux cernés des teintes violettes, lorsqu'il apercevait leurs orbites plus creuses et les rougeurs du visage plus enflammées. Plein d'une sensibilité vraie, il devinait quand les jeux de Marie commençaient à la fatiguer, et il savait alors dire à son frère : — Viens, Marie, allons déjeuner, j'ai faim.

Mais en atteignant la porte, il se retournait pour saisir l'expression de la figure de sa mère qui pour lui trouvait encore un sourire ; et souvent même des larmes roulaient dans ses yeux, quand un geste de son enfant lui révélait un sentiment exquis, une précoce entente de la douleur.

Le temps destiné au premier déjeuner de ses enfants et à leur récréation était employé par madame Willemsens à sa toilette ; car elle avait de la coquetterie pour ses chers petits, elle voulait leur plaire, leur agréer en toute chose, être pour eux gracieuse à voir ; être pour eux attrayante comme un doux parfum auquel on revient toujours. Elle se tenait toujours prête pour les répétitions qui avaient lieu entre dix et trois heures, mais qui étaient interrompues à midi par un second déjeuner fait en commun sous le pavillon du jardin. Après ce repas, une heure était accordée aux jeux, pendant laquelle l'heureuse mère, la pauvre femme restait couchée sur un long divan placé dans ce pavillon d'où l'on découvrait cette douce Touraine incessamment changeante, sans cesse rajeunie par les mille accidents du jour, du ciel, de la saison. Ses deux enfants trottaient à travers le clos, grimpaient sur les terrasses, couraient après les lézards, groupés eux-mêmes et agiles comme le lézard ; ils admiraient des graines, des fleurs, étudiaient des insectes, et venaient demander raison de tout à leur mère. C'était alors des allées et venues perpétuelles au pavillon. A la campagne, les enfants n'ont pas besoin de jouets, tout leur est occupation. Madame Willemsens assistait aux leçons en faisant de la tapisserie. Elle restait silencieuse, ne regardait ni les maîtres ni les enfants, elle écoutait avec attention comme pour tâcher de saisir le sens des paroles et savoir vaguement si Louis acquérait de la force : embarrassait-il son maître par une question, et accusait-il ainsi un progrès, les yeux de la mère s'animaient alors, elle souriait, elle lui lançait un regard empreint d'espérance. Elle exigeait peu de chose de Marie. Ses vœux étaient pour l'aîné auquel elle témoignait une sorte de respect, employant tout son tact de femme et de mère à lui élever l'âme, à lui donner une haute idée de lui-même. Cette conduite cachait une pensée secrète que l'enfant devait comprendre un jour et qu'il comprit. Après chaque leçon, elle reconduisait les maîtres jusqu'à la première porte, et là, leur demandait consciencieusement compte des études de Louis. Elle était si affectueuse et si engageante que les répétiteurs lui disaient la vérité, pour l'aider à faire travailler Louis sur les points où il leur paraissait faible. Le dîner venait ; puis, le jeu, la promenade ; enfin, le soir, les leçons s'apprenaient.

Telle était leur vie, vie uniforme, mais pleine, où le travail et les distractions heureusement mêlés ne laissaient aucune place à l'ennui. Les découragements et les querelles étaient impossibles. L'amour sans bornes de la mère rendait tout facile. Elle avait donné de la discrétion à ses deux fils en ne leur refusant jamais rien, du courage en les louant à propos, de la résignation en leur faisant apercevoir la Nécessité sous toutes ses formes ; elle en avait développé, fortifié l'angélique nature avec un soin de fée. Parfois, quelques larmes humectaient ses yeux ardents, quand, en les voyant jouer, elle pensait qu'ils ne lui avaient pas causé le moindre chagrin. Un bonheur étendu, complet, ne nous fait ainsi pleurer que parce qu'il est une image du ciel duquel nous avons tous de confuses perceptions. Elle passait des heures délicieuses couchée sur son canapé champêtre, voyant un beau jour, une grande étendue d'eau, un pays pittoresque, entendant la voix de ses enfants, leurs rires renaissant dans le rire même, et leurs petites querelles où éclataient leur union, le sentiment paternel de Louis pour Marie, et l'amour de tous deux pour elle. Tous deux, ayant eu, pendant leur première enfance, une bonne anglaise, parlaient également bien le français et l'anglais ; aussi leur mère se servait-elle alternativement des deux langues dans la conversation. Elle dirigeait admirablement bien leurs jeunes âmes, ne laissant entrer dans leur entendement aucune idée fausse, dans leur cœur aucun principe mauvais. Elle les gouvernait par la douceur, ne leur cachant rien, leur expliquant tout. Lorsque Louis désirait lire, elle avait soin de lui donner des livres intéressants, mais exacts. C'était la vie des marins célèbres, les biographies des grands hommes, des capitaines illustres, trouvant dans les moindres détails de ces sortes de livres mille occasions de lui expliquer prématurément le monde et la vie ; insistant sur les moyens dont s'étaient servis les gens obscurs, mais réellement grands, partis, sans protecteurs, des derniers rangs de la société, pour parvenir à de nobles destinées. Ces leçons, qui n'étaient pas les moins utiles, se donnaient le soir quand le petit Marie s'endormait sur les genoux de sa mère, dans le silence d'une belle nuit, quand la Loire réfléchissait les cieux ; mais elles redoublaient toujours la mélancolie de cette adorable femme, qui finissait toujours par se taire et par rester immobile, songeuse, les yeux pleins de larmes.

— Ma mère, pourquoi pleurez-vous ? lui demanda Louis par une riche soirée du mois de juin, au moment où les demi-teintes d'une nuit doucement éclairée succédaient à un jour chaud.

— Mon fils, répondit-elle en attirant par le cou l'enfant dont l'émotion cachée la toucha vivement, parce que le sort pauvre d'abord de Jameray Duval, parvenu sans secours [7], est le sort que je t'ai fait à toi et à ton frère. Bientôt, mon cher enfant, vous serez seuls sur la terre, sans appui, sans protections. Je vous y laisserai petits encore, et je voudrais cependant te voir assez fort, assez instruit pour servir de guide à Marie. Et je n'en aurai pas le temps. Je vous aime trop pour ne pas être bien malheureuse par ces pensées. Chers enfants, pourvu que vous ne me maudissiez pas un jour...

— Et pourquoi vous maudirais-je un jour, ma mère ?

— Un jour, pauvre petit, dit-elle en le baisant au front, tu reconnaîtras que j'ai eu des torts envers vous. Je vous abandonnerai, ici, sans fortune, sans... Elle hésita. — Sans un père, reprit-elle.

A ce mot, elle fondit en larmes, repoussa doucement son fils qui, par une sorte d'intuition, devina que sa mère voulait être seule, et il emmena Marie à moitié endormi. Puis, une heure après, quand son frère fut couché, Louis revint à pas discrets vers le pavillon où était sa mère. Il entendit alors ces mots prononcés par une voix délicieuse à son cœur : — Viens, Louis ! L'enfant se jeta dans les bras de sa mère, et ils s'embrassèrent presque convulsivement.

— Ma chérie, dit-il enfin, car il lui donnait souvent ce nom, trouvant même les mots de l'amour trop faibles pour exprimer ses sentiments ; ma chérie, pourquoi crains-tu donc de mourir ?

— Je suis malade, pauvre ange aimé, chaque jour mes forces se perdent, et mon mal est sans remède : je le sais.

— Quel est donc votre mal ?

— Je dois l'oublier ; et toi, tu ne dois jamais savoir la cause de ma mort.

L'enfant resta silencieux pendant un moment, jetant à la dérobée des regards sur sa mère, qui, les yeux levés au ciel, en contemplait les nuages. Moment de douce mélancolie ! Louis ne croyait pas à la mort prochaine de sa mère, mais il en ressentait les chagrins sans les deviner. Il respecta cette longue rêverie. Moins jeune, il aurait lu sur ce visage sublime quelques pensées de repentir mêlées à des souvenirs heureux, toute une vie de femme : une enfance insouciante, un mariage froid, une passion terrible, des fleurs nées dans un orage, abîmées par la foudre, dans un gouffre d'où rien ne saurait revenir.

— Ma mère aimée, dit enfin Louis, pourquoi me cachez-vous vos souffrances ?

— Mon fils, répondit-elle, nous devons ensevelir nos peines aux yeux des étrangers, leur montrer un visage riant, ne jamais leur parler de nous, nous occuper d'eux : ces maximes pratiquées en famille y sont une des causes du bonheur. Tu auras à souffrir beaucoup un jour ! Eh ! bien, souviens-toi de ta pauvre mère qui se mourait devant toi en te souriant toujours, et te cachait ses douleurs : tu te trouveras alors du courage pour supporter les maux de la vie.

En ce moment, dévorant ses larmes, elle tâcha de révéler à son fils le mécanisme de l'existence, la valeur, l'assiette, la consistance des fortunes, les rapports sociaux, les moyens honorables d'amasser l'argent nécessaire aux besoins de la vie, et la nécessité de l'instruction. Puis elle lui apprit une des causes de sa tristesse habituelle et de ses pleurs, en lui disant que, le lendemain de sa mort, lui et Marie seraient dans le plus grand dénuement, ne possédant, à eux deux, qu'une faible somme, n'ayant plus d'autre protecteur que Dieu.

— Comme il faut que je me dépêche d'apprendre ! s'écria l'enfant en lançant à sa mère un regard plaintif et profond.

— Ah ! que je suis heureuse, dit-elle en couvrant son fils de baisers et de larmes. Il me comprend ! — Louis, ajouta-t-elle, tu seras le tuteur de ton frère, n'est-ce pas ? Tu me le promets ? Tu n'es plus un enfant !

— Oui, répondit-il, mais vous ne mourrez pas encore, dites ?

— Pauvres petits, répondit-elle, mon amour pour vous me soutient ! Puis ce pays est si beau, l'air y est si bienfaisant, peut-être...

— Vous me faites encore mieux aimer la Touraine, dit l'enfant tout ému.

Depuis ce jour où madame Willemsens, prévoyant sa mort prochaine, avait parlé à son fils aîné de son sort à venir, Louis, qui avait achevé sa quatorzième année, devint moins distrait, plus appliqué, moins disposé à jouer qu'auparavant. Soit qu'il sût persuader à Marie de lire au lieu de se livrer à des distractions bruyantes, les deux enfants firent moins de tapage à travers les chemins creux, les jardins, les terrasses étagées de la Grenadière. Ils conformèrent leur vie à la pensée mélancolique de leur mère dont le teint pâlissait de jour en jour, en prenant des teintes jaunes, dont le front se creusait aux tempes, dont les rides devenaient plus profondes de nuit en nuit.

Au mois d'août, cinq mois après l'arrivée de la petite famille à la Grenadière, tout y avait changé. Observant les symptômes encore légers de la lente dégradation qui minait le corps de sa maîtresse soutenue seulement par une âme passionnée et un excessif amour pour ses enfants, la vieille femme de charge était devenue sombre et triste : elle paraissait posséder le secret de cette mort anticipée. Souvent, lorsque sa maîtresse, belle encore, plus coquette qu'elle ne l'avait jamais été, parant son corps éteint et mettant du rouge, se promenait sur la haute terrasse, accompagnée de ses deux enfants, la vieille Annette passait la tête entre les deux sabines de la pompe, oubliait son ouvrage commencé, gardait son linge à la main, et retenait à peine ses larmes en voyant une madame Willemsens si peu semblable à la ravissante femme qu'elle avait connue.

Cette jolie maison, d'abord si gaie, si animée, semblait être devenue triste ; elle était silencieuse, les habitants en sortaient rarement, madame Willemsens ne pouvait plus aller se promener au pont de Tours sans de grands efforts. Louis, dont l'imagination s'était tout à coup développée, et qui s'était identifié pour ainsi dire à sa mère, en ayant deviné la fatigue et les douleurs sous le rouge, inventait toujours des prétextes pour ne pas faire une promenade devenue trop longue pour sa mère. Les couples joyeux qui allaient alors à Saint-Cyr, la petite Courtille de Tours [8], et les groupes de promeneurs voyaient au-dessus de la levée, le soir, cette femme pâle et maigre, tout en deuil, à demi consumée, mais encore brillante, passant comme un fantôme le long des terrasses. Les grandes souffrances se devinent. Aussi le ménage du closier était-il devenu silencieux. Quelquefois le paysan, sa femme et ses deux enfants se trouvaient groupés à la porte de leur chaumière ; Annette lavait au puits ; madame et ses enfants étaient sous le pavillon ; mais on n'entendait pas le moindre bruit dans ces gais jardins ; et, sans que madame Willemsens s'en aperçût, tous les yeux attendris la contemplaient. Elle était si bonne, si prévoyante, si imposante pour ceux qui l'approchaient ! Quant à elle, depuis le commencement de l'automne, si beau, si brillant en Touraine, et dont les bienfaisantes influences, les raisins, les bons fruits devaient prolonger la vie de cette mère au-delà du terme fixé par les ravages d'un mal inconnu, elle ne voyait plus que ses enfants, et en jouissait à chaque heure comme si c'eût été la dernière.

Depuis le mois de juin jusqu'à la fin de septembre, Louis travailla pendant la nuit à l'insu de sa mère, et fit d'énormes progrès ; il était arrivé aux équations du second degré en algèbre, avait appris la géométrie descriptive, dessinait à merveille ; enfin, il aurait pu soutenir avec succès l'examen imposé aux jeunes gens qui veulent entrer à l'École Polytechnique. Quelquefois, le soir, il allait se promener sur le pont de Tours, où il avait rencontré un lieutenant de vaisseau mis en demi-solde : la figure mâle, la décoration, l'allure de ce marin de l'Empire avaient agi sur son imagination. De son côté, le marin s'était pris d'amitié pour un jeune homme dont les yeux pétillaient d'énergie. Louis, avide de récits militaires et curieux de renseignements, venait flâner dans les eaux du marin pour causer avec lui. Le lieutenant en demi-solde avait pour ami et pour compagnon un colonel d'infanterie, proscrit comme lui des cadres de l'armée, le jeune Gaston pouvait donc tour à tour apprendre la vie des camps et la vie des vaisseaux. Aussi accablait-il de questions les deux militaires. Puis, après avoir, par avance, épousé leurs malheurs et leur rude existence, il demandait à sa mère la permission de voyager dans le canton pour se distraire. Or comme les maîtres étonnés disaient à madame Willemsens que son fils travaillait trop, elle accueillait cette demande avec un plaisir infini. L'enfant faisait donc des courses énormes. Voulant s'endurcir à la fatigue, il grimpait aux arbres les plus élevés avec une incroyable agilité ; il apprenait à nager ; il veillait. Il n'était plus le même enfant, c'était un jeune homme sur le visage duquel le soleil avait jeté son hâle brun, et où je ne sais quelle pensée profonde apparaissait déjà.

Le mois d'octobre vint, madame Willemsens ne pouvait plus se lever qu'à midi, quand les rayons du soleil, réfléchis par les eaux de la Loire et concentrés dans les terrasses, produisaient à la Grenadière cette température égale à celle des chaudes et tièdes journées de la baie de Naples, qui font recommander son habitation par les médecins du pays. Elle venait alors s'asseoir sous un des arbres verts, et ses deux fils ne s'écartaient plus d'elle. Les études cessèrent, les maîtres furent congédiés. Les enfants et la mère voulurent vivre au cœur les uns des autres, sans soins, sans distractions. Il n'y avait plus ni pleurs ni cris joyeux. L'aîné, couché sur l'herbe près de sa mère, restait sous son regard comme un amant, et lui baisait les pieds. Marie, inquiet, allait lui cueillir des fleurs, les lui apportait d'un air triste, et s'élevait sur la pointe des pieds pour prendre sur ses lèvres un baiser de jeune fille. Cette femme blanche, aux grands yeux noirs, tout abattue, lente dans ses mouvements, ne se plaignant jamais, souriant à ses deux enfants bien vivants, d'une belle santé, formaient un tableau sublime auquel ne manquaient ni les pompes mélancoliques de l'automne avec ses feuilles jaunies et ses arbres à demi dépouillés, ni la lueur adoucie du soleil et les nuages blancs du ciel de Touraine.

Enfin madame Willemsens fut condamnée par un médecin à ne pas sortir de sa chambre. Sa chambre fut chaque jour embellie des fleurs qu'elle aimait, et ses enfants y demeurèrent. Dans les premiers jours de novembre, elle toucha du piano pour la dernière fois. Il y avait un paysage de Suisse au-dessus du piano. Du côté de la fenêtre, ses deux enfants, groupés l'un sur l'autre, lui montrèrent leurs têtes confondues. Ses regards allèrent alors constamment de ses enfants au paysage et du paysage à ses enfants. Son visage se colora, ses doigts coururent avec passion sur les touches d'ivoire. Ce fut sa dernière fête, fête inconnue, fête célébrée dans les profondeurs de son âme par le génie des souvenirs. Le médecin vint, et lui ordonna de garder le lit. Cette sentence effrayante fut reçue par la mère et par les deux fils dans un silence presque stupide.

Quand le médecin s'en alla : — Louis, dit-elle, conduis-moi sur la terrasse, que je voie encore mon pays.

A cette parole proférée simplement, l'enfant donna le bras à sa mère et l'amena au milieu de la terrasse. Là ses yeux se portèrent, involontairement peut-être, plus sur le ciel que sur la terre ; mais il eût été difficile de décider en ce moment où étaient les plus beaux paysages, car les nuages représentaient vaguement les plus majestueux glaciers des Alpes. Son front se plissa violemment, ses yeux prirent une expression de douleur et de remords, elle saisit les deux mains de ses enfants et les appuya sur son cœur violemment agité : — *Père et mère inconnus !* s'écria-t-elle en leur jetant un regard profond. Pauvres anges ! que deviendrez-vous ? Puis, à vingt ans, quel compte sévère ne me demanderez-vous pas de ma vie et de la vôtre ?

Elle repoussa ses enfants, se mit les deux coudes sur la balustrade, se cacha le visage dans les mains, et resta là pendant un moment seule avec elle-même, craignant de se laisser voir. Quand elle se réveilla de sa douleur, elle trouva Louis et Marie agenouillés à ses côtés comme deux anges ; ils épiaient ses regards, et tous deux lui sourirent doucement.

— Que ne puis-je emporter ce sourire ! dit-elle en essuyant ses larmes.

Elle rentra pour se mettre au lit, et n'en devait sortir que couchée dans le cercueil.

Huit jours se passèrent, huit jours tout semblables les uns aux autres. La vieille Annette et Louis restaient chacun à leur tour pendant la nuit auprès de madame Willemsens, les yeux attachés sur ceux de la malade. C'était à toute heure ce drame profondément tragique, et qui a lieu dans toutes les familles lorsqu'on craint, à chaque respiration trop forte d'une malade adorée, que ce ne soit la dernière. Le cinquième jour de cette fatale semaine, le médecin proscrivit les fleurs. Les illusions de la vie s'en allaient une à une.

Depuis ce jour, Marie et son frère trouvèrent du feu sous leurs lèvres quand ils venaient baiser leur mère au front. Enfin le samedi soir, madame Willemsens ne pouvant supporter aucun bruit, il fallut laisser sa chambre en désordre. Ce défaut de soin fut un commencement d'agonie pour cette femme élégante, amoureuse de grâce. Louis ne voulut plus quitter sa mère. Pendant la nuit du dimanche, à la clarté d'une lampe et au milieu du silence le plus profond, Louis, qui croyait sa mère assoupie, lui vit écarter le rideau d'une main blanche et moite.

— Mon fils, dit-elle.

L'accent de la mourante eut quelque chose de si solennel que son pouvoir venu d'une âme agitée réagit violemment sur l'enfant, il sentit une chaleur exorbitante dans la moelle de ses os.

— Que veux-tu, ma mère ?

— Écoute-moi. Demain, tout sera fini pour moi. Nous ne nous verrons plus. Demain, tu seras un homme, mon enfant. Je suis donc obligée de faire quelques dispositions qui soient un secret entre nous deux. Prends la clef de ma petite table. Bien ! Ouvre le tiroir. Tu trouveras à gauche deux papiers cachetés. Sur l'un, il y a : « LOUIS ». Sur l'autre : « MARIE ».

— Les voici, ma mère.

— Mon fils chéri, c'est vos deux actes de naissance ; ils vous seront nécessaires. Tu les donneras à garder à ma pauvre vieille Annette, qui vous les rendra quand vous en aurez besoin.

— Maintenant, reprit-elle, n'y a-t-il pas au même endroit un papier sur lequel j'ai écrit quelques lignes ?

— Oui, ma mère.

Et Louis commençant à lire : — *Marie Willemsens, née à...*

— Assez, dit-elle vivement. Ne continue pas. Quand je serai morte, mon fils, tu remettras encore ce papier à Annette, et tu lui diras de le donner à la mairie de Saint-Cyr, où il doit servir à faire dresser exactement mon acte de décès. Prends ce qu'il faut pour écrire une lettre que je vais te dicter.

Quand elle vit son fils prêt, et qu'il se tourna vers elle comme pour l'écouter, elle dit d'une voix calme : *Monsieur le comte, votre femme lady Brandon est morte à Saint-Cyr, près de Tours, département d'Indre-et-Loire. Elle vous a pardonné.*

— Signe : *Louis-Gaston* !

Elle s'arrêta, indécise, agitée.

— Souffrez-vous davantage ? demanda Louis.

— Signe : *Louis-Gaston !*

Elle soupira, puis reprit : — Cachette la lettre, et écris l'adresse suivante : A Lord Brandon. Brandon Square, Hyde-Park. Londres. Angleterre.

— Bien, reprit-elle. Le jour de ma mort tu feras affranchir cette lettre à Tours.

— Maintenant, dit-elle après une pause, prends le petit portefeuille que tu connais, et viens près de moi, mon cher enfant.

— Il y a là, dit-elle, quand Louis eut repris sa place, douze mille francs. Ils sont bien à vous, hélas ! Vous eussiez été plus riches, si votre père...

— Mon père, s'écria l'enfant, où est-il ?

— Mort, dit-elle en mettant un doigt sur ses lèvres, mort pour me sauver l'honneur et la vie.

Elle leva les yeux au ciel. Elle eût pleuré, si elle avait encore eu des larmes pour les douleurs.

— Louis, reprit-elle, jurez-moi là, sur ce chevet, d'oublier ce que vous avez écrit et ce que je vous ai dit.

— Oui, ma mère.

— Embrasse-moi, cher ange.

Elle fit une longue pause, comme pour puiser du courage en Dieu, et mesurer ses paroles aux forces qui lui restaient.

— Écoute. Ces douze mille francs sont toute votre fortune ; il faut que tu les gardes sur toi, parce que quand je serai morte il viendra des gens de justice qui fermeront tout ici. Rien ne vous y appartiendra, pas même votre mère ! Et vous n'aurez plus, pauvres orphelins, qu'à vous en aller, Dieu sait où. J'ai assuré le sort d'Annette. Elle aura cent écus tous les ans, et restera sans doute à Tours. Mais que feras-tu de toi et de ton frère ?

Elle se mit sur son séant et regarda l'enfant intrépide, qui, la sueur au front, pâle d'émotions, les yeux à demi voilés par les pleurs, restait debout devant son lit.

— Mère, répondit-il d'un son de voix profond, j'y ai pensé. Je conduirai Marie au collège de Tours. Je donnerai dix mille francs à la vieille Annette en lui disant de les mettre en sûreté et de veiller sur mon frère. Puis, avec les cent louis qui resteront, j'irai à Brest, je m'embarquerai comme novice. Pendant que Marie étudiera, je deviendrai lieutenant de vaisseau. Enfin, meurs tranquille, ma mère, va : je reviendrai riche, je ferai entrer notre petit à l'École Polytechnique, où je le dirigerai suivant ses goûts.

Un éclair de joie brilla dans les yeux à demi éteints de la mère, deux larmes en sortirent, roulèrent sur ses joues enflammées ; puis, un grand soupir s'échappa de ses lèvres, et elle faillit mourir victime d'un accès de joie, en trouvant l'âme du père dans celle de son fils devenu homme tout à coup.

— Ange du ciel, dit-elle en pleurant, tu as effacé par un mot toutes mes douleurs. Ah ! je puis souffrir. — C'est mon fils, reprit-elle, j'ai fait, j'ai élevé cet homme !

Et elle leva ses mains en l'air et les joignit comme pour exprimer une joie sans bornes ; puis elle se coucha.

— Ma mère, vous pâlissez ! s'écria l'enfant.

— Il faut aller chercher un prêtre, répondit-elle d'une voix mourante.

Louis réveilla la vieille Annette, qui, tout effrayée, courut au presbytère de Saint-Cyr.

Dans la matinée, madame Willemsens reçut les sacrements au milieu du plus touchant appareil. Ses enfants, Annette et la famille du closier, gens simples déjà devenus de la famille, étaient agenouillés. La croix d'argent, portée par un humble enfant de chœur, un enfant de chœur de village ! s'élevait devant le lit, et un vieux prêtre administrait le viatique à la mère mourante. Le viatique ! mot sublime, idée plus sublime encore que le mot, et que possède seule la religion apostolique de l'Église romaine.

— Cette femme a bien souffert ! dit le curé dans son simple langage.

Marie Willemsens n'entendait plus ; mais ses yeux restaient attachés sur ses deux enfants. Chacun, en proie à la terreur, écoutait dans le plus profond silence les aspirations de la mourante, qui déjà s'étaient ralenties. Puis, par intervalles, un soupir profond annonçait encore la vie en trahissant un débat intérieur. Enfin, la mère ne respira plus. Tout le monde fondit en larmes, excepté Marie. Le pauvre enfant était encore trop jeune pour comprendre la mort. Annette et la closière fermèrent les yeux à cette adorable créature dont alors la beauté reparut dans tout son éclat. Elles renvoyèrent tout le monde, ôtèrent les meubles de la chambre, mirent la morte dans son linceul, la couchèrent, allumèrent des cierges autour du lit, disposèrent le bénitier, la branche de buis et le crucifix, suivant la coutume du pays, poussèrent les volets, étendirent les rideaux ; puis le vicaire vint plus tard passer la nuit en prières avec Louis, qui ne voulut point quitter sa mère. Le mardi matin l'enterrement se fit. La vieille femme, les deux enfants, accompagnés de la closière, suivirent seuls le corps d'une femme dont l'esprit, la beauté, les grâces avaient une renommée européenne, et dont à Londres le convoi eût été une nouvelle pompeusement enregistrée dans les journaux, une sorte de solennité aristocratique, si elle n'eût pas commis le plus doux des crimes, un crime toujours puni sur cette terre, afin que ces anges pardonnés entrent dans le ciel. Quand la terre fut jetée sur le cercueil de sa mère, Marie pleura, comprenant alors qu'il ne la verrait plus.

Une simple croix de bois, plantée sur sa tombe, porta cette inscription due au curé de Saint-Cyr.

CY GIT

UNE FEMME MALHEUREUSE,

morte à trente-six ans,

AYANT NOM AUGUSTA DANS LES CIEUX.

Priez pour elle !

Lorsque tout fut fini, les deux enfants vinrent à la Grenadière, jetèrent sur l'habitation un dernier regard ; puis, se tenant par la main, ils se disposèrent à la quitter avec Annette, confiant tout aux soins du closier, et le chargeant de répondre à la justice.

Ce fut alors que la vieille femme de charge appela Louis sur les marches de la pompe, le prit à part et lui dit : — Monsieur Louis, voici l'anneau de madame !

L'enfant pleura, tout ému de retrouver un vivant souvenir de sa mère morte. Dans sa force, il n'avait point songé à ce soin suprême. Il embrassa la vieille femme. Puis ils partirent tous trois par le chemin creux, descendirent la rampe et allèrent à Tours sans détourner la tête.

— Maman venait par là, dit Marie en arrivant au pont.

Annette avait une vieille cousine, ancienne couturière retirée à Tours, rue de la Guerche. Elle mena les deux enfants dans la maison de sa parente avec laquelle elle pensait à vivre en commun. Mais Louis lui expliqua ses projets, lui remit l'acte de naissance de Marie et les dix mille francs ; puis, accompagné de la vieille femme de charge, il conduisit le lendemain son frère au collège. Il mit le principal au fait de sa situation, mais fort succinctement, et sortit en emmenant son frère jusqu'à la porte. Là, il lui fit solennellement les recommandations les plus tendres en lui annonçant sa solitude dans le monde ; et, après l'avoir contemplé pendant un moment, il l'embrassa, le regarda encore, essuya une larme, et partit en se retournant à plusieurs reprises pour voir jusqu'au dernier moment son frère resté sur le seuil du collège.

Un mois après, Louis-Gaston était en qualité de novice à bord d'un vaisseau de l'État, et sortait de la rade de Rochefort. Appuyé sur le bastingage de la corvette *l'Iris*, il regardait les côtes de France qui fuyaient rapidement et s'effaçaient dans la ligne bleuâtre de l'horizon. Bientôt il se trouva seul et perdu au milieu de l'Océan, comme il l'était dans le monde et dans la vie.

— Il ne faut pas pleurer, jeune homme ! Il y a un Dieu pour tout le monde, lui dit un vieux matelot de sa grosse voix tout à la fois rude et bonne.

L'enfant remercia cet homme par un regard plein de fierté. Puis il baissa la tête en se résignant à la vie des marins. Il était devenu père.

Angoulême, août 1832[9].

MADAME FIRMIANI

A mon cher Alexandre de Berny[1]

Son vieil ami,

DE BALZAC.

Beaucoup de récits, riches de situations ou rendus dramatiques par les innombrables jets du hasard, emportent avec eux leurs propres artifices et peuvent être racontés artistement ou simplement par toutes les lèvres, sans que le sujet y perde la plus légère de ses beautés ; mais il est quelques aventures de la vie humaine auxquelles les accents du cœur seuls rendent la vie, il est certains détails pour ainsi dire anatomiques dont les délicatesses ne reparaissent que sous les infusions les plus habiles de la pensée ; puis, il est des portraits qui veulent une âme et ne sont rien sans les traits les plus déliés de leur physionomie mobile ; enfin, il se rencontre de ces choses que nous ne savons dire ou faire sans je ne sais quelles harmonies inconnues auxquelles président un jour, une heure, une conjonction heureuse dans les signes célestes ou de secrètes prédispositions morales. Ces sortes de révélations mystérieuses étaient impérieusement exigées pour dire cette histoire simple à laquelle on voudrait pouvoir intéresser quelques-unes de ces âmes naturellement mélancoliques et songeuses qui se nourrissent d'émotions douces. Si l'écrivain, semblable à un chirurgien près d'un ami mourant, s'est pénétré d'une espèce de respect pour le sujet qu'il maniait, pourquoi le lecteur ne partagerait-il pas ce sentiment inexplicable ? Est-ce une chose difficile que de s'initier à cette vague et nerveuse tristesse qui répand des teintes grises autour de nous, demi-maladie dont les molles souffrances plaisent parfois ? Si vous pensez par hasard aux personnes chères que vous avez perdues ; si vous êtes seul, s'il est nuit ou si le jour tombe, poursuivez la lecture de cette histoire ; autrement, vous jetteriez le livre, ici. Si vous n'avez pas enseveli déjà quelque bonne tante infirme ou sans fortune, vous ne comprendrez point ces pages. Aux uns, elles sembleront imprégnées de musc ; aux autres, elles paraîtront aussi décolorées, aussi vertueuses que peuvent l'être celles de Florian. Pour tout dire, le lecteur doit avoir connu la volupté des larmes, avoir senti la douleur muette d'un souvenir qui passe légèrement, chargé d'une ombre chère, mais d'une ombre lointaine ; il doit posséder quelques-uns de ces souvenirs qui font tout à la fois regretter ce que vous a dévoré la terre, et sourire d'un bonheur évanoui. Maintenant, croyez que, pour les richesses de l'Angleterre, l'auteur ne voudrait pas extorquer à la poésie un seul de ses mensonges pour embellir sa narration. Ceci est une histoire vraie et pour laquelle vous pouvez dépenser les trésors de votre sensibilité, si vous en avez.

Aujourd'hui, notre langue a autant d'idiomes [2] qu'il existe de Variétés d'hommes dans la grande famille française. Aussi est-ce vraiment chose curieuse et agréable que d'écouter les différentes acceptions ou versions données sur une même chose ou sur un même événement par chacune des Espèces qui composent la monographie du Parisien, le Parisien étant pris pour généraliser la thèse.

Ainsi, vous eussiez demandé à un sujet appartenant au genre des Positifs : « Connaissez-vous madame Firmiani ? » cet homme vous eût traduit madame Firmiani par l'inventaire suivant : « Un grand hôtel situé rue du Bac, des salons bien meublés, de beaux tableaux, cent bonnes mille livres de rente, et un mari, jadis receveur général dans le département de Montenotte[3]. » Ayant dit, le Positif, homme gros et rond, presque toujours vêtu de noir, fait une petite grimace de satisfaction, relève sa lèvre inférieure en la fronçant de manière à couvrir la supérieure, et hoche la tête comme s'il ajoutait : « Voilà des gens solides et sur lesquels il n'y a rien à dire. » Ne lui demandez rien de plus ! Les Positifs expliquent tout par des chiffres, par des rentes ou par les biens au soleil, un mot de leur lexique.

Tournez à droite, allez interroger cet autre qui appartient au genre des Flâneurs, répétez-lui votre question : « Madame Firmiani ? dit-il, oui, oui, je la connais bien, je vais à ses soirées. Elle reçoit le mercredi ; c'est une maison fort honorable. » Déjà, madame Firmiani se métamorphose en maison. Cette maison n'est plus un amas de pierres superposées architectoniquement ; non, ce mot est, dans la langue des Flâneurs, un idiotisme intraduisible. Ici, le Flâneur, homme sec, à sourire agréable, disant de jolis riens, ayant toujours plus d'esprit acquis que d'esprit naturel, se penche à votre oreille, et, d'un air fin, vous dit : « Je n'ai jamais vu monsieur Firmiani. Sa position sociale consiste à gérer des biens en Italie ; mais madame Firmiani est Française, et dépense ses revenus en Parisienne. Elle a d'excellent thé ! C'est une des maisons aujourd'hui si rares où l'on s'amuse et où ce que l'on vous donne est exquis. Il est d'ailleurs fort difficile d'être admis chez elle. Aussi la meilleure société se trouve-t-elle dans ses salons ! » Puis, le Flâneur commente ce dernier mot par une prise de tabac saisie gravement ; il se garnit le nez à petits coups, et semble vous dire : « Je vais dans cette maison, mais ne comptez pas sur moi pour vous y présenter. »

Madame Firmiani tient pour les Flâneurs une espèce d'auberge sans enseigne.

— Que veux-tu donc aller faire chez madame Firmiani ? Mais l'on s'y ennuie autant qu'à la cour. A quoi sert d'avoir de l'esprit, si ce n'est à éviter des salons où, par la poésie qui court, on lit la plus petite ballade fraîchement éclose ?

Vous avez questionné l'un de vos amis classé parmi les Personnels, gens qui voudraient tenir l'univers sous clef et n'y rien laisser faire sans leur permission. Ils sont malheureux de tout le bonheur des autres, ne pardonnent qu'aux vices, aux chutes, aux infirmités, et ne veulent que des protégés. Aristocrates par inclination, ils se font républicains par dépit, uniquement pour trouver beaucoup d'inférieurs parmi leurs égaux.

— Oh ! madame Firmiani, mon cher, est une de ces femmes adorables qui servent d'excuse à la nature pour toutes les laides qu'elle a créées par erreur ; elle est ravissante ! elle est bonne ! Je ne voudrais être au pouvoir, devenir roi, posséder des millions, que pour (*ici trois mots dits à l'oreille*). Veux-tu que je t'y présente ?...

Ce jeune homme est du genre Lycéen connu pour sa grande hardiesse entre hommes et sa grande timidité à huis clos.

— Madame Firmiani ? s'écrie un autre en faisant tourner sa canne sur elle-même, je vais te dire ce que j'en pense : c'est une femme entre trente et trente-cinq ans, figure passée, beaux yeux, taille plate, voix de contralto usée, beaucoup de toilette, un peu de rouge, charmantes manières ; enfin, mon cher, les restes d'une jolie femme qui néanmoins valent encore la peine d'une passion.

Cette sentence est due à un sujet du genre Fat qui vient de déjeuner, ne pèse plus ses paroles et va monter à cheval. En ces moments, les Fats sont impitoyables.

— Il y a chez elle une galerie de tableaux magnifiques, allez la voir ! vous répond un autre. Rien n'est si beau !

Vous vous êtes adressé au genre Amateur. L'individu vous quitte pour aller chez Pérignon ou chez Tripet. Pour lui, madame Firmiani est une collection de toiles peintes.

Une femme. — Madame Firmiani ? Je ne veux pas que vous alliez chez elle.

Cette phrase est la plus riche des traductions. Madame Firmiani ! femme dangereuse ! une sirène ! Elle se met bien, elle a du goût, elle cause des insomnies à toutes les femmes. L'interlocutrice appartient au genre des Tracassiers.

Un attaché d'ambassade. — Madame Firmiani ! N'est-elle pas d'Anvers ? J'ai vu cette femme-là bien belle il y a dix ans. Elle était alors à Rome. Les sujets appartenant à la classe des Attachés ont la manie de dire des mots à la Talleyrand, leur esprit est souvent si fin que leurs aperçus sont imperceptibles ; ils ressemblent à ces joueurs de billard qui évitent les billes avec une adresse infinie. Ces individus sont généralement peu parleurs ; mais quand ils parlent, ils ne s'occupent que de l'Espagne, de Vienne, de l'Italie ou de Pétersbourg. Les noms de pays sont chez eux comme des ressorts ; pressez-les, la sonnerie vous dira tous ses airs.

— Cette madame Firmiani ne voit-elle pas beaucoup le faubourg Saint-Germain ? Ceci est dit par une personne qui veut appartenir au genre Distingué. Elle donne le *de* à tout le monde, à monsieur Dupin l'aîné, à monsieur Lafayette ; elle le jette à tort et à travers, elle en déshonore les gens. Elle passe sa vie à s'inquiéter de ce qui est *bien ;* mais, pour son supplice, elle demeure au Marais, et son mari a été avoué, mais avoué à la Cour royale.

— Madame Firmiani, monsieur ? Je ne la connais pas. Cet homme appartient au genre des Ducs. Il n'avoue que les femmes présentées. Excusez-le, il a été fait duc par Napoléon.

— Madame Firmiani ? N'est-ce pas une ancienne actrice des Italiens ? Homme du genre Niais. Les individus de cette classe veulent avoir réponse à tout. Ils calomnient plutôt que de se taire.

Deux vieilles dames (*femmes d'anciens magistrats*). La première. (Elle a un bonnet à coques, sa figure est ridée, son nez est pointu, elle tient un paroissien, voix dure.) — Qu'est-elle en son nom, cette madame Firmiani ? La seconde. (Petite figure rouge ressemblant à une vieille pomme d'api, voix douce.) — Une Cadignan, ma chère, nièce du vieux prince de Cadignan et cousine par conséquent du duc de Maufrigneuse.

Madame Firmiani est une Cadignan. Elle n'aurait ni vertus, ni fortune, ni jeunesse, ce serait toujours une Cadignan. Une Cadignan, c'est comme un préjugé, toujours riche et vivant.

Un original. — Mon cher, je n'ai jamais vu de

socques[4] dans son antichambre, tu peux aller chez elle sans te compromettre et y jouer sans crainte, parce que, s'il y a des fripons, ils sont gens de qualité; partant, on ne s'y querelle pas.

VIEILLARD APPARTENANT AU GENRE DES OBSERVATEURS. — Vous irez chez madame Firmiani, vous trouverez, mon cher, une belle femme nonchalamment assise au coin de sa cheminée. A peine se lèvera-t-elle de son fauteuil, elle ne le quitte que pour les femmes ou les ambassadeurs, les ducs, les gens considérables. Elle est fort gracieuse, elle charme, elle cause bien et veut causer de tout. Il y a chez elle tous les indices de la passion, mais on lui donne trop d'adorateurs pour qu'elle ait un favori. Si les soupçons ne planaient que sur deux ou trois de ses intimes, nous saurions quel est son cavalier servant; mais c'est une femme tout mystère : elle est mariée, et jamais nous n'avons vu son mari; monsieur Firmiani est un personnage tout à fait fantastique; il ressemble à ce troisième cheval que l'on paie toujours en courant la poste et qu'on n'aperçoit jamais[5]; madame, à entendre les artistes, est le premier contralto d'Europe et n'a pas chanté trois fois depuis qu'elle est à Paris; elle reçoit beaucoup de monde et ne va chez personne.

L'Observateur parle en prophète. Il faut accepter ses paroles, ses anecdotes, ses citations comme des vérités, sous peine de passer pour un homme sans instruction, sans moyens. Il vous calomniera gaiement dans vingt salons où il est essentiel comme une première pièce sur l'affiche, ces pièces si souvent jouées pour les banquettes et qui ont eu du succès autrefois. L'Observateur a quarante ans, ne dîne jamais chez lui, se dit peu dangereux près des femmes; il est poudré, porte un habit marron, a toujours une place dans plusieurs loges aux Bouffons ; il est quelquefois confondu parmi les Parasites, mais il a rempli de trop hautes fonctions pour être soupçonné d'être un pique-assiette et possède d'ailleurs une terre dans un département dont le nom ne lui est jamais échappé.

— Madame Firmiani ? Mais, mon cher, c'est une ancienne maîtresse de Murat ! Celui-ci est dans la classe des Contradicteurs. Ces sortes de gens font les *errata* de tous les mémoires, rectifient tous les faits, parient toujours cent contre un, sont sûrs de tout. Vous les surprenez dans la même soirée en flagrant délit d'ubiquité : ils disent avoir été arrêtés à Paris lors de la conspiration Mallet, en oubliant qu'ils venaient, une demi-heure auparavant, de passer la Bérésina. Presque tous les Contradicteurs sont chevaliers de la Légion d'honneur, parlent très haut, ont un front fuyant et jouent gros jeu.

— Madame Firmiani, cent mille livres de rente ?... êtes-vous fou ! Vraiment, il y a des gens qui vous donnent des cent mille livres de rente avec la libéralité des auteurs auxquels cela ne coûte rien quand ils dotent leurs héroïnes. Mais madame Firmiani est une coquette qui dernièrement a ruiné un jeune homme et l'a empêché de faire un très beau mariage. Si elle n'était pas belle, elle serait sans un sou.

Oh ! celui-ci, vous le reconnaissez, il est du genre des Envieux, et nous n'en dessinerons pas le moindre trait. L'espèce est aussi connue que peut l'être celle des *felis* domestiques. Comment expliquer la perpétuité de l'Envie ? Un vice qui ne rapporte rien !

Les *gens* du monde, les *gens* de lettres, les honnêtes *gens*, et les *gens* de tout genre répandaient, au mois de janvier 1824[6], tant d'opinions différentes sur madame Firmiani qu'il serait fastidieux de les consigner toutes ici. Nous avons seulement voulu constater qu'un homme intéressé à la connaître, sans vouloir ou pouvoir aller chez elle, aurait eu raison de la croire également veuve ou mariée, sotte ou spirituelle, vertueuse ou sans mœurs, riche ou pauvre, sensible ou sans âme, belle ou laide ; il y avait enfin autant de madames Firmiani que de classes dans la société, que de sectes dans le catholicisme. Effrayante pensée ! Nous sommes tous comme des planches lithographiques dont une infinité de copies se tire par la médisance. Ces épreuves ressemblent au modèle ou en diffèrent par des nuances tellement imperceptibles que la réputation dépend, sauf les calomnies de nos amis et les bons mots d'un journal, de la balance faite par chacun entre le Vrai qui va boitant et le Mensonge à qui l'esprit parisien donne des ailes.

Madame Firmiani, semblable à beaucoup de femmes pleines de noblesse et de fierté qui se font de leur cœur un sanctuaire et dédaignent le monde, aurait pu être très mal jugée par monsieur de Bourbonne, vieux propriétaire occupé d'elle pendant l'hiver de cette année. Par hasard ce propriétaire appartenait à la classe des Planteurs de province, gens habitués à se rendre compte de tout et à faire des marchés avec les paysans. A ce métier, un homme devient perspicace malgré lui, comme un soldat contracte à la longue un courage de routine. Ce curieux, venu de Touraine, et que les idiomes parisiens ne satisfaisaient guère, était un gentilhomme très honorable qui jouissait, pour seul et unique héritier, d'un neveu pour lequel il plantait ses peupliers. Cette amitié ultra-naturelle motivait bien des médisances, que les sujets appartenant aux diverses espèces du Tourangeau formulaient très spirituellement ; mais il est inutile de les rapporter, elles pâliraient auprès des médisances parisiennes. Quand un homme peut penser sans déplaisir à son héritier en voyant tous les jours de belles rangées de peupliers s'embellir, l'affection s'accroît de chaque coup de bêche qu'il donne au pied de ses arbres. Quoique ce phénomène de sensibilité soit peu commun, il se rencontre encore en Touraine.

Ce neveu chéri, qui se nommait Octave de Camps, descendait du fameux abbé de Camps[7], si connu des bibliophiles ou des savants, ce qui n'est pas la même chose. Les gens de province ont la mauvaise habitude de frapper d'une espèce de réprobation décente les jeunes gens qui vendent leurs héritages. Ce gothique préjugé nuit à l'agiotage que jusqu'à présent le gouvernement encourage par nécessité. Sans consulter son oncle, Octave avait à l'improviste disposé d'une terre en faveur de la bande noire[8]. Le château de Villaines eût été démoli sans les propositions que le vieil oncle avait faites aux représentants de la compagnie du Marteau. Pour augmenter la colère du testateur, un ami d'Octave, parent éloigné, un de ces cousins à petite fortune et à grande habileté qui font dire d'eux par les gens prudents de leur province : « Je ne voudrais pas avoir de procès avec lui ! » était venu par hasard chez monsieur de Bourbonne et lui avait appris la ruine de son neveu. Monsieur Octave de Camps, après avoir dissipé sa fortune pour une certaine madame Firmiani, était réduit à se faire répétiteur de mathématiques, en attendant l'héritage de son oncle, auquel il n'osait venir avouer ses fautes. Cet arrière-cousin, espèce de Charles Moor[9], n'avait pas eu honte de donner ces fatales nouvelles au vieux campagnard au moment où il digérait, devant son large foyer, un copieux dîner de province. Mais les héritiers ne viennent pas à bout d'un oncle aussi facilement qu'ils le voudraient. Grâce à son entêtement, celui-ci, qui refusait de croire en l'arrière-cousin, sortit vainqueur de l'indigestion causée par la biographie de son neveu. Certains coups portent sur le cœur, d'autres sur la tête ; le coup porté par l'arrière-cousin tomba sur les entrailles et produisit peu d'effet, parce que le bonhomme avait un excellent estomac. En vrai disciple de saint Thomas, monsieur de Bourbonne vint à Paris à l'insu d'Octave, et voulut prendre des renseignements sur la déconfiture de son héritier. Le vieux gentilhomme, qui avait des relations dans le faubourg Saint-Germain par les Listomère, les Lenoncourt et les Vandenesse, entendit tant de médisances, de vérités, de faussetés sur madame Firmiani qu'il résolut de se faire présenter chez elle sous le nom de monsieur de Rouxellay, nom de sa terre. Le prudent vieillard avait eu soin de choisir, pour venir étudier la prétendue maîtresse d'Octave, une soirée pendant laquelle il le savait occupé d'achever un travail chèrement payé ; car l'ami de madame Firmiani était toujours reçu chez elle, circonstance que personne ne pouvait expliquer. Quant à la ruine d'Octave, ce n'était malheureusement pas une fable.

Monsieur de Rouxellay ne ressemblait point à un oncle du Gymnase. Ancien mousquetaire, homme de haute compagnie qui avait eu jadis des bonnes fortunes, il savait se présenter courtoisement, se souvenait des manières polies d'autrefois, disait des mots gracieux et comprenait presque toute la Charte. Quoiqu'il aimât les Bourbons avec une noble franchise, qu'il crût en Dieu comme y croient les gentilshommes et qu'il ne lût que *la Quotidienne,* il n'était pas aussi ridicule que les libéraux de son département le souhaitaient. Il pouvait tenir sa place près des gens de cour, pourvu qu'on ne lui parlât point de Mosè [10], ni de drame, ni de romantisme, ni de couleur locale, ni de chemins de fer. Il en était resté à monsieur de Voltaire, à monsieur le comte de Buffon, à Peyronnet et au chevalier Gluck, le musicien du coin de la reine.

— Madame, dit-il à la marquise de Listomère à laquelle il donnait le bras en entrant chez madame Firmiani, si cette femme est la maîtresse de mon neveu, je le plains. Comment peut-elle vivre au sein du luxe en le sachant dans un grenier ? Elle n'a donc pas d'âme ? Octave est un fou d'avoir placé le prix de la terre de Villaines dans le cœur d'une...

Monsieur de Bourbonne appartenait au genre Fossile, et ne connaissait que le langage du vieux temps.

— Mais s'il l'avait perdue au jeu ?

— Eh ! madame, au moins il aurait eu le plaisir de jouer.

— Vous croyez donc qu'il n'a pas eu de plaisir ? Tenez, voyez madame Firmiani.

Les plus beaux souvenirs du vieil oncle pâlirent à l'aspect de la prétendue maîtresse de son neveu. Sa colère expira dans une phrase gracieuse qui lui fut arrachée à l'aspect de madame Firmiani. Par un de ces hasards qui n'arrivent qu'aux jolies femmes, elle était dans un moment où toutes ses beautés brillaient d'un éclat particulier, dû peut-être à la lueur des bougies, à une toilette admirablement simple, à je ne sais quel reflet de l'élégance au sein de laquelle elle vivait. Il faut avoir étudié les petites révolutions d'une soirée dans un salon de Paris pour apprécier les nuances imperceptibles qui peuvent colorer un visage de femme et le changer. Il est un moment où, contente de sa parure, où se trouvant spirituelle, heureuse d'être admirée en se voyant la reine d'un salon plein d'hommes remarquables qui lui sourient, une Parisienne a la conscience de sa beauté, de sa grâce ; elle s'embellit alors de tous les regards qu'elle recueille et qui l'animent, mais dont les muets hommages sont reportés par de fins regards au bien-aimé. En ce moment, une femme est comme investie d'un pouvoir surnaturel et devient magicienne ; coquette à son insu, elle inspire involontairement l'amour qui l'enivre en secret, elle a des sourires et des regards qui fascinent. Si cet état, venu de l'âme, donne de l'attrait même aux laides, de quelle splendeur ne revêt-il pas une femme nativement élégante, aux formes distinguées, blanche, fraîche, aux yeux vifs, et surtout mise avec un goût avoué des artistes et de ses plus cruelles rivales !

Avez-vous, pour votre bonheur, rencontré quelque personne dont la voix harmonieuse imprime à la parole un charme également répandu dans ses manières, qui sait et parler et se taire, qui s'occupe de vous avec délicatesse, dont les mots sont heureusement choisis, ou dont le langage est pur ? Sa raillerie caresse et sa critique ne blesse point ; elle ne disserte pas plus qu'elle ne dispute, mais elle se plaît à conduire une discussion, et l'arrête à propos. Son air est affable et riant, sa politesse n'a rien de forcé, son empressement n'est pas servile ; elle réduit le respect à n'être plus qu'une ombre douce ; elle ne vous fatigue jamais, et vous laisse satisfait d'elle et de vous. Sa bonne grâce, vous la retrouvez empreinte dans les choses desquelles elle s'environne. Chez elle, tout flatte la vue, et vous y respirez comme l'air d'une patrie. Cette femme est naturelle. En elle, jamais d'effort, elle n'affiche rien, ses sentiments sont simplement rendus, parce qu'ils sont vrais. Franche, elle sait n'offenser aucun amour-propre ; elle accepte les hommes comme Dieu les a faits, plaignant les gens vicieux, pardonnant aux défauts et aux ridicules, concevant tous les âges, et ne s'irritant de rien, parce qu'elle a le tact de tout prévoir. A la fois tendre et gaie, elle oblige avant de consoler. Vous l'aimez tant, que si cet ange fait une faute, vous vous sentez prêt à la justifier. Vous connaissez alors madame Firmiani.

Lorsque le vieux Bourbonne eut causé pendant un quart d'heure avec cette femme, assis près d'elle, son neveu fut absous. Il comprit que, fausses ou vraies, les liaisons d'Octave et de madame Firmiani cachaient sans doute quelque mystère. Revenant aux illusions qui dorent les premiers jours de notre jeunesse, et jugeant du cœur de madame Firmiani par sa beauté, le vieux gentilhomme pensa qu'une femme aussi pénétrée de sa dignité qu'elle paraissait l'être était incapable d'une mauvaise action. Ses yeux noirs annonçaient tant de calme intérieur, les lignes de son visage étaient si nobles, les contours si purs, et la passion dont on l'accusait semblait lui peser si peu sur le cœur, que le vieillard se dit en admirant toutes les promesses faites à l'amour et à la vertu par cette adorable physionomie : « Mon neveu aura commis quelque sottise. »

Madame Firmiani avouait vingt-cinq ans. Mais les Positifs prouvaient que, mariée en 1813, à l'âge de seize ans, elle devait avoir au moins vingt-huit ans en 1825[11]. Néanmoins, les mêmes gens assuraient aussi qu'à aucune époque de sa vie elle n'avait été si désirable, ni si complètement femme. Elle était sans enfants, et n'en avait point eu ; le problématique Firmiani, quadragénaire très respectable en 1813, n'avait pu, disait-on, lui offrir que son nom et sa fortune. Madame Firmiani atteignait donc à l'âge où la Parisienne conçoit le mieux une passion et la désire peut-être innocemment à ses heures perdues, elle avait acquis tout ce que le monde vend, tout ce qu'il prête, tout ce qu'il donne ; les Attachés d'ambassade prétendaient qu'elle n'ignorait rien, les Contradicteurs prétendaient qu'elle pouvait encore apprendre beaucoup de choses, les Observateurs lui trouvaient les mains bien blanches, le pied bien mignon, les mouvements un peu trop onduleux ; mais les individus de tous les Genres enviaient ou contestaient le bonheur d'Octave en convenant qu'elle était la femme la plus aristocratiquement belle de tout Paris. Jeune encore, riche, musicienne parfaite, spirituelle, délicate, reçue, en souvenir des Cadignan auxquels elle appartient par sa mère, chez madame la princesse de Blamont-Chauvry, l'oracle du noble faubourg, aimée de ses rivales la duchesse de Maufrigneuse sa cousine, la marquise d'Espard, et madame de Macumer, elle flattait toutes les vanités qui alimentent ou qui excitent l'amour. Aussi était-elle désirée par trop de gens pour n'être pas victime de l'élégante médisance parisienne et des ravissantes calomnies qui se débitent si spirituellement sous l'éventail ou dans les *à parte.* Les observations par lesquelles cette histoire commence étaient donc nécessaires pour opposer la vraie Firmiani à la Firmiani du monde. Si quelques femmes lui pardonnaient son bonheur, d'autres ne lui faisaient pas grâce de sa décence ; or, rien n'est terrible, surtout à Paris, comme des soupçons sans fondement : il est impossible de les détruire. Cette esquisse d'une figure admirable de naturel n'en donnera jamais qu'une faible idée ; il faudrait le pinceau de Ingres pour rendre la fierté du front, la profusion des cheveux, la majesté du regard, toutes les pensées que trahissaient les couleurs particulières du teint. Il y avait tout dans cette femme : les poètes pouvaient y voir à la fois Jeanne d'Arc ou Agnès Sorel ; mais il s'y trouvait aussi la femme inconnue, l'âme cachée sous cette enveloppe décevante, l'âme d'Ève, les richesses du mal et les trésors du bien, la faute et la résignation, le crime et le dévouement, Dona Julia et Haïdée du *Don Juan* de lord Byron.

L'ancien mousquetaire demeura fort impertinemment le dernier dans le salon de madame Firmiani, qui le trouva tranquillement assis dans un fauteuil, et restant devant elle avec l'importunité d'une mouche qu'il faut tuer pour s'en débarrasser. La pendule marquait deux heures après minuit.

— Madame, dit le vieux gentilhomme au moment où madame Firmiani se leva en espérant faire comprendre à son hôte que son bon plaisir était qu'il partît, madame, je suis l'oncle de monsieur Octave de Camps.

Madame Firmiani s'assit promptement et laissa voir son émotion. Malgré sa perspicacité, le planteur de peupliers ne devina pas si elle pâlissait et rougissait de honte ou de plaisir. Il est des plaisirs qui ne vont pas sans un peu de pudeur effarouchée, délicieuses émotions que le cœur le plus chaste voudrait toujours voiler. Plus une femme est délicate, plus elle veut cacher les joies de son âme. Beaucoup de femmes, inconcevables dans leurs divins caprices, souhaitent souvent entendre prononcer par tout le monde un nom que parfois elles désireraient ensevelir dans leur cœur. Le vieux Bourbonne n'interpréta pas tout à fait ainsi le trouble de madame Firmiani ; mais pardonnez-lui, le campagnard était défiant.

— Eh ! bien, monsieur ? lui dit madame Firmiani en lui jetant un de ces regards lucides et clairs où nous autres hommes nous ne pouvons jamais rien voir parce qu'ils nous interrogent un peu trop.

— Eh ! bien, madame, reprit le gentilhomme, savez-vous ce qu'on est venu me dire, à moi, au fond de ma province ? Mon neveu se serait ruiné pour vous, et le malheureux est dans un grenier tandis que vous vivez ici dans l'or et la soie. Vous me pardonnerez ma rustique franchise, car il est peut-être très utile que vous soyez instruite des calomnies...

— Arrêtez, monsieur, dit madame Firmiani en interrompant le gentilhomme par un geste impératif, je sais tout cela. Vous êtes trop poli pour laisser la conversation sur ce sujet lorsque je vous aurai prié de le quitter. Vous êtes trop galant (dans l'ancienne acception du mot, ajouta-t-elle en donnant un léger accent d'ironie à ses paroles) pour ne pas reconnaître que vous n'avez aucun droit à me questionner. Enfin, il est ridicule à moi de me justifier. J'espère que vous aurez une assez bonne opinion de mon caractère pour croire au profond mépris que l'argent m'inspire, quoique j'aie été mariée sans aucune espèce de fortune à un homme qui avait une immense fortune. J'ignore si monsieur votre neveu est riche ou pauvre, si je l'ai reçu, si je le reçois, je le regarde comme digne d'être au milieu de mes amis. Tous mes amis, monsieur, ont du respect les uns pour les autres : ils savent que je n'ai pas la philosophie de voir les gens quand je ne les estime point ; peut-être est-ce manquer de charité ; mais mon ange gardien m'a maintenue jusqu'aujourd'hui dans une aversion profonde et des caquets et de l'improbité.

Quoique le timbre de la voix fût légèrement altéré pendant les premières phrases de cette réplique, les derniers mots en furent dits par madame Firmiani avec l'aplomb de Célimène raillant le Misanthrope.

— Madame, reprit le comte d'une voix émue, je suis

un vieillard, je suis presque le père d'Octave, je vous demande donc, par avance, le plus humble des pardons pour la seule question que je vais avoir la hardiesse de vous adresser, et je vous donne ma parole de loyal gentilhomme que votre réponse mourra là, dit-il en mettant la main sur son cœur avec un mouvement véritablement religieux. La médisance a-t-elle raison, aimez-vous Octave ?

— Monsieur, dit-elle, à tout autre je ne répondrais que par un regard ; mais à vous, et parce que vous êtes presque le père de monsieur de Camps, je vous demanderai ce que vous penseriez d'une femme si, à votre question, elle disait : *oui.* Avouer son amour à celui que nous aimons, quand il nous aime... là... bien ; quand nous sommes certaines d'être toujours aimées, croyez-moi, monsieur, c'est pour nous un effort, et une récompense pour lui ; mais à un autre !...

Madame Firmiani n'acheva pas, elle se leva, salua le bonhomme et disparut dans ses appartements, dont toutes les portes successivement ouvertes et fermées eurent un langage pour les oreilles du planteur de peupliers.

— Ah ! peste, se dit le vieillard, quelle femme ! c'est ou une rusée commère ou un ange. Et il gagna sa voiture de remise, dont les chevaux donnaient de temps en temps des coups de pied au pavé de la cour silencieuse. Le cocher dormait, après avoir cent fois maudit sa pratique.

Le lendemain matin, vers huit heures, le vieux gentilhomme montait l'escalier d'une maison située rue de l'Observance [12] où demeurait Octave de Camps. S'il y eut au monde un homme étonné, ce fut certes le jeune professeur en voyant son oncle : la clef était sur la porte, la lampe d'Octave brûlait encore, il avait passé la nuit.

— Monsieur le drôle, dit monsieur de Bourbonne en s'asseyant sur un fauteuil, depuis quand se rit-on (style chaste) des oncles qui ont vingt-six mille livres de rentes en bonnes terres de Touraine, lorsqu'on est leur seul héritier ? Savez-vous que jadis nous respections ces parents-là ? Voyons, as-tu quelques reproches à m'adresser ? Ai-je mal fait mon métier d'oncle, t'ai-je demandé du respect, t'ai-je refusé de l'argent, t'ai-je fermé la porte au nez en prétendant que tu venais voir comment je me portais ; n'as-tu pas l'oncle le plus commode, le moins assujettissant qu'il y ait en France ? je ne dis pas en Europe, ce serait trop prétentieux. Tu m'écris ou tu ne m'écris pas, je vis sur l'affection jurée, et t'arrange la plus jolie terre du pays, un bien qui fait l'envie de tout le département ; mais je ne veux te la laisser néanmoins que le plus tard possible. Cette velléité n'est-elle pas excessivement excusable ? Et monsieur vend son bien, se loge comme un laquais, et n'a plus ni gens ni train...

— Mon oncle...

— Il ne s'agit pas de l'oncle, mais du neveu. J'ai droit à ta confiance : ainsi confesse-toi promptement, c'est plus facile, je sais cela par expérience. As-tu joué, as-tu perdu à la Bourse ? Allons, dis-moi : « Mon oncle, je suis un misérable ! » et je t'embrasse. Mais si tu me fais un mensonge plus gros que ceux que j'ai faits à ton âge, je vends mon bien, je le mets en viager, et reprendrai mes mauvaises habitudes de jeunesse, si c'est encore possible.

— Mon oncle...

— J'ai vu hier ta madame Firmiani, dit l'oncle en baisant le bout de ses doigts qu'il ramassa en faisceau.

Elle est charmante, ajouta-t-il. Tu as l'approbation et le privilège du roi, et l'agrément de ton oncle, si cela peut te faire plaisir. Quant à la sanction de l'Église, elle est inutile, je crois, les sacrements sont sans doute trop chers ! Allons, parle, est-ce pour elle que tu t'es ruiné ?

— Oui, mon oncle.

— Ah ! la coquine, je l'aurais parié. De mon temps, les femmes de la cour étaient plus habiles à ruiner un homme que ne peuvent l'être vos courtisanes d'aujourd'hui. J'ai reconnu, en elle, le siècle passé rajeuni.

— Mon oncle, reprit Octave d'un air tout à la fois triste et doux, vous vous méprenez : madame Firmiani mérite votre estime et toutes les adorations de ses admirateurs.

— La pauvre jeunesse sera donc toujours la même, dit monsieur de Bourbonne. Allons, va ton train, rabâche-moi de vieilles histoires. Cependant tu dois savoir que je ne suis pas d'hier dans la galanterie.

— Mon bon oncle, voici une lettre qui vous dira tout, répondit Octave en tirant un élégant portefeuille, donné sans doute par *elle ;* quand vous l'aurez lue, j'achèverai de vous instruire, et vous connaîtrez une madame Firmiani inconnue au monde.

— Je n'ai pas mes lunettes, dit l'oncle, lis-la-moi.

Octave commença ainsi : « Mon ami chéri... »

— Tu es donc bien lié avec cette femme-là ?

— Mais oui, mon oncle.

— Et vous n'êtes pas brouillés ?

— Brouillés !... répéta Octave tout étonné. Nous sommes mariés à Greatna-Green [13].

— Hé ! bien, reprit monsieur de Bourbonne, pourquoi dînes-tu donc à quarante sous ?

— Laissez-moi continuer.

— C'est juste, j'écoute.

Octave reprit la lettre, et n'en lut pas certains passages sans de profondes émotions.

« Mon époux aimé, tu m'as demandé raison de ma tristesse ; a-t-elle donc passé de mon âme sur mon visage, ou l'as-tu seulement devinée ? et pourquoi n'en serait-il pas ainsi ? Nous sommes si bien unis de cœur ! D'ailleurs, je ne sais pas mentir, et peut-être est-ce un malheur ? Une des conditions de la femme aimée est d'être toujours caressante et gaie. Peut-être devrais-je te tromper ; mais je ne le voudrais pas, quand même il s'agirait d'augmenter ou de conserver le bonheur que tu me donnes, que tu me prodigues, dont tu m'accables. Oh ! cher, combien de reconnaissance comporte mon amour ! Aussi veux-je t'aimer toujours, sans bornes. Oui, je veux toujours être fière de toi. Notre gloire, à nous, est toute dans celui que nous aimons. Estime, considération, honneur, tout n'est-il pas à celui qui a tout pris ? Eh ! bien, mon ange a failli. Oui, cher, ta dernière confidence a terni ma félicité passée. Depuis ce moment, je me trouve humiliée en toi ; en toi que je regardais comme le plus pur des hommes, comme tu en es le plus aimant et le plus tendre. Il faut avoir bien confiance en ton cœur, encore enfant, pour te faire un aveu qui me coûte horriblement. Comment, pauvre ange, ton père a dérobé sa fortune, tu le sais, et tu la gardes ! Et tu m'as conté ce haut fait de procureur dans une chambre pleine de muets témoins de notre amour, et tu es gentilhomme, et tu te crois noble, et tu me possèdes, et tu as vingt-deux ans ! Combien de monstruosités ! Je t'ai cherché des excuses, j'ai attribué ton insouciance à ta jeunesse étourdie. Je sais qu'il y a beaucoup de l'enfant en toi. Peut-être n'as-tu pas encore pensé bien sérieusement à ce qui est fortune et

probité. Oh ! combien ton rire m'a fait de mal ! Songe donc qu'il existe une famille ruinée, toujours en larmes, des jeunes personnes qui peut-être te maudissent tous les jours, un vieillard qui chaque soir se dit :
— Je ne serais pas sans pain si le père de monsieur de Camps n'avait pas été un malhonnête homme ! »

— Comment, s'écria monsieur de Bourbonne en interrompant, tu as eu la niaiserie de raconter à cette femme l'affaire de ton père avec les Bourgneuf ?... Les femmes s'entendent bien plus à manger une fortune qu'à la faire...

— Elles s'entendent en probité. Laissez-moi continuer, mon oncle.

« Octave, aucune puissance au monde n'a l'autorité de changer le langage de l'honneur. Retire-toi dans ta conscience, et demande-lui par quel mot nommer l'action à laquelle tu dois ton or. »

Et le neveu regarda l'oncle qui baissa la tête.

« Je ne te dirai pas toutes les pensées qui m'assiègent, elles peuvent se réduire toutes à une seule, et la voici : je ne puis pas estimer un homme qui se salit sciemment pour une somme d'argent quelle qu'elle soit. Cent sous volés au jeu, ou six mille francs dus à une tromperie légale, déshonorent également un homme. Je veux tout te dire : je me regarde comme entachée par un amour qui naguère faisait tout mon bonheur. Il s'élève au fond de mon âme une voix que ma tendresse ne peut pas étouffer. Ah ! j'ai pleuré d'avoir plus de conscience que d'amour. Tu pourrais commettre un crime, je te cacherais à la justice humaine dans mon sein, si je le pouvais ; mais mon dévouement n'irait que jusque-là. L'amour, mon ange, est, chez une femme, la confiance la plus illimitée, unie à je ne sais quel besoin de vénérer, d'adorer l'être auquel elle appartient. Je n'ai jamais conçu l'amour que comme un feu auquel s'épuraient encore les plus nobles sentiments, un feu qui les développait tous. Je n'ai plus qu'une seule chose à te dire : viens à moi pauvre, mon amour redoublera si cela se peut ; sinon, renonce à moi. Si je ne te vois plus, je sais ce qui me reste à faire. Maintenant, je ne veux pas, entends-moi bien, que tu restitues parce que je te le conseille. Consulte bien ta conscience. Il ne faut pas que cet acte de justice soit un sacrifice fait à l'amour. Je suis ta femme, et non ta maîtresse ; il s'agit moins de me plaire que de m'inspirer pour toi la plus profonde estime. Si je me trompe, si tu m'as mal expliqué l'action de ton père ; enfin, pour peu que tu croies ta fortune légitime (oh ! je voudrais me persuader que tu ne mérites aucun blâme !), décide en écoutant la voix de ta conscience, agis bien par toi-même. Un homme qui aime sincèrement, comme tu m'aimes, respecte trop tout ce que sa femme met en lui de sainteté pour être improbe. Je me reproche maintenant tout ce que je viens d'écrire. Un mot suffisait peut-être, et mon instinct de prêcheuse m'a emportée. Aussi voudrais-je être grondée, pas trop fort, mais un peu. Cher, entre nous deux, n'es-tu pas le pouvoir ? Tu dois seul apercevoir tes fautes. Eh ! bien, mon maître, direz-vous que je ne comprends rien aux discussions politiques ? »

— Eh ! bien, mon oncle, dit Octave dont les yeux étaient pleins de larmes.

— Mais je vois encore de l'écriture, achève donc.

— Oh ! maintenant, il n'y a plus que de ces choses qui ne doivent être lues que par un amant.

— Bien, dit le vieillard, bien, mon enfant. J'ai eu beaucoup de bonnes fortunes ; mais je te prie de croire que j'ai aussi aimé, *et ego in Arcadiâ* [14]. Seulement, je ne conçois pas pourquoi tu donnes des leçons de mathématiques.

— Mon cher oncle, je suis votre neveu ; n'est-ce pas vous dire, en deux mots, que j'avais bien un peu entamé le capital laissé par mon père ? Après avoir lu cette lettre, il s'est fait en moi toute une révolution, et j'ai payé en un moment l'arriéré de mes remords. Je ne pourrai jamais vous peindre l'état dans lequel j'étais. En conduisant mon cabriolet au bois, une voix me criait : « Ce cheval est-il à toi ? » En mangeant, je me disais : « N'est-ce pas un dîner volé ? » J'avais honte de moi-même. Plus jeune était ma probité, plus elle était ardente. D'abord j'ai couru chez madame Firmiani. O Dieu ! mon oncle, ce jour-là j'ai eu des plaisirs de cœur, des voluptés d'âme qui valaient des millions. J'ai fait avec elle le compte de ce que je devais à la famille Bourgneuf, et je me suis condamné moi-même à lui payer trois pour cent d'intérêt contre l'avis de madame Firmiani ; mais toute ma fortune ne pouvait suffire à solder la somme. Nous étions alors l'un et l'autre assez amants, assez époux, elle pour offrir, moi pour accepter ses économies...

— Comment, outre ses vertus, cette femme adorable fait des économies ? s'écria l'oncle.

— Ne vous moquez pas d'elle, mon oncle. Sa position l'oblige à bien des ménagements. Son mari partit en 1820 pour la Grèce, où il est mort depuis trois ans ; jusqu'à ce jour, il a été impossible d'avoir la preuve légale de sa mort, et de se procurer le testament qu'il a dû faire en faveur de sa femme, pièce importante qui a été prise, perdue ou égarée dans un pays où les actes de l'état civil ne sont pas tenus comme en France, et où il n'y a pas de consul. Ignorant si un jour elle ne sera pas forcée de compter avec des héritiers malveillants, elle est obligée d'avoir un ordre extrême, car elle veut pouvoir laisser son opulence comme Chateaubriand vient de quitter le ministère[15]. Or, je veux acquérir une fortune qui soit *mienne,* afin de rendre son opulence à ma femme, si elle était ruinée.

— Et tu ne m'as pas dit cela, et tu n'es pas venu à moi ?... Oh ! mon neveu, songe donc que je t'aime assez pour te payer de bonnes dettes, des dettes de gentilhomme. Je suis un oncle à dénouement, je me vengerai.

— Mon oncle, je connais vos vengeances, mais laissez-moi m'enrichir par ma propre industrie. Si vous voulez m'obliger, faites-moi seulement mille écus de pension jusqu'à ce que j'aie besoin de capitaux pour quelque entreprise. Tenez, en ce moment je suis tellement heureux, que ma seule affaire est de vivre. Je donne des leçons pour n'être à la charge de personne. Ah ! si vous saviez avec quel plaisir j'ai fait ma restitution ! Après quelques démarches, j'ai fini par trouver les Bourgneuf malheureux et privés de tout. Cette famille était à Saint-Germain dans une misérable maison. Le vieux père gérait un bureau de loterie, ses deux filles faisaient le ménage et tenaient les écritures. La mère était presque toujours malade. Les deux filles sont ravissantes, mais elles ont durement appris le peu de valeur que le monde accorde à la beauté sans fortune. Quel tableau ai-je été chercher là ! Si je suis entré le complice d'un crime, je suis sorti honnête homme, et j'ai lavé la mémoire de mon père. Oh ! mon oncle, je ne le juge point, il y a dans les procès un entraînement, une passion qui peuvent parfois abuser le plus honnête homme du monde. Les avocats savent légitimer les prétentions les plus absurdes, les lois ont des syllogismes complaisants aux erreurs de la conscience, et les juges ont le droit de se tromper. Mon aventure fut un vrai drame. Avoir été la Providence, avoir réalisé un de ces souhaits inutiles : « S'il nous tombait du ciel vingt mille livres de rente ! », ce vœu que nous formons tous en riant ; faire succéder à un regard plein d'imprécations un regard sublime de reconnaissance, d'étonnement, d'admiration ; jeter l'opulence au milieu d'une famille réunie le soir à la lueur d'une mauvaise lampe, devant un feu de tourbe... Non, la parole est au-dessous d'une telle scène. Mon extrême justice leur semblait injuste. Enfin, s'il y a un paradis, mon père doit y être heureux maintenant. Quant à moi, je suis aimé comme aucun homme ne l'a été. Madame Firmiani m'a donné plus que le bonheur, elle m'a doué d'une délicatesse qui me manquait peut-être. Aussi, la nommé-je *ma chère conscience,* un de ces mots d'amour qui répondent à certaines harmonies secrètes du cœur. La probité porte profit, j'ai l'espoir d'être bientôt riche par moi-même, je cherche en ce moment à résoudre un problème d'industrie, et si je réussis, je gagnerai des millions.

— Ô mon enfant, tu as l'âme de ta mère, dit le vieillard en retenant à peine les larmes qui humectaient ses yeux en pensant à sa sœur.

En ce moment, malgré la distance qu'il y avait entre le sol et l'appartement d'Octave de Camps, le jeune homme et son oncle entendirent le bruit fait par l'arrivée d'une voiture.

— C'est elle, dit-il, je reconnais ses chevaux à la manière dont ils arrêtent.

En effet, madame Firmiani ne tarda pas à se montrer.

— Ah ! dit-elle en faisant un mouvement de dépit à l'aspect de monsieur de Bourbonne. — Mais notre oncle n'est pas de trop, reprit-elle en laissant échapper un sourire. Je voulais m'agenouiller humblement devant mon époux en le suppliant d'accepter ma fortune. L'ambassade d'Autriche vient de m'envoyer un acte qui constate le décès de Firmiani. La pièce, dressée par les soins de l'internonce d'Autriche à Constantinople, est bien en règle, et le testament que gardait le valet de chambre pour me le rendre y est joint. Octave, vous pouvez tout accepter. — Va, tu es plus riche que moi, tu as là des trésors auxquels Dieu seul saurait ajouter, reprit-elle en frappant sur le cœur de son mari. Puis, ne pouvant soutenir son bonheur, elle se cacha la tête dans le sein d'Octave.

— Ma nièce, autrefois nous faisions l'amour, aujourd'hui vous aimez, dit l'oncle. Vous êtes tout ce qu'il y a de bon et de beau dans l'humanité ; car vous n'êtes jamais coupable de vos fautes, elles viennent toujours de nous [16].

Paris, février 1832 [17].

LES SECRETS
DE LA
PRINCESSE DE CADIGNAN

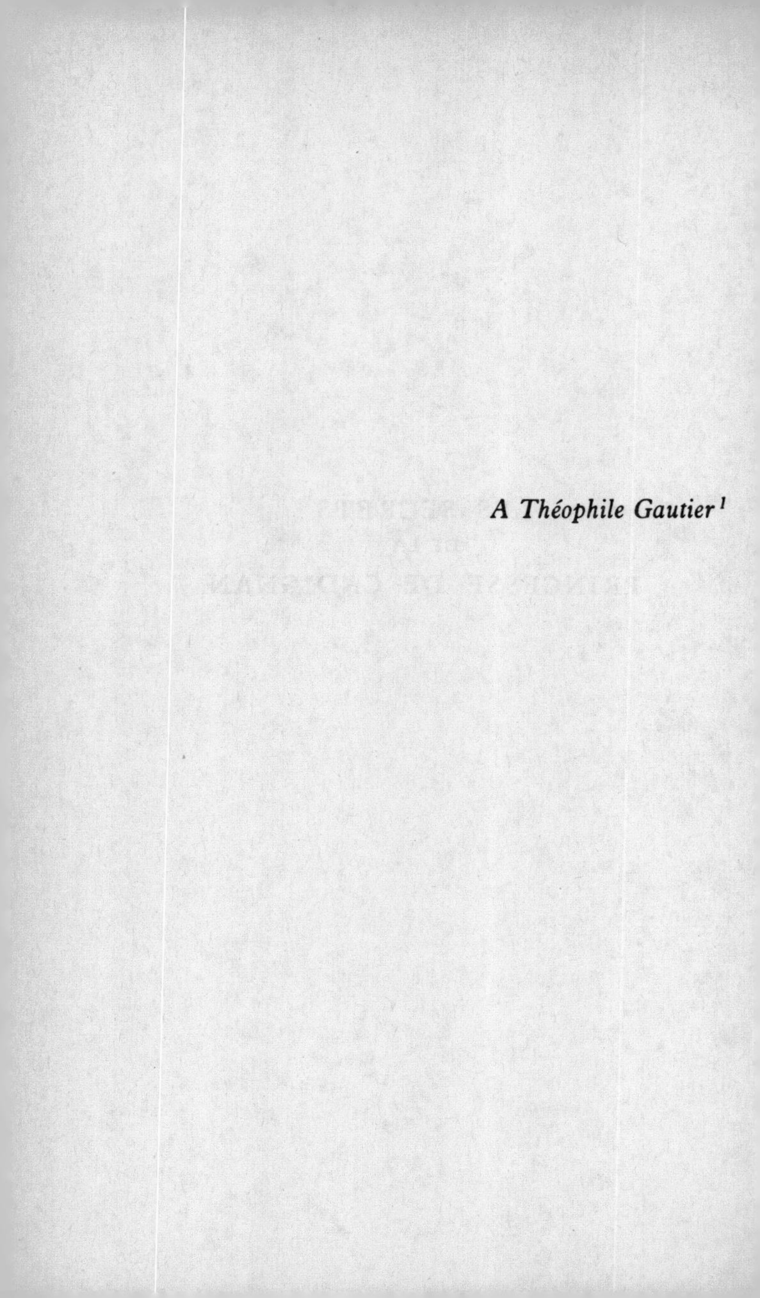

A Théophile Gautier[1]

Après les désastres de la Révolution de Juillet qui détruisit plusieurs fortunes aristocratiques soutenues par la Cour, madame la princesse de Cadignan eut l'habileté de mettre sur le compte des événements politiques la ruine complète due à ses prodigalités. Le prince avait quitté la France avec la famille royale en laissant la princesse à Paris, inviolable par le fait de son absence, car les dettes, à l'acquittement desquelles la vente des propriétés vendables ne pouvait suffire, ne pesaient que sur lui. Les revenus du majorat avaient été saisis. Enfin les affaires de cette grande famille se trouvaient en aussi mauvais état que celles de la branche aînée des Bourbons. Cette femme, si célèbre sous son premier nom de duchesse de Maufrigneuse, prit alors sagement le parti de vivre dans une profonde retraite, et voulut se faire oublier. Paris fut emporté par un courant d'événements si vertigineux, que bientôt la duchesse de Maufrigneuse, enterrée dans la princesse de Cadignan, mutation de nom inconnue à la plupart des nouveaux acteurs de la société mis en scène par la Révolution de Juillet, devint comme une étrangère[2].

En France, le titre de duc prime tous les autres, même celui de prince, quoique en thèse héraldique pure de tout sophisme, les titres ne signifient absolument rien, et qu'il y ait égalité parfaite entre les gentilshommes. Cette admirable égalité fut jadis soigneusement maintenue par la maison de France ; et, de nos jours, elle l'est encore, au moins nominalement, par le soin qu'ont les rois de donner de simples titres de comtes à leurs enfants. Ce fut en vertu de ce système que François 1er écrasa la splendeur des titres que se donnait le pompeux Charles Quint en lui signant une réponse : François, seigneur de Vanves. Louis XI avait fait mieux encore, en mariant sa fille à un gentilhomme sans titre, à Pierre de Beaujeu. Le système féodal fut si bien brisé par Louis XIV, que le titre de duc devint dans sa monarchie le suprême honneur de l'aristocratie, et le plus envié. Néanmoins il est deux ou trois familles en France où la principauté, richement possessionnée autrefois, est mise au-dessus du duché. La maison de Cadignan, qui possède le titre de duc de Maufrigneuse pour ses fils aînés, tandis que tous les autres se nomment simplement chevaliers de Cadignan, est une de ces familles exceptionnelles. Comme autrefois deux princes de la maison de Rohan, les princes de Cadignan avaient droit à un trône chez eux ; ils pouvaient avoir des pages, des gentilshommes à leur service. Cette explication est nécessaire, autant pour éviter les sottes critiques de ceux qui ne savent rien que pour constater les grandes choses d'un monde qui, dit-on, s'en va, et que tant de gens poussent sans le comprendre. Les Cadignan portent *d'or à cinq fusées de sable accolées et mises en fasce,* avec le mot MEMINI pour devise, et la couronne fermée, sans tenants ni lambrequins. Aujourd'hui la grande quantité d'étrangers qui affluent à Paris et une ignorance presque générale de la science héraldique commencent à mettre le titre de prince à la mode. Il n'y a de vrais princes que ceux qui sont possessionnés et auxquels appartient le titre d'Altesse. Le dédain de la noblesse française pour le titre de prince, et les raisons qu'avait Louis XIV de donner la suprématie au titre de duc, ont empêché la France de réclamer l'altesse pour les quelques princes qui existent en France, ceux de Napoléon exceptés. Telle est la raison pour laquelle les princes de Cadignan se trouvent dans une position inférieure, nominalement parlant, vis-à-vis des autres princes du continent.

Les personnes de la société dite du faubourg Saint-Germain protégeaient la princesse par une discrétion respectueuse due à son nom, lequel est de ceux qu'on honorera toujours, à ses malheurs que l'on ne discutait plus, et à sa beauté, la seule chose qu'elle eût conservée de son opulence éteinte. Le monde, dont elle fut l'ornement, lui savait gré d'avoir pris en quelque sorte le voile en se cloîtrant chez elle. Ce bon goût était pour elle, plus que pour toute autre femme, un immense sacrifice. Les grandes choses sont toujours si vivement senties en France, que la princesse regagna par sa retraite tout ce qu'elle avait pu perdre dans l'opinion publique au milieu de ses splendeurs. Elle ne voyait plus qu'une seule de ses anciennes amies, la marquise d'Espard ; encore n'allait-elle ni aux grandes réunions, ni aux fêtes. La princesse et la marquise se visitaient dans la première matinée [3], et comme en secret. Quand la princesse venait dîner chez son amie, la marquise fermait sa porte. Madame d'Espard fut admirable pour la princesse : elle changea de loge aux Italiens, et quitta les premières [4] pour une baignoire du rez-de-chaussée, en sorte que madame de Cadignan pouvait venir au théâtre sans être vue, et en partir incognito. Peu de femmes eussent été capables d'une délicatesse qui les eût privées du plaisir de traîner à leur suite une ancienne rivale tombée, de s'en dire la bienfaitrice. Dispensée ainsi de faire des toilettes ruineuses, la princesse allait en secret dans la voiture de la marquise, qu'elle n'eût pas acceptée publiquement. Personne n'a jamais su les raisons qu'eut madame d'Espard pour se conduire ainsi avec la princesse de Cadignan ; mais sa conduite fut sublime, et comporta pendant longtemps un monde de petites choses qui, vues une à une, semblent être des niaiseries, et qui, vues en masse, atteignent au gigantesque. En 1832, trois années avaient jeté leurs tas de neige sur les aventures de la duchesse de Maufrigneuse, et l'avaient si bien blanchie qu'il fallait de grands efforts de mémoire pour se rappeler les circonstances graves de sa vie antérieure. De cette reine adorée par tant de courtisans, et dont les légèretés pouvaient défrayer plusieurs romans, il restait une femme encore délicieusement belle, âgée de trente-six ans, mais autorisée à ne s'en donner que trente, quoiqu'elle fût mère du duc Georges de Maufrigneuse, jeune homme de dix-neuf ans, beau comme Antinoüs, pauvre comme Job, qui devait avoir les plus grands succès, et que sa mère voulait avant tout marier richement. Peut-être ce projet était-il le secret de l'intimité dans laquelle elle restait avec la marquise, dont le salon passe pour le premier de Paris, et où elle pouvait un jour choisir parmi les héritières une femme pour Georges. La princesse voyait encore cinq années entre le moment présent et l'époque du mariage de son fils ; des années désertes et solitaires, car pour faire réussir un bon mariage sa conduite devait être marquée au coin de la sagesse.

La princesse demeurait rue de Miromesnil, dans un petit hôtel, à un rez-de-chaussée d'un prix modique. Elle y avait tiré parti des restes de sa magnificence. Son élégance de grande dame y respirait encore. Elle y était entourée de belles choses qui annoncent une existence supérieure. On voyait à sa cheminée une magnifique miniature, le portrait de Charles X, par madame de Mirbel[5], sous lequel étaient gravés ces mots : *Donné par le Roi ;* et, en pendant, le portrait de MADAME[6], qui fut si particulièrement excellente pour elle. Sur une table, brillait un album du plus haut prix, qu'aucune des bourgeoises qui trônent actuellement dans notre société industrielle et tracassière n'oserait étaler. Cette audace peignait admirablement la femme. L'album contenait des portraits parmi lesquels se trouvait une trentaine d'amis intimes que le monde avait appelés ses amants. Ce nombre était une calomnie ; mais, relativement à une dizaine, peut-être était-ce, disait la marquise d'Espard, de la belle et bonne médisance. Les portraits de Maxime de Trailles, de de Marsay, de Rastignac, du marquis d'Esgrignon, du général Montriveau, des marquis de Ronquerolles et d'Ajuda-Pinto, du prince Galathionne, des jeunes ducs de Grandlieu, de Réthoré, du beau Lucien de Rubempré, du jeune vicomte de Sérisy avaient d'ailleurs été traités avec une grande coquetterie de pinceau par les artistes les plus célèbres. Comme la princesse ne recevait pas plus de deux ou trois personnes de cette collection, elle nommait plaisamment ce livre le recueil de ses erreurs. L'infortune avait rendu cette femme une bonne mère. Pendant les quinze années de la Restauration, elle s'était trop amusée pour penser à son fils ; mais en se réfugiant dans l'obscurité, cette illustre égoïste songea que le sentiment maternel poussé à l'extrême deviendrait pour sa vie passée une absolution confirmée par les gens sensibles, qui pardonnent tout à une excellente mère. Elle aima d'autant mieux son fils, qu'elle n'avait plus autre chose à aimer. Georges de Maufrigneuse est d'ailleurs un de ces enfants qui peuvent flatter toutes les vanités d'une mère ; aussi la princesse lui fit-elle toutes sortes de sacrifices : elle eut pour Georges une écurie et une remise au-dessus desquelles il habitait un petit entresol sur la rue, composé de trois pièces délicieusement meublées ; elle s'était imposé plusieurs privations pour lui conserver un cheval de selle, un cheval de cabriolet et un petit domestique. Elle n'avait plus que sa femme de chambre, et, pour cuisinière, une de ses anciennes filles de cuisine. Le tigre du duc avait alors un service un peu rude. Toby, l'ancien tigre de feu Beaudenord, car telle fut la plaisanterie du beau monde sur cet élégant ruiné, ce jeune tigre qui, à vingt-cinq ans, était toujours censé n'en avoir que quatorze, devait suffire à panser les chevaux, nettoyer le cabriolet ou le tilbury, suivre son maître, faire les appartements, et se trouver à l'antichambre de la princesse pour annoncer, si par hasard elle avait à recevoir la visite de quelque personnage. Quand on songe à ce que fut, sous la Restauration, la belle duchesse de Maufrigneuse, une des reines de Paris, une reine éclatante, dont la luxueuse existence en aurait remontré peut-être aux plus riches femmes à la mode de Londres, il y avait je ne sais quoi de touchant à la voir dans son humble coquille de la rue Miromesnil, à quelques pas de son immense hôtel qu'aucune fortune ne pouvait habiter, et que le marteau des spéculateurs a démoli. La femme à peine servie convenablement par trente domestiques, qui possédait les plus beaux appartements de réception de Paris, les plus jolis petits appartements, qui y donna de si belles fêtes, vivait dans un appartement de cinq pièces : une antichambre, une salle à manger, un salon, une chambre à coucher et un cabinet de toilette, avec deux femmes pour tout domestique.

— Ah ! elle est admirable pour son fils, disait cette fine commère de marquise d'Espard, et admirable sans emphase, elle est heureuse. On n'aurait jamais cru cette femme si légère capable de résolutions suivies avec autant de persistance ; aussi notre bon archevêque l'a-t-il encouragée, se montre-t-il parfait pour elle, et vient-il de décider la vieille comtesse de Cinq-Cygne à lui faire une visite.

Avouons-le d'ailleurs. Il faut être reine pour savoir abdiquer, et descendre noblement d'une position élevée qui n'est jamais entièrement perdue. Ceux-là seuls qui ont la conscience de n'être rien par eux-mêmes, manifestent des regrets en tombant, ou murmurent et reviennent sur un passé qui ne reviendra jamais, en devinant bien qu'on ne parvient pas deux fois. Forcée de se passer des fleurs rares au milieu desquelles elle avait l'habitude de vivre et qui rehaussaient si bien sa personne, car il était impossible de ne pas la comparer à une fleur, la princesse avait bien choisi son rez-de-chaussée : elle y jouissait d'un joli petit jardin, plein d'arbustes, et dont le gazon toujours vert égayait sa paisible retraite. Elle pouvait avoir environ douze mille livres de rente, encore ce revenu modique était-il composé d'un secours annuel donné par la vieille duchesse de Navarreins, tante paternelle du jeune duc, lequel devait être continué jusqu'au jour de son mariage, et d'un autre secours envoyé par la duchesse d'Uxelles, du fond de sa terre, où elle économisait comme savent économiser les vieilles duchesses, auprès desquelles Harpagon n'est qu'un écolier. Le prince vivait à l'étranger, constamment aux ordres de ses maîtres exilés, partageant leur mauvaise fortune, et les servant avec un dévouement sans calcul, le plus intelligent peut-être de tous ceux qui les entourent. La position du prince de Cadignan protégeait encore sa femme à Paris. Ce fut chez la princesse que le maréchal auquel nous devons la conquête de l'Afrique[7] eut, lors de la tentative de MADAME en Vendée, des conférences avec les principaux chefs de l'opinion légitimiste, tant était grande l'obscurité de la princesse, tant sa détresse excitait peu la défiance du gouvernement actuel ! En voyant venir la terrible faillite de l'amour, cet âge de quarante ans au-delà duquel il y a si peu de chose pour la femme, la princesse s'était jetée dans le royaume de la philosophie. Elle lisait, elle qui avait, durant seize ans, manifesté la plus grande horreur pour les choses graves. La littérature et la politique sont aujourd'hui ce qu'était autrefois la dévotion pour les femmes, le dernier asile de leurs prétentions. Dans les cercles élégants, on disait que Diane voulait écrire un livre. Depuis que, de jolie, de belle femme, la princesse était passée femme spirituelle en attendant qu'elle passât tout à fait, elle avait fait d'une réception chez elle un honneur suprême qui distinguait prodigieusement la personne favorisée. A l'abri de ces occupations, elle put tromper l'un de ses premiers amants, de Marsay, le plus influent personnage de la politique bourgeoise intronisée en juillet 1830 ; elle le reçut quelquefois le soir, tandis que le maréchal et plusieurs légitimistes s'entretenaient à voix basse, dans sa chambre à coucher, de la conquête du royaume, qui ne pouvait se faire sans le concours des idées, le seul élément de succès que les conspirateurs oubliassent. Ce fut une jolie vengeance de jolie femme, que de se jouer du premier ministre en le faisant servir de paravent à une conspiration contre son propre gouvernement. Cette aventure, digne des beaux jours de la Fronde, fut le texte de la plus spirituelle lettre du monde, où la princesse rendit compte des négociations à MADAME. Le duc de Maufrigneuse alla dans la Vendée, et put en revenir secrètement, sans s'être compromis, mais non sans avoir pris part aux périls de MADAME, qui, malheureusement, le renvoya lorsque tout parut être perdu. Peut-être la vigilance passionnée de ce jeune homme eût-elle déjoué la trahison. Quelque grands qu'aient été les torts de la duchesse de Maufrigneuse aux yeux du monde bourgeois, la conduite de son fils les a certes effacés aux yeux du monde aristocratique. Il y eut de la noblesse et de la grandeur à risquer ainsi le fils unique et l'héritier d'une maison historique. Il est certaines personnes, dites habiles, qui réparent les fautes de la vie privée par les services de la vie politique, et réciproquement; mais il n'y eut chez la princesse de Cadignan aucun calcul. Peut-être n'y en a-t-il pas davantage chez tous ceux qui se conduisent ainsi. Les événements sont pour la moitié dans ces contresens.

Dans un des premiers beaux jours du mois de mai 1833, la marquise d'Espard et la princesse tournaient, on ne pouvait dire se promenaient, dans l'unique allée qui entourait le gazon du jardin, vers deux heures de l'après-midi, par un des derniers éclairs du soleil. Les rayons réfléchis par les murs faisaient une chaude atmosphère dans ce petit espace qu'embaumaient des fleurs, présent de la marquise.

— Nous perdrons bientôt de Marsay, disait madame d'Espard à la princesse, et avec lui s'en ira votre dernier espoir de fortune pour le duc de Maufrigneuse ; car depuis que vous l'avez si bien joué, ce grand politique a repris de l'affection pour vous.

— Mon fils ne capitulera jamais avec la branche cadette, dit la princesse, dût-il mourir de faim, dussé-je travailler pour lui. Mais Berthe de Cinq-Cygne ne le hait pas.

— Les enfants, dit madame d'Espard, n'ont pas les mêmes engagements que leurs pères...

— Ne parlons point de ceci, dit la princesse. Ce sera bien assez, si je ne puis apprivoiser la marquise de Cinq-Cygne, de marier mon fils avec quelque fille de forgeron, comme a fait ce petit d'Esgrignon !

— L'avez-vous aimé ? dit la marquise.

— Non, répondit gravement la princesse. La naïveté de d'Esgrignon était une sorte de sottise départementale de laquelle je me suis aperçue un peu trop tard, ou trop tôt si vous voulez.

— Et de Marsay ?

— De Marsay a joué avec moi comme avec une poupée. J'étais si jeune ! Nous n'aimons jamais les hommes qui se font nos instituteurs, ils froissent trop nos petites vanités.

— Et ce petit misérable qui s'est pendu ?

— Lucien ? c'était un Antinoüs et un grand poète, je l'ai bien consciencieusement adoré, j'aurais pu devenir heureuse ; mais il aimait une fille, et je l'ai cédé à madame de Sérizy ; s'il avait voulu m'aimer, l'aurais-je cédé ?

— Quelle bizarrerie ! vous heurter contre une Esther !

— Elle était plus belle que moi, dit la princesse. Voici bientôt trois années que je passe dans une solitude entière, reprit-elle après une pause, eh ! bien, ce calme n'a rien eu de pénible. A vous seule, j'oserai dire qu'ici je me suis sentie heureuse. J'étais blasée d'adorations, fatiguée sans plaisir, émue à la superficie sans que l'émotion me traversât le cœur. J'ai trouvé tous les hommes que j'ai connus petits, mesquins, superficiels ; aucun d'eux ne m'a causé la plus légère surprise, ils étaient sans innocence, sans grandeur, sans délicatesse. J'aurais voulu rencontrer quelqu'un qui m'eût imposé.

— Seriez-vous donc comme moi, ma chère, demanda la marquise, n'auriez-vous jamais rencontré l'amour en essayant d'aimer ?

— Jamais, répondit la princesse en interrompant la marquise et lui posant la main sur le bras.

Toutes deux allèrent s'asseoir sur un banc de bois rustique, sous un massif de jasmin refleuri. Toutes deux avaient dit une de ces paroles solennelles pour des femmes arrivées à leur âge.

— Comme vous, reprit la princesse, peut-être ai-je été plus aimée que ne le sont les autres femmes ; mais à travers tant d'aventures, je le sens, je n'ai pas connu le bonheur. J'ai fait bien des folies, mais elles avaient un but, et le but se reculait à mesure que j'avançais ! Dans mon cœur vieilli, je sens une innocence qui n'a pas été entamée. Oui, sous tant d'expérience gît un premier amour qu'on pourrait abuser ; de même que, malgré tant de fatigues et de flétrissures, je me sens jeune et belle. Nous pouvons aimer sans être heureuses, nous pouvons être heureuses et ne pas aimer ; mais aimer et avoir du bonheur, réunir ces deux immenses jouissances humaines, est un prodige. Ce prodige ne s'est pas accompli pour moi.

— Ni pour moi, dit madame d'Espard.

— Je suis poursuivie dans ma retraite par un regret affreux : je me suis amusée, mais je n'ai pas aimé.

— Quel incroyable secret ! s'écria la marquise.

— Ah ! ma chère, répondit la princesse, ces secrets, nous ne pouvons les confier qu'à nous-mêmes : personne, à Paris, ne nous croirait.

— Et, reprit la marquise, si nous n'avions pas toutes deux passé trente-six ans, nous ne ferions peut-être pas cet aveu.

— Oui, quand nous sommes jeunes, nous avons de bien stupides fatuités ! dit la princesse. Nous ressemblons parfois à ces pauvres jeunes gens qui jouent avec un cure-dent pour faire croire qu'ils ont bien dîné.

— Enfin, nous voilà, répondit avec une grâce coquette madame d'Espard qui fit un charmant geste d'innocence instruite, et nous sommes, il me semble, encore assez vivantes pour prendre une revanche.

— Quand vous m'avez dit, l'autre jour, que Béatrix était partie avec Conti, j'y ai pensé pendant toute la nuit, reprit la princesse après une pause. Il faut être bien heureuse pour sacrifier ainsi sa position, son avenir, et renoncer à jamais au monde.

— C'est une petite sotte, dit gravement madame d'Espard. Mademoiselle des Touches a été enchantée d'être débarrassée de Conti. Béatrix n'a pas deviné combien cet abandon, fait par une femme supérieure, qui n'a pas un seul instant défendu son prétendu bonheur, accusait la nullité de Conti.

— Elle sera donc malheureuse ?

— Elle l'est déjà, reprit madame d'Espard. A quoi bon quitter son mari ? Chez une femme, n'est-ce pas un aveu d'impuissance ?

— Ainsi vous croyez que madame de Rochefide n'a pas été déterminée par le désir de jouir en paix d'un véritable amour, de cet amour dont les jouissances sont, pour nous deux, encore un rêve ?

— Non, elle a singé madame de Beauséant et madame de Langeais, qui, soit dit entre nous, dans un siècle moins vulgaire que le nôtre, eussent été, comme vous d'ailleurs, des figures aussi grandes que celles des La Vallière, des Montespan, des Diane de Poitiers, des duchesses d'Étampes et de Châteauroux.

— Oh ! moins le roi, ma chère. Ah ! je voudrais pouvoir évoquer ces femmes et leur demander si...

— Mais, dit la marquise en interrompant la princesse, il n'est pas nécessaire de faire parler les morts, nous connaissons des femmes vivantes qui sont heureuses. Voici plus de vingt fois que j'entame une conversation intime sur ces sortes de choses avec la comtesse de Montcornet, qui, depuis quinze ans, est la femme du monde la plus heureuse avec ce petit Émile Blondet : pas une infidélité, pas une pensée détournée ; ils sont aujourd'hui comme au premier jour ; mais nous avons toujours été dérangées, interrompues au moment le plus intéressant. Ces longs attachements, comme celui de Rastignac et de madame de Nucingen, de madame de Camps, votre cousine, pour son Octave, ont un secret, et ce secret nous l'ignorons, ma chère. Le monde nous fait l'extrême honneur de nous prendre pour des rouées dignes de la cour du Régent, et nous sommes innocentes comme deux petites pensionnaires.

— Je serais encore heureuse de cette innocence-là, s'écria railleusement la princesse ; mais la nôtre est pire, il y a de quoi être humiliée. Que voulez-vous ? nous offrirons cette mortification à Dieu en expiation de nos recherches infructueuses ; car, ma chère, il n'est pas probable que nous trouvions, dans l'arrière-saison, la belle fleur qui nous a manqué pendant le printemps et l'été.

— La question n'est pas là, reprit la marquise après

une pause pleine de méditations respectives. Nous sommes encore assez belles pour inspirer une passion ; mais nous ne convaincrons jamais personne de notre innocence ni de notre vertu.

— Si c'était un mensonge, il serait bientôt orné de commentaires, servi avec les jolies préparations qui le rendent croyable et dévoré comme un fruit délicieux ; mais faire croire à une vérité ! Ah ! les plus grands hommes y ont péri, ajouta la princesse avec un de ces fins sourires que le pinceau de Léonard de Vinci a seul pu rendre.

— Les niais aiment bien parfois, reprit la marquise.

— Mais, fit observer la princesse, pour ceci les niais eux-mêmes n'ont pas assez de crédulité.

— Vous avez raison, dit en riant la marquise. Mais ce n'est ni un sot, ni même un homme de talent que nous devrions chercher. Pour résoudre un pareil problème, il nous faut un homme de génie. Le génie seul a la foi de l'enfance, la religion de l'amour, et se laisse volontiers bander les yeux. Voyez Canalis et la duchesse de Chaulieu. Si vous et moi nous avons rencontré des hommes de génie, ils étaient peut-être trop loin de nous, trop occupés, et nous trop frivoles, trop entraînées, trop prises.

— Ah ! je voudrais cependant bien ne pas quitter ce monde sans avoir connu les plaisirs du véritable amour, s'écria la princesse.

— Ce n'est rien que de l'inspirer, dit madame d'Espard, il s'agit de l'éprouver. Je vois beaucoup de femmes n'être que les prétextes d'une passion au lieu d'en être à la fois la cause et l'effet.

— La dernière passion que j'ai inspirée était une sainte et belle chose, dit la princesse, elle avait de l'avenir. Le hasard m'avait adressé, cette fois, cet homme de génie qui nous est dû, et qu'il est si difficile de prendre, car il y a plus de jolies femmes que de gens de génie. Mais le diable s'est mêlé de l'aventure.

— Contez-moi donc cela, ma chère, c'est tout neuf pour moi.

— Je ne me suis aperçue de cette belle passion qu'au milieu de l'hiver de 1829. Tous les vendredis, à l'Opéra, je voyais à l'orchestre un jeune homme d'environ trente ans, venu là pour moi, toujours à la même stalle, me regardant avec des yeux de feu, mais souvent attristé par la distance qu'il trouvait entre nous, ou peut-être aussi par l'impossibilité de réussir.

— Pauvre garçon ! Quand on aime, on devient bien bête, dit la marquise.

— Il se coulait pendant chaque entracte dans le corridor, reprit la princesse en souriant de l'amicale épigramme par laquelle la marquise l'interrompait ; puis une ou deux fois, pour me voir ou pour se faire voir, il mettait le nez à la vitre d'une loge en face de la mienne. Si je recevais une visite, je l'apercevais collé à ma porte, il pouvait alors me jeter un coup d'œil furtif ; il avait fini par connaître les personnes de ma société, il les suivait quand elles se dirigeaient vers ma loge, afin d'avoir les bénéfices de l'ouverture de ma porte. Le pauvre garçon a sans doute bientôt su qui j'étais, car il connaissait de vue monsieur de Maufrigneuse et mon beau-père. Je trouvai dès lors mon inconnu mystérieux aux Italiens, à une stalle d'où il m'admirait en face, dans une extase naïve : c'en était joli. A la sortie de l'Opéra comme à celle des Bouffons[8], je le voyais planté dans la foule, immobile sur ses deux jambes : on le coudoyait, on ne l'ébranlait pas. Ses yeux devenaient moins brillants quand il m'apercevait appuyée sur le bras de quelque favori. D'ailleurs, pas un mot, pas une lettre, pas une démonstration. Avouez que c'était du bon goût. Quelquefois, en rentrant à mon hôtel au matin, je retrouvais mon homme assis sur une des bornes de ma porte cochère. Cet amoureux avait de bien beaux yeux, une barbe épaisse et longue en éventail, une royale, une moustache et des favoris ; on ne voyait que des pommettes blanches et un beau front ; enfin, une véritable tête antique. Le prince a, comme vous le savez, défendu les Tuileries du côté des quais dans les journées de Juillet. Il est revenu le soir à Saint-Cloud quand tout a été perdu. « Ma chère, m'a-t-il dit, j'ai failli être tué sur les quatre heures. J'étais visé par un des insurgés, lorsqu'un jeune homme à longue barbe, que je crois avoir vu aux Italiens, et qui conduisait l'attaque, a détourné le canon du fusil. » Le coup a frappé je ne sais quel homme, un maréchal des logis du régiment, et qui était à deux pas de mon mari. Ce jeune homme devait donc être un républicain. En 1831, quand je suis revenue me loger ici, je l'ai rencontré le dos appuyé au mur de cette maison ; il paraissait joyeux de mes désastres, qui peut-être lui semblaient nous rapprocher ; mais, depuis les affaires de Saint-Merry, je ne l'ai plus revu : il y a péri. La veille des funérailles du général Lamarque[9], je suis sortie à pied avec mon fils, et mon républicain nous a suivis, tantôt derrière, tantôt devant nous, depuis la Madeleine jusqu'au passage des Panoramas où j'allais.

— Voilà tout ? dit la marquise.

— Tout, répondit la princesse. Ah ! le matin de la prise de Saint-Merry, un gamin a voulu me parler à moi-même, et m'a remis une lettre écrite sur du papier commun, signée du nom de l'inconnu.

— Montrez-la-moi, dit la marquise.

— Non, ma chère. Cet amour a été trop grand et

trop saint dans ce cœur d'homme pour que je viole son secret. Cette lettre, courte et terrible, me remue encore le cœur quand j'y songe. Cet homme mort me cause plus d'émotions que tous les vivants que j'ai distingués, il revient dans ma pensée.

— Son nom, demanda la marquise.

— Oh ! un nom bien vulgaire, Michel Chrestien.

— Vous avez bien fait de me le dire, reprit vivement madame d'Espard, j'ai souvent entendu parler de lui. Ce Michel Chrestien était l'ami d'un homme célèbre que vous avez déjà voulu voir, de Daniel d'Arthez, qui vient une ou deux fois par hiver chez moi. Ce Chrestien, qui est effectivement mort à Saint-Merry, ne manquait pas d'amis. J'ai entendu dire qu'il était un de ces grands politiques auxquels, comme à de Marsay, il ne manque que le mouvement de ballon de la circonstance pour devenir tout d'un coup ce qu'ils doivent être.

— Il vaut mieux alors qu'il soit mort, dit la princesse d'un air mélancolique sous lequel elle cacha ses pensées.

— Voulez-vous vous trouver un soir avec d'Arthez chez moi ? demanda la marquise, vous causerez de votre revenant.

— Volontiers, ma chère.

Quelques jours après cette conversation, Blondet et Rastignac, qui connaissaient d'Arthez, promirent à madame d'Espard de le déterminer à venir dîner chez elle. Cette promesse eût été, certes, imprudente sans le nom de la princesse dont la rencontre ne pouvait être indifférente à ce grand écrivain.

Daniel d'Arthez, un des hommes rares qui de nos jours unissent un beau caractère à un beau talent, avait obtenu déjà non pas toute la popularité que devaient lui mériter ses œuvres, mais une estime respectueuse à laquelle les âmes choisies ne pouvaient rien ajouter. Sa réputation grandira certes encore, mais elle avait alors atteint tout son développement aux yeux des connaisseurs : il est de ces auteurs qui, tôt ou tard, sont mis à leur vraie place, et qui n'en changent plus. Gentilhomme pauvre, il avait compris son époque en demandant tout à une illustration personnelle. Il avait lutté pendant longtemps dans l'arène parisienne, contre le gré d'un oncle riche, qui, par une contradiction que la vanité se charge de justifier, après l'avoir laissé en proie à la plus rigoureuse misère, avait légué à l'homme célèbre la fortune impitoyablement refusée à l'écrivain inconnu. Ce changement subit ne changea point les mœurs de Daniel d'Arthez : il continua ses travaux avec une simplicité digne des temps antiques, et s'en imposa de nouveaux en acceptant un siège à la Chambre des députés, où il prit place au côté droit. Depuis son avènement à la gloire, il était allé quelquefois dans le monde. Un de ses vieux amis, un grand médecin, Horace Bianchon, lui avait fait faire la connaissance du baron de Rastignac, sous-secrétaire d'État à un ministère, et ami de de Marsay. Ces deux hommes politiques s'étaient assez noblement prêtés à ce que Daniel, Horace, et quelques intimes de Michel Chrestien, retirassent le corps de ce républicain à l'église Saint-Merry, et pussent lui rendre les honneurs funèbres. La reconnaissance, pour un service qui contrastait avec les rigueurs administratives déployées à cette époque où les passions politiques se déchaînèrent si violemment, avait lié pour ainsi dire d'Arthez à Rastignac. Le sous-secrétaire d'État et l'illustre ministre étaient trop habiles pour ne pas profiter de cette circonstance ; aussi gagnèrent-ils quelques amis de Michel Chrestien, qui ne partageaient pas d'ailleurs ses opinions, et qui se rattachèrent alors au nouveau gouvernement. L'un d'eux, Léon Giraud, nommé d'abord maître des requêtes, devint depuis conseiller d'État. L'existence de Daniel d'Arthez est entièrement consacrée au travail, il ne voit la société que par échappées, elle est pour lui comme un rêve. Sa maison est un couvent où il mène la vie d'un Bénédictin : même sobriété dans le régime, même régularité dans les occupations. Ses amis savent que jusqu'à présent la femme n'a été pour lui qu'un accident toujours redouté, il l'a trop observée pour ne pas la craindre ; mais à force de l'étudier, il a fini par ne plus la connaître, semblable en ceci à ces profonds tacticiens qui seraient toujours battus sur des terrains imprévus, où sont modifiés et contrariés leurs axiomes scientifiques. Il est resté l'enfant le plus candide, en se montrant l'observateur le plus instruit. Ce contraste, en apparence impossible, est très explicable pour ceux qui ont pu mesurer la profondeur qui sépare les facultés des sentiments : les unes procèdent de la tête et les autres du cœur. On peut être un grand homme et un méchant, comme on peut être un sot et un amant sublime. D'Arthez est un de ces êtres privilégiés chez lesquels la finesse de l'esprit, l'étendue des qualités du cerveau, n'excluent ni la force ni la grandeur des sentiments. Il est, par un rare privilège, homme d'action et homme de pensée tout à la fois. Sa vie privée est noble et pure. S'il avait fui soigneusement l'amour jusqu'alors, il se connaissait bien, il savait par avance quel serait l'empire d'une passion sur lui. Pendant longtemps les travaux écrasants par lesquels il prépara le terrain solide de ses glorieux ouvrages et le froid de la misère furent un merveilleux préservatif [10]. Quand vint l'aisance, il eut la plus vulgaire et la plus incompréhensible liaison avec une femme assez belle, mais qui appartenait à la classe inférieure, sans aucune instruction, sans manières, et soigneusement cachée à tous les regards. Michel Chrestien accordait aux hommes de génie le pouvoir de transformer les plus massives créatures en sylphides, les sottes en femmes d'esprit, les paysannes en marquises : plus une femme était accomplie, plus elle perdait à leurs yeux ; car, selon lui, leur imagination n'avait rien à y faire. Selon lui, l'amour, simple besoin des sens pour les êtres inférieurs, était, pour les êtres supérieurs, la création morale la plus immense et la plus attachante. Pour justifier d'Arthez, il s'appuyait de l'exemple de Raphaël et de la Fornarina. Il aurait pu s'offrir lui-même comme un modèle en ce genre, lui qui voyait un ange dans la duchesse de Maufrigneuse. La bizarre fantaisie de d'Arthez pouvait d'ailleurs être justifiée de bien des manières : peut-être avait-il tout d'abord désespéré de rencontrer ici-bas une femme qui répondît à la délicieuse chimère que tout homme d'esprit rêve et caresse ? peut-être avait-il un cœur trop chatouilleux, trop délicat pour le livrer à une femme du monde ? peut-être aimait-il mieux faire la part à la Nature et garder ses illusions en cultivant son Idéal ? peut-être avait-il écarté l'amour comme incompatible avec ses travaux, avec la régularité d'une vie monacale où la passion eût tout dérangé. Depuis quelques mois, d'Arthez était l'objet des railleries de Blondet et de Rastignac qui lui reprochaient de ne connaître ni le monde ni les femmes. A les entendre, ses œuvres étaient assez nombreuses et assez avancées pour qu'il se permît des distractions : il avait une belle fortune et vivait comme un étudiant ; il ne jouissait de rien, ni de son or ni de sa gloire ; il ignorait les exquises jouissances de la passion noble et délicate que certaines femmes bien nées et bien élevées inspiraient ou ressentaient ; n'était-ce pas indigne de lui de n'avoir connu que les grossièretés de l'amour ? L'amour, réduit à ce que le faisait la Nature, était à leurs yeux la plus sotte chose du monde. L'une des gloires de la Société, c'est d'avoir créé *la femme* là où la Nature a fait une femelle ; d'avoir créé la perpétuité du désir là où la Nature n'a pensé qu'à la perpétuité de l'Espèce ; d'avoir enfin inventé l'amour, la plus belle religion humaine. D'Arthez ne savait rien des charmantes délicatesses de langage, rien des preuves d'affection incessamment données par l'âme et l'esprit, rien de ces désirs ennoblis par les manières, rien de ces formes angéliques prêtées aux choses les plus grossières par les femmes comme il faut. Il connaissait peut-être la femme, mais il ignorait la divinité. Il fallait prodigieusement d'art, beaucoup de belles toilettes d'âme et de corps chez une femme pour bien aimer. Enfin, en vantant les délicieuses dépravations de pensée qui constituent la coquetterie parisienne, ces deux corrupteurs plaignaient d'Arthez, qui vivait d'un aliment sain et sans aucun assaisonnement, de n'avoir pas goûté les délices de la haute cuisine parisienne, et stimulaient vivement sa curiosité. Le docteur Bianchon, à qui d'Arthez faisait ses confidences, savait que cette curiosité s'était enfin éveillée. La longue liaison de ce grand écrivain avec une femme vulgaire, loin de lui plaire par l'habitude, lui était devenue insupportable ; mais il était retenu par l'excessive timidité qui s'empare de tous les hommes solitaires.

— Comment, disait Rastignac, quand on porte *tranché de gueules et d'or à un bezan et un tourteau de l'un en l'autre,* ne fait-on pas briller ce vieil écu picard sur une voiture ? Vous avez trente mille livres de rente et les produits de votre plume ; vous avez justifié votre devise, qui forme le calembour tant recherché par nos ancêtres : ARS, THES *aurusque virtus*, et vous ne le promenez pas au bois de Boulogne ! Nous sommes dans un siècle où la vertu doit se montrer.

— Si vous lisiez vos œuvres à cette espèce de grosse Laforêt [11], qui fait vos délices, je vous pardonnerais de la garder, dit Blondet. Mais, mon cher, si vous êtes au pain sec matériellement parlant ; sous le rapport de l'esprit, vous n'avez même pas de pain...

Cette petite guerre amicale durait depuis quelques mois entre Daniel et ses amis, quand madame d'Espard pria Rastignac et Blondet de déterminer d'Arthez à venir dîner chez elle, en leur disant que la princesse de Cadignan avait un excessif désir de voir cet homme célèbre. Ces sortes de curiosités sont, pour certaines femmes, ce qu'est la lanterne magique pour les enfants, un plaisir pour les yeux, assez pauvre d'ailleurs, et plein de désenchantement. Plus un homme d'esprit excite de sentiments à distance, moins il y répondra de près ; plus il a été rêvé brillant, plus terne il sera. Sous ce rapport, la curiosité déçue va souvent jusqu'à l'injustice. Ni Blondet ni Rastignac ne pouvaient tromper d'Arthez, mais ils lui dirent en riant qu'il s'offrait pour lui la plus séduisante occasion de se décrasser le cœur et de connaître les suprêmes délices que donnait l'amour d'une grande dame parisienne. La princesse était positivement éprise de lui, il n'avait rien à craindre, il avait tout à gagner dans cette entrevue ; il lui serait impossible de descendre du piédestal où madame de Cadignan l'avait élevé. Blondet ni Rastignac ne virent aucun inconvénient à prêter cet amour à la princesse, elle pouvait porter cette calomnie, elle dont le passé donnait lieu à tant d'anecdotes. L'un et l'autre, ils se mirent à raconter à d'Arthez les aventures de la duchesse de Maufrigneuse : ses premières légèretés avec de Marsay, ses secondes inconséquences avec d'Ajuda qu'elle avait diverti [12] de sa femme en vengeant ainsi madame de Beauséant, sa troisième liaison avec le jeune d'Esgrignon qui l'avait accompagnée en Italie et s'était horriblement compromis pour elle ; puis combien elle avait été malheureuse avec un célèbre ambassadeur, heureuse avec un général russe ; comment elle avait été l'Égérie de deux ministres des Affaires étrangères, etc. D'Arthez leur dit qu'il en avait su plus qu'ils ne pouvaient lui en dire sur elle par leur pauvre ami, Michel Chrestien, qui l'avait adorée en secret pendant quatre années, et avait failli en devenir fou.

— J'ai souvent accompagné, dit Daniel, mon ami aux Italiens, à l'Opéra. Le malheureux courait avec moi dans les rues en allant aussi vite que les chevaux, et admirant la princesse à travers les glaces de son coupé. C'est à cet amour que le prince de Cadignan a dû la vie, Michel a empêché qu'un gamin ne le tuât.

— Eh ! bien, vous aurez un thème tout prêt, dit en souriant Blondet. Voilà bien la femme qu'il vous faut, elle ne sera cruelle que par délicatesse, et vous initiera très gracieusement aux mystères de l'élégance ; mais prenez garde ! Elle a dévoré bien des fortunes ! La belle Diane est une de ces dissipatrices qui ne coûtent pas un centime, et pour laquelle on dépense des millions. Donnez-vous corps et âme ; mais gardez à la main votre monnaie, comme le vieux du *Déluge* de Girodet [13].

Après cette conversation, la princesse avait la profondeur d'un abîme, la grâce d'une reine, la corruption des diplomates, le mystère d'une initiation, le danger d'une sirène. Ces deux hommes d'esprit, incapables de prévoir le dénouement de cette plaisanterie, avaient fini par faire de Diane d'Uxelles la plus monstrueuse Parisienne, la plus habile coquette, la plus enivrante courtisane du monde. Quoiqu'ils eussent raison, la femme qu'ils traitaient si légèrement était sainte et sacrée pour d'Arthez, dont la curiosité n'avait pas besoin d'être excitée ; il consentit à venir de prime abord, et les deux amis ne voulaient pas autre chose de lui.

Madame d'Espard alla voir la princesse dès qu'elle eut la réponse.

— Ma chère, vous sentez-vous en beauté, en coquetterie, lui dit-elle, venez dans quelques jours dîner chez moi, je vous servirai d'Arthez. Notre homme de génie est de la nature la plus sauvage, il craint les femmes, et n'a jamais aimé. Faites votre thème là-dessus. Il est excessivement spirituel, d'une simplicité qui vous abuse en ôtant toute défiance. Sa pénétration, toute rétrospective, agit après coup et dérange tous les calculs. Vous l'avez surpris aujourd'hui, demain il n'est plus la dupe de rien.

— Ah ! dit la princesse, si je n'avais que trente ans, je m'amuserais bien ! Ce qui m'a manqué jusqu'à présent, c'était un homme d'esprit à jouer. Je n'ai eu que des partenaires et jamais d'adversaires. L'amour était un jeu au lieu d'être un combat.

— Chère princesse, avouez que je suis bien généreuse ; car enfin... charité bien ordonnée...

Les deux femmes se regardèrent en riant, et se prirent les mains en se les serrant avec amitié. Certes elles avaient toutes deux l'une à l'autre des secrets importants, et n'en étaient sans doute, ni à un homme près, ni à un service à rendre ; car, pour faire les amitiés sincères et durables entre femmes, il faut qu'elles aient été cimentées par de petits crimes. Quand deux amies peuvent se tuer réciproquement, et se voient un poignard empoisonné dans la main, elles offrent le spectacle touchant d'une harmonie qui ne se trouble qu'au moment où l'une d'elles a, par mégarde, lâché son arme. Donc, à huit jours de là, il y eut chez la marquise une de ces soirées dites de petits jours, réservées pour les intimes, auxquelles personne ne vient que sur une invitation verbale, et pendant lesquelles la porte est fermée. Cette soirée était donnée par cinq personnes : Émile Blondet et madame de Montcornet, Daniel d'Arthez, Rastignac et la princesse de Cadignan. En comptant la maîtresse de la maison, il se trouvait autant d'hommes que de femmes. Jamais le hasard ne s'était permis de préparations plus savantes que pour la rencontre de d'Arthez et de madame de Cadignan. La princesse passe encore aujourd'hui pour une des plus fortes sur la toilette, qui, pour les femmes, est le premier des arts. Elle avait mis une robe de velours bleu à grandes manches blanches traînantes, à corsage apparent, une de ces guimpes en tulle légèrement froncée, et bordée de bleu, montant à quatre doigts de son cou, et couvrant les épaules, comme on en voit dans quelques portraits de Raphaël. Sa femme de chambre l'avait coiffée de quelques bruyères blanches habilement posées dans ses cascades de cheveux blonds, l'une des beautés auxquelles elle devait sa célébrité. Certes Diane ne paraissait pas avoir vingt-cinq ans. Quatre années de solitude et de repos avaient rendu de la vigueur à son teint. N'y a-t-il pas d'ailleurs des moments où le désir de plaire donne un surcroît de beauté aux femmes ? La volonté n'est pas sans influence sur les variations du visage. Si les émotions violentes ont le pouvoir de jaunir les tons blancs chez les gens d'un tempérament sanguin, mélancolique, de verdir les figures lymphatiques, ne faut-il pas accorder au désir, à la joie, à l'espérance, la faculté d'éclaircir le teint, de dorer le regard d'un vif éclat, d'animer la beauté par un jour piquant comme celui d'une jolie matinée ? La blancheur si célèbre de la princesse avait pris une teinte mûrie qui lui prêtait un air auguste. En ce moment de sa vie, frappée par tant de retours sur elle-même et par des pensées sérieuses, son front rêveur et sublime s'accordait admirablement avec son regard bleu, lent et majestueux. Il était impossible au physionomiste le plus habile d'imaginer des calculs et de la décision sous cette inouïe délicatesse de traits. Il est des visages de femmes qui trompent la science et déroutent l'observation par leur calme et par leur finesse ; il faudrait pouvoir les examiner quand les passions parlent, ce qui est difficile ; ou quand elles ont parlé, ce qui ne sert plus à rien : alors la femme est vieille et ne dissimule plus. La princesse est une de ces femmes impénétrables, elle peut se faire ce qu'elle veut être : folâtre, enfant, innocente à désespérer ; ou fine, sérieuse et profonde à donner de l'inquiétude. Elle vint chez la marquise avec l'intention d'être une femme douce et simple à qui la vie était connue par ses déceptions seulement, une femme pleine d'âme et calomniée, mais résignée, enfin un ange meurtri. Elle arriva de bonne heure, afin de se trouver posée sur la causeuse, au coin du feu, près de madame d'Espard, comme elle voulait être vue, dans une de ces attitudes où la science est cachée sous un naturel exquis, une de ces poses étudiées, cherchées, qui mettent en relief cette belle ligne serpentine qui prend au pied, remonte gracieusement jusqu'à la hanche, et se continue par d'admirables rondeurs jusqu'aux épaules, en offrant aux regards tout le profil du corps. Une femme nue serait moins dangereuse que ne l'est une jupe si savamment étalée, qui couvre tout et met tout en lumière à la fois. Par un raffinement que bien des femmes n'eussent pas inventé, Diane, à la grande stupéfaction de la marquise, s'était fait accompagner du duc de Maufrigneuse. Après un moment de réflexion, madame d'Espard serra la main de la princesse d'un air d'intelligence.

— Je vous comprends ! En faisant accepter à d'Arthez toutes les difficultés du premier coup, vous ne les trouverez pas à vaincre plus tard.

La comtesse de Montcornet vint avec Blondet. Rastignac amena d'Arthez. La princesse ne fit à l'homme célèbre aucun de ces compliments dont l'accablaient les gens vulgaires ; mais elle eut de ces prévenances empreintes de grâce et de respect qui devaient être le dernier terme de ses concessions. Elle était sans doute ainsi avec le roi de France, avec les princes. Elle parut heureuse de voir ce grand homme et contente de l'avoir cherché. Les personnes pleines de goût, comme la princesse, se distinguent surtout par leur manière d'écouter, par une affabilité sans moquerie, qui est à la politesse ce que la pratique est à la vertu. Quand l'homme célèbre parlait, elle avait une pose attentive mille fois plus flatteuse que les compliments les mieux assaisonnés. Cette présentation mutuelle se fit sans emphase et avec convenance par la marquise. A dîner, d'Arthez fut placé près de la princesse, qui, loin d'imiter les exagérations de diète que se permettent les minaudières, mangea de fort bon appétit, et tint à honneur de se montrer femme naturelle, sans aucunes façons étranges. Entre un service et l'autre, elle profita d'un moment où la conversation générale s'engageait, pour prendre d'Arthez à partie.

— Le secret du plaisir que je me suis procuré en me trouvant auprès de vous, dit-elle, est dans le désir d'apprendre quelque chose d'un malheureux ami à vous, monsieur, mort pour une autre cause que la nôtre, à qui j'ai eu de grandes obligations sans avoir pu les reconnaître et m'acquitter. Le prince de Cadignan a partagé mes regrets. J'ai su que vous étiez l'un des meilleurs amis de ce pauvre garçon. Votre mutuelle amitié, pure, inaltérée était un titre auprès de moi. Vous ne trouverez donc pas extraordinaire que j'aie voulu savoir tout ce que vous pouviez me dire de cet être qui vous est si cher. Si je suis attachée à la famille exilée, et tenue d'avoir des opinions monarchiques, je ne suis pas du nombre de ceux qui croient qu'il est impossible d'être à la fois républicain et noble de cœur. La monarchie et la république sont les deux seules formes de gouvernement qui n'étouffent pas les beaux sentiments.

— Michel Chrestien était un ange, madame, répondit Daniel d'une voix émue. Je ne sais pas, dans les héros de l'antiquité, d'homme qui lui soit supérieur. Gardez-vous de le prendre pour un de ces républicains à idées étroites, qui voudraient recommencer la Convention et les gentillesses du Comité de Salut public; non, Michel rêvait la fédération suisse appliquée à toute l'Europe. Avouons-le, entre nous, après le magnifique gouvernement d'un seul, qui, je crois, convient plus particulièrement à notre pays, le système de Michel est la suppression de la guerre dans le vieux monde et sa reconstitution sur des bases autres que celles de la conquête qui l'avait jadis féodalisé. Les républicains étaient, à ce titre, les gens les plus voisins de son idée ; voilà pourquoi il leur a prêté son bras en juillet et à Saint-Merry. Quoique entièrement divisés d'opinion, nous sommes restés étroitement unis.

— C'est le plus bel éloge de vos deux caractères, dit timidement madame de Cadignan.

— Dans les quatre dernières années de sa vie, reprit Daniel, il ne fit qu'à moi seul la confidence de son amour pour vous, et cette confidence resserra les nœuds déjà bien forts de notre amitié fraternelle. Lui seul, madame, vous aura aimée comme vous devriez l'être. Combien de fois n'ai-je pas reçu la pluie en accompagnant votre voiture jusque chez vous, en luttant de vitesse avec vos chevaux, pour nous maintenir au même point sur une ligne parallèle, afin de vous voir... de vous admirer !

— Mais, monsieur, dit la princesse, je vais être tenue à vous indemniser.

— Pourquoi Michel n'est-il pas là ? répondit Daniel d'un accent plein de mélancolie.

— Il ne m'aurait peut-être pas aimée longtemps, dit la princesse en remuant la tête par un geste plein de tristesse. Les républicains sont encore plus absolus dans leurs idées que nous autres absolutistes, qui péchons par l'indulgence. Il m'avait sans doute rêvée parfaite, il aurait été cruellement détrompé. Nous sommes poursuivies, nous autres femmes, par autant de calomnies que vous en avez à supporter dans la vie littéraire, et nous ne pouvons nous défendre ni par la gloire, ni par nos œuvres. On ne nous croit pas ce que nous sommes, mais ce que l'on nous fait. On lui aurait bientôt caché la femme inconnue qui est en moi, sous le faux portrait de la femme imaginaire, qui est la vraie pour le monde. Il m'aurait crue indigne des sentiments nobles qu'il me portait, incapable de le comprendre.

Ici la princesse hocha la tête en agitant ses belles boucles blondes pleines de bruyères par un geste sublime. Ce qu'elle exprimait de doutes désolants, de misères cachées, est indicible. Daniel comprit tout, et regarda la princesse avec une vive émotion.

— Cependant le jour où je le revis, longtemps après la révolte de Juillet, reprit-elle, je fus sur le point de succomber au désir que j'avais de lui prendre la main, de la lui serrer devant tout le monde, sous le péristyle du Théâtre-Italien, en lui donnant mon bouquet. J'ai pensé que ce témoignage de reconnaissance serait mal interprété, comme tant d'autres choses nobles qui passent aujourd'hui pour les folies de madame de Maufrigneuse, et que je ne pourrai jamais expliquer, car il n'y a que mon fils et Dieu qui me connaîtront jamais.

Ces paroles, soufflées à l'oreille de l'écouteur de manière à être dérobées à la connaissance des convives, et avec un accent digne de la plus habile comédienne, devaient aller au cœur ; aussi atteignirent-elles à celui de d'Arthez. Il ne s'agissait point de l'écrivain célèbre, cette femme cherchait à se réhabiliter en faveur d'un mort. Elle avait pu être calomniée, elle voulait savoir si rien ne l'avait ternie aux yeux de celui qui l'aimait. Était-il mort avec toutes ses illusions ?

— Michel, répondit d'Arthez, était un de ces hommes qui aiment d'une manière absolue, et qui, s'ils choisissent mal, peuvent en souffrir sans jamais renoncer à celle qu'ils ont élue.

— Étais-je donc aimée ainsi ?... s'écria-t-elle d'un air de béatitude exaltée.

— Oui, madame.

— J'ai donc fait son bonheur ?

— Pendant quatre ans.

— Une femme n'apprend jamais une pareille chose sans éprouver une orgueilleuse satisfaction, dit-elle en tournant son doux et noble visage vers d'Arthez par un mouvement plein de confusion pudique.

Une des plus savantes manœuvres de ces comédiennes est de voiler leurs manières quand les mots sont trop expressifs, et de faire parler les yeux quand le discours est restreint. Ces habiles dissonances, glissées dans la musique de leur amour faux ou vrai, produisent d'invincibles séductions.

— N'est-ce pas, reprit-elle en abaissant encore la voix et après s'être assurée d'avoir produit de l'effet, n'est-ce pas avoir accompli sa destinée que de rendre heureux, et sans crime, un grand homme ?

— Ne vous l'a-t-il pas écrit ?

— Oui, mais je voulais en être bien sûre, car, croyez-moi, monsieur, en me mettant si haut, il ne s'est pas trompé.

Les femmes savent donner à leurs paroles une sainteté particulière, elles leur communiquent je ne sais quoi de vibrant qui étend le sens des idées et leur prête de la profondeur ; si plus tard leur auditeur charmé ne se rend pas compte de ce qu'elles ont dit, le but a été complètement atteint, ce qui est le propre de l'éloquence. La princesse aurait en ce moment porté le diadème de la France, son front n'eût pas été plus imposant qu'il l'était sous le beau diadème de ses cheveux élevés en natte comme une tour, et ornés de ses jolies bruyères. Cette femme semblait marcher sur les flots de la calomnie, comme le Sauveur sur les vagues du lac de Tibériade, enveloppée dans le suaire de cet amour, comme un ange dans ses nimbes. Il n'y avait rien qui sentît ni la nécessité d'être ainsi, ni le désir de paraître grande ou aimante : ce fut simple et calme. Un homme vivant n'aurait jamais pu rendre à la princesse les services qu'elle obtenait de ce mort. D'Arthez, travailleur solitaire, à qui la pratique du monde était étrangère, et que l'étude avait enveloppé de ses voiles protecteurs, fut la dupe de cet accent et de ces paroles. Il fut sous le charme de ces exquises manières, il admira cette beauté parfaite, mûrie par le malheur, reposée dans la retraite ; il adora la réunion si rare d'un esprit fin et d'une belle âme. Enfin il désira recueillir la succession de Michel Chrestien. Le commencement de cette passion fut, comme chez la plupart des profonds penseurs, une idée. En voyant la princesse, en étudiant la forme de sa tête, la disposition de ses traits si doux, sa taille, son pied, ses mains si finement modelées, de plus près qu'il ne l'avait fait en accompagnant son ami dans ses folles courses, il remarqua le surprenant phénomène de la seconde vue morale que l'homme exalté par l'amour trouve en lui-même. Avec quelle lucidité Michel Chrestien n'avait-il pas lu dans ce cœur, dans cette âme, éclairée par les feux de l'amour ? Le fédéraliste avait donc été deviné, lui aussi ! Il eût sans doute été heureux. Ainsi la princesse avait aux yeux de d'Arthez un grand charme, elle était entourée d'une auréole de poésie. Pendant le dîner, l'écrivain se rappela les confidences désespérées du républicain, et ses espérances quand il s'était cru aimé ; les beaux poèmes que dicte un sentiment vrai avaient été chantés pour lui seul à propos de cette femme. Sans le savoir, Daniel allait profiter de ces préparations dues au hasard. Il est rare qu'un homme passe sans remords de l'état de confident à celui de rival, et d'Arthez le pouvait alors sans crime. En un moment, il aperçut les énormes différences qui existent entre les femmes comme il faut, ces fleurs du grand monde, et les femmes vulgaires, qu'il ne connaissait cependant encore que sur un échantillon ; il fut donc pris par les coins les plus accessibles, les plus tendres de son âme et de son génie. Poussé par sa naïveté, par l'impétuosité de ses idées à s'emparer de cette femme, il se trouva retenu par le monde et par la barrière que les manières, disons le mot, que la majesté de la princesse mettait entre elle et lui. Aussi pour cet homme habitué à ne pas respecter celle qu'il aimait, y eut-il là je ne sais quoi d'irritant, un appât d'autant plus puissant qu'il fut forcé de le dévorer et d'en garder les atteintes sans se trahir. La conversation, qui demeura sur Michel Chrestien jusqu'au dessert, fut un admirable prétexte à Daniel comme à la princesse de parler à voix basse : amour, sympathie, divination ; à elle de se poser en femme méconnue, calomniée ; à lui de se fourrer les pieds dans les souliers du républicain mort. Peut-être cet homme d'ingénuité se surprit-il à moins regretter son ami ? Au moment où les merveilles du dessert reluisirent sur la table, au feu des candélabres, à l'abri des bouquets de fleurs naturelles qui séparaient les convives par une haie brillante, richement colorée de fruits et de sucreries, la princesse se plut à clore cette suite de confidences par un mot délicieux, accompagné d'un de ces regards à l'aide desquels les femmes blondes paraissent être brunes, et dans lequel elle exprima finement cette idée que Daniel et Michel étaient deux âmes jumelles. D'Arthez se rejeta dès lors dans la conversation générale en y portant une joie d'enfant et un petit air fat digne d'un écolier. La princesse prit de la façon la plus simple le bras de d'Arthez pour revenir au petit salon de la marquise. En traversant le grand salon, elle alla lentement ; et quand elle fut séparée de la marquise, à qui Blondet donnait le bras, par un intervalle assez considérable, elle arrêta d'Arthez.

— Je ne veux pas être inaccessible pour l'ami de ce pauvre républicain, lui dit-elle. Et quoique je me sois fait une loi de ne recevoir personne, vous seul au monde pourrez entrer chez moi. Ne croyez pas que ce soit une faveur. La faveur n'existe jamais que pour des étrangers, et il me semble que nous sommes de vieux amis ; je veux voir en vous le frère de Michel.

D'Arthez ne put que presser le bras de la princesse, il ne trouva rien à répondre. Quand le café fut servi, Diane de Cadignan s'enveloppa par un coquet mouvement dans un grand châle, et se leva. Blondet et Rastignac étaient des hommes de trop haute politique et trop habitués au monde pour faire la moindre exclamation bourgeoise, et vouloir retenir la princesse ; mais madame d'Espard fit rasseoir son amie en la prenant par la main et lui disant à l'oreille : « Attendez que les gens aient dîné, la voiture n'est pas prête. » Et elle fit un signe au valet de chambre qui remportait le plateau du café. Madame de Montcornet devina que la princesse et madame d'Espard avaient un mot à se dire et prit avec elle d'Arthez, Rastignac et Blondet, qu'elle amusa par une de ces folles attaques paradoxales auxquelles s'entendent à merveille les Parisiennes.

— Eh ! bien, dit la marquise à Diane, comment le trouvez-vous ?

— Mais c'est un adorable enfant, il sort du maillot. Vraiment, cette fois encore, il y aura, comme toujours, un triomphe sans lutte.

— C'est désespérant, dit madame d'Espard, mais il y a de la ressource.

— Comment ?

— Laissez-moi devenir votre rivale.

— Comme vous voudrez, répondit la princesse, j'ai pris mon parti. Le génie est une manière d'être du cerveau, je ne sais pas ce qu'y gagne le cœur, nous en causerons plus tard.

En entendant ce dernier mot qui fut impénétrable, madame d'Espard se jeta dans la conversation générale et ne parut ni blessée du *Comme vous voudrez,* ni curieuse de savoir à quoi cette entrevue aboutirait. La princesse resta pendant une heure environ assise sur la causeuse auprès du feu, dans l'attitude pleine de nonchalance et d'abandon que Guérin a donnée à Didon [14], écoutant avec l'attention d'une personne absorbée, et regardant Daniel par moments, sans déguiser une admiration qui ne sortait pas d'ailleurs des bornes. Elle s'esquiva quand la voiture fut avancée, après avoir échangé un serrement de main avec la marquise et une inclination de tête avec madame de Montcornet.

La soirée s'acheva sans qu'il fût question de la princesse. On profita de l'espèce d'exaltation dans laquelle était d'Arthez, qui déploya les trésors de son esprit. Certes, il avait dans Rastignac et dans Blondet deux acolytes de première force comme finesse d'esprit et comme portée d'intelligence. Quant aux deux femmes, elles sont depuis longtemps comptées parmi les plus spirituelles de la haute société. Ce fut donc une halte dans une oasis, un bonheur rare et bien apprécié pour ces personnages habituellement en proie au *garde à vous* du monde, des salons et de la politique. Il est des êtres qui ont le privilège d'être parmi les hommes comme des astres bienfaisants dont la lumière éclaire les esprits, dont les rayons échauffent les cœurs. D'Arthez était une de ces belles âmes. Un écrivain, qui s'élève à la hauteur où il est, s'habitue à tout penser, et oublie quelquefois dans le monde qu'il ne faut pas tout dire ; il lui est impossible d'avoir la retenue des gens qui y vivent continuellement ; mais comme ses écarts sont presque toujours marqués d'un cachet d'originalité, personne ne s'en plaint. Cette saveur si rare dans les talents, cette jeunesse pleine de simplesse qui rendent d'Arthez si noblement original, firent de cette soirée une délicieuse chose. Il sortit avec le baron de Rastignac qui, en le reconduisant chez lui, parla naturellement de la princesse, en lui demandant comment il la trouvait.

— Michel avait raison de l'aimer, répondit d'Arthez, c'est une femme extraordinaire.

— Bien extraordinaire, répliqua railleusement Rastignac. A votre accent, je vois que vous l'aimez déjà ; vous serez chez elle avant trois jours, et je suis un trop vieil habitué de Paris pour ne pas savoir ce qui va se passer entre vous. Eh ! bien, mon cher Daniel, je vous supplie de ne pas vous laisser aller à la moindre confusion d'intérêts. Aimez la princesse si vous vous sentez de l'amour pour elle au cœur ; mais songez à votre fortune. Elle n'a jamais pris ni demandé deux liards à qui que ce soit, elle est bien trop d'Uxelles et Cadignan pour cela ; mais, à ma connaissance, outre sa fortune à elle, laquelle était très considérable, elle a fait dissiper plusieurs millions. Comment ? pourquoi ? par quels moyens ? Personne ne le sait, elle ne le sait pas elle-même. Je lui ai vu avaler, il y a treize ans, la fortune d'un charmant garçon et celle d'un vieux notaire en vingt mois [15].

— Il y a treize ans ! dit d'Arthez, quel âge a-t-elle donc ?

— Vous n'avez donc pas vu, répondit en riant Rastignac, à table son fils, le duc de Maufrigneuse ? un jeune homme de dix-neuf ans. Or, dix-neuf et dix-sept font...

— Trente-six, s'écria l'auteur surpris, je lui donnais vingt ans.

— Elle les acceptera, dit Rastignac ; mais soyez sans inquiétude là-dessus : elle n'aura jamais que vingt ans pour vous. Vous allez entrer dans le monde le plus fantastique. Bonsoir, vous voilà chez vous, dit le baron en voyant sa voiture entrer rue de Bellefond où demeure d'Arthez dans une jolie maison à lui, nous nous verrons dans la semaine chez mademoiselle des Touches.

D'Arthez laissa l'amour pénétrer dans son cœur à la manière de notre oncle Tobie[16], sans faire la moindre résistance, il procéda par l'adoration sans critique, par l'admiration exclusive. La princesse, cette belle créature, une des plus remarquables créations de ce monstrueux Paris où tout est possible en bien comme en mal, devint, quelque vulgaire que le malheur des temps ait rendu ce mot, l'ange rêvé. Pour bien comprendre la subite transformation de cet illustre auteur, il faudrait savoir tout ce que la solitude et le travail constant laissent d'innocence au cœur, tout ce que l'amour réduit au besoin et devenu pénible auprès d'une femme ignoble, développe de désirs et de fantaisies, excite de regrets et fait naître de sentiments divins dans les plus hautes régions de l'âme. D'Arthez était bien l'enfant, le collégien que le tact de la princesse avait soudain reconnu. Une illumination presque semblable s'était accomplie chez la belle Diane. Elle avait donc enfin rencontré cet homme supérieur que toutes les femmes désirent, ne fût-ce que pour le jouer ; cette puissance à laquelle elles consentent à obéir, ne fût-ce que pour avoir le plaisir de la maîtriser ; elle trouvait enfin les grandeurs de l'intelligence unies à la naïveté du cœur, au neuf de la passion ; puis elle voyait, par un bonheur inouï, toutes ces richesses contenues dans une forme qui lui plaisait. D'Arthez lui semblait beau, peut-être l'était-il. Quoiqu'il arrivât à l'âge grave de l'homme, à trente-huit ans, il conservait une fleur de jeunesse due à la vie sobre et chaste qu'il avait menée, et comme tous les gens de cabinet, comme les hommes d'État, il atteignait à un embonpoint raisonnable. Très jeune, il avait offert une vague ressemblance avec Bonaparte général. Cette ressemblance se continuait encore, autant qu'un homme aux yeux noirs, à la chevelure épaisse et brune, peut ressembler à ce souverain aux yeux bleus, aux cheveux châtains ; mais tout ce qu'il y eut jadis d'ambition ardente et noble dans les yeux de d'Arthez avait été comme attendri par le succès. Les pensées dont son front était gros avaient fleuri, les lignes creuses de sa figure étaient devenues pleines. Le bien-être répandait des teintes dorées là où, dans sa jeunesse, la misère avait mélangé les tons jaunes des tempéraments dont les forces se bandent pour soutenir des luttes écrasantes et continues. Si vous observez avec soin les belles figures des philosophes antiques, vous y apercevrez toujours les déviations du type parfait de la figure humaine auxquelles chaque physionomie doit son originalité, rectifiées par l'habitude de la méditation, par le calme constant nécessaire aux travaux intellectuels. Les visages les plus tourmentés, comme celui de Socrate, deviennent à la longue d'une sérénité presque divine. A cette noble simplicité qui décorait sa tête impériale, d'Arthez joignait une expression naïve, le naturel des enfants, et une bienveillance touchante. Il n'avait pas cette politesse toujours empreinte de fausseté par laquelle dans ce monde les personnes les mieux élevées et les plus aimables jouent des qualités qui souvent leur manquent, et qui laissent blessés ceux qui se reconnaissent dupés. Il pouvait faillir à quelques lois mondaines par suite de son isolement ; mais comme il ne choquait jamais, ce parfum de sauvagerie rendait encore plus gracieuse l'affabilité particulière aux hommes d'un grand talent, qui savent déposer leur supériorité chez eux pour se mettre au niveau social, pour, à la façon d'Henri IV, prêter leur dos aux enfants, et leur esprit aux niais.

En revenant chez elle, la princesse ne discuta pas plus avec elle-même que d'Arthez ne se défendit contre le charme qu'elle lui avait jeté. Tout était dit pour elle : elle aimait avec sa science et avec son ignorance. Si elle s'interrogea, ce fut pour se demander si elle méritait un si grand bonheur, et ce qu'elle avait fait au ciel pour qu'il lui envoyât un pareil ange. Elle voulut être digne de cet amour, le perpétuer, se l'approprier à jamais, et finir doucement sa vie de jolie femme dans le paradis qu'elle entrevoyait. Quant à la résistance, à se chicaner, à coqueter, elle n'y pensa même pas. Elle pensait à bien autre chose ! Elle avait compris la grandeur des gens de génie, elle avait deviné qu'ils ne soumettent pas les femmes d'élite aux lois ordinaires. Aussi, par un de ces aperçus rapides, particuliers à ces grands esprits féminins, s'était-elle promis d'être faible au premier désir. D'après la connaissance qu'elle avait prise, à une seule entrevue, du caractère de d'Arthez, elle avait soupçonné que ce désir ne serait pas assez tôt exprimé pour ne pas lui laisser le temps de se faire ce qu'elle voulait, ce qu'elle devait être aux yeux de cet amant sublime.

Ici commence l'une de ces comédies inconnues

jouées dans le for intérieur de la conscience, entre deux êtres dont l'un sera la dupe de l'autre, et qui reculent les bornes de la perversité, un de ces drames noirs et comiques, auprès desquels le drame de Tartufe est une vétille ; mais qui ne sont point du domaine scénique, et qui, pour que tout en soit extraordinaire, sont naturels, concevables et justifiés par la nécessité, un drame horrible qu'il faudrait nommer l'envers du vice. La princesse commença par envoyer chercher les œuvres de d'Arthez, elle n'en avait pas lu le premier mot ; et, néanmoins, elle avait soutenu vingt minutes de discussion élogieuse avec lui, sans quiproquo ! Elle lut tout. Puis elle voulut comparer ces livres à ce que la littérature contemporaine avait produit de meilleur. Elle avait une indigestion d'esprit le jour où d'Arthez vint la voir. Attendant cette visite, tous les jours elle avait fait une toilette de l'ordre supérieur, une de ces toilettes qui expriment une idée et la font accepter par les yeux, sans qu'on sache ni comment ni pourquoi. Elle offrit au regard une harmonieuse combinaison de couleurs grises, une sorte de demi-deuil, une grâce pleine d'abandon, le vêtement d'une femme qui ne tenait plus à la vie que par quelques liens naturels, son enfant peut-être, et qui s'y ennuyait. Elle attestait un élégant dégoût qui n'allait cependant pas jusqu'au suicide, elle achevait son temps dans le bagne terrestre. Elle reçut d'Arthez en femme qui l'attendait, et comme s'il était déjà venu cent fois chez elle ; elle lui fit l'honneur de le traiter comme une vieille connaissance, elle le mit à l'aise par un seul geste en lui montrant une causeuse pour qu'il s'assît, pendant qu'elle achevait une lettre commencée. La conversation s'engagea de la manière la plus vulgaire : le temps, le Ministère, la maladie de de Marsay, les espérances de la Légitimité.

D'Arthez était absolutiste, la princesse ne pouvait ignorer les opinions d'un homme assis à la Chambre parmi les quinze ou vingt personnes qui représentent le parti légitimiste ; elle trouva moyen de lui raconter comment elle avait joué de Marsay ; puis, par une transition que lui fournit le dévouement du prince de Cadignan à la famille royale et à MADAME, elle amena l'attention de d'Arthez sur le prince.

— Il a du moins pour lui d'aimer ses maîtres et de leur être dévoué, dit-elle. Son caractère public me console de toutes les souffrances que m'a causées son caractère privé : — Car, reprit-elle en laissant habilement de côté le prince, n'avez-vous pas remarqué, vous qui savez tout, que les hommes ont deux caractères : ils en ont un pour leur intérieur, pour leurs femmes, pour leur vie secrète, et qui est le vrai ; là, plus de masque, plus de dissimulation, ils ne se donnent pas la peine de feindre, ils sont ce qu'ils sont, et sont souvent horribles ; puis le monde, les autres, les salons, la Cour, le souverain, la Politique les voient grands, nobles, généreux, en costume brodé de vertus, parés de beau langage, pleins d'exquises qualités. Quelle horrible plaisanterie ! Et l'on s'étonne quelquefois du sourire de certaines femmes, de leur air de supériorité avec leurs maris, de leur indifférence...

Elle laissa tomber sa main le long du bras de son fauteuil, sans achever, mais ce geste complétait admirablement son discours. Comme elle vit d'Arthez occupé d'examiner sa taille flexible, si bien pliée au fond de son moelleux fauteuil, occupé des jeux de sa robe, et d'une jolie petite fronçure qui badinait sur le busc, une de ces hardiesses de toilette qui ne vont qu'aux tailles assez minces pour ne pouvoir jamais rien perdre, elle reprit l'ordre de ses pensées comme si elle se parlait à elle-même.

— Je ne continue pas. Vous avez fini, vous autres écrivains, par rendre bien ridicules les femmes qui se prétendent méconnues, qui sont mal mariées, qui se font dramatiques, intéressantes, ce qui me semble être du dernier bourgeois. On plie et tout est dit, ou l'on résiste et l'on s'amuse. Dans les deux cas, on doit se taire. Il est vrai que je n'ai su, ni tout à fait plier, ni tout à fait résister ; mais peut-être était-ce une raison encore plus grave de garder le silence. Quelle sottise aux femmes de se plaindre ! Si elles n'ont pas été les plus fortes, elles ont manqué d'esprit, de tact, de finesse, elles méritent leur sort. Ne sont-elles pas les reines en France ? Elles se jouent de vous comme elles le veulent, quand elles le veulent et autant qu'elles le veulent. (Elle fit danser sa cassolette par un mouvement merveilleux d'impertinence féminine et de gaieté railleuse.) — J'ai souvent entendu de misérables petites espèces [17] regretter d'être femmes, vouloir être hommes ; je les ai toujours regardées en pitié, dit-elle en continuant. Si j'avais à opter, je préférerais encore être femme. Le beau plaisir de devoir ses triomphes à la force, à toutes les puissances que vous donnent des lois faites par vous ! Mais quand nous vous voyons à nos pieds disant et faisant des sottises, n'est-ce donc pas un enivrant bonheur que de sentir en soi la faiblesse qui triomphe ? Quand nous réussissons, nous devons donc garder le silence, sous peine de perdre notre empire. Battues, les femmes doivent encore se taire par fierté. Le silence de l'esclave épouvante le maître.

Ce caquetage fut sifflé d'une voix si doucement moqueuse, si mignonne, avec des mouvements de tête si coquets, que d'Arthez, à qui ce genre de femme était totalement inconnu, restait exactement comme la perdrix charmée par le chien de chasse.

— Je vous en prie, madame, dit-il enfin, expliquez-moi comment un homme a pu vous faire souffrir, et soyez sûre que là où toutes les femmes seraient vulgaires, vous seriez distinguée, quand même vous n'auriez pas une manière de dire les choses qui rendrait intéressant un livre de cuisine.

— Vous allez vite en amitié, dit-elle d'un son de voix grave qui rendit d'Arthez sérieux et inquiet.

La conversation changea, l'heure avançait. Le pauvre homme de génie s'en alla contrit d'avoir paru curieux, d'avoir blessé ce cœur, et croyant que cette femme avait étrangement souffert. Elle avait passé sa vie à s'amuser, elle était un vrai don Juan femelle, à cette différence près que ce n'est pas à souper qu'elle eût invité la statue de pierre, et certes elle aurait eu raison de la statue.

Il est impossible de continuer ce récit sans dire un mot du prince de Cadignan, plus connu sous le nom de duc de Maufrigneuse ; autrement, le sel des inventions miraculeuses de la princesse disparaîtrait, et les étrangers ne comprendraient rien à l'épouvantable comédie parisienne qu'elle allait jouer pour un homme. Monsieur le duc de Maufrigneuse, en vrai fils du prince de Cadignan, est un homme long et sec, aux formes les plus élégantes, plein de bonne grâce, disant des mots charmants, devenu colonel par la grâce de Dieu, et devenu bon militaire par hasard ; d'ailleurs brave comme un Polonais, à tout propos, sans discernement, et cachant le vide de sa tête sous le jargon de la grande compagnie. Dès l'âge de trente-six ans, il était par force d'une aussi parfaite indifférence pour le beau sexe que le roi Charles X son maître ; puni comme son maître pour avoir, comme lui, trop plu dans sa jeunesse. Pendant dix-huit ans l'idole du faubourg Saint-Germain, il avait, comme tous les fils de famille, mené une vie dissipée, uniquement remplie de plaisirs. Son père, ruiné par la Révolution, avait retrouvé sa charge au retour des Bourbons, le gouvernement d'un château royal, des traitements, des pensions ; mais cette fortune factice, le vieux prince la mangea très bien, demeurant le grand seigneur qu'il était avant la Révolution, en sorte que, quand vint la loi d'indemnité [18], les sommes qu'il reçut furent absorbées par le luxe qu'il déploya dans son immense hôtel, le seul bien qu'il retrouva, et dont la plus grande partie était occupée par sa belle-fille. Le prince de Cadignan mourut quelque temps avant la Révolution de Juillet, âgé de quatre-vingt-sept ans. Il avait ruiné sa femme, et fut longtemps en délicatesse avec le duc de Navarreins, qui avait épousé sa fille en premières noces, et auquel il rendit difficilement ses comptes. Le duc de Maufrigneuse avait eu des liaisons avec la duchesse d'Uxelles. Vers 1814, au moment où monsieur de Maufrigneuse atteignait à trente-six ans, la duchesse, le voyant pauvre mais très bien en cour, lui donna sa fille qui possédait environ cinquante ou soixante mille livres de rente, sans ce qu'elle devait attendre d'elle. Mademoiselle d'Uxelles devenait ainsi duchesse, et sa mère savait qu'elle aurait vraisemblablement la plus grande liberté. Après avoir eu le bonheur inespéré de se donner un héritier, le duc laissa sa femme entièrement libre de ses actions, et alla s'amuser de garnison en garnison, passant les hivers à Paris, faisant des dettes que son père payait toujours, professant la plus entière indulgence conjugale, avertissant la duchesse huit jours à l'avance de son retour à Paris, adoré de son régiment, aimé du Dauphin, courtisan adroit, un peu joueur, d'ailleurs sans aucune affectation : jamais la duchesse ne put lui persuader de prendre une fille d'Opéra par décorum et par égard pour elle, disait-elle plaisamment. Le duc, qui avait la survivance de la charge de son père, sut plaire aux deux rois, à Louis XVIII et à Charles X, ce qui prouve qu'il tirait assez bon parti de sa nullité ; mais cette conduite, cette vie, tout était recouvert du plus beau vernis : langage, noblesse de manières, tenue offraient en lui la perfection ; enfin les Libéraux l'aimaient. Il lui fut impossible de continuer les Cadignan qui, selon le vieux prince, étaient connus pour ruiner leurs femmes, car la duchesse mangea elle-même sa fortune. Ces particularités devinrent si publiques dans le monde de la Cour et dans le faubourg Saint-Germain, que, pendant les cinq dernières années de la Restauration, on se serait moqué de quelqu'un qui en aurait parlé, comme s'il eût voulu raconter la mort de Turenne ou celle de Henri IV. Aussi, pas une femme ne parlait-elle de ce charmant duc sans en faire l'éloge : il avait été parfait pour sa femme, il était difficile à un homme de se montrer aussi bien que Maufrigneuse pour la duchesse, il lui avait laissé la libre disposition de sa fortune, il l'avait défendue et soutenue en toute occasion. Soit orgueil, soit bonté, soit chevalerie, monsieur de Maufrigneuse avait sauvé la duchesse en bien des circonstances où toute autre femme eût péri, malgré son entourage, malgré le crédit de la vieille duchesse d'Uxelles, du duc de Navarreins, de son beau-père et de la tante de son mari. Aujourd'hui le prince de Cadignan passe pour un des beaux caractères de l'aristocratie. Peut-être la fidélité dans le besoin est-elle une des plus belles victoires que puissent remporter les courtisans sur eux-mêmes. La duchesse d'Uxelles avait quarante-cinq ans quand elle maria sa fille au duc de Maufrigneuse, elle assistait donc depuis longtemps sans jalousie et même avec intérêt aux succès de son ancien ami. Au moment du mariage de sa fille et du duc, elle tint une conduite d'une grande noblesse et qui sauva l'immoralité de cette combinaison. Néanmoins, la méchanceté des gens de cour trouva matière à railler, et prétendit que cette belle conduite ne coûtait pas grand-chose à la duchesse, quoique depuis cinq ans environ elle se fût adonnée à la dévotion et au repentir des femmes qui ont beaucoup à se faire pardonner.

Pendant plusieurs jours la princesse se montra de plus en plus remarquable par ses connaissances en littérature. Elle abordait avec une excessive hardiesse les questions les plus ardues, grâce à des lectures diurnes et nocturnes poursuivies avec une intrépidité digne des plus grands éloges. D'Arthez, stupéfait et incapable de soupçonner que Diane d'Uxelles répétait le soir ce qu'elle avait lu le matin, comme font beaucoup d'écrivains, la tenait pour une femme supérieure. Ces conversations éloignaient Diane du but, elle essaya de se retrouver sur le terrain des confidences d'où son amant s'était prudemment retiré ; mais il ne lui fut pas très facile d'y faire revenir un homme de cette trempe une fois effarouché. Cependant, après un mois de campagnes littéraires et de beaux discours platoniques, d'Arthez s'enhardit et vint tous les jours à trois heures. Il se retirait à six heures, et reparaissait le soir à neuf heures, pour rester jusqu'à minuit ou une heure du matin, avec la régularité d'un amant plein d'impatience. La princesse se trouvait habillée avec plus ou moins de recherche à l'heure où d'Arthez se présentait. Cette mutuelle fidélité, les soins qu'ils prenaient d'eux-mêmes, tout en eux exprimait des sentiments qu'ils n'osaient s'avouer, car la princesse devinait à merveille que ce grand enfant avait peur d'un débat autant qu'elle en avait envie. Néanmoins d'Arthez mettait dans ses constantes déclarations muettes un respect qui plaisait infiniment à la princesse. Tous deux se sentaient chaque jour d'autant plus unis que rien de convenu ni de tranché ne les arrêtait dans la marche de leurs idées, comme lorsque, entre amants, il y a d'un côté des demandes formelles, et de l'autre une défense ou sincère ou coquette. Semblable à tous les hommes plus jeunes que leur âge ne le comporte, d'Arthez était en proie à ces émouvantes irrésolutions causées par la puissance des désirs et par la terreur de déplaire, situation à laquelle une jeune femme ne comprend rien quand elle la partage, mais que la princesse avait trop souvent fait naître pour ne pas en savourer les plaisirs. Aussi Diane jouissait-elle de ces délicieux enfantillages avec d'autant plus de charme qu'elle savait bien comment les faire cesser. Elle ressemblait à un grand artiste se complaisant dans les lignes indécises d'une ébauche, sûr d'achever dans une heure d'inspiration le chef-d'œuvre encore flottant dans les limbes de l'enfantement. Combien de fois, en voyant d'Arthez prêt à s'avancer, ne se plut-elle pas à l'arrêter par un air imposant ? Elle refoulait les secrets orages de ce jeune cœur, elle les soulevait, les apaisait par un regard, en tendant sa main à baiser, ou par des mots insignifiants dits d'une voix émue et attendrie. Ce manège, froidement convenu mais divinement joué, gravait son image toujours plus avant dans l'âme de ce spirituel écrivain, qu'elle se plaisait à rendre enfant, confiant, simple et presque niais auprès d'elle ; mais elle avait aussi des retours sur elle-même, et il lui était alors impossible de ne pas admirer tant de grandeur mêlée à tant d'innocence. Ce jeu de grande coquette l'attachait elle-même insensiblement à son esclave. Enfin, Diane s'impatienta contre cet Épictète amoureux, et, quand elle crut l'avoir disposé à la plus entière crédulité, elle se mit en devoir de lui appliquer sur les yeux le bandeau le plus épais.

Un soir Daniel trouva la princesse pensive, un coude sur une petite table, sa belle tête blonde baignée de lumière par la lampe ; elle badinait avec une lettre qu'elle faisait danser sur le tapis de la table. Quand d'Arthez eut bien vu ce papier, elle finit par le plier et le passer dans sa ceinture.

— Qu'avez-vous ? dit d'Arthez, vous paraissez inquiète.

— J'ai reçu une lettre de monsieur de Cadignan, répondit-elle. Quelque graves que soient ses torts envers moi, je pensais, après avoir lu sa lettre, qu'il est exilé, sans famille, sans son fils qu'il aime.

Ces paroles, prononcées d'une voix pleine d'âme, révélaient une sensibilité angélique. D'Arthez fut ému au dernier point. La curiosité de l'amant devint pour ainsi dire une curiosité presque psychologique et littéraire. Il voulut savoir jusqu'à quel point cette femme était grande, sur quelles injures portait son pardon, comment ces femmes du monde, taxées de frivolité, de dureté de cœur, d'égoïsme, pouvaient être des anges. En se souvenant d'avoir été déjà repoussé quand il avait voulu connaître ce cœur céleste, il eut, lui, comme un tremblement dans la voix, lorsqu'en prenant la main transparente, fluette, à doigts tournés en fuseau de la belle Diane, il lui dit : « Sommes-nous maintenant assez amis pour que vous me disiez ce que vous avez souffert ? Vos anciens chagrins doivent être pour quelque chose dans cette rêverie.

— Oui » dit-elle en sifflant cette syllabe comme la plus douce note qu'ait jamais soupirée la flûte de Tulou [19].

Elle retomba dans sa rêverie, et ses yeux se voilèrent. Daniel demeura dans une attente pleine d'anxiété, pénétré de la solennité de ce moment. Son imagination de poète lui faisait voir comme des nuées qui se dissipaient lentement en lui découvrant le sanctuaire où il allait voir aux pieds de Dieu l'agneau blessé.

— Eh ! bien ?... dit-il d'une voix douce et calme.

Diane regarda le tendre solliciteur ; puis elle baissa les yeux lentement en déroulant ses paupières par un mouvement qui décelait la plus noble pudeur. Un monstre seul aurait été capable d'imaginer quelque hypocrisie dans l'ondulation gracieuse par laquelle la malicieuse princesse redressa sa jolie petite tête pour plonger encore un regard dans les yeux avides de ce grand homme.

— Le puis-je ? le dois-je ? fit-elle en laissant échapper un geste d'hésitation et regardant d'Arthez avec une sublime expression de tendresse rêveuse. Les hommes ont si peu de foi pour ces sortes de choses ! Ils se croient si peu obligés à la discrétion !

— Ah ! si vous vous défiez de moi, pourquoi suis-je ici ? s'écria d'Arthez.

— Eh ! mon ami, répondit-elle en donnant à son exclamation la grâce d'un aveu involontaire, lorsqu'elle s'attache pour la vie, une femme calcule-t-elle ? Il ne s'agit pas de mon refus (que puis-je vous refuser ?) ; mais de l'idée que vous aurez de moi, si je parle. Je vous confierai bien l'étrange situation dans laquelle je suis à mon âge ; mais que penseriez-vous d'une femme qui découvrirait les plaies secrètes du mariage, qui trahirait les secrets d'un autre ? Turenne gardait sa parole aux voleurs ; ne dois-je pas à mes bourreaux la probité de Turenne ?

— Avez-vous donné votre parole à quelqu'un ?

— Monsieur de Cadignan n'a pas cru nécessaire de me demander le secret. Vous voulez donc plus que mon âme ? Tyran ! vous voulez donc que j'ensevelisse en vous ma probité, dit-elle en jetant sur d'Arthez un regard par lequel elle donna plus de prix à cette fausse confidence qu'à toute sa personne.

— Vous faites de moi un homme par trop ordinaire, si de moi vous craignez quoi que ce soit de mal, dit-il avec une amertume mal déguisée.

— Pardon, mon ami, répondit-elle en lui prenant la main, la regardant, la prenant dans les siennes et la caressant en y traînant les doigts par un mouvement d'une excessive douceur. Je sais tout ce que vous valez. Vous m'avez raconté toute votre vie, elle est noble, elle est belle, elle est sublime, elle est digne de votre nom ; peut-être, en retour, vous dois-je la mienne ? Mais j'ai peur en ce moment de déchoir à vos yeux en vous racontant des secrets qui ne sont pas seulement les miens. Puis peut-être ne croirez-vous pas, vous, homme de solitude et de poésie, aux horreurs du monde. Ah ! vous ne savez pas qu'en inventant vos drames, ils sont surpassés par ceux qui se jouent dans les familles en apparence les plus unies. Vous ignorez l'étendue de certaines infortunes dorées.

— Je sais tout, s'écria-t-il.

— Non, reprit-elle, vous ne savez rien. Une fille doit-elle jamais livrer sa mère ?

En entendant ce mot, d'Arthez se trouva comme un homme égaré par une nuit noire dans les Alpes, et qui, aux premières lueurs du matin, aperçoit qu'il enjambe un précipice sans fond. Il regarda la princesse d'un air hébété, il avait froid dans le dos. Diane crut que cet homme de génie était un esprit faible, mais elle lui vit un éclat dans les yeux qui la rassura.

— Enfin, vous êtes devenu pour moi presque un juge, dit-elle d'un air désespéré. Je puis parler, en vertu du droit qu'a tout être calomnié de se montrer dans son innocence. J'ai été, je suis encore (si tant est qu'on se souvienne d'une pauvre recluse forcée par le monde de renoncer au monde !) accusée de tant de légèreté, de tant de mauvaises choses, qu'il peut m'être permis de me poser dans le cœur où je trouve un asile de manière à n'en être pas chassée. J'ai toujours vu dans la justification une forte atteinte faite à l'innocence, aussi ai-je toujours dédaigné de parler. A qui d'ailleurs pouvais-je adresser la parole ? On ne doit confier ces cruelles choses qu'à Dieu ou à quelqu'un qui nous semble bien près de lui, un prêtre, ou un autre nous-même. Eh ! bien, si mes secrets ne sont pas là, dit-elle en appuyant sa main sur le cœur de d'Arthez, comme ils étaient ici... (Elle fit fléchir sous ses doigts le haut de son busc) vous ne serez pas le grand d'Arthez, j'aurai été trompée !

Une larme mouilla les yeux de d'Arthez, et Diane dévora cette larme par un regard de côté qui ne fit vaciller ni sa prunelle ni sa paupière. Ce fut leste et net comme un geste de chatte prenant une souris. D'Arthez, pour la première fois, après soixante jours pleins de protocoles, osa prendre cette main tiède et parfumée, il la porta sous ses lèvres, il y mit un long baiser, traîné depuis le poignet jusqu'aux ongles avec une si délicate volupté que la princesse inclina sa tête en augurant très bien de la littérature. Elle pensa que les hommes de génie devaient aimer avec beaucoup plus de perfection que n'aiment les fats, les gens du monde, les diplomates et même les militaires, qui cependant n'ont que cela à faire. Elle était connaisseuse, et savait que le caractère amoureux se signe en quelque sorte dans des riens. Une femme instruite peut lire son avenir dans un simple geste, comme Cuvier savait dire en voyant le fragment d'une patte : « Ceci appartient à un animal de telle dimension, avec ou sans cornes, carnivore, herbivore, amphibie, etc., âgé de tant de mille ans. » Sûre de rencontrer chez d'Arthez autant d'imagination dans l'amour qu'il en mettait dans son style, elle jugea nécessaire de le faire arriver au plus haut degré de la passion et de la croyance. Elle retira vivement sa main par un magnifique mouvement plein d'émotions. Elle eût dit : « Finissez, vous allez me faire mourir ! » elle eût parlé moins énergiquement. Elle resta pendant un moment les yeux dans les yeux de d'Arthez, en exprimant tout à la fois du bonheur, de la pruderie, de la crainte, de la confiance, de la langueur, un vague désir et une pudeur de vierge. Elle n'eut alors que vingt ans ! Mais comptez qu'elle s'était préparée à cette heure de comique mensonge avec un art inouï dans sa toilette, elle était dans son fauteuil comme une fleur qui va s'épanouir au premier baiser du soleil. Trompeuse ou vraie, elle enivrait Daniel. S'il est permis de risquer une opinion individuelle, avouons qu'il serait délicieux d'être ainsi trompé longtemps. Certes, souvent Talma, sur la scène, a été fort au-dessus de la nature. Mais la princesse de Cadignan n'est-elle pas la plus grande comédienne de ce temps ? Il ne manque à cette femme qu'un parterre attentif. Malheureusement, dans les époques tourmentées par les orages politiques, les femmes disparaissent comme les lys des eaux, qui, pour fleurir et s'étaler à nos regards ravis, ont besoin d'un ciel pur et des plus tièdes zéphyrs.

L'heure était venue, Diane allait entortiller ce grand homme dans les lianes inextricables d'un roman préparé de longue main, et qu'il allait écouter comme un néophyte des beaux jours de la foi chrétienne écoutait l'épître d'un apôtre.

— Mon ami, ma mère, qui vit encore à Uxelles, m'a mariée à dix-sept ans, en 1814 (vous voyez que je suis bien vieille !), à monsieur de Maufrigneuse, non pas par amour pour moi, mais par amour pour lui. Elle s'acquittait, envers le seul homme qu'elle eût aimé, de tout le bonheur qu'elle avait reçu de lui. Oh ! ne vous étonnez pas de cette horrible combinaison, elle a lieu souvent. Beaucoup de femmes sont plus amantes que mères, comme la plupart sont meilleures mères que bonnes femmes. Ces deux sentiments, l'amour et la maternité, développés comme ils le sont par nos mœurs, se combattent souvent dans le cœur des femmes ; il y en a nécessairement un qui succombe quand ils ne sont pas égaux en force, ce qui fait de quelques femmes exceptionnelles la gloire de notre sexe. Un homme de votre génie doit comprendre ces choses qui font l'étonnement des sots, mais qui n'en sont pas moins vraies, et, j'irai plus loin, qui sont justifiables par la différence des caractères, des tempéraments, des attachements, des situations. Moi, par exemple, en ce moment, après vingt ans de malheurs, de déceptions, de calomnies supportées, d'ennuis pesants, de plaisirs creux, ne serais-je pas disposée à me prosterner aux pieds d'un homme qui m'aimerait sincèrement et pour toujours ? Eh ! bien, ne serais-je pas condamnée par le monde ? Et cependant vingt ans de souffrances n'excuseraient-elles pas une dizaine d'années qui me restent à vivre encore belle, données à un saint et pur amour ? Cela ne sera pas, je ne suis pas assez sotte pour diminuer mes mérites aux yeux de Dieu. J'ai porté le poids du jour et de la chaleur jusqu'au soir, j'achèverai ma journée, et j'aurai gagné ma récompense...

— Quel ange ! pensa d'Arthez.

— Enfin, je n'en ai jamais voulu à la duchesse d'Uxelles d'avoir plus aimé monsieur de Maufrigneuse que la pauvre Diane que voici. Ma mère m'avait très peu vue, elle m'avait oubliée ; mais elle s'est mal conduite envers moi, de femme à femme, en sorte que ce qui est mal de femme à femme devient horrible de mère à fille. Les mères qui mènent une vie comme celle de la duchesse d'Uxelles tiennent leurs filles loin d'elles, je suis donc entrée dans le monde quinze jours avant mon mariage. Jugez de mon innocence ! Je ne savais rien, j'étais incapable de deviner le secret de cette alliance. J'avais une belle fortune : soixante mille livres de rente en forêts, que la Révolution avait oublié de vendre en Nivernais ou n'avait pu vendre et qui dépendaient du beau château d'Anzy[20] ; monsieur de Maufrigneuse était criblé de dettes. Si plus tard j'ai appris ce que c'était que d'avoir des dettes, j'ignorais alors trop complètement la vie pour le soupçonner. Les économies faites sur ma fortune servirent à pacifier les affaires de mon mari. Monsieur de Maufrigneuse avait trente-huit ans quand je l'épousai, mais ces années étaient comme celles des campagnes des militaires, elles devaient compter double. Ah ! il avait bien plus de soixante-seize ans. A quarante ans, ma mère avait encore des prétentions, et je me suis trouvée entre deux jalousies. Quelle vie ai-je menée pendant dix ans !... Ah ! si l'on savait ce que souffrait cette pauvre petite femme tant soupçonnée ! Être gardée par une mère jalouse de sa fille ! Dieu !... Vous autres qui faites des drames, vous n'en inventerez jamais un aussi noir, aussi cruel que celui-là. Ordinairement, d'après le peu que je sais de la littérature, un drame est une suite d'actions, de discours, de mouvements qui se précipitent vers une catastrophe ; mais ce dont je vous parle est la plus horrible catastrophe en action ! C'est l'avalanche tombée le matin sur vous qui retombe le soir, et qui retombera le lendemain. J'ai froid au moment où je vous parle et où je vous éclaire la caverne sans issue, froide et sombre dans laquelle j'ai vécu. S'il faut tout vous dire, la naissance de mon pauvre enfant qui d'ailleurs est tout moi-même... vous avez dû être frappé de sa ressemblance avec moi ? c'est mes cheveux, mes yeux, la coupe de mon visage, ma bouche, mon sourire, mon menton, mes dents... Eh ! bien, sa naissance est un hasard ou le fait d'une convention de ma mère et de mon mari. Je suis restée longtemps jeune fille après mon mariage, quasi délaissée le lendemain, mère sans être femme. La duchesse se plaisait à prolonger mon ignorance, et, pour atteindre à ce but, une mère a près de sa fille d'horribles avantages. Moi, pauvre petite, élevée dans un couvent comme une rose mystique, ne sachant rien du mariage, développée fort tard, je me trouvais très heureuse : je jouissais de la bonne intelligence et de l'harmonie de notre famille. Enfin j'étais entièrement divertie[21] de penser à mon mari, qui ne me plaisait guère et qui ne faisait rien pour se montrer aimable, par les premières joies de la maternité : elles furent d'autant plus vives que je n'en soupçonnais pas d'autres. On m'avait tant corné aux oreilles le respect qu'une mère se devait à elle-même ! Et d'ailleurs, une jeune fille aime toujours à *jouer à la maman.* A l'âge où j'étais, un enfant remplace alors la poupée. J'étais si fière d'avoir cette belle fleur, car Georges était beau... une merveille! Comment songer au monde quand on a le bonheur de nourrir et de soigner un petit ange! J'adore les enfants quand ils sont tout petits, blancs et roses. Moi, je ne voyais que mon fils, je vivais avec mon fils, je ne laissais pas sa gouvernante l'habiller, le déshabiller, le changer. Ces soins, si ennuyeux pour les mères qui ont des régiments d'enfants, étaient tout plaisir pour moi. Mais après trois ou quatre ans, comme je ne suis pas tout à fait sotte, malgré le soin que l'on mettait à me bander les yeux, la lumière a fini par les atteindre. Me voyez-vous au réveil, quatre ans après, en 1819? Les *Deux Frères ennemis*[22] sont une tragédie à l'eau rose auprès d'une mère et d'une fille placées comme nous le fûmes alors, la duchesse et moi; je les ai bravés alors, elle et mon mari, par des coquetteries publiques qui ont fait parler le monde... Dieu sait comme! Vous comprenez, mon ami, que les hommes avec lesquels j'étais soupçonnée de légèreté avaient pour moi la valeur du poignard dont on se sert pour frapper son ennemi. Préoccupée de ma vengeance, je ne sentais pas les blessures que je me portais à moi-même. Innocente comme un enfant, je passais pour une femme perverse, pour la plus mauvaise femme du monde, et je n'en savais rien. Le monde est bien sot, bien aveugle, bien ignorant; il ne pénètre que les secrets qui l'amusent, qui servent sa méchanceté; les choses les plus grandes, les plus nobles, il se met la main sur les yeux pour ne pas les voir. Mais il me semble que, dans ce temps, j'ai eu des regards, des attitudes d'innocence révoltée, des mouvements de fierté qui eussent été des bonnes fortunes pour de grands peintres. J'ai dû éclairer des bals par les tempêtes de ma colère, par les torrents de mon dédain. Poésie perdue ! On ne fait ces sublimes poèmes que dans l'indignation qui nous saisit à vingt ans ! Plus tard on ne s'indigne plus, on est las, on ne s'étonne plus du vice, on est lâche, on a peur. Moi, j'allais, oh ! j'allais bien. J'ai joué le plus sot personnage au monde : j'ai eu les charges du crime sans en avoir les bénéfices. J'avais tant de plaisir à me compromettre ! Ah ! j'ai fait des malices d'enfant. Je suis allée en Italie avec un jeune étourdi que j'ai planté là quand il m'a parlé d'amour ; mais quand j'ai su qu'il s'était compromis pour moi (il avait fait un faux pour avoir de l'argent !) j'ai couru le sauver. Ma mère et mon mari, qui savaient le secret de ces choses, me tenaient en bride comme une femme prodigue. Oh ! cette fois, je suis allée au roi. Louis XVIII, cet homme sans cœur, a été touché : il m'a donné cent mille francs sur sa cassette. Le marquis d'Esgrignon, ce jeune homme que vous avez peut-être rencontré dans le monde et qui a fini par faire un très riche mariage, a été sauvé de l'abîme où il s'était plongé pour moi [23]. Cette aventure, causée par ma légèreté, m'a fait réfléchir. Je me suis aperçue que j'étais la première victime de ma vengeance. Ma mère, mon mari, mon beau-père avaient le monde pour eux, ils paraissaient protéger mes folies. Ma mère, qui me savait bien trop fière, trop grande, trop d'Uxelles pour me conduire vulgairement, fut alors épouvantée du mal qu'elle avait fait. Elle avait cinquante-deux ans, elle a quitté Paris, elle est allée vivre à Uxelles. Elle se repent maintenant de ses torts, elle les expie par la dévotion la plus outrée et par une affection sans bornes pour moi. Mais, en 1823, elle m'a laissée seule et face à face avec monsieur de Maufrigneuse. Oh ! mon ami, vous autres hommes, vous ne pouvez savoir ce qu'est un vieil homme à bonnes fortunes. Quel intérieur que celui d'un homme accoutumé aux adorations des femmes du monde, qui ne trouve ni encens, ni encensoir chez lui, mort à tout, et jaloux par cela même ! J'ai voulu, quand monsieur de Maufrigneuse a été tout à moi, j'ai voulu être une bonne femme ; mais je me suis heurtée à toutes les aspérités d'un esprit chagrin, à toutes les fantaisies de l'impuissance, aux puérilités de la niaiserie, à toutes les vanités de la suffisance, à un homme qui était enfin la plus ennuyeuse élégie du monde et qui me traitait comme une petite fille, qui se plaisait à humilier mon amour-propre à tout propos, à m'aplatir sous les coups de son expérience, à me prouver que j'ignorais tout. Il me blessait à chaque instant. Enfin il a tout fait pour se faire prendre en détestation et me donner le droit de le trahir ; mais j'ai été la dupe de mon cœur et de mon envie de bien faire pendant trois ou quatre années ! Savez-vous le mot infâme qui m'a fait faire d'autres folies ? Inventerez-vous jamais le sublime des calomnies du monde ? — « La duchesse de Maufrigneuse est revenue à son mari, se disait-on. — Bah ! c'est par dépravation, c'est un triomphe que de ranimer les morts, elle n'avait plus que cela à faire », a répondu ma meilleure amie, une parente, celle chez qui j'ai eu le bonheur de vous rencontrer.

— Madame d'Espard ! s'écria Daniel en faisant un geste d'horreur.

— Oh ! je lui ai pardonné, mon ami. D'abord le mot est excessivement spirituel, et peut-être ai-je dit moi-même de plus cruelles épigrammes sur de pauvres femmes tout aussi pures que je l'étais.

D'Arthez rebaisa la main de cette sainte femme qui, après lui avoir servi une mère hachée en morceaux, avoir fait du prince de Cadignan que vous connaissez, un Othello à triple garde, se mettait elle-même en capilotade[24] et se donnait des torts, afin de se donner aux yeux du candide écrivain cette virginité que la plus niaise des femmes essaie d'offrir à tout prix à son amant.

— Vous comprenez, mon ami, que je suis rentrée dans le monde avec éclat et pour y faire des éclats. J'ai subi là des luttes nouvelles, il a fallu conquérir mon indépendance et neutraliser monsieur de Maufrigneuse. J'ai donc mené par d'autres raisons une vie dissipée. Pour m'étourdir, pour oublier la vie réelle par une vie fantastique, j'ai brillé, j'ai donné des fêtes, j'ai fait la princesse, et j'ai fait des dettes. Chez moi, je m'oubliais dans le sommeil de la fatigue, je renaissais belle, gaie, folle pour le monde ; mais, à cette triste lutte de la fantaisie contre la réalité, j'ai mangé ma fortune. La révolte de 1830 est arrivée, au moment où je rencontrais au bout de cette existence des *Mille et une Nuits* l'amour saint et pur que (je suis franche !) je désirais connaître. Avouez-le ! N'était-ce pas naturel chez une femme dont le cœur comprimé par tant de causes et d'accidents se réveillait à l'âge où la femme se sent trompée, et où je voyais autour de moi tant de femmes heureuses par l'amour ? Ah ! pourquoi Michel Chrestien fut-il si respectueux ? Il y a eu là encore une raillerie pour moi. Que voulez-vous ? En tombant, j'ai tout perdu, je n'ai eu d'illusions sur rien ; j'avais tout pressé, hormis un seul fruit pour lequel je n'ai plus ni goût, ni dents. Enfin, je me suis trouvée désenchantée du monde quand il me fallait quitter le monde. Il y a là quelque chose de providentiel, comme dans les insensibilités qui nous préparent à la mort. (Elle fit un geste plein d'onction religieuse.) — Tout alors m'a servi, reprit-elle, les désastres de la monarchie et ses ruines m'ont aidée à m'ensevelir. Mon fils me console de bien des choses. L'amour maternel nous rend tous les autres sentiments trompés ! Et le monde s'étonne de ma retraite ; mais j'y ai trouvé la félicité. Oh ! si vous saviez combien est heureuse ici la pauvre créature qui est là devant vous ! En sacrifiant tout à mon fils, j'oublie les bonheurs que j'ignore et que j'ignorerai toujours. Qui pourrait croire que la vie se traduit, pour la princesse de Cadignan, par une mauvaise nuit de mariage ; et toutes les aventures qu'on lui prête, par un défi de petite fille à deux épouvantables passions ? Mais personne. Aujourd'hui j'ai peur de tout. Je repousserai sans doute un sentiment vrai, quelque véritable et pur amour, en souvenir de tant de faussetés, de malheurs ; de même que les riches attrapés par des fripons qui simulent le malheur repoussent une vertueuse misère, dégoûtés qu'ils sont de la bienfaisance. Tout cela est horrible, n'est-ce pas ? Mais croyez-moi, ce que je vous dis est l'histoire de bien des femmes.

Ces derniers mots furent prononcés d'un ton de plaisanterie et de légèreté qui rappelait la femme élégante et moqueuse. D'Arthez était abasourdi. A ses yeux, les gens que les tribunaux envoient au bagne, qui pour avoir tué, qui pour avoir volé avec des circonstances aggravantes, qui pour s'être trompés de nom sur un billet, étaient de petits saints, comparés aux gens du monde. Cette atroce élégie, forgée dans l'arsenal du mensonge et trempée aux eaux du Styx parisien, avait été dite avec l'accent inimitable du vrai. L'écrivain contempla pendant un moment cette femme adorable, plongée dans son fauteuil, et dont les deux mains pendaient aux deux bras du fauteuil, comme deux gouttes de rosée à la marge d'une fleur, accablée par cette révélation, abîmée en paraissant avoir ressenti toutes les douleurs de sa vie à les dire, enfin un ange de mélancolie.

— Et jugez, fit-elle en se redressant par un soubresaut et levant une de ses mains et lançant des éclairs par les yeux où vingt soi-disant chastes années flambaient, jugez quelle impression dut faire sur moi l'amour de votre ami ; mais par une atroce raillerie du sort... ou Dieu peut-être... car alors, je l'avoue, un homme, mais un homme digne de moi, m'eût trouvée faible, tant j'avais soif de bonheur ! Eh ! bien, il est mort, et mort en sauvant la vie à qui ?... à monsieur de Cadignan ! Étonnez-vous de me trouver rêveuse...

Ce fut le dernier coup, et le pauvre d'Arthez n'y tint pas : il se mit à genoux, il fourra sa tête dans les mains de la princesse, et il y pleura, il y versa de ces larmes douces que répandraient les anges, si les anges pleuraient. Comme Daniel avait la tête là, madame de Cadignan put laisser errer sur ses lèvres un malicieux sourire de triomphe, un sourire qu'auraient les singes en faisant un tour supérieur, si les singes riaient. — « Ah ! je le tiens », pensa-t-elle ; et, elle le tenait bien en effet.

— Mais, vous êtes... dit-il en relevant sa belle tête et la regardant avec amour.

— Vierge et martyre, reprit-elle en souriant de la vulgarité de cette vieille plaisanterie mais en lui donnant un sens charmant par ce sourire plein d'une gaieté cruelle. Si vous me voyez riant, c'est que je pense à la princesse que connaît le monde, à cette duchesse de Maufrigneuse à qui l'on donne et de Marsay, et l'infâme de Trailles, un coupe-jarret politique, et ce petit sot d'Esgrignon, et Rastignac, Rubempré, des ambassadeurs, des ministres, des généraux russes, que sais-je ? l'Europe ! On a glosé de cet album que j'ai fait faire en croyant que ceux qui m'admiraient étaient mes amis. Ah ! c'est épouvantable. Je ne comprends pas comment je laisse un homme à mes pieds : les mépriser tous, telle devrait être ma religion.

Elle se leva, alla dans l'embrasure de la fenêtre par une démarche pleine de motifs magnifiques.

D'Arthez resta sur la chauffeuse où il se remit, n'osant suivre la princesse, mais la regardant ; il l'entendit se mouchant sans se moucher. Quelle est la princesse qui se mouche ? Diane essayait l'impossible pour faire croire à sa sensibilité. D'Arthez crut son ange en larmes, il accourut, la prit par la taille, la serra sur son cœur.

— Non, laissez-moi, dit-elle d'une voix faible et en murmurant, j'ai trop de doutes pour être bonne à quelque chose. Me réconcilier avec la vie est une tâche au-dessus de la force d'un homme.

— Diane ! je vous aimerai, moi, pour toute votre vie perdue.

— Non, ne me parlez pas ainsi, répondit-elle. En ce moment je suis honteuse et tremblante comme si j'avais commis les plus grands péchés.

Elle était entièrement revenue à l'innocence des petites filles, et se montrait néanmoins auguste, grande, noble autant qu'une reine. Il est impossible de décrire l'effet de ce manège, si habile qu'il arrivait à la vérité pure, sur une âme neuve et franche comme celle de d'Arthez. Le grand écrivain resta muet d'admiration, passif dans cette embrasure de fenêtre, attendant un mot, tandis que la princesse attendait un baiser ; mais elle était trop sacrée pour lui. Quand elle eut froid, la princesse alla reprendre sa position sur son fauteuil, elle avait les pieds gelés.

— Ce sera bien long, pensait-elle en regardant Daniel le front haut et la tête sublime de vertu.

— Est-ce une femme ? se demandait ce profond observateur du cœur humain. Comment s'y prendre avec elle ?

Jusqu'à deux heures du matin, ils passèrent le temps à se dire les bêtises que les femmes de génie, comme est la princesse, savent rendre adorables. Diane se prétendit trop détruite, trop vieille, trop passée ; d'Arthez lui prouva, ce dont elle était convaincue, qu'elle avait la peau la plus délicate, la plus délicieuse au toucher, la plus blanche au regard, la plus parfumée ; elle était jeune et dans sa fleur. Ils disputèrent beauté à beauté, détail à détail, par des : « Croyez-vous ? — Vous êtes fou. — C'est le désir ! — Dans quinze jours, vous me verrez telle que je suis. — Enfin, je vais vers quarante ans. Peut-on aimer une si vieille femme ? » D'Arthez fut d'une éloquence impétueuse et lycéenne, bardée des épithètes les plus exagérées. Quand la princesse entendit ce spirituel écrivain disant des sottises de sous-lieutenant amoureux, elle l'écouta d'un air absorbé, tout attendrie, mais riant en elle-même.

Quand d'Arthez fut dans la rue, il se demanda s'il n'aurait pas dû être moins respectueux. Il repassa dans sa mémoire ces étranges confidences qui naturellement ont été fort abrégées ici, elles auraient voulu tout un livre pour être rendues dans leur abondance melliflue et avec les façons dont elles furent accompagnées. La perspicacité rétrospective de cet homme si naturel et si profond fut mise en défaut par le naturel de ce roman, par sa profondeur, par l'accent de la princesse.

— C'est vrai, se disait-il sans pouvoir dormir, il y a de ces drames-là dans le monde ; le monde couvre de semblables horreurs sous les fleurs de son élégance, sous la broderie de ses médisances, sous l'esprit de ses récits. Nous n'inventons jamais que le vrai. Pauvre Diane ! Michel avait pressenti cette énigme, il disait que sous cette couche de glace il y avait des volcans[25] ! Et Bianchon, Rastignac ont raison : quand un homme peut confondre les grandeurs de l'idéal et les jouissances du désir, en aimant une femme à jolies manières, pleine d'esprit, de délicatesse, ce doit être un bonheur sans nom. Et il sondait en lui-même son amour, et il le trouvait infini.

Le lendemain, sur les deux heures, madame d'Espard, qui depuis plus d'un mois ne voyait plus la princesse, et n'avait pas reçu d'elle un seul traître mot, vint, amenée par une excessive curiosité. Rien de plus plaisant que la conversation de ces deux fines couleuvres pendant la première demi-heure. Diane d'Uxelles se gardait, comme de porter une robe jaune, de parler de d'Arthez. La marquise tournait autour de cette question comme un Bédouin autour d'une riche caravane. Diane s'amusait, la marquise enrageait. Diane attendait, elle voulait utiliser son amie, et s'en faire un chien de chasse. De ces deux femmes si célèbres dans le monde actuel, l'une était plus forte que l'autre. La princesse dominait de toute la tête la marquise, et la marquise reconnaissait intérieurement cette supériorité. Là, peut-être, était le secret de cette amitié. La plus faible se tenait tapie dans son faux attachement pour épier l'heure si longtemps attendue par tous les faibles, de sauter à la gorge des forts, et leur imprimer la marque d'une joyeuse morsure. Diane y voyait clair. Le monde entier était la dupe des câlineries de ces deux amies. A l'instant où la princesse aperçut une interrogation sur les lèvres de son amie, elle lui dit : « Eh !

bien, ma chère, je vous dois un bonheur complet, immense, infini, céleste.

— Que voulez-vous dire ?

— Vous souvenez-vous de ce que nous ruminions, il y a trois mois, dans ce petit jardin, sur le banc, au soleil, sous le jasmin ? Ah ! il n'y a que les gens de génie qui sachent aimer. J'appliquerais volontiers à mon grand Daniel d'Arthez le mot du duc d'Albe à Catherine de Médicis : « La tête d'un seul saumon vaut celle de toutes les grenouilles. »

— Je ne m'étonne point de ne plus vous voir, dit madame d'Espard.

— Promettez-moi, si vous le voyez, de ne pas lui dire un mot de moi, mon ange, dit la princesse en prenant la main de la marquise. Je suis heureuse, oh ! mais heureuse au-delà de toute expression, et vous savez combien dans le monde un mot, une plaisanterie vont loin. Une parole tue, tant on sait mettre de venin dans une parole ! Si vous saviez combien, depuis huit jours, j'ai désiré pour vous une semblable passion ! Enfin, il est doux, c'est un beau triomphe pour nous autres femmes que d'achever notre vie de femme, de s'endormir dans un amour ardent, pur, dévoué, complet, entier, surtout quand on l'a cherché pendant si longtemps.

— Pourquoi me demandez-vous d'être fidèle à ma meilleure amie ? dit madame d'Espard. Vous me croyez donc capable de vous jouer un vilain tour ?

— Quand une femme possède un tel trésor, la crainte de le perdre est un sentiment si naturel qu'elle inspire les idées de la peur. Je suis absurde, pardonnez-moi, ma chère. »

Quelques moments après, la marquise sortit ; et, en la voyant partir, la princesse se dit : « Comme elle va m'arranger ! Puisse-t-elle tout dire sur moi ; mais pour lui épargner la peine d'arracher Daniel d'ici, je vais le lui envoyer. »

A trois heures, quelques instants après, d'Arthez vint. Au milieu d'un discours intéressant, la princesse lui coupa net la parole, et lui posa sa belle main sur le bras.

— Pardon, mon ami, lui dit-elle en l'interrompant, mais j'oublierais cette chose qui semble une niaiserie, et qui cependant est de la dernière importance. Vous n'avez pas mis le pied chez madame d'Espard depuis le jour mille fois heureux où je vous ai rencontré ; allez-y, non pas pour vous ni par politesse, mais pour moi. Peut-être m'en avez-vous fait une ennemie, si elle a par hasard appris que depuis son dîner vous n'êtes pour ainsi dire pas sorti de chez moi. D'ailleurs, mon ami, je n'aimerais pas à vous voir abandonnant vos relations et le monde, ni vos occupations et vos ouvrages. Je serais encore étrangement calomniée. Que ne dirait-on pas ? Je vous tiens en lesse [26], je vous absorbe, je crains les comparaisons, je veux encore faire parler de moi, je m'y prends bien pour conserver ma conquête, en sachant que c'est la dernière. Qui pourrait deviner que vous êtes mon unique ami ? Si vous m'aimiez autant que vous dites m'aimer, vous ferez croire au monde que nous sommes purement et simplement frère et sœur. Continuez.

D'Arthez fut pour toujours discipliné par l'ineffable douceur avec laquelle cette gracieuse femme arrangeait sa robe pour tomber en toute élégance. Il y avait je ne sais quoi de fin, de délicat dans ce discours qui le toucha aux larmes. La princesse sortait de toutes les conditions ignobles et bourgeoises des femmes qui se disputent et se chicanent pièce à pièce sur des divans, elle déployait une grandeur inouïe ; elle n'avait pas besoin de le dire, cette union était entendue entre eux noblement. Ce n'était ni hier, ni demain, ni aujourd'hui ; ce serait quand ils le voudraient l'un et l'autre, sans les interminables bandelettes de ce que les femmes vulgaires nomment *un sacrifice ;* sans doute elles savent tout ce qu'elles doivent y perdre, tandis que cette fête est un triomphe pour les femmes sûres d'y gagner. Dans cette phrase, tout était vague comme une promesse, doux comme une espérance et néanmoins certain comme un droit. Avouons-le ! Ces sortes de grandeurs n'appartiennent qu'à ces illustres et sublimes trompeuses, elles restent royales encore là où les autres femmes deviennent sujettes. D'Arthez put alors mesurer la distance qui existe entre ces femmes et les autres. La princesse se montrait toujours digne et belle. Le secret de cette noblesse est peut-être dans l'art avec lequel les grandes dames savent se dépouiller de leurs voiles ; elles arrivent à être, dans cette situation, comme des statues antiques ; si elles gardaient un chiffon, elles seraient impudiques. La bourgeoise essaie toujours de s'envelopper.

Enharnaché de tendresse, maintenu par les plus splendides vertus, d'Arthez obéit et alla chez madame d'Espard, qui déploya pour lui ses plus charmantes coquetteries. La marquise se garda bien de dire à d'Arthez un mot de la princesse, elle le pria seulement à dîner pour un prochain jour.

D'Arthez vit ce jour-là nombreuse compagnie. La marquise avait invité Rastignac, Blondet, le marquis d'Ajuda-Pinto, Maxime de Trailles, le marquis d'Esgrignon, les deux Vandenesse, du Tillet, un des plus riches banquiers de Paris ; le baron de Nucingen, Nathan, lady Dudley, deux des plus perfides attachés d'ambassade, et le chevalier d'Espard, l'un des plus profonds personnages de ce salon, la moitié de la politique de sa belle-sœur.

Ce fut en riant que Maxime de Trailles dit à d'Arthez : « Vous voyez beaucoup la princesse de Cadignan ? »

D'Arthez fit en réponse à cette question une sèche inclination de tête. Maxime de Trailles était un *bravo* d'un ordre supérieur, sans foi ni loi, capable de tout, ruinant les femmes qui s'attachaient à lui, leur faisant mettre leurs diamants en gage, mais couvrant cette conduite d'un vernis brillant, de manières charmantes et d'un esprit satanique. Il inspirait à tout le monde une crainte et un mépris égaux ; mais comme personne n'était assez hardi pour lui témoigner autre chose que les sentiments les plus courtois, il ne pouvait s'apercevoir de rien, ou il se prêtait à la dissimulation générale. Il devait au comte de Marsay le dernier degré d'élévation auquel il pouvait arriver. De Marsay, qui connaissait Maxime de longue main, l'avait jugé capable de remplir certaines fonctions secrètes et diplomatiques qu'il lui donnait, et desquelles il s'acquittait à merveille. D'Arthez était depuis quelque temps assez mêlé aux affaires politiques pour connaître à fond le personnage, et lui seul peut-être avait un caractère assez élevé pour exprimer tout haut ce que le monde pensait tout bas.

— *C'esde sans titte bir elle que fus néclichez la Jampre,* dit le baron de Nucingen.

— Ah ! la princesse est une des femmes les plus dangereuses chez lesquelles un homme puisse mettre le pied, s'écria doucement le marquis d'Esgrignon, je lui dois l'infamie de mon mariage.

— Dangereuse ? dit madame d'Espard. Ne parlez

pas ainsi de ma meilleure amie. Je n'ai jamais rien su ni vu de la princesse qui ne me paraisse tenir des sentiments les plus élevés.

— Laissez donc dire le marquis, s'écria Rastignac. Quand un homme a été désarçonné par un joli cheval, il lui trouve des vices et il le vend.

Piqué par ce mot, le marquis d'Esgrignon regarda Daniel d'Arthez, et lui dit : « Monsieur n'en est pas, j'espère, avec la princesse, à un point qui nous empêche de parler d'elle. »

D'Arthez garda le silence. D'Esgrignon, qui ne manquait pas d'esprit, fit en réponse à Rastignac un portrait apologétique de la princesse qui mit la table en belle humeur. Comme cette raillerie était excessivement obscure pour d'Arthez, il se pencha vers madame de Montcornet, sa voisine, et lui demanda le sens de ces plaisanteries.

— Mais, excepté vous, à en juger par la bonne opinion que vous avez de la princesse, tous les convives ont été, dit-on, dans ses bonnes grâces.

— Je puis vous assurer qu'il n'y a rien que de faux dans cette opinion, répondit Daniel.

— Cependant voici monsieur d'Esgrignon, un gentilhomme du Perche, qui s'est complètement ruiné pour elle, il y a douze ans, et qui, pour elle, a failli monter sur l'échafaud.

— Je sais l'affaire, dit d'Arthez. Madame de Cadignan est allée sauver monsieur d'Esgrignon de la Cour d'Assises, et voilà comment il l'en récompense aujourd'hui.

Madame de Montcornet regarda d'Arthez avec un etonnement et une curiosité presque stupides, puis elle reporta ses yeux sur madame d'Espard en le lui montrant comme pour dire : Il est ensorcelé !

Pendant cette courte conversation, madame de Cadignan était protégée par madame d'Espard, dont la protection ressemblait à celle des paratonnerres qui attirent la foudre. Quand d'Arthez revint à la conversation générale, il entendit Maxime de Trailles lançant ce mot : « Chez Diane la dépravation n'est pas un effet, mais une cause ; peut-être doit-elle à cette cause son naturel exquis : elle ne cherche pas, elle n'invente rien ; elle vous offre les recherches les plus raffinées comme une inspiration de l'amour le plus naïf, et il vous est impossible de ne pas la croire. »

Cette phrase, qui semblait avoir été préparée pour un homme de la portée de d'Arthez, était si forte que ce fut comme une conclusion. Chacun laissa la princesse, elle parut assommée. D'Arthez regarda de Trailles et d'Esgrignon d'un air railleur.

— Le plus grand tort de cette femme est d'aller sur les brisées des hommes, dit-il. Elle dissipe comme eux des biens paraphernaux[27], elle envoie ses amants chez les usuriers, elle dévore les dots, elle ruine des orphelins, elle fond de vieux châteaux, elle inspire et commet peut-être aussi des crimes, mais...

Jamais aucun des deux personnages auxquels répondait d'Arthez n'avait entendu rien de si fort. Sur ce *mais,* la table entière fut frappée, chacun resta la fourchette en l'air, les yeux fixés alternativement sur le courageux écrivain et sur les assassins de la princesse, en attendant la conclusion dans un horrible silence.

— Mais, dit d'Arthez avec une moqueuse légèreté, madame la princesse de Cadignan a sur les hommes un avantage : quand on s'est mis en danger pour elle, elle vous sauve, et ne dit de mal de personne. Pourquoi, dans le nombre, ne se trouverait-il pas une femme qui s'amusât des hommes, comme les hommes s'amusent des femmes ? Pourquoi le beau sexe ne prendrait-il pas de temps en temps une revanche ?...

— Le génie est plus fort que l'esprit, dit Blondet à Nathan.

Cette avalanche d'épigrammes fut en effet comme le feu d'une batterie de canons opposée à une fusillade. On s'empressa de changer de conversation. Ni le comte de Trailles, ni le marquis d'Esgrignon ne parurent disposés à quereller d'Arthez. Quand on servit le café, Blondet et Nathan vinrent trouver l'écrivain avec un empressement que personne n'osait imiter, tant il était difficile de concilier l'admiration inspirée par sa conduite, et la peur de se faire deux puissants ennemis.

— Ce n'est pas d'aujourd'hui que nous savons combien votre caractère égale en grandeur votre talent, lui dit Blondet. Vous vous êtes conduit là, non plus comme un homme, mais comme un dieu : ne s'être laissé emporter ni par son cœur, ni par son imagination ; ne pas avoir pris la défense d'une femme aimée, faute qu'on attendait de vous, et qui eût fait triompher ce monde dévoré de jalousie contre les illustrations littéraires... Ah ! permettez-moi de le dire, c'est le sublime de la politique privée.

— Ah ! vous êtes un homme d'État, dit Nathan. Il est aussi habile que difficile de venger une femme sans la défendre.

— La princesse est une des héroïnes du parti légitimiste, n'est-ce pas un devoir pour tout homme de cœur de la protéger *quand même ?* répondit froidement d'Arthez. Ce qu'elle a fait pour la cause de ses maîtres excuserait la plus folle vie.

— Il joue serré, dit Nathan à Blondet.

— Absolument comme si la princesse en valait la peine, répondit Rastignac qui s'était joint à eux.

D'Arthez alla chez la princesse, qui l'attendait en proie aux plus vives anxiétés. Le résultat de cette expérience que Diane avait favorisée pouvait lui être fatal. Pour la première fois de sa vie, cette femme souffrait dans son cœur et suait dans sa robe. Elle ne savait quel parti prendre au cas où d'Arthez croirait le monde qui dirait vrai, au lieu de la croire, elle qui mentait ; car, jamais un caractère si beau, un homme si complet, une âme si pure, une conscience si ingénue ne s'étaient mis sous sa main. Si elle avait ourdi de si cruels mensonges, elle y avait été poussée par le désir de connaître le véritable amour. Cet amour, elle le sentait poindre dans son cœur, elle aimait d'Arthez ; elle était condamnée à le tromper, car elle voulait rester pour lui l'actrice sublime qui avait joué la comédie à ses yeux. Quand elle entendit le pas de Daniel dans la salle à manger, elle éprouva une commotion, un tressaillement qui l'agita jusque dans les principes de sa vie. Ce mouvement, qu'elle n'avait jamais eu pendant l'existence la plus aventureuse pour une femme de son rang, lui apprit alors qu'elle avait joué son bonheur. Ses yeux, qui regardaient dans l'espace, embrassèrent d'Arthez tout entier ; elle vit à travers sa chair, elle lut dans son âme : le soupçon ne l'avait même donc pas effleuré de son aile de chauve-souris. Le terrible mouvement de cette peur eut alors sa réaction, la joie faillit étouffer l'heureuse Diane ; car il n'est pas de créature qui n'ait plus de force pour supporter le chagrin que pour résister à l'extrême félicité.

— Daniel, on m'a calomniée et tu m'as vengée ! s'écria-t-elle en se levant et en lui ouvrant les bras.

Dans le profond étonnement que lui causa ce mot dont les racines étaient invisibles pour lui, Daniel se laissa prendre la tête par deux belles mains, et la princesse le baisa saintement au front.

— Comment avez-vous su...

— O niais illustre ! ne vois-tu pas que je t'aime follement ?

Depuis ce jour, il n'a plus été question de la princesse de Cadignan, ni de d'Arthez. La princesse a hérité de sa mère quelque fortune, elle passe tous les étés à Genève dans une villa avec le grand écrivain, et revient pour quelques mois d'hiver à Paris. D'Arthez ne se montre qu'à la Chambre. Enfin, ses publications sont devenues excessivement rares. Est-ce un dénouement ? Oui, pour les gens d'esprit ; non, pour ceux qui veulent tout savoir [28].

Aux Jardies, juin 1839 [29].

LE MESSAGE

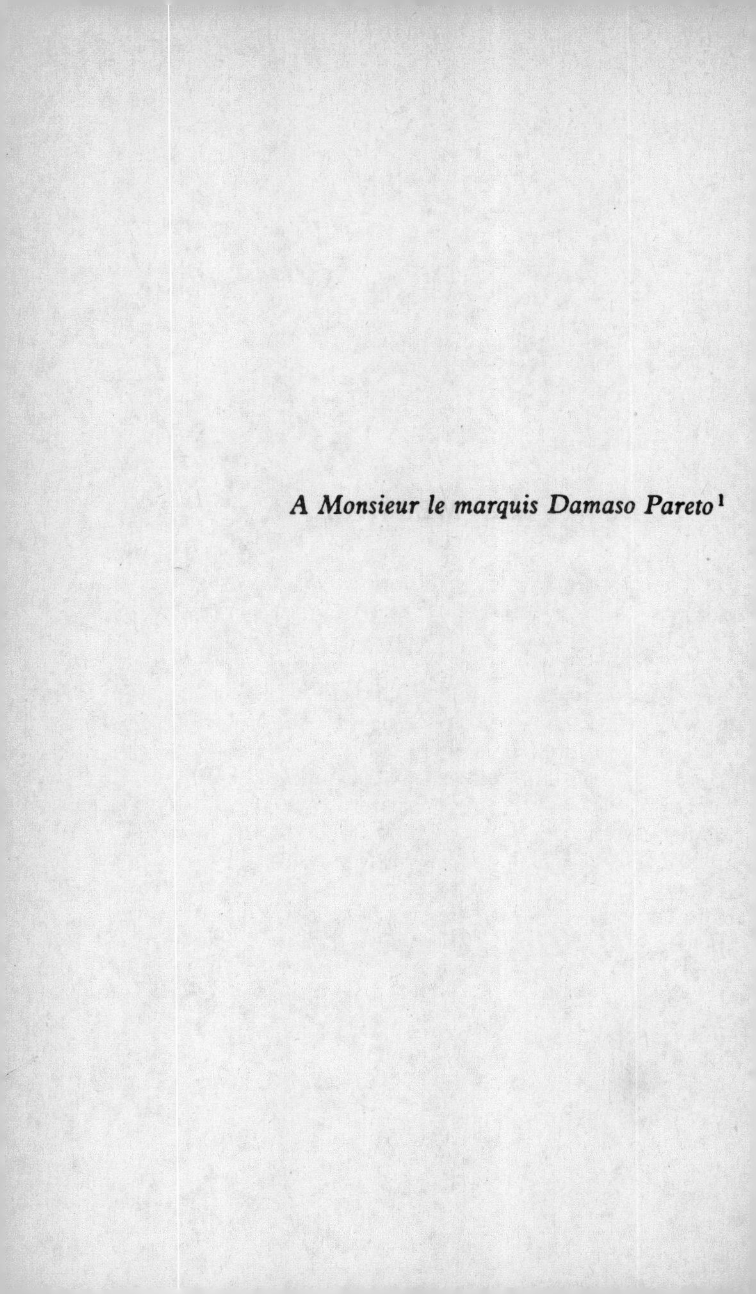

A Monsieur le marquis Damaso Pareto[1]

J'ai toujours eu[2] le désir de raconter une histoire simple et vraie, au récit de laquelle un jeune homme et sa maîtresse fussent saisis de frayeur et se réfugiassent au cœur l'un de l'autre, comme deux enfants qui se serrent en rencontrant un serpent sur le bord d'un bois. Au risque de diminuer l'intérêt de ma narration ou de passer pour un fat, je commence par vous annoncer le but de mon récit. J'ai joué un rôle dans ce drame presque vulgaire ; s'il ne vous intéresse pas, ce sera ma faute autant que celle de la vérité historique. Beaucoup de choses véritables sont souverainement ennuyeuses. Aussi est-ce la moitié du talent que de choisir dans le vrai ce qui peut devenir poétique.

En 1819, j'allais de Paris à Moulins. L'état de ma bourse m'obligeait à voyager sur l'impériale de la diligence. Les Anglais, vous le savez, regardent les places situées dans cette partie aérienne de la voiture comme les meilleures. Durant les premières lieues de la route, j'ai trouvé mille excellentes raisons pour justifier l'opinion de nos voisins. Un jeune homme, qui me parut être un peu plus riche que je ne l'étais, monta, par goût, près de moi, sur la banquette. Il accueillit mes arguments par des sourires inoffensifs. Bientôt une certaine conformité d'âge, de pensée, notre mutuel amour pour le grand air, pour les riches aspects des pays que nous découvrions à mesure que la lourde voiture avançait ; puis, je ne sais quelle attraction magnétique, impossible à expliquer, firent naître entre nous cette espèce d'intimité momentanée à laquelle les voyageurs s'abandonnent avec d'autant plus de complaisance que ce sentiment éphémère paraît devoir cesser promptement et n'engager à rien pour l'avenir. Nous n'avions pas fait trente lieues que nous parlions des femmes et de l'amour. Avec toutes les précautions oratoires voulues en semblable occurrence, il fut naturellement question de nos maîtresses. Jeunes tous deux, nous n'en étions encore, l'un et l'autre, qu'à la *femme d'un certain âge,* c'est-à-dire à la femme qui se trouve entre trente-cinq et quarante ans [3]. Oh ! un poète qui nous eût écoutés de Montargis à je ne sais plus quel relais, aurait recueilli des expressions bien enflammées, des portraits ravissants et de bien douces confidences ! Nos craintes pudiques, nos interjections silencieuses et nos regards encore rougissants étaient empreints d'une éloquence dont le charme naïf ne s'est plus retrouvé pour moi. Sans doute il faut rester jeune pour comprendre la jeunesse. Ainsi, nous nous comprîmes à merveille sur tous les points essentiels de la passion. Et, d'abord, nous avions commencé à poser en fait et en principe qu'il n'y avait rien de plus sot au monde qu'un acte de naissance ; que bien des femmes de quarante ans étaient plus jeunes que certaines femmes de vingt ans, et qu'en définitive les femmes n'avaient réellement que l'âge qu'elles paraissaient avoir. Ce système ne mettait pas de terme à l'amour, et nous nagions, de bonne foi, dans un océan sans bornes. Enfin, après avoir fait nos maîtresses jeunes, charmantes, dévouées, comtesses, pleines de goût, spirituelles, fines; après leur avoir donné de jolis pieds, une peau satinée et même doucement parfumée, nous nous avouâmes, lui, que *madame une telle* avait trente-huit ans, et moi, de mon côté, que j'adorais une quadragénaire. Là-dessus, délivrés l'un et l'autre d'une espèce de crainte vague, nous reprîmes nos confidences de plus belle en nous trouvant confrères en amour. Puis ce fut à qui, de nous deux, accuserait le plus de sentiment. L'un avait fait une fois deux cents lieues pour voir sa maîtresse pendant une heure. L'autre avait risqué de passer pour un loup et d'être fusillé dans un parc, afin de se trouver à un rendez-vous nocturne. Enfin, toutes nos folies! S'il y a du plaisir à se rappeler les dangers passés, n'y a-t-il pas aussi bien des délices à se souvenir des plaisirs évanouis : c'est jouir deux fois. Les périls, les grands et petits bonheurs, nous nous disions tout, même les plaisanteries. La comtesse de mon ami avait fumé un cigare pour lui plaire; la mienne me faisait mon chocolat et ne passait pas un jour sans m'écrire ou me voir; la sienne était venue demeurer chez lui pendant trois jours au risque de se perdre; la mienne avait fait encore mieux, ou pis si vous voulez. Nos maris adoraient d'ailleurs nos comtesses; ils vivaient esclaves sous le charme que possèdent toutes les femmes aimantes; et, plus niais que l'ordonnance ne le porte, ils ne nous faisaient tout juste de péril que ce qu'il en fallait pour augmenter nos plaisirs. Oh! comme le vent emportait vite nos paroles et nos douces risées!

En arrivant à Pouilly, j'examinai fort attentivement la personne de mon nouvel ami. Certes, je crus facilement qu'il devait être très sérieusement aimé.

Figurez-vous un jeune homme de taille moyenne, mais très bien proportionnée, ayant une figure heureuse et pleine d'expression. Ses cheveux étaient noirs et ses yeux bleus ; ses lèvres étaient faiblement rosées ; ses dents, blanches et bien rangées ; une pâleur gracieuse décorait encore ses traits fins, puis un léger cercle de bistre cernait ses yeux, comme s'il eût été convalescent. Ajoutez à cela qu'il avait des mains blanches, bien modelées, soignées comme doivent l'être celles d'une jolie femme, qu'il paraissait fort instruit, était spirituel, et vous n'aurez pas de peine à m'accorder que mon compagnon pouvait faire honneur à une comtesse. Enfin, plus d'une jeune fille l'eût envié pour mari, car il était vicomte, et possédait environ douze à quinze mille livres de rente, *sans compter les espérances.*

A une lieue de Pouilly, la diligence versa. Mon malheureux camarade jugea devoir, pour sa sûreté, s'élancer sur les bords d'un champ fraîchement labouré, au lieu de se cramponner à la banquette, comme je le fis, et de suivre le mouvement de la diligence. Il prit mal son élan ou glissa, je ne sais comment l'accident eut lieu, mais il fut écrasé par la voiture, qui tomba sur lui. Nous le transportâmes dans une maison de paysan. A travers les gémissements que lui arrachaient d'atroces douleurs, il put me léguer un de ces soins à remplir auxquels les derniers vœux d'un mourant donnent un caractère sacré. Au milieu de son agonie, le pauvre enfant se tourmentait, avec toute la candeur dont on est souvent victime à son âge, de la peine que ressentirait sa maîtresse si elle apprenait brusquement sa mort par un journal. Il me pria d'aller moi-même la lui annoncer. Puis il me fit chercher une clef suspendue à un ruban qu'il portait en sautoir sur la poitrine. Je la trouvai à moitié enfoncée dans les chairs.

Le mourant ne proféra pas la moindre plainte lorsque je la retirai, le plus délicatement qu'il me fut possible, de la plaie qu'elle y avait faite. Au moment où il achevait de me donner toutes les instructions nécessaires pour prendre chez lui, à La Charité-sur-Loire, les lettres d'amour que sa maîtresse lui avait écrites, et qu'il me conjura de lui rendre, il perdit la parole au milieu d'une phrase ; mais son dernier geste me fit comprendre que la fatale clef serait un gage de ma mission auprès de sa mère. Affligé de ne pouvoir formuler un seul mot de remerciement, car il ne doutait pas de mon zèle, il me regarda d'un œil suppliant pendant un instant, me dit adieu en me saluant par un mouvement de cils, puis il pencha la tête, et mourut. Sa mort fut le seul accident funeste que causa la chute de la voiture. — Encore y eut-il un peu de sa faute, me disait le conducteur.

A La Charité, j'accomplis le testament verbal de ce pauvre voyageur. Sa mère était absente ; ce fut une sorte de bonheur pour moi. Néanmoins, j'eus à essuyer la douleur d'une vieille servante, qui chancela lorsque je lui racontai la mort de son jeune maître ; elle tomba demi-morte sur une chaise en voyant cette clef encore empreinte de sang : mais comme j'étais tout préoccupé d'une plus haute souffrance, celle d'une femme à laquelle le sort arrachait son dernier amour, je laissai la vieille femme de charge poursuivant le cours de ses prosopopées[4], et j'emportai la précieuse correspondance, soigneusement cachetée par mon ami d'un jour.

Le château où demeurait la comtesse se trouvait à huit lieues de Moulins, et encore fallait-il, pour y arriver, faire quelques lieues dans les terres. Il m'était alors assez difficile de m'acquitter de mon message. Par un concours de circonstances inutiles à expliquer, je n'avais que l'argent nécessaire pour atteindre Moulins. Cependant, avec l'enthousiasme de la jeunesse, je résolus de faire la route à pied, et d'aller assez vite pour devancer la renommée des mauvaises nouvelles, qui marche si rapidement. Je m'informai du plus court chemin, et j'allai par les sentiers du Bourbonnais, portant, pour ainsi dire, un mort sur mes épaules. A mesure que je m'avançais vers le château de Montpersan, j'étais de plus en plus effrayé du singulier pèlerinage que j'avais entrepris. Mon imagination inventait mille fantaisies romanesques. Je me représentais toutes les situations dans lesquelles je pouvais rencontrer madame la comtesse de Montpersan, ou, pour obéir à la poétique des romans, la *Juliette*[5] tant aimée du jeune voyageur. Je forgeais des réponses spirituelles à des questions que je supposais devoir m'être faites. C'était à chaque détour de bois, dans chaque chemin creux, une répétition de la scène de Sosie et de sa lanterne, à laquelle il rend compte de la bataille[6]. A la honte de mon cœur, je ne pensai d'abord qu'à mon maintien, à mon esprit, à l'habileté que je voulais déployer ; mais lorsque je fus dans le pays, une réflexion sinistre me traversa l'âme comme un coup de foudre qui sillonne et déchire un voile de nuées grises. Quelle terrible nouvelle pour une femme qui, tout occupée en ce moment de son jeune ami, espérait d'heure en heure des joies sans nom, après s'être donné mille peines pour l'amener légalement chez elle ! Enfin, il y avait encore une charité cruelle à être le messager de la mort. Aussi hâtais-je le pas en me crottant et m'embourbant dans les chemins du Bourbonnais. J'atteignis bientôt une grande avenue de châtaigniers, au bout de laquelle les masses du château de Montpersan se dessinèrent dans le ciel comme des nuages bruns à contours clairs et fantastiques. En arrivant à la porte du château, je la trouvai tout ouverte. Cette circonstance imprévue détruisait mes plans et mes suppositions. Néanmoins j'entrai hardiment, et j'eus aussitôt à mes côtés deux chiens qui aboyèrent en vrais chiens de campagne. A ce bruit, une grosse servante accourut, et quand je lui eus dit que je voulais parler à madame la comtesse, elle me montra, par un geste de main, les massifs d'un parc à l'anglaise qui serpentait autour du château, et me répondit : — Madame est par là...

— Merci ! dis-je d'un air ironique. Son *par là* pouvait me faire errer pendant deux heures dans le parc.

Une jolie petite fille à cheveux bouclés, à ceinture rose, à robe blanche, à pèlerine plissée, arriva sur ces entrefaites, entendit ou saisit la demande et la réponse. A mon aspect, elle disparut en criant d'un petit accent fin : — Ma mère, voilà un monsieur qui veut vous parler. Et moi de suivre, à travers les détours des allées, les sauts et les bonds de la pèlerine blanche, qui, semblable à un feu follet, me montrait le chemin que prenait la petite fille.

Il faut tout dire. Au dernier buisson de l'avenue, j'avais rehaussé mon col, brossé mon mauvais chapeau et mon pantalon avec les parements de mon habit, mon habit avec ses manches, et les manches l'une par l'autre ; puis je l'avais boutonné soigneusement pour montrer le drap des revers, toujours un peu plus neuf que ne l'est le reste ; enfin, j'avais fait descendre mon pantalon sur mes bottes, artistement frottées dans l'herbe. Grâce à cette toilette de Gascon, j'espérais ne pas être pris pour l'ambulant[7] de la sous-préfecture ;

mais quand aujourd'hui je me reporte par la pensée à cette heure de ma jeunesse, je ris parfois de moi-même.

Tout à coup, au moment où je composais mon maintien, au détour d'une verte sinuosité, au milieu de mille fleurs éclairées par un chaud rayon de soleil, j'aperçus Juliette et son mari. La jolie petite fille tenait sa mère par la main, et il était facile de s'apercevoir que la comtesse avait hâté le pas en entendant la phrase ambiguë de son enfant. Étonnée à l'aspect d'un inconnu qui la saluait d'un air assez gauche, elle s'arrêta, me fit une mine froidement polie et une adorable moue qui, pour moi, révélait toutes ses espérances trompées. Je cherchai, mais vainement, quelques-unes de mes belles phrases si laborieusement préparées. Pendant ce moment d'hésitation mutuelle, le mari put alors arriver en scène. Des myriades de pensées passèrent dans ma cervelle. Par contenance, je prononçai quelques mots assez insignifiants, demandant si les personnes présentes étaient bien réellement monsieur le comte et madame la comtesse de Montpersan. Ces niaiseries me permirent de juger d'un seul coup d'œil, et d'analyser, avec une perspicacité rare à l'âge que j'avais, les deux époux dont la solitude allait être si violemment troublée. Le mari semblait être le type des gentilshommes qui sont actuellement le plus bel ornement des provinces. Il portait de grands souliers à grosses semelles, je les place en première ligne, parce qu'ils me frappèrent plus vivement encore que son habit noir fané, son pantalon usé, sa cravate lâche et son col de chemise recroquevillé. Il y avait dans cet homme un peu du magistrat, beaucoup plus du conseiller de préfecture, toute l'importance d'un maire de canton auquel rien ne résiste, et l'aigreur d'un candidat éligible périodiquement refusé depuis 1816 ;

incroyable mélange de bon sens campagnard et de sottises ; point de manières, mais la morgue de la richesse ; beaucoup de soumission pour sa femme, mais se croyant le maître, et prêt à se regimber dans les petites choses, sans avoir nul souci des affaires importantes ; du reste, une figure flétrie, très ridée, hâlée ; quelques cheveux gris, longs et plats, voilà l'homme. Mais la comtesse ! ah ! quelle vive et brusque opposition ne faisait-elle pas auprès de son mari ! C'était une petite femme à taille plate et gracieuse, ayant une tournure ravissante ; mignonne et si délicate, que vous eussiez eu peur de lui briser les os en la touchant. Elle portait une robe de mousseline blanche ; elle avait sur la tête un joli bonnet à rubans roses, une ceinture rose, une guimpe remplie si délicieusement par ses épaules et par les plus beaux contours, qu'en les voyant il naissait au fond du cœur une irrésistible envie de les posséder. Ses yeux étaient vifs, noirs, expressifs, ses mouvements doux, son pied charmant. Un vieil homme à bonnes fortunes ne lui eût pas donné plus de trente années, tant il y avait de jeunesse dans son front et dans les détails les plus fragiles de sa tête. Quant au caractère, elle me parut tenir tout à la fois de la comtesse de Lignolles et de la marquise de B..., deux types de femme toujours frais dans la mémoire d'un jeune homme, quand il a lu le roman de Louvet[8]. Je pénétrai soudain dans tous les secrets de ce ménage, et pris une résolution diplomatique digne d'un vieil ambassadeur. Ce fut peut-être la seule fois de ma vie que j'eus du tact et que je compris en quoi consistait l'adresse des courtisans ou des gens du monde.

Depuis ces jours d'insouciance, j'ai eu trop de batailles à livrer pour distiller les moindres actes de la vie et ne rien faire qu'en accomplissant les cadences de l'étiquette et du bon ton qui sèchent les émotions les plus généreuses.

— Monsieur le comte, je voudrais vous parler en particulier, dis-je d'un air mystérieux et en faisant quelques pas en arrière.

Il me suit. Juliette nous laissa seuls, et s'éloigna négligemment en femme certaine d'apprendre les secrets de son mari au moment où elle voudra les savoir. Je racontai brièvement au comte la mort de mon compagnon de voyage. L'effet que cette nouvelle produisit sur lui me prouva qu'il portait une affection assez vive à son jeune collaborateur, et cette découverte me donna la hardiesse de répondre ainsi dans le dialogue qui s'ensuivit entre nous deux.

— Ma femme va être au désespoir, s'écria-t-il, et je serai obligé de prendre bien des précautions pour l'instruire de ce malheureux événement.

— Monsieur, en m'adressant d'abord à vous, lui dis-je, j'ai rempli un devoir. Je ne voulais pas m'acquitter de cette mission donnée par un inconnu près de madame la comtesse sans vous en prévenir ; mais il m'a confié une espèce de fidéicommis honorable, un secret dont je n'ai pas le pouvoir de disposer. D'après la haute idée qu'il m'a donnée de votre caractère, j'ai pensé que vous ne vous opposeriez pas à ce que j'accomplisse ses derniers vœux. Madame la comtesse sera libre de rompre le silence qui m'est imposé.

En entendant son éloge, le gentilhomme balança très agréablement la tête. Il me répondit par un compliment assez entortillé, et finit en me laissant le champ libre. Nous revînmes sur nos pas. En ce moment, la cloche annonça le dîner, je fus invité à le partager. En nous retrouvant graves et silencieux, Juliette nous examina furtivement. Étrangement surprise de voir son mari prenant un prétexte frivole pour nous procurer un tête-à-tête, elle s'arrêta en me lançant un de ces coups d'œil qu'il n'est donné qu'aux femmes de jeter. Il y avait dans son regard toute la curiosité permise à une maîtresse de maison qui reçoit un étranger tombé chez elle comme des nues ; il y avait toutes les interrogations que méritaient ma mise, ma jeunesse et ma physionomie, contrastes singuliers ! puis tout le dédain d'une maîtresse idolâtrée aux yeux de qui les hommes ne sont rien, hormis un seul ; il y avait des craintes involontaires, de la peur, et l'ennui d'avoir un hôte inattendu, quand elle venait, sans doute, de ménager à son amour tous les bonheurs de la solitude. Je compris cette éloquence muette, et j'y répondis par un triste sourire plein de pitié, de compassion. Alors, je la contemplai pendant un instant dans tout l'éclat de sa beauté, par un jour serein, au milieu d'une étroite allée bordée de fleurs. En voyant cet admirable tableau, je ne pus retenir un soupir.

— Hélas ! madame, je viens de faire un bien pénible voyage, entrepris... pour vous seule.

— Monsieur ! me dit-elle.

— Oh ! repris-je, je viens au nom de celui qui vous nomme Juliette. Elle pâlit. — Vous ne le verrez pas aujourd'hui.

— Il est malade ? dit-elle à voix basse.

— Oui, lui répondis-je. Mais, de grâce, modérez-vous. Je suis chargé par lui de vous confier quelques secrets qui vous concernent, et croyez que jamais messager ne sera ni plus discret ni plus dévoué.

— Qu'y a-t-il ?

— S'il ne vous aimait plus ?

— Oh ! cela est impossible ! s'écria-t-elle en laissant

échapper un léger sourire qui n'était rien moins que franc.

Tout à coup elle eut une sorte de frisson, me jeta un regard fauve et prompt, rougit et dit : « Il est vivant ? »

Grand Dieu ! quel mot terrible ! J'étais trop jeune pour en soutenir l'accent, je ne répondis pas, et regardai cette malheureuse femme d'un air hébété.

— Monsieur ! monsieur, une réponse ! s'écria-t-elle.

— Oui, madame.

— Cela est-il vrai ? oh ! dites-moi la vérité, je puis l'entendre. Dites ! Toute douleur me sera moins poignante que ne l'est mon incertitude.

Je répondis par deux larmes que m'arrachèrent les étranges accents par lesquels ces phrases furent accompagnées.

Elle s'appuya sur un arbre en jetant un faible cri.

— Madame, lui dis-je, voici votre mari !

— Est-ce que j'ai un mari ?

A ce mot, elle s'enfuit et disparut.

— Hé ! bien, le dîner refroidit, s'écria le comte. Venez, monsieur.

Là-dessus, je suivis le maître de la maison qui me conduisit dans une salle à manger où je vis un repas servi avec tout le luxe auquel les tables parisiennes nous ont accoutumés. Il y avait cinq couverts : ceux des deux époux et celui de la petite fille ; le *mien,* qui devait être le *sien* ; le dernier était celui d'un chanoine de Saint-Denis qui, les grâces dites, demanda : — Où donc est notre chère comtesse ?

— Oh ! elle va venir, répondit le comte qui, après nous avoir servi avec empressement le potage, s'en donna une très ample assiettée et l'expédia merveilleusement vite.

— Oh ! mon neveu, s'écria le chanoine, si votre femme était là, vous seriez plus raisonnable.

— Papa se fera mal, dit la petite fille d'un air malin.

Un instant après ce singulier épisode gastronomique, et au moment où le comte découpait avec empressement je ne sais quelle pièce de venaison, une femme de chambre entra et dit : — Monsieur, nous ne trouvons point madame !

A ce mot, je me levai par un mouvement brusque en redoutant quelque malheur, et ma physionomie exprima si vivement mes craintes, que le vieux chanoine me suivit au jardin. Le mari vint par décence jusque sur le seuil de la porte.

— Restez ! restez ! N'ayez aucune inquiétude, nous cria-t-il.

Mais il ne nous accompagna point. Le chanoine, la femme de chambre et moi nous parcourûmes les sentiers et les boulingrins du parc, appelant, écoutant, et d'autant plus inquiets que j'annonçai la mort du jeune vicomte. En courant, je racontai les circonstances de ce fatal événement, et m'aperçus que la femme de chambre était extrêmement attachée à sa maîtresse ; car elle entra bien mieux que le chanoine dans les secrets de ma terreur. Nous allâmes aux pièces d'eau, nous visitâmes tout sans trouver la comtesse, ni le moindre vestige de son passage. Enfin, en revenant le long d'un mur, j'entendis des gémissements sourds et profondément étouffés qui semblaient sortir d'une espèce de grange. A tout hasard, j'y entrai. Nous y découvrîmes Juliette, qui, mue par l'instinct du désespoir, s'y était ensevelie au milieu du foin. Elle avait caché là sa tête afin d'assourdir ses horribles cris, obéissant à une invincible pudeur : c'était des sanglots, des pleurs d'enfant, mais plus pénétrants, plus plaintifs. Il n'y avait plus rien dans le monde pour elle. La femme de chambre dégagea sa maîtresse, qui se laissa faire avec la flasque insouciance de l'animal mourant. Cette fille ne savait rien dire autre chose que : — Allons, madame, allons...

Le vieux chanoine demandait : — Mais qu'a-t-elle ? Qu'avez-vous, ma nièce ?

Enfin, aidé par la femme de chambre, je transportai Juliette dans sa chambre ; je recommandai soigneusement de veiller sur elle et de dire à tout le monde que la comtesse avait la migraine. Puis, nous redescendîmes, le chanoine et moi, dans la salle à manger. Il y avait déjà quelque temps que nous avions quitté le comte, je ne pensai guère à lui qu'au moment où je me trouvai sous le péristyle, son indifférence me surprit ; mais mon étonnement augmenta quand je le trouvai philosophiquement assis à table : il avait mangé presque tout le dîner, au grand plaisir de sa fille qui souriait de voir son père en flagrante désobéissance aux ordres de la comtesse. La singulière insouciance de ce mari me fut expliquée par la légère altercation qui s'éleva soudain entre le chanoine et lui. Le comte était soumis à une diète sévère que les médecins lui avaient imposée pour le guérir d'une maladie grave dont le nom m'échappe ; et, poussé par cette gloutonnerie féroce assez familière aux convalescents, l'appétit de la bête l'avait emporté chez lui sur toutes les sensibilités de l'homme. En un moment, j'avais vu la nature dans toute sa vérité, sous deux aspects bien différents qui mettaient le comique au sein même de la plus horrible douleur. La soirée fut triste. J'étais fatigué. Le chanoine employait toute son intelligence à deviner la cause des pleurs de sa nièce. Le mari digérait silencieusement, après s'être contenté d'une assez vague explication que la comtesse lui fit donner de son malaise par sa femme de chambre, et qui fut, je crois, empruntée aux indispositions naturelles à la femme. Nous nous couchâmes tous de bonne heure. En passant devant la chambre de la comtesse pour aller au gîte où me conduisit un valet, je demandai timidement de ses nouvelles. En reconnaissant ma voix, elle me fit entrer, voulut me parler ; mais, ne pouvant rien articuler, elle inclina la tête, et je me retirai. Malgré les émotions cruelles que je venais de partager avec la bonne foi d'un jeune homme, je dormis accablé par la fatigue d'une marche forcée. A une heure avancée de la nuit, je fus réveillé par les aigres bruissements que produisirent les anneaux de mes rideaux violemment tirés sur leurs tringles de fer. Je vis la comtesse assise sur le pied de mon lit. Son visage recevait toute la lumière d'une lampe posée sur ma table.

— Est-ce toujours bien vrai, monsieur ? me dit-elle. Je ne sais comment je puis vivre après l'horrible coup qui vient de me frapper ; mais en ce moment j'éprouve du calme. Je veux tout apprendre.

— Quel calme ! me dis-je en apercevant l'effrayante pâleur de son teint qui contrastait avec la couleur brune de sa chevelure, en entendant les sons gutturaux de sa voix, en restant stupéfait des ravages dont témoignaient tous ses traits altérés. Elle était étiolée déjà comme une feuille dépouillée des dernières teintes qu'y imprime l'automne. Ses yeux rouges et gonflés, dénués de toutes leurs beautés, ne réfléchissaient qu'une amère et profonde douleur : vous eussiez dit d'un nuage gris, là où naguère pétillait le soleil.

Je lui redis simplement, sans trop appuyer sur certaines circonstances trop douloureuses pour elle, l'événement rapide qui l'avait privée de son ami. Je lui racontai la première journée de notre voyage, si remplie par les souvenirs de leur amour. Elle ne pleura point, elle écoutait avec avidité, la tête penchée vers moi, comme un médecin zélé qui épie un mal. Saisissant un moment où elle me parut avoir entièrement ouvert son cœur aux souffrances et vouloir se plonger dans son malheur avec toute l'ardeur que donne la première fièvre du désespoir, je lui parlai des craintes qui agitèrent le pauvre mourant, et lui dis comment et pourquoi il m'avait chargé de ce fatal message. Ses yeux se séchèrent alors sous le feu sombre qui s'échappa des plus profondes régions de l'âme. Elle put pâlir encore. Lorsque je lui tendis les lettres que je gardais sous mon oreiller, elle les prit machinalement ; puis elle tressaillit violemment, et me dit d'une voix creuse : — Et moi qui brûlais les siennes ! Je n'ai rien de lui ! rien ! rien.

Elle se frappa fortement au front.

— Madame, lui dis-je. Elle me regarda par un mouvement convulsif. — J'ai coupé sur sa tête, dis-je en continuant, une mèche de cheveux que voici.

Et je lui présentai ce dernier, cet incorruptible lambeau de celui qu'elle aimait. Ah ! si vous aviez reçu comme moi les larmes brûlantes qui tombèrent alors sur mes mains, vous sauriez ce qu'est la reconnaissance, quand elle est si voisine du bienfait ! Elle me serra les mains, et d'une voix étouffée, avec un regard brillant de fièvre, un regard où son frêle bonheur rayonnait à travers d'horribles souffrances : — Ah ! vous aimez ! dit-elle. Soyez toujours heureux ! ne perdez pas celle qui vous est chère !

Elle n'acheva pas, et s'enfuit avec son trésor.

Le lendemain, cette scène nocturne, confondue dans mes rêves, me parut être une fiction. Il fallut, pour me convaincre de la douloureuse vérité, que je cherchasse infructueusement les lettres sous mon chevet. Il serait inutile de vous raconter les événements du lendemain. Je restai plusieurs heures encore avec la Juliette que m'avait tant vantée mon pauvre compagnon de voyage. Les moindres paroles, les gestes, les actions de cette femme me prouvèrent la noblesse d'âme, la délicatesse de sentiment qui faisaient d'elle une de ces chères créatures d'amour et de dévouement si rares semées sur cette terre. Le soir, le comte de Montpersan me conduisit lui-même jusqu'à Moulins. En y arrivant, il me dit avec une sorte d'embarras : — Monsieur, si ce n'est pas abuser de votre complaisance, et agir bien indiscrètement avec un inconnu auquel nous avons déjà des obligations, voudriez-vous avoir la bonté de remettre, à Paris, puisque vous y allez, chez monsieur de... (j'ai oublié le nom), rue du Sentier, une somme que je lui dois, et qu'il m'a prié de lui faire promptement passer ?

— Volontiers, dis-je.

Et dans l'innocence de mon âme, je pris un rouleau de vingt-cinq louis, qui me servit à revenir à Paris, et que je rendis fidèlement au prétendu correspondant de monsieur de Montpersan.

A Paris seulement, et en portant cette somme dans la maison indiquée, je compris l'ingénieuse adresse avec laquelle Juliette m'avait obligé. La manière dont me fut prêté cet or, la discrétion gardée sur une pauvreté facile à deviner, ne révèlent-elles pas tout le génie d'une femme aimante !

Quelles délices d'avoir pu raconter cette aventure à une femme qui, peureuse, vous a serré, vous a dit : « Oh ! cher, ne meurs pas, toi ! »

Paris, janvier 1832[9].

DOSSIER

VIE DE BALZAC
1799-1850

La biographie de Balzac est tellement chargée d'événements si divers, et tout s'y trouve si bien emmêlé, qu'un exposé purement chronologique des faits serait d'une confusion extrême.

Dans l'ordre chronologique, nous nous sommes donc contenté de distinguer, d'une manière aussi peu arbitraire que possible, cinq grandes époques de la vie de Balzac : des origines à 1814, 1815-1828, 1828-1833, 1833-1840, 1841-1850.

A l'intérieur des périodes principales, nous avons préféré, quand il y avait lieu, classer les faits selon leur nature : l'œuvre, les autres activités touchant la littérature, la vie sentimentale, les voyages, etc. (mais en reprenant, à l'intérieur de chaque paragraphe, l'ordre chronologique).

Famille, enfance; des origines à 1814.

En juillet 1746 naît dans le Rouergue, d'une lignée paysanne, Bernard-François Balssa, qui sera le père du romancier et mourra en 1829; trente ans plus tard nous retrouvons le nom orthographié « Balzac ».

Janvier 1797 : Bernard-François, directeur des vivres de la division militaire de Tours, épouse à cinquante ans Laure Sallambier, qui en a dix-huit, et qui vivra jusqu'en 1854.

1799, 20 mai : naissance à Tours d'Honoré Balzac (le nom ne

comporte pas encore la particule). Un premier fils, né jour pour jour un an plus tôt, n'avait pas vécu.

Après Honoré, trois autres enfants naîtront : 1° Laure (1800-1871), qui épousera en 1820 Eugène Surville, ingénieur des Ponts et Chaussées ; 2° Laurence (1802-1825), devenue en 1821 Mme de Montzaigle : c'est sur son acte de baptême que la particule « de » apparaît pour la première fois devant le nom des Balzac. Elle mourra dans la misère, honnie par sa mère, sans raison ; 3° Henry (1807-1858), fils adultérin dont le père était Jean de Margonne (1780-1858), châtelain de Saché.

L'enfance et l'adolescence d'Honoré seront affectées par la préférence de la mère pour Henry, lequel, dépourvu de dons et de caractère, traînera une existence assez misérable ; les ternes séjours qu'il fera dans les îles de l'océan Indien avant de mourir à Mayotte contrastent absolument avec les aventures des romanesques coureurs de mers balzaciens. Balzac gardera des liens étroits avec Margonne et séjournera souvent à Saché, où l'on montre encore sa chambre et sa table de travail.

Dès sa naissance, Honoré est mis en nourrice chez la femme d'un gendarme à Saint-Cyr-sur-Loire, aujourd'hui faubourg de Tours (rive droite). De 1804 à 1807 il est externe dans un établissement scolaire de Tours, de 1807 à 1813 il est pensionnaire au collège de Vendôme. Puis, pendant quelques mois, en 1813, atteint de troubles et d'une espèce d'hébétude qu'on attribue à un abus de lecture, il demeure dans sa famille, au repos. De l'été 1813 à juin 1814, il est pensionnaire dans une institution du Marais. De juillet à septembre 1814, il reprend ses études au collège de Tours, comme externe. Son père, alors administrateur de l'Hospice général de Tours, est nommé directeur des vivres dans une entreprise parisienne de fournitures aux armées. Toute la famille quitte Tours pour Paris en novembre 1814.

Apprentissage, 1815-1828.

1815-1819. Honoré poursuit ses études à Paris. Il entreprend son droit, suit des cours à la Sorbonne et au Muséum. Il travaille comme clerc dans l'étude de Me Guillonnet-Merville, avoué, puis dans celle de Me Passez, notaire ; ces deux stages laisseront sur lui une empreinte profonde.

Son père ayant pris sa retraite, la famille, dont les ressources sont désormais réduites, quitte Paris et s'installe pendant l'été 1819 à Villeparisis. Le 16 août, le frère cadet de Bernard-François était guillotiné à Albi pour l'assassinat, dont il n'était peut-être pas coupable, d'une fille de ferme. Cependant Honoré, qu'on destinait au notariat, obtient de renoncer à cette carrière, et de demeurer seul à Paris, dans une mansarde, rue Lesdiguières, pour éprouver sa vocation en s'exerçant au métier des lettres. En septembre 1820, au tirage au sort, il a obtenu un « bon numéro » le dispensant du service militaire.

Dès 1817 il a rédigé des *Notes sur la philosophie et la religion,* suivies en 1818 de *Notes sur l'immortalité de l'âme,* premiers indices du goût prononcé qu'il gardera longtemps pour la spéculation philosophique ; maintenant il s'attaque à une tragédie, *Cromwell,* cinq actes en vers, qu'il termine au printemps de 1820. Soumise à plusieurs juges successifs, l'œuvre est uniformément estimée détestable ; Andrieux, aimable écrivain, professeur au Collège de France et académicien, conclut que l'auteur peut tenter sa chance dans n'importe quelle voie, hormis la littérature. Balzac continue sa recherche philosophique avec *Falthurne* (1820) et *Sténie* (1821), que suivront bientôt (1823) un *Traité de la prière* et un second *Falthurne* d'inspiration religieuse et mystique.

De 1822 à 1827, soit en collaboration, soit seul, sous les pseudonymes de lord R'hoone et Horace de Saint-Aubin, il publie une masse considérable de produits romanesques « de consommation courante », qu'il lui arrivera d'appeler « petites opérations de littérature marchande » ou même « cochonneries littéraires ». A leur sujet, les balzaciens se partagent ; les uns y cherchent des ébauches de thèmes et les signes avant-coureurs du génie romanesque ; les autres doutent que Balzac, soucieux seulement de satisfaire sa clientèle, y ait rien mis qui soit vraiment de lui-même.

En 1822 commence sa longue liaison (mais, de sa part, non exclusive) avec Antoinette de Berny, qu'il a rencontrée à Villeparisis l'année précédente. Née en 1777, elle a alors deux fois l'âge d'Honoré qui aura pour celle qu'il a rebaptisée Laure, et la *Dilecta,* un amour ambivalent, où il trouvera une compensation à son enfance frustrée.

Fille d'un musicien de la Cour et d'une femme de chambre de Marie-Antoinette, femme d'expérience, Laure initiera son jeune amant aux secrets de la vie. Elle restera pour lui un soutien, et le guide le plus sûr. Elle mourra en 1836.

En 1825, Balzac entre en relation avec la duchesse d'Abrantès (1784-1838) ; cette nouvelle maîtresse, qui d'ailleurs s'ajoute à la précédente et ne se substitue pas à elle, a encore quinze ans de plus que lui. Fort avertie de la grande et petite histoire de la Révolution et de l'Empire, elle complète l'éducation que lui a donnée Mme de Berny, et le présente aux nombreux amis qu'elle garde dans le monde ; lui-même, plus tard, se fera son conseiller et peut-être son collaborateur lorsqu'elle écrira ses *Mémoires.*

Durant la fin de cette période, il se lance dans des affaires qui enrichissent d'une manière incomparable l'expérience du futur auteur de *La Comédie humaine,* mais qui, en attendant, se soldent par de pénibles et coûteux échecs.

Il se fait éditeur en 1825, imprimeur en 1826, fondeur de caractères en 1827, toujours en association, les fonds de ses propres apports étant constitués par sa famille et par Mme de Berny. En 1825 et 1826, il publie, entre autres, des éditions compactes de Molière et de La Fontaine, pour lesquelles il a composé des notices. En 1828, la société de fonderie est remaniée ; il en est écarté au profit d'Alexandre de Berny, fils de son amie : l'entreprise deviendra une des plus belles réalisations françaises dans ce domaine. L'imprimerie est liquidée quelques mois plus tard, en août ; elle laisse à Balzac 60 000 francs de dettes (dont 50 000 envers sa famille).

Nombreux voyages et séjours en province, notamment dans la région de L'Isle-Adam, en Normandie, et souvent en Touraine.

Les débuts, 1828-1833.

A la mi-septembre 1828, Balzac va s'établir pour six semaines à Fougères, en vue du roman qu'il prépare sur la chouannerie. *Le*

Dernier Chouan ou la Bretagne en 1800, dont le titre deviendra finalement *Les Chouans,* paraît en mars 1829 ; c'est le premier roman dont il assume ouvertement la responsabilité en le signant de son véritable nom.

En décembre 1829, il publie sous l'anonymat *Physiologie du mariage,* un essai ou, comme il dira plus tard, une « étude analytique » qu'il avait ébauchée puis délaissée plusieurs années auparavant.

1830 : les *Scènes de la vie privée* réunissent en deux volumes six courts récits. Ce nombre sera porté à quinze dans une réédition du même titre en quatre tomes (1832). C'est dans le troisième tome que paraîtra pour la première fois *Le Curé de Tours.*

1831 : *La Peau de chagrin;* ce roman est repris pour former la même année, avec douze autres récits, trois volumes de *Romans et contes philosophiques;* l'ensemble est précédé d'une introduction de Philarète Chasles, certainement inspirée par l'auteur. 1832 : les *Nouveaux Contes philosophiques* augmentent cette collection de quatre récits (dont une première version de *Louis Lambert*).

Les *Contes drolatiques.* A l'imitation des *Cent Nouvelles nouvelles* (il avait un goût très vif pour la vieille littérature), il voulait en écrire cent, répartis en dix dizains. Le premier dizain paraît en 1832, le deuxième en 1833; le troisième ne sera publié qu'en 1837, et l'entreprise s'arrêtera là.

Septembre 1833 : *Le Médecin de campagne.* Pendant toute cette époque, Balzac donne une foule de textes divers à de nombreux périodiques. Il poursuivra ce genre de collaboration durant toute sa vie, mais à une cadence moindre.

Laure de Berny reste la *Dilecta,* Laure d'Abrantès devient une amie.

Passade avec Olympe Pélissier.

Entré en liaison d'abord épistolaire avec la duchesse de Castries en 1831, il séjourne auprès d'elle, à Aix-les-Bains et à Genève, en septembre et octobre 1832 ; elle se laisse chaudement courtiser, mais ne cède pas, ce dont il se « venge » par *La Duchesse de Langeais.*

Au début de 1832, il reçoit d'Odessa une lettre signée « L'Étrangère », et répond par une petite annonce insérée dans *La Gazette de France :* c'est le début de ses relations avec Mme Hanska (1805-

1882), sa future femme, qu'il rencontre pour la première fois à Neuchâtel dans les derniers jours de septembre 1833.

Vers cette même époque il a une maîtresse discrète, Maria du Fresnay.

Voyages très nombreux. Outre ceux que nous avons signalés ci-dessus (Fougères, Aix, Genève, Neuchâtel), il faut mentionner plusieurs séjours à Saché, près de Nemours chez Mme de Berny, près d'Angoulême chez Zulma Carraud, etc.

Son travail acharné n'empêche pas qu'il ne soit très répandu dans les milieux littéraires et dans le monde ; il mène une vie ostentatoire et dispendieuse.

En politique, il s'affiche légitimiste. Il envisage de se présenter aux élections législatives de 1831, et en 1832 à une élection partielle.

L'essor, 1833-1840.

Durant cette période, Balzac ne se contente pas d'assurer le développement de son œuvre : il se préoccupe de lui assurer une organisation d'ensemble, comme en témoignaient déjà les *Scènes de la vie privée* et les *Romans et contes philosophiques.* Maintenant il s'avance sur la voie qui le conduira à la conception globale de *La Comédie humaine.*

En octobre 1833, il signe un contrat pour la publication des *Études de mœurs au XIXe siècle,* qui doivent rassembler aussi bien les rééditions que des ouvrages nouveaux répartis en quatre tomes de *Scènes de la vie privée,* quatre de *Scènes de la vie de province* et quatre de *Scènes de la vie parisienne.* Les douze volumes paraissent en ordre dispersé de décembre 1833 à février 1837. Le tome 1 est précédé d'une importante *Introduction* de Félix Davin, prête-nom de Balzac. La classification a une valeur littérale et symbolique ; elle se fonde à la fois sur le cadre de l'action et sur la signification du thème.

Parallèlement paraissent de 1834 à 1840 vingt volumes d'*Études philosophiques,* avec une nouvelle introduction de Félix Davin.

Principales créations en librairie de cette période : *Eugénie Grandet,* fin 1833 ; *La Recherche de l'absolu,* 1834 ; *Le Père Goriot, La Fleur des pois* (titre qui deviendra *Le Contrat de mariage*), *Séraphîta,*

1835 ; *Histoire des Treize,* 1833-1835 ; *Le Lys dans la vallée,* 1836 ; *La Vieille Fille, Illusions perdues* (début), *César Birotteau,* 1837 ; *La Femme supérieure* (titre qui deviendra *Les Employés*), *La Maison Nucingen, La Torpille* (début de *Splendeurs et Misères des courtisanes*), 1838 ; *Le Cabinet des antiques, Une fille d'Ève, Béatrix,* 1839 ; *Une princesse parisienne* (titre qui deviendra *Les Secrets de la princesse de Cadignan*), *Pierrette, Pierre Grassou,* 1840.

En marge de cette activité essentielle, Balzac prend à la fin de 1835 une participation majoritaire dans la *Chronique de Paris,* journal politique et littéraire ; il y publie un bon nombre de textes, jusqu'à ce que la société, irrémédiablement déficitaire, soit dissoute six mois plus tard. Curieusement il réédite (et complète à l'aide de « nègres »), en gardant un pseudonyme qui n'abuse personne, une partie de ses romans de jeunesse : les *Œuvres complètes d'Horace de Saint-Aubin,* seize volumes, 1836-1840.

En 1838, il s'inscrit à la toute jeune Société des Gens de Lettres, il la préside en 1839, et mène diverses campagnes pour la protection de la propriété littéraire et des droits des auteurs.

Candidat à l'Académie française en 1839, il s'efface devant Hugo, qui ne sera pas élu.

En 1840, il fonde la *Revue parisienne,* mensuelle et entièrement rédigée par lui ; elle disparaît après le troisième numéro, où il a inséré son long et fameux article sur *La Chartreuse de Parme.*

Théâtre, vieille et durable préoccupation depuis le *Cromwell* de ses vingt ans : en 1839, la Renaissance refuse *L'École des ménages,* pièce dont il donne chez Custine une lecture à laquelle assistent Stendhal et Théophile Gautier. En 1840, la censure, après plusieurs refus, finit par autoriser *Vautrin,* qui sera interdit dès le lendemain de la première.

Il séjourne à Genève auprès de Mme Hanska du 24 décembre 1833 au 8 février 1834 ; il la retrouve à Vienne (Autriche) en mai-juin 1835 ; alors commence une séparation qui durera huit ans.

Le 4 juin 1834, naît Marie du Fresnay, présumée être sa fille, et qu'il regarde comme telle ; elle mourra en 1930.

Mme de Berny, malade depuis 1834, accablée de malheurs familiaux, cesse de le voir à la fin de 1835 ; elle va mourir le 27 juillet 1836.

Le 29 mai 1836, naissance de Lionel-Richard, fils présumé de Balzac et de la comtesse Guidoboni-Visconti.

Juillet-août 1836 : Mme Marbouty, déguisée en homme, l'accompagne à Turin où il doit régler une affaire de succession pour le compte et avec la procuration du mari de Frances Sarah, le comte Guidoboni-Visconti. Ils rentrent par la Suisse.

Autres voyages toujours nombreux, et nombreuses rencontres.

Au cours de l'excursion autrichienne de 1835, il est reçu par Metternich, et visite le champ de bataille de Wagram en vue d'un roman qu'il ne parviendra jamais à écrire. En 1836, séjournant en Touraine, il se voit accueilli par Talleyrand et la duchesse de Dino. L'année suivante, c'est George Sand qui l'héberge à Nohant ; elle lui suggère le sujet de *Béatrix.*

Durant un second voyage italien en 1837, il a appris à Gênes qu'on pouvait exploiter fructueusement en Sardaigne les scories d'anciennes mines de plomb argentifère ; en 1838, en passant par la Corse, il se rend sur place pour y constater que l'idée était si bonne qu'une société marseillaise l'a devancé ; retour par Gênes, Turin, et Milan où il s'attarde.

On signale en 1834 un dîner réunissant Balzac, Vidocq et les bourreaux Sanson père et fils.

Démêlés avec la Garde nationale, où il se refuse obstinément à assurer ses tours de garde : en 1835, à Chaillot sous le nom de « madame veuve Durand », il se cache autant de ses créanciers que de la garde qui l'incarcérera, en 1836, pendant une semaine dans sa prison surnommée « Hôtel des Haricots » ; nouvel emprisonnement en 1839, pour la même raison.

En 1837, près de Paris à Sèvres, au lieu-dit les Jardies, il achète les premiers éléments de ce dont il voudra constituer tout un domaine. Sa légende commençant, on prétendra qu'il aurait rêvé d'y faire fortune en y acclimatant la culture de l'ananas. Ses projets assez grandioses lui coûteront fort cher et ne lui amèneront que des déboires. Liquidation onéreuse et longue : à la mort de Balzac, l'affaire n'était pas entièrement liquidée.

C'est en octobre 1840 que, quittant les Jardies, il s'installe à Passy dans l'actuelle rue Raynouard, où sa maison est redevenue aujourd'hui « La Maison de Balzac ».

Suite et fin, 1841-1850.

Le fait marquant qui inaugure cette période est l'acte de naissance officiel de *La Comédie humaine* considérée comme un ensemble organique. Cet acte, c'est le contrat passé le 2 octobre 1841 avec un groupe d'éditeurs pour la publication, sous ce « titre général », des « œuvres complètes » de Balzac, celui-ci se réservant « l'ordre et la distribution des matières, la tomaison et l'ordre des volumes ».

Nous avons vu le romancier, dès ses véritables débuts ou presque, montrer le souci d'un ordre et d'un classement. Une lettre à Mme Hanska du 26 octobre 1834 en faisait déjà état. Une lettre de décembre 1839 ou janvier 1840, adressée à un éditeur non identifié, et restée sans suite, mentionnait pour la première fois le « titre général », avec un plan assez détaillé. Cette fois le grand projet va enfin se réaliser (sous réserve de quelques changements de détail ultérieurs dans le plan, de plusieurs ouvrages annoncés qui ne seront jamais composés et, enfin, de quelques autres composés et non annoncés).

Réunissant rééditions et nouveautés, l'ensemble désormais intitulé *La Comédie humaine* paraît de 1842 à 1848 en dix-sept volumes, complétés en 1855 par un tome XVIII, et suivis, en 1855 encore, d'un tome XIX (*Théâtre*) et d'un tome XX (*Contes drolatiques*). Trois parties : *Études de mœurs, Études philosophiques, Études analytiques* — la première partie étant elle-même divisée en *Scènes de la vie privée, Scènes de la vie de province, Scènes de la vie parisienne, Scènes de la vie politique, Scènes de la vie militaire* et *Scènes de la vie de campagne.*

L'*Avant-propos* est un texte doctrinal capital. Avant de se résoudre à l'écrire lui-même, Balzac avait demandé vainement une préface à Nodier, à George Sand, ou envisagé de reproduire les introductions de Davin aux anciennes *Études de mœurs* et *Études philosophiques.*

Premières publications en librairie : *Le Curé de village,* 1841 ; *Mémoires de deux jeunes mariées, Ursule Mirouët, Albert Savarus, La*

Femme de trente ans (sous sa forme et son titre définitifs après beaucoup d'avatars), *Les Deux Frères* (titre qui deviendra *La Rabouilleuse*), 1842 ; *Une ténébreuse affaire, La Muse du département, Illusions perdues* (au complet), 1843 ; *Honorine, Modeste Mignon,* 1844 ; *Petites misères de la vie conjugale,* 1846 ; *La Dernière Incarnation de Vautrin* (achevant *Splendeurs et Misères des courtisanes*), 1847 ; *Les Parents pauvres* (*Le Cousin Pons* et *La Cousine Bette*), 1847-1848.

Romans posthumes : *Le Député d'Arcis* et *Les Petits Bourgeois,* restés inachevés, et terminés, avec une désinvolture confondante, par Charles Rabou agréé par la veuve, paraissent respectivement en 1854 et 1856. La veuve assure elle-même, avec beaucoup plus de tact, la mise au point des *Paysans* qu'elle publie en 1855.

Théâtre. Représentation et échec des *Ressources de Quinola,* 1842 ; de *Paméla Giraud,* 1843. Succès sans lendemain de *La Marâtre,* pièce créée à une date peu favorable (25 mai 1848) ; trois mois plus tard la Comédie-Française reçoit *Mercadet ou le Faiseur,* mais la pièce ne sera pas représentée.

Chevalier de la Légion d'honneur depuis avril 1845, Balzac, encore candidat à l'Académie française, obtient 4 voix le 11 janvier 1849, dont celles de Hugo et de Lamartine (on lui préfère le duc de Noailles), et, aux trois scrutins du 18 janvier, 2 voix (Vigny et Hugo), 1 voix (Hugo) et 0 voix, le comte de Saint-Priest étant élu.

Amours et voyages, durant toute cette période, portent pratiquement un seul et même nom : Mme Hanska. Le comte Hanska était mort le 10 novembre 1841, en Ukraine ; mais Balzac sera informé le 5 janvier 1842 seulement de l'événement. Son amie, libre désormais de l'épouser, va néanmoins le faire attendre près de dix ans encore, soit qu'elle manque d'empressement, soit que réellement le régime tsariste se dispose à confisquer ses biens, qui sont considérables, si elle s'unit à un étranger.

En 1843, après huit ans de séparation, Balzac va la retrouver pour deux mois à Saint-Pétersbourg ; il rentre par Berlin, les pays rhénans, la Belgique. En 1845, voyages communs en Allemagne, en France, en Hollande, en Belgique, en Italie. En 1846, ils se rencontrent à Rome et voyagent en Italie, en Suisse, en Allemagne.

Mme Hanska est enceinte ; Balzac en est profondément heureux, et, de surcroît, voit dans cette circonstance une occasion de hâter son mariage ; il se désespère lorsqu'elle accouche en novembre 1846 d'un enfant mort-né.

En 1847, elle passe quelques mois à Paris ; lui-même, peu après, rédige un testament en sa faveur. A l'automne, il va la retrouver en Ukraine, où il séjourne près de cinq mois. Il rentre à Paris, assiste à la révolution de février 1848 et envisage une candidature aux élections législatives, puis il repart dès la fin de septembre pour l'Ukraine, où il séjourne jusqu'à la fin d'avril 1850. Malade, il ne travaille plus : depuis plusieurs années sa santé n'a pas cessé de se dégrader.

Il épouse Mme Hanska, le 14 mars 1850, à Berditcheff.

Rentrés à Paris vers le 20 mai, les deux époux, le 4 juin, se font donation mutuelle de tous leurs biens en cas de décès.

Balzac est rentré à Paris pour mourir. Affaibli, presque aveugle, il ne peut bientôt plus écrire ; sa dernière lettre connue, de sa main, date du 1er juin 1850. Le 18 août, il reçoit l'extrême-onction, et Hugo, venu en visite, le trouve inconscient : il meurt à onze heures et demie du soir. On l'enterre au Père-Lachaise trois jours plus tard ; les cordons du poêle sont tenus par Hugo et Dumas, mais aussi par le navrant Sainte-Beuve, qui lui vouait la haine des impuissants, et par le ministre de l'Intérieur ; devant sa tombe, superbe discours de Hugo : ni Hugo ni Baudelaire ne se sont trompés sur le génie de Balzac.

La femme de Balzac, après avoir trouvé quelques consolations à son veuvage, mourra ruinée de sa propre main et par sa fille en 1882.

NOTICE

Le titre que nous donnons à ce recueil est arbitraire et, en même temps, ne l'est pas. Parlons à la normande : pour être de Balzac, non, il n'est pas de Balzac ; mais pour n'être pas de Balzac, si, il est bien de Balzac.

Il ne s'agit pas seulement d'une extension, qui serait d'ailleurs justifiable, des titres des deux premières de nos sept nouvelles : plusieurs mois durant, de juin-juillet 1832 aux premières semaines de 1833, Balzac s'attacha effectivement à l'idée d'un groupement de récits dont il eût appelé l'ensemble *Études de femme.* Il se trouvait encore loin de l'organisation des *Études de mœurs* de 1835, et à plus forte raison des amples structures de *La Comédie humaine* de 1842 ; cependant on le voit déjà constamment préoccupé de classements par affinités.

Le 29 juillet 1832 il écrivait à Delphine de Girardin :

« J'ai achevé un livre intitulé *Études de femme,* il me faut une préface écrite par une femme : voulez-vous me la faire ? » Elle se hâta de se dérober : gracieusement, malicieusement — prudemment. Quand Balzac écrit : « J'ai achevé un livre », cela, chez lui, d'une manière très habituelle, nous le savons, signifie : « J'ai l'esprit tout fourmillant d'un certain projet ; quant à la réalisation, il y manque si peu... » A la fin de juillet 1832 le travail restait loin d'être accompli, mais le projet avait pris de la consistance.

Le lecteur curieux de détails érudits devra se reporter là-dessus à une étude de M. Henri Gauthier, dans le fascicule de 1967 de

L'Année balzacienne. Il y observera l'analyse des divers sommaires auxquels Balzac songea tour à tour durant les quelques mois en question ; et il notera que, si plusieurs des ouvrages énumérés n'ont jamais été composés, si plusieurs autres (*Sarrasine* ou *Le Colonel Chabert* par exemple) ont finalement suivi un autre cours, en revanche cinq des sept nouvelles ici rassemblées — et une partie d'une sixième — y figurent déjà.

Les deux exceptions, *Autre étude de femme* et *Les secrets de la princesse de Cadignan,* sont largement postérieures à 1833 : on conviendra qu'elles ne détonnent pas dans notre galerie. Encore faut-il dire que le dernier épisode de *Autre étude de femme,* celui de la Grande Bretèche, qui en occupe un bon tiers, se retrouve aussi, sous une forme autonome, parmi les plans des *Études de femme* avant l'abandon du projet.

Pourquoi Balzac abandonna-t-il le projet ? Par suite de circonstances sans doute — on ne sait trop lesquelles ; ou sous l'influence d'autres projets plus pressants. Mais quand il semble céder à l'action du hasard, on découvre le plus souvent qu'il obéit à une loi plus profonde ; à moins qu'il ne fasse de nécessité vertu, et n'en profite pour se rétablir à un échelon supérieur de la conception. A l'origine, le principe des *Études de femme* se fondait sur des caractères concrets, sur des apparentements manifestes, sur des ressemblances ; la distribution finale dans la hiérarchie de *La Comédie humaine* se fondera sur une réflexion plus abstraite, sur une considération philosophique d'analogies plus secrètes — lesquelles l'entraîneront à des subtilités de classement dont le lecteur moderne n'est pas obligatoirement solidaire.

*

Nos *Études de femme* se rattachent à un autre cheminement délaissé, lui aussi, en cours de route.

Dans les premières semaines de 1832 (encore l'année 1832) paraissait, sous l'anonymat, un recueil collectif de dix nouvelles intitulé *Contes bruns.* Il avait en réalité pour auteurs Philarète Chasles (qui avait préfacé en 1831 les *Romans et Contes philosophiques*), Charles Rabou (qui, après la mort du romancier, terminera avec une désinvolture déconcertante *Les Petits Bourgeois* et *Le Député d'Arcis*), enfin Balzac lui-même.

De celui-ci la collaboration a été analysée par Marcel Bouteron (dans les notes du tome XXXIX de l'édition Conart-Lambert, puis dans *Études balzaciennes*). Elle était faite de deux textes : *Une conversation entre onze heures et minuit* et *Le Grand d'Espagne*. Laissons de côté le second, incorporé ultérieurement à *La Muse du département*. Nous n'avons maintenant à nous occuper que du premier.

C'est une « conversation », en effet. Au cours de laquelle sont racontées, par diverses personnes, douze anecdotes. L'ensemble n'a jamais été repris dans *La Comédie humaine*. Balzac s'est contenté de puiser dans ce vivier quelques belles pièces, selon les besoins du moment. C'est ainsi que l'histoire du chevalier de Beauvoir est passée également dans *La Muse du département ;* et c'est ainsi que deux autres histoires sont venues nourrir *Autre étude de femme :* celle de l'agonie de la femme du duc, celle de la maîtresse du colonel.

Des douze anecdotes de *La Conversation*, neuf restaient donc qui n'avaient jamais été réutilisées. En 1844, comme le troisième et dernier tome de *Splendeurs et Misères des Courtisanes* se trouvait être trop court, Balzac revint à ce reliquat et en fit, pour compléter le volume, moyennant de minimes aménagements, le texte qu'il appela *Échantillons de causeries françaises*. Bien qu'il ait eu tardivement, en 1845, la velléité de le joindre aux *Scènes de la vie parisienne*, peut-être en l'amplifiant, les éditeurs posthumes se sont contentés jusqu'à présent de le reléguer parmi les *Œuvres diverses* ou même parmi les *Œuvres ébauchées* — où il se trouve délaissé.

Nous le reproduisons ici, en annexe, comme document. Parce qu'il ne mérite pas de demeurer méconnu. Parce que l'anecdote « *Ecce homo* » nous présente, d'après nature, un des portraits écrits les plus vifs que nous ayons de Stendhal. Et enfin par tout ce qu'il nous laisse entrevoir sur l'une des techniques romanesques de *La Comédie humaine*.

Souvent, en effet, et surtout dans ses nouvelles, Balzac a pour méthode non pas de prendre à son propre compte l'exposé de l'épisode qu'il raconte, mais de le prêter à un personnage qu'il met en scène. L'épisode se trouve ainsi enrobé dans une narration ; il devient alors un récit dans le récit, tandis que le premier niveau est animé par le personnage narrateur, par la variété de l'auditoire et de ses réactions, par la couleur et le relief du décor, par l'imprévu des incidents de parcours.

Autre étude de femme nous propose un exemple typique de cette technique. Mais c'est un cas limite. Car si, dans une même nouvelle, le romancier se laissait aller à multiplier inconsidérément les anecdotes du second niveau, il aurait vite fait d'écraser la base sous leur poids. Entre le récit et le récit du récit les proportions du romanesque perdraient leur équilibre. Ne serait-ce pas une considération de ce genre qui aurait déterminé Balzac à faire preuve d'une si étrange nonchalance envers la *Conversation* d'abord, puis envers les *Échantillons* ?

Néanmoins, en 1832-1833, et d'une manière qui reste inexpliquée, il associa quelque temps au projet d'*Études de femme* un projet de *Conversations* (au pluriel) *entre onze heures et minuit* dont nous ne savons pratiquement rien, sinon qu'il devait occuper tout un volume et peut-être deux. « J'ai peu de chose à faire pour terminer » cet ouvrage, écrivait-il à sa mère dès le 15 juillet 1832 ; ce qui signifiait simplement — nous connaissons sa coutume — qu'il commençait à s'en faire une idée assez nette.

Dès les origines, voilà, de la part de l'écrivain, bien des flottements. Nous ne nous étonnerons pas d'en rencontrer maints autres dans l'historique particulier de chacune des sept nouvelles.

★

Celui de la première, *Étude de femme,* n'est pas encore trop embrouillé. Elle paraît pour la première fois en mars 1830 dans un périodique, *La Mode.* A l'automne de 1831 elle est reprise dans le tome troisième et dernier des *Romans et Contes philosophiques* (on sait qu'à l'époque Balzac ne se souciait pas encore de circonscrire le sens du mot « philosophiques »).

Le titre change et devient *Distraction* au moment où se forme le projet du recueil *Études de femme.* Il change de nouveau en 1835 : la nouvelle s'appelle alors *Profil de marquise* pour entrer dans le tome XII et dernier des *Études de mœurs au XIX*ᵉ *siècle* (quatrième volume de la section « Scènes de la vie parisienne »). C'est dans cette édition que les deux protagonistes reçoivent pour la première fois leurs noms définitifs de Rastignac et de Mme de Listomère : les voilà désormais naturalisés citoyens du monde balzacien.

Étude de femme retrouve enfin son titre primitif en 1842, au tome I de l'édition globale de *La Comédie humaine* (premier volume de la section « Scènes de la vie privée », — et non plus « de la vie parisienne »).

*

Autre étude de femme, où est reprise avec plus de souplesse et de mesure la technique de la *Conversation,* a paru beaucoup plus tard : en 1842, au tome II de *La Comédie humaine* (deuxième volume des « Scènes de la vie privée »). Mais les morceaux qu'on y voit accolés et refondus sont, en majorité, très antérieurs.

Ces morceaux sont au nombre de cinq :

1° Le premier, sous le titre *Une scène de boudoir,* avait paru en mars 1841 dans le périodique *L'Artiste,* comme l'a découvert Jean A. Ducourneau.

2° Ensuite vient un morceau de bravoure destiné apparemment à établir entre les anecdotes une sorte de circulation d'air. Intitulé *La Femme comme il faut,* il avait constitué en 1840 l'une des contributions de Balzac à un ouvrage collectif, *Les Français peints par eux-mêmes.*

3° L'épisode suivant avait d'abord figuré (nous l'avons dit) dans *Une conversation entre onze heures et minuit,* puis en 1834, sous le titre *La Maîtresse de notre colonel,* avait été repris dans un fascicule du *Napoléon.*

4° L'agonie de la duchesse : autre emprunt à la *Conversation.* Mais il s'agissait alors de la femme d'un médecin allemand. La promotion sociale dont elle fait ici l'objet tient certainement à un souci de composition. Il faut noter en effet que la nouvelle s'arrêtait là, dans les éditions publiées du vivant de Balzac : la dernière anecdote y revenait ainsi sur la première et, en lui apportant un dénouement, nouait l'ensemble. Et la digression sur « la femme comme il faut » prenait sa pleine efficacité de distanciation. Ce qui pourrait confirmer l'hypothèse que nous avancions tout à l'heure sur un affinement de la technique. Mais cet état, finalement, sera dépassé à son tour.

5° L'épisode de la Grande Bretèche faisait partie en 1832, avec *Le*

Message, d'une nouvelle intitulée *Le Conseil* et composée techniquement sur un schéma comparable à celui de la *Conversation.* Cinq ans plus tard, dans les *Études de mœurs au XIXe siècle,* paraît *La Grande Bretèche ou les trois vengeances* : notre récit, désolidarisé du *Message,* est maintenant associé à deux textes tirés des *Contes bruns,* l'histoire du chevalier de Beauvoir (de la *Conversation*) et *Le Grand d'Espagne.* Ces deux derniers sont détachés à leur tour, en 1843, pour figurer dorénavant dans *La Muse du département,* tandis que *La Grande Bretèche,* devenue autonome, mais sous-titrée *Fin de « Autre étude de femme »,* entre en 1845 dans le tome IV de *La Comédie humaine* (quatrième volume des « Scènes de la vie privée »). Balzac enfin, avant de mourir, prescrivit à ses éditeurs posthumes d'annexer *La Grande Bretèche* à *Autre étude de femme,* dont la densité romanesque se trouvait ainsi sensiblement accrue.

*

Notre troisième nouvelle, *La Femme abandonnée,* parut dans la *Revue de Paris* en septembre 1832, reparut quinze mois plus tard dans le tome VI des *Études de mœurs au XIXe siècle* (deuxième volume des « Scènes de la vie de province »), et en 1842 se classa parmi les « Scènes de la vie privée » (deuxième volume) au tome II de *La Comédie humaine.*

Quelles que fussent les arrière-pensées de Balzac tandis qu'il composait ce récit (Mme de Berny et le passé, Mme de Castries et les espoirs), Mme A.-M. Meininger a établi (*L'Année balzacienne,* 1963) que le schéma de l'anecdote lui avait été fourni par Mme d'Abrantès, comme il est arrivé si souvent. Elle-même, ensuite, récupérant son bien, raconta l'histoire réelle dans ses *Mémoires sur la Restauration* (1835-1836).

L'histoire réelle ? Peut-être, pour l'enjoliver, a-t-elle emprunté à Balzac quelques détails que Balzac avait inventés pour donner au schéma chair et sang. Il y a dans ces jeux de miroirs quelque chose qui étourdit. La « source » révélée par Mme Anne-Marie Meininger est fort instructive : non pas seulement par ce qu'elle nous apprend, mais davantage par la distance qu'elle nous permet d'observer entre une œuvre et les circonstances qui en ont été l'occasion.

*

La Grenadière (dont le titre était antérieurement *Les Orphelins*), après avoir paru dans la *Revue de Paris* en octobre 1832, reparut dans les mêmes conditions exactement que *La Femme abandonnée.*

Balzac avait écrit cette nouvelle chez ses amis Carraud, à la poudrerie d'Angoulême, « en une seule nuit ». C'est du moins ce qu'il rappelait à Zulma Carraud elle-même dans une lettre du 25 janvier 1833, donc à une date où ses souvenirs à lui et ses souvenirs à elle étaient encore tout frais.

Trente-cinq ans plus tard, cependant, le 28 février 1868, Zulma Carraud devait écrire ces lignes publiées par M. Roger Pierrot : « *La Grenadière,* cette jolie perle de son écrin, fut écrite en jouant au billard. Il quittait le jeu me priant de l'excuser, et griffonnait sur le coin d'une table, puis revenait à la partie pour la quitter bientôt. Cela dura toute une journée, et le soir, il nous lut ce petit chef-d'œuvre. Il lisait d'une façon étrange qui fascinait. »

*

Publications successives de *Madame Firmiani :* février 1832, *Revue de Paris :* octobre 1832, *Nouveaux Contes philosophiques* (nous avons déjà noté que la notion de philosophie tolérait encore dans l'esprit de Balzac une acception fort libérale) ; 1835, tome XII des *Études de mœurs au XIX*[e] *siècle* (quatrième volume des « Scènes de la vie parisienne ») ; 1842 enfin, tome I de *La Comédie humaine* (premier volume des « Scènes de la vie privée »).

*

Une princesse parisienne, tel était le titre primitif des *Secrets de la princesse de Cadignan* lorsque cette nouvelle parut dans *La Presse* au mois d'août 1839, puis, en février 1840, dans le tome I d'un ouvrage collectif, *Le Foyer de l'Opéra, mœurs fashionables.* Elle prit son titre définitif dans le tome XI de *La Comédie humaine* (troisième volume des « Scènes de la vie parisienne »).

En 1839, le 2 juin semble-t-il, ou peu auparavant, dans son jardin des *Jardies* détrempé par un orage, Balzac fit une chute : « Le pied m'a glissé, j'ai fait porter le poids de mon corps sur le pied gauche, qui s'est tordu sous la masse, et tous les muscles qui enveloppent la cheville se sont violemment écartés, et ont craqué avec un grand bruit. La masse de volonté que j'ai émise pour me soutenir m'a causé une douleur d'une violence extraordinaire au plexus solaire, j'ai plus souffert là qu'à la cheville quoique la douleur m'ait fait croire que j'avais la jambe cassée » (lettre à Mme Hanska du 2 juin). Il resta immobilisé pendant plusieurs semaines — quarante jours, s'il faut l'en croire. Il mit à profit cette réclusion forcée pour écrire *Une princesse parisienne.*

« C'est la plus grande comédie morale qui existe, écrit-il à Mme Hanska le 15 juillet. C'est l'amas de mensonges par lesquels une femme de 37 ans, la duchesse de Maufrigneuse, devenue princesse de Cadignan par succession, parvient à se faire prendre pour une sainte, une vertueuse, une pudique jeune fille, par son quatorzième adorateur, c'est enfin le dernier degré de la dépravation dans les sentiments, c'est, comme le disait Mme Girardin, *Célimène amoureuse.* Le sujet est de tous les pays et de tous les temps. Le chef-d'œuvre est d'avoir fait voir les mensonges comme justes, nécessaires et de les justifier par l'amour. C'est un des diamants de la couronne de votre serviteur, vous mettrez ceci à côté de vieilles breloques de ma bijouterie littéraire. » « Une petite perle », assure-t-il encore à la même le 2 novembre : jugement peu modeste assurément, mais qu'on aurait mauvaise grâce à contester.

Mme Anne-Marie Meininger, dans *L'Année balzacienne* (1962), a signalé et analysé avec beaucoup de précision de singulières ressemblances entre le personnage de la princesse de Cadignan et la personne réelle de la comtesse Cordélia de Castellane, la duchesse de Dino jouant auprès de celle-ci le rôle de la marquise d'Espard et le comte Mathieu Molé celui de Daniel d'Arthez.

Les coïncidences sont trop nombreuses et trop bien ajustées pour qu'on puisse les attribuer au hasard. Certains détails, néanmoins, résistent à l'identification ; on ne s'aviserait guère, par exemple, de superposer la figure de Daniel d'Arthez à celle de Molé s'il n'y avait pas d'analogies aussi frappantes entre celles de Cornélia et de Diane. Nous pouvons constater ici, une fois de plus, que Balzac ne se plie au réel que pour le réinventer selon sa propre loi.

*

Nous avons vu plus haut comment *Le Message* (publié pour la première fois en février 1832 dans la *Revue des Deux Mondes*) fit quelque temps équipe avec *La Grande Bretèche.* Après *Le Conseil* de 1832, Balzac, à la fin de 1833, plaça *Le Message* dans le tome VI des *Études de mœurs au XIXe siècle* (deuxième volume des « Scènes de la vie de province »). En 1842 la nouvelle retrouva sa place primitive parmi les « Scènes de la vie privée » (deuxième volume, formant le tome II de l'édition globale de *La Comédie humaine*).

Voilà donc, parmi les sept nouvelles constituant le présent volume, la sixième qui, après une existence passablement errante d'édition en édition, termina sa course parmi les « Scènes de la vie privée ». Une seule, *Les Secrets de la princesse de Cadignan,* s'est retrouvée dans une autre section, celle des « Scènes de la vie parisienne ». Évolution due sans doute au sens de moins en moins descriptif et de plus en plus symbolique que Balzac donnait à la qualification de ses « Scènes ».

*

Présentés respectivement par Guy Sagnes, Jeannine Guichardet, Nicole Mozet, Anne-Marie Meininger et Madeleine Fargeaud, *Madame Firmiani, Étude de femme, Le Message, La Grenadière, La Femme abandonnée* ont été publiés dans le tome II de la nouvelle édition de *La Comédie humaine* parue dans la Bibliothèque de la Pléiade (1976).

Autre étude de femme, présentée par Nicole Mozet, se trouve dans le tome III (1976) et *Les Secrets de la princesse de Cadignan,* présentés par Anne-Marie Meininger, dans le tome VI (1977).

DOCUMENTS

Notre Notice a expliqué ce qu'est ce texte, et pourquoi nous tenons à le reproduire ici. Complétons ces indications par quatre notes, dont trois montrent que cette fois (comme dans le début de Facino Cane*) Balzac situait le support des récits dans un espace et dans un temps réels. Quant aux récits eux-mêmes, ils traduisent sans doute « la distance qui se trouve entre la parole et l'écrit », dans un début qui comporte d'intéressantes confidences de méthode.*

1° Les balzaciens s'accordent à reconnaître dans le cadre des Échantillons *(et où était déjà placée la* Conversation entre onze heures et minuit*) le salon sans apprêt du peintre baron Gérard. L'immeuble porte aujourd'hui le numéro 6 de la place Saint-Germain-des-Prés, au coin de la rue Bonaparte ; n'est-ce pas là qu'on a vu de nos jours habiter Jean-Paul Sartre ? Chez Gérard, Balzac pouvait rencontrer Sophie Gay, Mme de Girardin, Delacroix, Stendhal, Mérimée, l'astronome François Arago ;*

2° Ce dernier habitait à l'Observatoire, et Balzac (de 1828 à 1835) tout auprès, rue Cassini. C'est donc Arago que le romancier avait comme compagnon de route ;

3° Le conteur « gros et gras » et « de beaucoup d'esprit », sur le point de partir pour un poste diplomatique en Italie, est Stendhal. La nature même de son conte un peu libre répond fort bien à ce que nous savons de sa verve dans les sociétés sans préjugés où il se plaisait ;

4° Entre l'histoire du capitaine Bianchi et celle de l'avortement, on remarquera l'allusion énigmatique d'« une dame » à l'aventure « de l'évasion ». Cette obscurité s'explique par une inadvertance de Balzac. L'aventure en question est celle du chevalier de Beauvoir. L'histoire figurait dans Une conversation. *Elle en fut retirée (voir notre Notice) pour accompagner* La Grande Bretèche *puis pour faire partie de* La Muse du département. *En aménageant le reliquat de la* Conversation *pour en tirer les* Échantillons, *Balzac a simplement omis de biffer l'allusion.*

ÉCHANTILLONS DE CAUSERIES FRANÇAISES

Je fréquentais l'hiver dernier une maison, la seule peut-être où maintenant, le soir, la conversation échappe à la politique et aux niaiseries de salon. Là viennent des artistes, des poètes, des hommes d'État, des savants, des jeunes gens occupés ailleurs de chasse, de chevaux, de femmes, de jeu, de toilette, mais qui, dans cette réunion, prennent sur eux de dépenser leur esprit, comme ils prodiguent ailleurs leur argent ou leurs fatuités.

Entre onze heures et minuit, la conversation, jusque-là brillante, antithétique, devint conteuse, elle entraîna, dans son cours précipité, de curieuses confidences, plusieurs portraits, mille folies. Un savant, avec qui je fis de conserve la route de la rue Saint-Germain-des-Prés à l'Observatoire royal, regarda cette ravissante improvisation comme intraduisible; mais, dans ma témérité de disputeur, je m'engageai presque à reproduire les plaisirs de cette soirée moins pour soutenir mon opinion que pour donner à mes émotions la vie factice du souvenir, la distance qui se trouve entre la parole et l'écrit. Mais, en voulant tâcher de laisser à ces choses leur verdeur, leur abrupt naturel, leurs fallacieuses sinuosités, j'ai pris la conversation à l'heure où chaque récit nous attachait vivement. S'il fallait peindre le moment où tous les esprits luttèrent, où toutes les opinions brillèrent, où la pensée imita les gerbes éblouissantes d'un feu d'artifice, cette entreprise serait une folie, et une folie ennuyeuse peut-être. Donc, représentez-vous, assises autour d'une cheminée, dans un salon élégant, une douzaine de personnes dont toutes les physionomies, plus ou moins tourmentées, plus ou moins belles, expriment des passions ou des pensées. Trois femmes aimables, bien mises, gracieuses, dont la voix était douce, présidaient cette scène, à laquelle aucune séduction ne manqua, pour moi du moins. A la lueur des lampes, quelques artistes dessinaient en écoutant, et souvent je vis la sépia se séchant dans leurs pinceaux oisifs. Le salon était déjà par lui-même un tableau tout fait, et plus d'un peintre se trouvait là capable de le bien exécuter. Nous fûmes redevables à un vieux militaire de la tournure que prit la conversation. Il venait d'achever une partie dans un salon voisin, et, lorsqu'il se planta tout droit devant la cheminée, en relevant les deux pans de son habit bleu, l'une des dames lui dit :

— Eh ! bien, général, avez-vous gagné ?

— Oh ! mon Dieu non... Je ne puis pas toucher une carte...

Même question faite à quelques joueurs qui songeaient sans doute à s'évader. Il se trouva, comme toujours, que tout le monde avait à se plaindre du jeu. Récapitulation savamment faite, il advint qu'un sculpteur qui, à ma connaissance, avait perdu vingt-cinq louis, fut atteint et convaincu d'avoir gagné six cents francs.

— Bah ! les plaies d'argent ne sont pas mortelles !... dit mon savant, et tant qu'un homme n'a pas perdu ses deux oreilles...

— Un homme peut-il perdre ses deux oreilles ? demanda la dame.

— Pour les perdre, il faut les jouer..., répondit un médecin.

— Mais les joue-t-on jamais ?

— Je le crois bien, s'écria le général en levant un de ses pieds pour en présenter la plante au feu.

J'ai connu en Espagne, poursuivit-il, un nommé Bianchi, capitaine au 6e de ligne, — il a été tué au siège de Tarragone, — qui joua ses oreilles pour mille écus. Il ne les joua pas, pardieu ! il les paria bel et bien ; mais le pari est un jeu. Son adversaire était un autre capitaine du même régiment, Italien comme lui, comme lui mauvais garnement, deux vrais diables ensemble, mais bons officiers, excellents militaires. Nous étions donc au bivouac, en Espagne. Bianchi avait besoin de mille écus pour le lendemain matin, et, comme il ne possédait que quinze cents francs, il se mit à jouer aux dés sur un tambour avec son camarade, pendant que leurs compagnies préparaient le souper. Il y avait, ma foi, trois beaux quartiers de chèvre qui cuisaient dans une marmite, près de nous ; et nous autres officiers, nous regardions alternativement et le jeu et la chèvre qui frissonnait fort agréablement à nos oreilles, car nous n'avions rien mangé depuis le matin. Nos soldats revenaient un à un de la chasse, apportant du vin et des fruits. Nous avions un bon repas en perspective. La marmite était suspendue au-dessus du feu par trois perches arrangées en faisceau, et assez éloignées du foyer pour ne pas brûler ; mais, d'ailleurs, les soldats, avec cet instinct merveilleux qui les caractérise, avaient élevé un petit rempart de terre autour du feu. — Bianchi perdit tout, il ne dit pas un mot ; il resta comme il était, accroupi ; mais il se croisa les bras sur la poitrine, regarda le feu, le ciel, et par moment son adversaire. Alors, j'avais peur qu'il ne fît quelque mauvais coup ; il semblait vouloir lui manger les entrailles. Enfin il se leva brusquement, comme pour fuir une tentation. En se levant, il renversa l'une des trois perches qui soutenaient la marmite, et voilà notre souper à tous les diables !... Nous restâmes silencieux ; et, quoique ventre affamé ne porte guère de respect aux passions, nous n'osâmes rien lui dire, tant il nous faisait peine à voir... L'autre comptait son argent. Bianchi se mit à rire. Il regarda la marmite vide, et pensa peut-être alors qu'il n'avait pas plus de souper que d'argent. Il se retourna vers son camarade ; puis avec un sourire d'Italien :

« — Veux-tu parier tes mille écus, lui dit-il en montrant une sentinelle espagnole postée à cent cinquante pas environ de notre front de bandière, et dont nous apercevions la baïonnette au clair de lune, veux-tu parier tes mille écus que, sans autre arme que le briquet de ton caporal, — et il prit le sabre d'un nommé *Garde-à-pied,* — je vais à cette sentinelle, j'en apporte le cœur, je le fais cuire et le mange ?...

« — Cela va !... dit l'autre ; mais si tu ne réussis pas... ?

« — Eh ! bien, *corpo di Baccho !* — il jura un peu mieux que cela, mais il faut gazer le mot pour ces dames, — tu me couperas les deux oreilles...

« — Convenu !... dit l'autre.

« — Vous êtes témoins du pari ? » s'écria Bianchi d'un air triomphant, en se tournant vers nous... Et il partit.

« Nous n'avions plus envie de manger, nous autres. Cependant, nous nous levâmes tous pour voir comment il s'y prendrait, mais nous ne vîmes rien du tout. En effet, il tourna par un sentier, rampa comme un serpent ; bref, nous n'entendîmes pas seulement le bruit que peut faire une feuille en tombant. Nos yeux ne quittaient pas de vue la sentinelle. Tout à coup, un petit gémissement de rien, un *Heu !* profond et sourd nous fit tressaillir. Quelque chose tomba...

Pâoud ! Et nous ne vîmes plus la sacrée — excusez-moi, mesdames ! — baïonnette. Cinq minutes après, ce farceur de Bianchi galopait dans le lointain comme un cheval, et revint tout pâle, tout haletant. Il tenait à la main le cœur de l'Espagnol, et le montrait en riant à son adversaire. Celui-ci lui dit d'un air sérieux :

« — Ce n'est pas tout !...

« — Je le sais bien, répliqua Bianchi.

« Sans laver le sang de ses mains, il releva les perches, rajusta la marmite, attisa le feu, fit cuire le cœur et le mangea sans être incommodé... Il empocha les mille écus.

— Il avait donc bien besoin de cet argent ?... demanda la maîtresse du logis.

— Il les avait promis à une petite vivandière parisienne dont il était amoureux... Oh ! madame, reprit le général, après une petite pause, tous ces Italiens-là étaient de vrais cannibales, et des chiens finis. Ce Bianchi venait de l'hôpital de Como, où tous les enfants trouvés reçoivent le même nom, ils sont tous des Bianchi : c'est une coutume italienne. L'empereur avait fait déporter à l'île d'Elbe les mauvais sujets de l'Italie, les fils de famille incorrigibles, les malfaiteurs de la bonne société qu'il ne voulait pas tout à fait flétrir. Aussi, plus tard, il les enrégimenta, il en fit la *légion italienne ;* puis il les incorpora dans ses armées et en composa le 6ᵉ de ligne, auquel il donna pour colonel un Corse, nommé Eugène. C'était un régiment de démons. Il fallait les voir à un assaut, ou dans une mêlée !... Comme ils étaient presque tous décorés pour des actions d'éclat, ce colonel leur criait naïvement, en les mettant au plus fort du feu :

« — *Avanti, avanti, signori ladroni, cavalieri ladri !...*(En avant, en avant, chevaliers voleurs, seigneurs brigands !...)

« Pour un coup de main, il n'y avait pas de meilleures troupes dans l'armée ; mais c'étaient des chenapans à voler le bon Dieu. Un jour, ils buvaient l'eau-de-vie des pansements ; un autre jour, ils tiraient, sans scrupule, un coup de fusil à un payeur, et mettaient le vol sur le compte des Espagnols. Et cependant ils avaient de bons moments !... A je ne sais quelle bataille, un de ces hommes-là tua dans la mêlée un capitaine anglais qui, en mourant, lui recommanda sa femme et son enfant. La veuve et l'orphelin se trouvaient dans un village voisin. L'Italien y alla sur-le-champ, à travers la mêlée, et les prit avec lui. La jeune dame était, ma foi, fort jolie. Les mauvaises langues du régiment prétendirent qu'il consola la veuve; mais le fait est qu'il partagea sa solde avec l'enfant jusqu'en 1814. Dans la déroute de Moscou, l'un de ces garnements ayant un camarade attaqué de la poitrine, eut pour lui des soins inimaginables depuis Moscou jusqu'à Wilna. Il le mettait à cheval, l'en descendait, lui donnait à manger, le défendait contre les Cosaques, l'enveloppait de son mieux avec les haillons qu'il pouvait trouver, le couchait comme une mère couche son enfant, et veillait à tous ses besoins. Un soir, le diable de malade alla, malgré la défense de son ami, se chauffer à un feu de Cosaques, et, lorsque celui-ci vint pour l'y reprendre, un Cosaque, croyant qu'on voulait lui chercher chicane, tua le pauvre Italien.

— Napoléon avait des idées bien philosophiques! s'écria une dame. Ne faut-il pas avoir réfléchi profondément sur la nature humaine, pour oser chercher ce qu'il peut y avoir de héros dans une troupe de malfaiteurs?...

— Je demande qu'on ne parle pas trop de Napoléon, dit un artiste gravement.

Ce mot avait assez d'à-propos à cause du retour des cendres de l'empereur. Aussi chacun se mit à rire, moins la dame à qui l'on devait l'observation.

— Il faut des guerres civiles pour faire éclore des caractères semblables!... s'écria un avocat célèbre. Ces aventures où l'âme se déploie dans toute sa vigueur ne se rencontrent jamais dans la vie tranquille telle que la constitue notre civilisation actuelle, si pâle, si décrépite.

— Encore la civilisation!... répliqua Bianchon, l'un de nos médecins les plus distingués, votre mot est placé!... Depuis quelque temps, poètes, écrivains, peintres, tout le monde est possédé d'une singulière manie. Notre société, selon ces gens-là, nos mœurs, tout se décompose et rend le dernier soupir. Nous vivons morts; nous nous portons à merveille dans une agonie perpétuelle, et sans nous apercevoir que nous sommes en putréfaction. Enfin, à les entendre, nous n'avons ni lois, ni mœurs, ni physionomie, parce que nous sommes sans croyance. Il me semble cependant que, d'abord, nous avons tous foi en l'argent, depuis que les hommes se sont attroupés en nations, l'argent a été une religion universelle, un culte éternel; ensuite, le monde actuel ne va pas mal du tout. Pour quelques gens blasés qui regrettent de ne pas avoir tué une femme ou deux, il se rencontre bon nombre de gens passionnés qui aiment sincèrement. Pour n'être pas scandaleux, l'amour se continue assez bien, et ne laisse guère chômer que les vieilles filles..., encore !... Bref, les existences sont aussi dramatiques en temps de paix qu'en temps de troubles... Je vous remercie de votre guerre civile. Moi, j'ai précisément assez de rentes sur le grand-livre pour aimer cette vie étroite, l'existence avec les soies, les cachemires, les tilburys, les peintures sur verre, les porcelaines, et toutes ces petites merveilles qui annoncent la dégénérescence d'une civilisation...

— Le docteur a raison..., dit une dame. Il y a des situations secrètes de la vie la plus vulgaire en apparence qui peuvent comporter des aventures tout aussi intéressantes que celles de l'évasion.

— Certes, reprit le docteur. Et, si je vous racontais une des premières consultations que...

— Racontez !...

— Racontez !...

Ce fut un cri général dont le docteur fut très flatté.

— Je n'ai pas la prétention de vous intéresser autant que monsieur...

— Connu, dit un peintre.

— Assez... Dites ! cria-t-on de toutes parts.

— Un soir, dit-il, après avoir laissé échapper un geste de modestie et un sourire, j'allais me coucher, fatigué de ces courses énormes que nous autres, pauvres médecins, faisons à pied, presque pour l'amour de Dieu, pendant les premiers jours de notre carrière, lorsque ma vieille servante vint me dire qu'une dame désirait me parler. Je répondis par un signe, et sur-le-champ l'inconnue entra dans mon cabinet. Je la fis asseoir au coin de ma cheminée, et restai vis-à-vis d'elle, à l'autre coin, en l'examinant avec cette curiosité physiologique particulière aux gens de notre *profession,* quand ils prennent la science en amour. Je n'ai pas souvenance d'avoir rencontré dans le cours de ma vie une femme qui m'ait aussi fortement impressionné que je le fus par cette dame. Elle était jeune, simplement mise, médiocrement belle cependant, mais admirablement bien faite. Elle avait une taille très cambrée, un teint à éblouir et des cheveux noirs très abondants. C'était une figure méridionale, tout empreinte de passion, dont les traits avaient peu de régularité, beaucoup de bizarrerie même, et qui tirait son plus grand charme de la physionomie ; néanmoins, ses yeux vifs avaient une expression de tristesse qui en détruisait l'éclat.

« Elle me regardait avec une sorte d'inquiétude, et je fus extrêmement intéressé par l'hésitation que trahirent ses premières paroles et ses manières. Elle allait faire violence à sa pudeur, et j'attendais une de ces confidences vulgaires, auxquelles nous sommes habitués, mais qui n'en sont pas moins honteuses pour les malades, lorsque, se levant avec brusquerie, elle me dit :

« — Monsieur, il est fort inutile que je vous instruise du hasard auquel j'ai dû de connaître votre nom, votre caractère et votre talent.

« A son accent, je reconnus une Marseillaise.

« — Je suis, reprit-elle, mariée depuis trois mois à M. de..., chef d'escadron dans les grenadiers de la garde ; c'est un homme violent et d'une jalousie de tigre. Depuis six mois, je suis grosse...

« En prononçant cette phrase à voix basse, elle eut peine à dissimuler une contraction nerveuse qui crispa son larynx.

« — J'appartiens, reprit-elle en continuant, à l'une des premières familles de Marseille ; ma mère est madame de...

« Vous comprenez, dit le docteur en s'interrompant et nous regardant à la ronde, que je ne puis pas vous dire les noms...

« — J'ai dix-huit ans, monsieur, dit-elle ; j'étais promise depuis deux ans à l'un de mes cousins, jeune homme riche et fort aimable, mais appartenant à une famille exclusivement commerçante, la famille de ma mère. Nous nous aimions beaucoup... Il y a huit mois, M. de..., mon mari, vint à Marseille ; il est neveu de l'ancienne duchesse de... et, favori de l'empereur, il est promis à quelque haute fortune militaire : tout cela séduisit mon père. Malgré mon inclination connue, mon mariage avec le comte de... fut décidé. Ce manque de foi brouilla les deux familles. Mon père, redoutant la violence du caractère marseillais, craignit quelque malheur ; il voulut conclure cette affaire à Paris, où se trouvait la famille de M. de... Nous partîmes. A la seconde couchée, au milieu de la nuit, je fus réveillée par la voix de mon cousin, et je vis sa tête près de la mienne... Le lit où couchaient mon père et ma mère était à trois pas du mien ; rien ne l'avait arrêté. Si mon père s'était réveillé, il lui aurait brûlé la cervelle. Je l'aimais... C'est tout vous dire.

« Elle baissa les yeux et soupira. J'ai souvent entendu les sons creux qui sortent de la poitrine des agonisants ; mais j'avoue que ce soupir de femme, ce repentir poignant, mêlé de résignation, cette terreur produite par un moment de plaisir dont le souvenir semblait briller dans les yeux de la jeune Marseillaise, m'ont pour ainsi dire aguerri tout à coup aux expressions les plus vives de la souffrance. Il y a des jours où j'entends encore ce soupir, et il me donne toujours une sensation de froid intérieur, lorsque ma mémoire est fidèle.

« — Dans trois jours, reprit-elle en levant les yeux sur moi, mon mari revient d'Allemagne. Il me sera impossible de lui cacher l'état dans lequel je suis, et il me tuera, monsieur ; il n'hésitera même pas. Mon cousin se brûlera la cervelle ou provoquera mon mari. Je suis dans l'enfer...

« Elle dit cette phrase avec un calme effrayant.

« — Adolphe est tenu fort sévèrement ; son père et sa mère lui donnent peu d'argent pour son entretien ; ma mère n'a pas la disposition de sa fortune ; de mon côté, moi, je ne possède rien ; cependant, entre nous trois, nous avons trouvé quatre mille francs. Les voici, dit-elle, en tirant de son corset des billets de banque et me les présentant.

« — Eh ! bien, madame ?... lui demandai-je.

« — Eh ! bien, monsieur, reprit-elle en paraissant étonnée de ma question, je viens vous supplier de sauver l'honneur des deux familles, la vie de trois personnes et celle de ma mère, aux dépens de mon malheureux enfant...

« — N'achevez pas, lui dis-je avec sang-froid.

« J'allai prendre le Code.

« — Voyez, madame, repris-je en montrant une page qu'elle n'avait sans doute pas lue, vous m'enverriez à l'échafaud. Vous me proposez un crime que la loi punit de mort, et vous seriez vous-même condamnée à une peine plus terrible peut-être que n'est la mienne. Mais la justice ne serait pas si sévère, que je ne pratiquerais pas une opération de ce genre ; elle est presque toujours un double assassinat, car il est rare que la mère ne périsse pas aussi. Vous pouvez prendre un meilleur parti... Pourquoi ne fuyez-vous pas ?... Allez en pays étranger.

« — Je serais déshonorée...

« Elle fit encore quelques instances, mais doucement et avec un sourd accent de désespoir. Je la renvoyai...

« Le surlendemain, vers huit heures du matin, elle revint. En la voyant entrer dans mon cabinet, je lui fis un signe de dénégation très péremptoire : mais elle se jeta si vivement à mes genoux que je ne pus l'en empêcher.

« — Tenez, s'écria-t-elle, voici dix mille francs !

« — Eh ! madame, répondis-je, cent mille, un million même, ne me convertiraient pas au crime... Si je vous promettais mon secours dans un moment de faiblesse, plus tard, au moment d'agir, la raison me reviendrait, et je manquerais à ma parole ; ainsi retirez-vous.

« Elle se releva, s'assit, et fondit en larmes.

« — Je suis morte !... s'écria-t-elle. Mon mari revient demain...

« Elle tomba dans une sorte d'engourdissement ; et puis, après sept ou huit minutes de silence, elle me jeta un regard suppliant ; je détournai les yeux ; elle me dit :

« — Adieu, monsieur !...

« Et elle disparut.

« Cet horrible poème de mélancolie m'oppressa pendant toute la journée... J'avais toujours devant moi cette femme pâle, et je lisais toujours toutes les pensées écrites dans son dernier regard. Le soir, au moment où j'allais me coucher, une vieille femme en haillons, et qui sentait la boue des rues, me remit une lettre écrite sur une feuille de papier gras et jaune ; les caractères, mal tracés, se lisaient à peine, et il y avait de l'horreur et dans ce message et dans la messagère.

« J'ai été massacrée par le chirurgien malhabile d'une maison suspecte, car je n'ai trouvé de pitié que là ; mais je suis perdue. Une hémorragie affreuse a été la suite de cet acte de désespoir. Je suis sous le nom de madame Lebrun, à l'hôtel de *Picardie,* rue de Seine. Le mal est fait. Aurez-vous maintenant le courage de venir me visiter, et de voir s'il y a pour moi quelque chance de conserver la vie ?... Écouterez-vous mieux une mourante ?... »

« Un frisson de fièvre me passa sur la colonne vertébrale. Je jetai la lettre au feu, puis me couchai ; mais je ne dormis pas ; je répétai vingt fois et presque mécaniquement :

« — Ah ! la malheureuse !...

« Le lendemain, après avoir fait toutes mes visites, j'allai, conduit par une sorte de fascination, jusqu'à l'hôtel que la jeune femme m'avait indiqué. Sous prétexte de chercher quelqu'un dont je ne savais pas exactement l'adresse, je pris avec prudence des informations, et le portier me dit :

« — Non, monsieur, nous n'avons personne de ce nom-là. Hier, il est bien venu une jeune femme ; mais elle ne resta pas longtemps ici... Elle est morte ce matin, à midi...

« Je sortis avec précipitation, et j'emportai dans mon cœur un souvenir éternel de tristesse et de terreur. Je vois passer peu de corbillards seuls et sans parents à travers Paris sans penser à cette aventure, et, chaque fois, j'y découvre de nouvelles sources d'intérêt. C'est un drame à cinq personnages, dont, pour moi, les destinées inconnues se dénouent de mille manières, et qui m'occupent souvent pendant des heures entières...

Nous restâmes silencieux. Le docteur avait conté cette histoire avec un accent si pénétrant, ses gestes furent si pittoresques et sa diction si vive, que nous vîmes successivement et l'héroïne et le char des pauvres conduit par les croque-morts, allant au trot vers le cimetière.

— Toutes vos histoires sont épouvantables !... dit la maîtresse du logis, et vous me causerez cette nuit des cauchemars affreux. — Vous devriez bien dissiper les impressions qu'elles nous laissent en nous racontant quelque histoire gaie, ajouta-t-elle en se tournant vers un homme gros et gras, homme de beaucoup d'esprit et qui devait partir pour l'Italie, où l'appelaient des fonctions diplomatiques.

— Volontiers..., répondit-il. — Madame de..., reprit-il en souriant, la femme d'un ancien ministre de la marine sous Louis XVI, se trouvait au château de..., où j'avais passé les vacances de l'année 180... Elle était encore belle, malgré trente-huit ans avoués, et en dépit des malheurs qu'elle avait essuyés pendant la Révolution. Appartenant à l'une des meilleures maisons de France, elle avait été élevée dans un couvent. Ses manières, pleines de noblesse et d'affabilité, étaient empreintes d'une grâce indéfinissable. Je n'ai connu qu'à elle une certaine manière de marcher qui imprimait autant de respect qu'elle inspirait de désirs. Elle était grande, bien faite et pieuse. Il est facile d'imaginer l'effet qu'elle devait produire sur un petit garçon de treize ans : c'était alors mon âge. Sans avoir précisément peur d'elle, je la regardais avec une inquiétude désireuse et avec de vagues émotions qui ressemblaient aux tressaillements de la crainte.

« Un soir, par un de ces hasards dont il est difficile de se rendre compte, sept ou huit dames qui habitaient le château se trouvèrent seules, sur les onze heures du soir, devant un de ces feux qui ne sont ni pétillants ni éteints, mais dont la chaleur moite dispose peut-être à une causerie plus intime, en communiquant aux fibres une sorte d'épanouissement qui les béatifie. Madame de... jeta un regard d'espion sur les hauts lambris et les vieilles tapisseries de l'immense salon. Ses grands yeux noirs tombèrent sur un coin passablement obscur où j'étais tapi derrière une duchesse aux pieds contournés : ce fut comme un regard de feu, mais elle ne me vit pas. J'étais resté coi en entendant ces dames raconter, *sotto voce,* des histoires auxquelles je ne comprenais rien ; mais les rires de bon aloi qui terminaient chaque narration avaient piqué ma curiosité d'enfant.

« — A votre tour, avaient dit en chœur les châtelaines à madame de... Allons, contez-nous comment...

« Elle conservait peut-être une vague inquiétude de m'avoir vu jouant auprès d'elle ; elle se leva, comme pour faire le tour du meuble énorme derrière lequel j'étais tapi ; mais une vieille dame, plus impatiente que les autres, lui prit la main en lui disant :

« — Le petit est couché, ma chère ; d'ailleurs, voudriez-vous paraître plus prude que nous ?

« Alors, la belle dame de... toussa, ses yeux se baissèrent souvent, et elle commença ainsi :

« — J'étais au couvent de... et je devais en sortir au bout de trois jours pour épouser M. le comte de M..., mon mari. Mon bonheur futur, envié par quelques-unes de mes compagnes, donnait lieu pour la vingtième fois à des conjectures que je vous épargne, puisque, d'après vos récits, vous vous en êtes toutes occupées en temps et lieu. Trois jeunes personnes de mon âge et moi, qui ne pouvions pas faire ensemble soixante et dix ans, étions groupées devant la fenêtre d'un corridor, d'où l'on voyait ce qui se passait dans la cour du couvent. Depuis une heure environ, nos jeunes imaginations avaient cultivé le champ des suppositions d'une manière si folle et si innocente, je vous jure, qu'il nous était impossible de déterminer en quoi consistait le mariage ; mes idées étaient même devenues si vagues, que je ne savais plus sur quoi les fixer. Une sœur de trente à quarante ans, qui nous avait prises en amitié, vint à passer. C'était autant que je me le rappelle, la fille d'un campagnard fort riche : elle avait été mise au couvent dès sa jeunesse, soit pour avantager son frère, soit à cause d'une aventure qu'elle ne racontait qu'à son honneur et gloire. Mademoiselle de Lansac, qui était plus libre qu'aucune de nous avec elle, l'arrêta et lui exposa assez malicieusement le danger qu'il pouvait y avoir pour moi d'ignorer les conditions de la nature humaine. La religieuse avisa dans la cour un maudit animal qui revenait du marché, et qui dans le moment, par la fierté de son allure, la puissance de développement de tout son être, formait la plus brillante définition du mariage que l'on pût donner.

« Là, le groupe féminin se rapprocha, madame de... parla à voix basse, les dames chuchotèrent et tous les yeux brillèrent comme des étoiles ; mais je ne pus entendre, de la réponse de la religieuse, que deux mots latins employés par la belle dame, et qui étaient, je crois : *Ecce homo !...*

« — A cet aspect, reprit madame de..., dont la voix remonta insensiblement au diapason doux et clair qui avait donné le ton aux juvéniles confidences de ces dames, je manquai de me trouver mal. Je pâlis en regardant mademoiselle de Cadignan, que j'aimais beaucoup, et la terreur que j'ai ressentie depuis en pensant au jour où je devais monter à l'échafaud n'est pas comparable à celle dont je fus la proie en songeant à la première nuit de mes noces. Je croyais être faite autrement que toutes les femmes. Je n'osais parler à ma mère ; je regardais le comte avec un curieux effroi, sans en être plus instruite. Je ne vous dirai pas toutes les pensées martyrisantes dont je fus assaillie ; l'idée d'un pareil supplice a été jusqu'à me faire rester, la veille de mon mariage, à tenir environ une heure le bouton doré qui sert à ouvrir la porte de la chambre de ma mère, sans pouvoir me décider à entrer, à la réveiller et à lui faire part de l'impossibilité où me mettait la nature d'être femme un jour. Bref ! je fus menée plus morte que vive dans la chambre nuptiale...

« Ici, madame de... ne put s'empêcher de sourire, et elle ajouta, non sans quelque mine de sainte nitouche :

« — Mais j'ai vu que tout ce que Dieu a fait est bien fait, et que la pauvre bécasse de religieuse avait essayé, comme Garo, de mettre des citrouilles à un chêne. »

— Monsieur, dit une jeune dame, si vos histoires gaies commencent ainsi, comment finiront-elles ?

— Oh ! monsieur n'a jamais pu rien conter sans y mettre un trait un peu trop vif, et vraiment je le redoute. J'espère toujours qu'il s'est corrigé...

— Mais où est le mal?... demanda naïvement le narrateur. Aujourd'hui, vous voulez rire, et vous nous interdisez toutes les sources de la gaieté franche qui faisait les délices de nos ancêtres. Otez les tromperies de femmes, les ruses de moines, les aventures un peu breneuses de Verville et de Rabelais, où sera le rire?... Vous avez remplacé cette poétique par celle des calembours d'Odry!... Est-ce un progrès?... Aujourd'hui, nous n'osons plus rien!... A peine une honnête femme permettrait-elle à son amant de lui raconter la bonne histoire du cocher de fiacre disant à une dame : *Voulez-vous trinquer?...* Il n'y a rien de possible avec des mœurs si tacitement libertines; car je trouve vos pièces de théatre et vos romans plus gravement indécents que la crudité de Brantôme, chez lequel il n'y a ni arrière-pensée ni préméditation. Le jour où nous avons donné de la chasteté au langage, les mœurs avaient perdu la leur.

— La philanthropie a ruiné le conte, reprit un vieillard.

— Comment? dit la femme d'un peintre.

— Pour qu'un conte soit bon, il faut toujours qu'il fasse rire d'un malheur, répondit-il.

— Paradoxe!... s'écria un journaliste.

— Aujourd'hui, reprit le vieillard en souriant, les sots se servent trop souvent de ce mot-là quand ils ne peuvent pas répondre, pour qu'un homme d'esprit l'emploie.

Il y eut un moment de silence.

— Autrefois, dit le vieillard, les gens riches se faisaient enterrer dans les églises. Alors, il y avait un intervalle entre l'enterrement réel et le convoi, parce que la tombe n'était pas toujours prête à recevoir le mort. Cet inconvénient avait obligé les curés de Paris à faire garder pendant un certain laps de temps les cercueils dans une chapelle où se trouvait un sépulcre postiche. C'était en quelque sorte un vestibule où les morts attendaient. Il y avait un prêtre de garde près de la Chapelle mortuaire, et les familles payaient les prières de surérogation qui se disaient pendant la nuit ou pendant le jour qui s'écoulait entre l'enterrement factice et l'inhumation définitive. Excusez-moi de vous donner ces détails; mais, aujourd'hui, pour beaucoup de personnes, ils sont de l'histoire. Un pauvre prêtre, nouveau venu à Saint-Sulpice, débuta dans l'emploi de garder les morts... Un vieux maître des requêtes de l'hôtel avait été enterré le matin. Au commencement de la nuit, le prêtre de province fut installé dans la chapelle, et chargé de dire les prières à la lueur des cierges. Le voilà seul, au coin d'un pilier de cette église. Il dit un psaume, et, quand le psaume est fini :

« — Pan ! pan ! pan !

« Il entend trois petits coups frappés faiblement. Les oreilles lui tintent ; il regarde la voûte, les dalles, les piliers... et finit par croire que ses confrères veulent lui jouer quelque tour, comme cela se fait dans les couvents pour les novices. Il se remet alors à dépêcher un autre psaume ; et, de verset en verset :

« — Pan ! pan ! pan !

« Le prêtre répondit :

« — Oui, oui, frappe !... Je t'en casse !...

« Enfin, les coups diminuèrent et ne se firent plus entendre que de loin en loin. Vers le matin un vieux prêtre vint relever de faction le débutant. Celui-ci lui donne le livre, la chaise, et s'en va.

« — Pan ! pan ! pan !

« — Qu'est-ce que c'est que ça ?... demanda le vieux prêtre.

« — Oh ! ce n'est rien, répondit le nouveau ; c'est le mort qui a un tic...

— Je croirais volontiers que ce mot est vrai, dit un professeur d'histoire. Il est saturé de cet esprit rustique si précieux chez les vieux auteurs, et qui se retrouve souvent peut-être chez le paysan. Ce prêtre venait d'en deçà de la Loire... Le villageois est une nature admirable. Quand il est bête, il va de pair avec l'animal ; mais, quand il a des qualités, elles sont exquises ; malheureusement, personne ne l'observe. Il a fallu je ne sais quel hasard pour que Goldsmith ait fait *Le Vicaire de Wakefield.* Aussi la vie campagnarde et paysanne attend-elle un historien.

— Votre observation me rappelle, dit un fonctionnaire impérial, un trait qui peut servir de preuve à votre opinion. Il donne tout à fait l'idée d'un homme trempé comme devait l'être le paysan du Danube.

« En 1813, lors des dernières levées d'hommes dont Napoléon eut besoin, et que les préfets firent avec une rigueur qui contribua peut-être à la première chute de l'Empire, le fils d'un pauvre métayer des environs d'une ville que je ne vous nommerai pas, car ce serait vous désigner le préfet, refusa de partir, et disparut. Les premières sommations exécutées, l'on en vint aux mesures de rigueur contre le père et la mère. Enfin, un matin, le préfet, ennuyé de voir cette affaire traîner en longueur, manda le père devant lui. Le paysan vint à la préfecture, et, là, le secrétaire général d'abord, puis le préfet lui-même, essayèrent par des paroles de persuasion de convertir à l'Évangile impérial le père du réfractaire, et de lui arracher le secret de la retraite où son fils était caché. Ils échouèrent contre le système de dénégation dans lequel les paysans se renferment avec l'instinct de l'huître, qui défie ses agresseurs à l'abri de sa rude écaille. Des douceurs, le préfet et son secrétaire passèrent aux menaces, et ils se mirent très sérieusement en colère, et rudoyèrent le pauvre homme, qui les regardait avec un grand flegme, en tortillant son chapeau à bords rabattus.

« — Nous saurons bien te faire retrouver ton fils, disait le secrétaire.

« — Je le voudrais bien, monseigneur, répondit le paysan.

« — Il me le faut mort ou vif ! s'écria le préfet, en forme de conclusion.

« Là-dessus, le père s'en revint désolé chez lui ; car il ne savait réellement pas où était son fils et se doutait bien de ce qui allait arriver. En effet, le lendemain, il vit le matin, en allant aux champs, le chapeau d'un gendarme qui galopait le long des haies, et que le préfet envoyait loger chez lui, jusqu'à ce que le réfractaire se fût retrouvé. Il fallut donc chauffer, blanchir, éclairer le garnisaire et le nourrir, son cheval et lui. Le paysan y mangea ses économies, vendit la croix d'or, les boucles d'oreilles, les boucles de souliers, les agrafes d'argent et les hardes de sa femme ; puis un champ qu'il avait, et enfin sa maison. Avant cette vente de la maison et du morceau de terre dont elle était environnée, il y eut une horrible dispute entre la femme et le mari : celui-ci prétendait qu'elle savait où était son fils... Le gendarme fut obligé de mettre le holà au moment où le paysan s'emporta, car il avait pris son sabot pour le jeter à la tête de sa femme. Depuis cette soirée, le garnisaire, ayant pitié de ces deux malheureux, menait son cheval paître le long des chemins et dans les prés communaux. Quelques voisins se cotisèrent pour lui fournir de l'avoine et de la paille ; la plupart du temps le gendarme achetait de la viande, et l'on s'entendait pour soutenir le pauvre ménage. Le paysan avait parlé de se pendre.

« Enfin un jour qu'il fallait du bois pour cuire le dîner du gendarme, le père du réfractaire était allé dès le matin dans une forêt pour ramasser des branches mortes et faire provision de bois. A la nuit, il aperçut dans un fourré, près des habitations, une masse blanche, et, ayant été voir ce que cela pouvait être, il reconnut son fils. Il était mort de faim, et avait encore entre les dents l'herbe qu'il avait essayé de manger. Le paysan chargea son enfant sur ses épaules, et, sans le montrer à personne, sans rien dire, il le porta pendant trois lieues ; il arriva à la préfecture, s'enquit où était le préfet, et, apprenant qu'il était au bal, il l'attendit ; et, quand celui-ci rentra, sur les deux heures du matin, il trouva le paysan à sa porte, qui lui dit :

« — Vous avez voulu mon fils, monsieur le préfet, le voilà !

« Il mit le cadavre contre le mur et s'enfuit.

« Maintenant, lui et sa femme mendient leur pain. »

— Ceci est tout bonnement sublime, reprit le médecin ; mais je crois que, si les actions des paysans sont si complètes, si simplement belles c'est que chez eux tout est naturel et sans art ; ils obéissent toujours au cri de la nature ; leur ruse même, leur astuce, si célèbres et si formidables, sont un développement de l'instinct humain. Ils sont cauteleux dans les affaires, et dissimulés, comme tous les gens faibles, en présence d'un ennemi puissant ; et, ne faisant pas abus de la pensée, ils la trouvent comme la foi, très robuste dans leur âme, au moment où ils en font usage. La foi du charbonnier est un proverbe. Ce qui m'étonne le plus en eux, ajouta-t-il, c'est leur détachement de la vie, et je ne comprends pas qu'en estimant si peu une existence si chargée de peines et de travail, ils soient si peu vindicatifs, et ne la risquent pas plus souvent, par calcul. Ils n'ont pas le temps peut-être de réfléchir ou de combiner de grandes choses.

— C'est ce qui sauve la civilisation de leurs entreprises, dit quelqu'un.

— Encore la civilisation !... répéta le médecin d'un air comico-tragique.

— Mais docteur, lui dis-je, je vous assure que je connais un petit pays de Touraine où les gens de la campagne font mentir vos observations. Du côté de Chinon, les naturels de notre pays sont possédés d'une fureur courte et vive qui leur donne l'énergie de se livrer à leurs passions, puis ils rentrent soudain dans cette douceur spirituelle et railleuse qui distingue le caractère tourangeau. Serait-ce que Caïn aurait peuplé les environs de Chinon, dont les habitants sont nommés *Caïnones* dans les cartulaires ? ou faut-il attribuer ce sentiment de vengeance immédiate à la vie sauvage que mènent les habitants des campagnes ? Le docteur Gall aurait dû venir visiter les Chinonnais, où, du reste, il y a de fort honnêtes gens. Un des avocats les plus distingués de ce pays me disait en riant que cet arrondissement devrait lui constituer une rente, parce que la plupart des procès civils et criminels étaient issus de ce pays si célébré par Rabelais.

« Quant à moi, j'ai vu de mes yeux un exemple frappant de cette observation, dont je ne voudrais pas cependant garantir la vérité psychologique.

« Voici le fait.

« Je revenais, en 1820, d'Azay à Tours par la voiture de Chinon. En prenant ma place, je vis, sur la banquette de derrière, deux gendarmes, entre lesquels était un gars d'environ vingt-deux ans.

« — Qu'a-t-il donc fait, celui-là ?... dis-je au brigadier, croyant qu'il s'agissait de quelque délit forestier ou autre.

« — Presque rien..., répondit le gendarme ; il s'est permis de rompre avec une barre de fer l'échine de son maître, et il l'a tué, pas plus tard qu'hier.

« Là-dessus, grand silence. Je voyageais en compagnie d'un assassin. Celui-ci se tenait coi dans la carriole, regardant avec assez d'insouciance les arbres du chemin, qui fuyaient avec autant de rapidité que sa vie promise à l'échafaud. Il avait une figure douce, quoique brune et fortement colorée.

« — Pourquoi donc a-t-il assommé son maître ?... dis-je au brigadier.

« — Pour une misère ! répondit le gendarme. En allant à la foire de Tours, son bourgeois, qui était un fort métayer, avait promis de rapporter les cadeaux d'usage à la fille de basse-cour et à ce gars-là. Pour lors, il s'agissait d'un tablier pour elle, et d'un gilet rouge pour lui. Au retour il paraît que le fermier eut quelque motif de mécontentement contre lui. Il donna bien le tablier à la fille mais il garda le gilet. Assoupi par la chaleur, et fatigué, vu qu'il avait fait la route sans arrêt et à cheval, il s'endormit sur le coin de sa table, dans la salle. Alors, le gars prit la barre de fer, et lui en assena un grand coup sur la nuque. Le métayer a encore eu la force de se relever et de lui dire : « Malheureux !... » Et il lui a donné un second coup, qui finalement l'a tué raide, puis il a été se cacher dans l'écurie avec le gilet ; mais il n'a pas seulement pris un liard de l'argent que son maître rapportait de Tours, et il s'est laissé empoigner sans résistance.

« — Comment, dis-je en me tournant vers le paysan, as-tu pu tuer un homme pour un gilet ?...

« — Dame !... j'avais compté là-dessus pour aller à la danse.

« Ce fut tout ce que je tirai de ce garçon..., qui ne paraissait point méchant du tout. Les gendarmes ne lui avaient seulement pas lié les mains. La voiture vint à verser au-dessus de Ballan... Mais non, elle ne versa pas. L'un des brancards s'était cassé. Nous en sortîmes tous ; les gendarmes se mirent de chaque côté de ce malheureux en le laissant libre ; néanmoins, ils avaient l'œil sur lui. Ce gaillard-là, voyant le conducteur s'y prendre assez mal pour relever la patache, l'aida, lia lui-même une perche pour remplacer le brancard ; et, quand tout fut fini :

« — Ah ! ça ira maintenant ! dit-il en achevant de serrer le dernier nœud d'une corde.

« Et il remonta dans cette voiture qui le menait pour ainsi dire au supplice. — Il fut exécuté à Tours. »

— Bah ! ce sang-froid n'a rien de bien extraordinaire, dit un jeune homme qui était venu du salon de jeu, au milieu de ma narration, et n'avait pas assisté aux prémisses de mon argumentation. Il existe une foule d'anecdotes sur les derniers moments des criminels ; et, si je vous cite à propos un fait de ce genre, bien autrement curieux, c'est parce que je le crois peu connu ; je l'ai entendu raconter par Charles Nodier.

« Le syndic du tribunal de Brest se nommait Vignes, et le président Vigneron. Ils furent condamnés à mort. En se trouvant sur l'échafaud, l'un d'eux, M. Vignes, dit à l'autre en lui montrant la foule :

« — Hein ! ils vont se trouver bien embarrassés sans vignes ni vigneron.

« M. Vignes passa le premier ; mais, au moment où le couteau lui tranchait la tête, les deux montants de la guillotine se désunirent ;

enfin il se dérangea quelque chose dans l'instrument du supplice, et, comme il était fort tard, l'exécuteur des hautes œuvres républicaines dit au président :

« — Ma foi, citoyen, te voilà sauvé ; car c'est quelque chose que vingt-quatre heures par ce temps-ci.

« — Il faut que tu sois un grand lâche, répondit Vigneron. Comment ! parce que tes planches ont joué, tu vas me faire attendre ! Le jugement ne m'a pas condamné à vingt-quatre heures de plus...

« Il prit lui-même le marteau, les clous, et raccommoda la guillotine ; puis, quand elle fut jugée solide, il se coucha sur la planche, et fut exécuté. Ceci est autre chose que de mettre une perche à un brancard, et c'est du sang-froid comptant...

— Docteur, dit une dame, vous qui devez voir beaucoup de mourants, avez-vous rencontré souvent des exemples de cette singulière tranquillité ?...

— Madame, dit-il, les criminels sont ordinairement des gens doués d'une organisation très puissante, en sorte qu'ils ont plus de chances pour dire de jolies choses que les malades affaiblis par de longues agonies. On les tue vivants, tandis que les malades meurent tués. Puis, chez certains hommes, l'âme est fortement excitée par l'attente du supplice, et ils rassemblent toutes leurs forces pour soutenir cet assaut. Il y a exaltation. Cependant, j'ai vu de belles morts particulières. Maintenant, si vous voulez de l'horrible, je vous prie de croire, madame, que j'en ai ma provision tout comme un autre.

— Eh ! bien, s'écria la maîtresse de maison, racontez-nous un peu quelque chose d'affreux. Je voudrais bien voir la couleur de votre tragique, quand ce ne serait que pour le comparer à celui qui a présentement cours à la Bourse littéraire.

— Malheureusement, madame, je ne parle que de ce que j'ai vu.

— Eh ! bien ?

— Mais je dois avoir le dessous avec les gens qui ont sur moi tous les avantages que donne l'imagination. Je ne puis pas vous mettre en scène deux frères nageant en pleine mer et se disputant une planche... Je ne puis être que vrai.

— Eh ! bien, nous nous contenterons de la vérité.

— Je ne veux pas me faire prier, dit-il.

Et il se moucha.

— Le hasard, reprit-il, me mit autrefois en relation avec un homme qui avait roulé dans les armées de Napoléon, et dont alors la position était assez peu brillante pour un militaire de son grade. Il était lieutenant-colonel et occupait dans l'administration d'un journal une place qui lui valait quinze cents francs ; en outre, il possédait quelque fortune. Où l'avait-il prise ? je ne sais. Il était de basse extraction, et, pour n'avoir pas d'avancement sous l'Empire, il fallait être un traînard, un niais, un ignorant, ou un lâche. Cependant, il y a aussi des gens malheureux. Mon homme n'était rien de tout cela ; c'était le type des mauvais soudards, débauché, buveur, fumeur, vantard, plein d'amour-propre, voulant primer partout, ne trouvant d'inférieurs que dans la mauvaise compagnie et s'y plaisant, racontant ses exploits à tous ceux qui ne savaient pas si une demi-lune est quelquefois entière, enfin, un vrai chenapan, comme il s'en est tant rencontré dans les armées, ne croyant ni à Dieu ni au diable ; bref, pour achever de vous le peindre, il suffira de vous dire ce qui m'arriva un jour que je l'avais rencontré du côté de la Bastille. Nous allions l'un et l'autre au Palais-Royal. Nous cheminâmes par les boulevards. Au premier estaminet qui se trouva :

« — Permettez-moi, dit-il, d'entrer là un petit moment ; j'ai un restant de tabac à y prendre et un verre d'eau-de-vie.

« Il avala le petit verre d'eau-de-vie, et reprit en effet une pipe chargée et un peu de tabac à lui. Au second estaminet, comme il avait achevé de fumer son restant de tabac, il recommença son antienne. Ce diable d'homme avait des restants de tabac dans tous les estaminets, qui lui servaient de relais pour ses pipes et son gosier. Il avait établi dans Paris ses lignes de communication. Quand je lui fis des représentations à ce sujet, il me répondit :

« — Depuis la mort de *l'autre,* je passe ma vie à faire du grog sans eau.

« Je ne vous parlerai pas de ses moustaches grises, de ses vêtements caractéristiques, de son idiome et de ses tics, ce serait vous en entretenir jusqu'à demain. Je crois qu'il ne s'était jamais peigné les cheveux qu'avec les cinq doigts de la main. J'ai toujours vu à son col de chemise la même teinte blonde. Eh ! bien, cet homme-là, ce chenapan, avait une assez belle figure, figure militaire de grands traits, une expression de calme ; mais j'ai toujours cru lire au fond de ses yeux verts de mer et tachetés de points orangés quelques-unes de ces aventures où il y a de la fange et du sang. Ses mains ressemblaient à des éclanches. Il était d'une taille médiocre, mais large des épaules et de la poitrine, un vrai corsaire. Par-dessus tout cela, il se disait un des vainqueurs de la Bastille.

« Cet homme rencontra une jeune fille assez folle pour s'amouracher de lui. C'était une grisette, mais un amour de feu. Elle avait nom Clarisse, et travaillait chez une fleuriste. Elle avait tout joli, la taille, les pieds, les cheveux, les mains, les formes, les manières. Son teint était blanc, sa peau satinée. Ce n'est vraiment qu'à Paris que se trouvent ces espèces de produits et ces sortes de passions. Jamais je n'ai vu de contraste aussi tranché que l'opposition présentée par ce singulier couple. Clarisse était toujours mignonne, propre et bien mise. Par amour-propre, le lieutenant-colonel lui donnait tout ce qu'elle lui demandait, et la pauvre enfant lui demandait peu de choses : c'était la partie de spectacle, quelques robes, des bijoux. Jamais elle ne voulut être épousée, et, s'il la logea, s'il meubla son appartement, ce fut par vanité. Cette jeune fille était le dévouement même. J'ai souvent pensé que ces pauvres créatures obéissent à je ne sais quelle charitable mission en se donnant à ces hommes si rebutants, si rebutés, aux mauvais sujets. Il y a dans ces actes du cœur un phénomène qu'il serait intéressant d'analyser. Clarisse tomba malade, elle eut une fièvre putride, à laquelle se mêlèrent de graves accidents, et le cerveau fut entrepris. Le lieutenant-colonel vint me chercher ; je trouvai Clarisse en danger de mort, et, prenant son protecteur à part, je lui fis part de mes craintes.

« — Il faut, lui dis-je, avoir une garde-malade au plus tôt ; car cette nuit sera très critique.

« En effet, j'avais ordonné de mettre, certaine heure, des sinapismes aux pieds, puis d'appliquer, une demi-heure après l'effet du topique, de la glace sur la tête, et, lorsqu'elle serait fondue, de placer un cataplasme sur l'estomac... Il y avait d'autres prescriptions dont je ne me souviens plus.

« — Oh ! me répondit-il, je ne me fierais point à une garde ; elles dorment, elles font les cent coups, tourmentent les malades. Je veillerai moi-même, et j'exécuterai vos ordonnances comme si c'était une consigne.

« A huit heures du matin, je revins, fort inquiet de Clarisse ; mais en ouvrant la porte, je fus suffoqué par les nuages de fumée de tabac qui s'exhalèrent, et, au milieu de cette atmosphère brumeuse, je vis à peine, à la lueur de deux chandelles, mon homme fumant sa pipe et achevant un énorme bol de punch. Non, je n'oublierai jamais ce spectacle. Auprès de lui Clarisse râlait et se tordait; il la regardait tranquillement. Il avait consciencieusement appliqué ses sinapismes, la glace, les cataplasmes, mais aussi le misérable, en faisant son office de garde-malade, trouvant Clarisse admirablement belle dans l'agonie, avait sans doute voulu lui dire adieu ; du moins le désordre du lit me fit comprendre les événements de la nuit... Je m'enfuis, saisi d'horreur : Clarisse mourait.

— L'horrible vrai est toujours plus horrible encore !... dit le sculpteur.

— Il y a de quoi frémir quand on songe aux malheurs, aux crimes qui sont commis à l'armée, à la suite des batailles, quand la méchanceté de tant de caractères méchants peut se déployer impunément !... reprit une dame.

— Oh ! dit un officier qui n'avait pas parlé de la soirée, les scènes de la vie militaire pourraient fournir des milliers de drames. Pour ma part, je connais cent aventures plus curieuses les unes que les autres ; mais, en m'en tenant à ce qui m'est personnel, voici ce qui m'est arrivé...

Il se leva, se mit devant nous, au milieu de la cheminée, et commença ainsi :

— C'était vers la fin d'octobre ; mais non, ma foi, c'était bien dans les premiers jours de novembre 1809; je fus détaché d'un corps d'armée qui revenait de France, pour aller dans les gorges du Tyrol bavarois. En ce moment nous avions à soumettre, pour le roi de Bavière, notre allié, cette partie de ses États que l'Autriche avait réussi à révolutionner. Le général Chasteler s'avançait même avec un ou deux régiments allemands, dans le dessein d'appuyer les insurgés, qui étaient tous gens de la campagne. Cette petite expédition avait été confiée par l'empereur à un certain général d'infanterie nommé Rusca, qui se trouvait alors à Klagenfurth, à la tête d'une avant-garde d'environ quatre mille hommes. Comme Rusca était sans artillerie, le maréchal Marmont avait donné l'ordre de lui envoyer une batterie, et je fus désigné pour la commander. C'était pour la première fois depuis ma promotion au grade de lieutenant, que je me voyais, au milieu d'une brigade, le seul officier de mon corps, ayant à conduire des hommes qui n'obéissaient qu'à moi, et obligé de m'entendre, comme chef d'une arme, avec un officier général.

« — C'est bon, me dis-je en moi-même, il y a un commencement à tout, et c'est comme cela qu'on devient général.

« — Vous allez avec Rusca ?... me dit mon capitaine. Prenez garde à vous, c'est un malin singe, un vaurien fini. Son plus grand plaisir est de mettre dedans tous ceux qui ont affaire à lui. Pour vous apprendre ce que c'est que ce chrétien-là, il suffira peut-être de vous dire qu'il s'est amusé dernièrement à baptiser du vin blanc avec de l'eau-de-vie, afin de renvoyer à l'empereur un aide de camp soûl comme une grive... Si vous vous comportez de manière à éviter ses algarades, vous vous en ferez un ennemi mortel... Voilà le pèlerin... Ainsi attention !

« — Eh ! bien, répliquai-je à mon capitaine ; nous nous amuserons ; car il ne sera pas dit qu'un pousse-cailloux embêtera un officier d'artillerie. Dans ce temps-là, voyez-vous, l'artillerie était quelque chose, parce que le corps avait fourni l'empereur... Me voilà donc parti, moi et mes canonniers, et nous gagnons Klagenfurth. J'arrive le soir ; et, aussitôt que mes hommes sont gîtés, je me mets en grande tenue et je me rends chez Rusca. Point de Rusca.

« — Où est le général ? demandai-je à une manière d'aide de camp qui baragouinait un français mêlé d'italien.

« — Le zénéral est à la zouziété, dans un chercle, au café, à boire de la bière sour la piazza.

« Je regarde mon homme en face, et je m'aperçois qu'il n'est pas ivre comme ses incohérences me le faisaient supposer.

« — Vous êtes étonné ?... reprit l'aide de camp. Ma, s'il est là de si bonne houre, c'est pour oune petite difficoulté qué l'zénéral il a oue avec les habitanti. Perché i son di oumor pauco contrariente les Tedesques. Ces chiens-là né se sont-ils pas avisés dé né piou andare boire de la bière all chercle perché l'zénéral y était...

« En ce moment, nous fûmes interrompus par un roulement de tambour ; après quoi le crieur de la ville lut en français d'abord, puis en allemand et en italien, une proclamation de Rusca, en vertu de laquelle il était enjoint à tous les négociants et notables habitants de Klagenfurth d'aller comme par le passé, au cercle, pendant toutes les soirées, sous peine d'être taxés à une contribution extraordinaire.

« — Et comment la paieront-ils donc ?... dit le colonel du 20e, qui se trouvait auprès de moi, car je m'étais avancé pour écouter ; ce serait la quatrième qu'il lèverait sur ces pauvres diables. Ce compère-là est capable de les faire révolter, pour se donner le plaisir de mitrailler une sédition populaire.

« — Pourquoi n'allaient-ils plus au café, mon colonel ? lui demandai-je.

« Le colonel me regarda.

« — Vous arrivez..., à ce que je vois, me répondit-il. Eh ! bien, voici le fait. Ce diable de Rusca ne s'amusait-il pas, le soir, à allumer sa pipe, au cercle, devant ces pauvres gens, avec les billets de florins qu'il leur arrachait le matin ! Il faut que ce soit encore un bien bon peuple, ces Allemands, pour qu'aucun d'eux ne lui ait tiré un coup de pistolet... Heureusement, nous partirons demain ; nous n'attendions que vous...

« — Il paraît, lui dis-je, que votre général n'est pas commode ?...

« — C'est un excellent militaire, répliqua-t-il, et il entend particulièrement la guerre que nous allons faire, il a été médecin dans la partie de l'Italie qui avoisine les montagnes du Tyrol et il en connaît les routes, les sentiers, les habitants. Il est d'une bravoure exemplaire ; mais c'est bien le plus malicieux animal que j'aie jamais connu. S'il ne brûle pas les paysans dans leurs villages, il faudra qu'il soit dans ses bons jours.

« Le colonel s'éloigna en voyant un officier venir à nous. Je fus assez embarrassé de ma personne en me trouvant seul. Je pensai qu'il n'était pas convenable que j'allasse voir Rusca au cercle ; et alors je revins à l'aide de camp, qui était toujours resté immobile sur le seuil de la porte, occupé à fumer son cigare. J'avais toujours rencontré son regard, quand je jetais par hasard les yeux sur lui en causant avec le colonel ; et, quoique ce regard me parût aussi railleur que perfide, je le priai d'annoncer à son général ma visite pour la fin de la soirée, objectant la nécessité dans laquelle j'étais de prendre quelque chose ; car je n'avais rien mangé depuis le matin... mais un officier n'est pas aussi heureux que la mule du pape ; en campagne, il n'a pas d'heures pour ses repas ; il se nourrit comme il peut, et quelquefois pas du tout. Au moment où j'allais retourner à mon logement, j'entendis une grande rumeur dans le faubourg par lequel j'étais entré. Je demandai à un soldat qui me parut en venir, la raison de ce tumulte, et il me dit que l'un de mes canonniers en était la cause ; alors je fus forcé de me rendre sur les lieux pour savoir ce qui se passait. Il y avait des attroupements composés de femmes principalement, qui paraissaient en colère, criaient et parlaient toutes ensemble ; c'était comme dans une basse-cour, quand les poules se mettent à piailler. Au milieu du faubourg, je vis une grande et belle fille autour de laquelle on s'attroupait ; quand elle m'aperçut, elle fendit la presse et vint à moi. Elle était furieuse, elle parlait avec une volubilité convulsive ; elle avait des couleurs, les bras nus, la gorge haletante, les cheveux en désordre, les yeux enflammés, la peau mate ; elle gesticulait avec feu, elle était superbe ; c'est une des plus belles colères que j'aie vues dans ma vie. Là, je sus la cause de cette émeute. Mon fourrier était logé chez le père de cette fille ; et il paraît que, la trouvant à son goût, il avait voulu la cajoler, mais qu'elle s'était brutalement défendue ; alors, mon diable de canonnier, un Provençal, il se nommait Lobbé, c'était un petit homme, à cheveux noirs, bien frisés, qu'on avait appelé dans la compagnie la Perruque... ; la Perruque donc, par vengeance, se faisait servir par le père et la mère de cette fille ; et, comme il était assis sur un fauteuil très élevé, il avait mis chacun de ses pieds sur un escabeau de chaque côté de la table, et, pendant son repas, il avait forcé la mère et le père, qui était un homme à cheveux blancs, de tourner les étoiles de ses éperons. Il dînait gravement, ayant à ses pieds les deux vieillards agenouillés, occupés à faire aller ses molettes. Cette fille, ne pouvant pas digérer cet affront, essayait d'ameuter le quartier contre les Français. Lorsque j'eus compris le sujet de ses plaintes, je vis en effet le fourrier assis comme un pacha, regardant les deux vieillards, bons Allemands, qui faisaient consciencieusement aller les éperons. Je n'oublierai jamais le geste de la fille quand, en entrant avec moi, elle me montra ses parents. Elle avait les larmes aux yeux, et me dit d'un son de voix guttural en allemand :

« — Sieht ! (Voyez !...)

« — Allons donc, Lobbé, finissez ! dis-je à mon canonnier. Que diable, vous mériteriez d'être puni. Cela ne se fait pas...

« Les deux vieillards continuaient toujours.

« — Mais, mon lieutenant, me dit la Perruque, tenez, regardez-les !... Ça ne les contrarie pas..., ça les amuse.

« Je faillis rire.

« En ce moment, un gros homme bourgeonné, la face rouge et le nez bulbeux, entra. A l'uniforme, je reconnus le général Rusca.

« — Bien, bien, canonnier !... s'écria-t-il. Voilà dix florins pour t'encourager à établir la domination française sur ces chiens-là...

« Et il lui jeta des florins.

« — Il me semble, mon général, lui dis-je avec fermeté, quand nous sortîmes, que, si vous m'avez entendu, la discipline militaire est compromise. Il m'est fort indifférent, si cela vous plaît, que mon fourrier fasse tourner ses molettes ; mais, puisque je lui avais ordonné de cesser, et qu'il est sous mes ordres...

« — Ah ! dit-il en m'interrompant, tu es sorti de cette école où l'on raisonne ? Je vais t'apprendre à clocher avec les boiteux...

« — Quels sont vos ordres ? lui demandai-je.

« — Viens les prendre ce soir à huit heures !...

« Et nous nous quittâmes.

« Ce commencement de relations ne promettait rien de bon. A huit heures, après avoir dîné, je me présentai chez le général, que je trouvai buvant et fumant en compagnie de son aide de camp, du colonel et d'un Allemand qui paraissait être un personnage de Klagenfurth. Rusca me reçut civilement, mais il y avait toujours une teinte d'ironie dans son discours. Il m'invita fort courtoisement à boire et à fumer ; je ne bus guère que deux verres de punch et fumai trois cigares.

« — Demain, nous partirons à sept heures, et devrons être en vue de Brixen dans la journée, il faut entamer ces gens-là vivement.

« Je me retirai.

« Le lendemain, je crus m'éveiller à six heures, il était neuf heures passées. Rusca m'avait sans doute mis quelque drogue dans mon verre, et je fus au désespoir en apprenant qu'il s'était mis en bataille à six heures du matin, et qu'il avait trois heures de marche en avance. Mon hôte, comprenant que j'en voulais à Rusca, me proposa de me donner les moyens d'arriver à Brixen avant lui. La tentative était audacieuse, car il fallait m'embarquer dans des chemins de traverse où je pouvais rester ; mais, jeune et dépité comme je l'étais, je fis mon va-tout. Cependant, je ne voulus rien négliger : je communiquai mon entreprise à mes sous-officiers, qui crurent leur honneur aussi bien engagé que le mien, nous mêlâmes du vin à l'avoine de nos chevaux, et les bons Allemands, apprenant que nous voulions jouer un tour au Rusca, nous fournirent quatre guides chargés de nous préserver de tout malheur. Effectivement, Rusca nous trouva reposés et en bataille en avant de Brixen, l'attendant avec insouciance.

« — Comment, messieurs les b..., vous êtes partis avant nous ?... dit le général. — Vous me paierez cela, lieutenant..., ajouta-t-il en me regardant.

« — Mon général, lui dis-je, vous ne m'avez pas ordonné de vous accompagner ; si vous vous en souvenez, votre ordre a été de regarder Brixen comme point de notre ralliement.

« Il ne souffla pas mot ; mais je vis qu'il faudrait jouer serré avec ce vieux singe-là.

« Nous entrâmes en campagne au-delà de Brixen ; j'avoue que je n'avais jamais vu la guerre ainsi. Nous battions la campagne en visitant tous les villages, les chemins, les champs. Vous eussiez dit une chasse, les soldats rabattaient les paysans comme du gibier sur la principale route suivie par le général, et, quand il s'en trouvait en quantité suffisante, Rusca passait tous ces malheureux en revue, en leur ordonnant de tendre leur main gauche ; puis, au seul aspect de la paume de cette main, il faisait signe, remuant la tête, d'en séparer certains des autres, et il laissait le reste libre de retourner à leurs affaires ; puis aussitôt, sans autre forme de procès, il fusillait ceux qu'il avait ainsi triés. La première fois que j'assistai à cette singulière enquête, je priai Rusca de m'expliquer ce mode de procéder. Alors, à quelques pas de l'endroit où nous étions, il aperçut dans un buisson je ne sais quels vestiges, et il le fit cerner. Le buisson fouillé, les soldats trouvèrent dans une espèce de trou deux hommes armés de carabines, qui attendaient sans doute que nous fussions passés afin de tuer nos traînards. Avant de les faire fusiller, Rusca me montra leur main gauche. Dans ce pays, les chasseurs ont l'habitude de verser la poudre nécessaire pour la charge de leur carabine dans le creux de leur main, et la poudre y laisse une empreinte assez difficile à distinguer, mais que l'œil de Rusca savait y voir avec une grande dextérité. Dès l'enfance, il avait observé ce singulier diagnostic et il lui suffisait de voir les mains des paysans pour deviner s'ils avaient récemment fait le coup de fusil. Le second jour, nous rencontrâmes un vieillard, septuagénaire au moins, perché sur un arbre et occupé à l'émonder. Rusca le fit descendre et lui examina la main gauche ; par malheur, il crut y apercevoir le signe fatal, et, quoique le pauvre homme parût bien innocent, il ordonna de l'attacher à l'affût d'un canon. Ce malheureux fut obligé de suivre, et nous allions au petit trot. De temps en temps, il gémissait ; les cordes lui enflaient les mains ; il se trouva bientôt dans un état pitoyable ; ses pieds saignaient ; il avait perdu ses sabots, et j'ai vu tomber de grosses larmes de sang de ses yeux. Nos canonniers, qui avaient commencé par rire, en eurent compassion, et vraiment il y avait de quoi, à voir ce vieillard en cheveux blancs, traîné pendant les dernières lieues comme un cheval mort. On finit par le jeter sur un canon, et, comme il ne pouvait pas parler, il remercia les soldats par un regard à tirer les larmes. Le soir, lorsque nous bivouaquâmes, je demandai à Rusca ses ordres relativement à ce vieillard.

« — Fusillez-le ! me dit-il.

« — Mon général, répondis-je, vous êtes le maître de sa vie ; mais, si je commande à mes canonniers de tuer cet homme, ils me diront que ce n'est pas leur métier...

« — C'est bon ! répliqua-t-il en m'interrompant. Gardez-le jusqu'à demain matin, et nous verrons...

« — Je ne me refuserais pas à le garder, dis-je ; mais je ne veux pas en répondre.

« Et je sortis de la maison où était Rusca, sans entendre sa réplique ; mais je sus plus tard qu'il m'avait cruellement menacé... »

En ce moment, je partis, malgré tout l'intérêt que promettait ce début. La pendule marquait minuit et demi. J'étais près de Saint-Germain-des-Prés et je demeure à l'Observatoire. Un jour, j'aurai la suite de Rusca. Le nom me fait pressentir quelque drame ; car je partage, relativement aux noms, la superstition de M. Gautier Shandy. Je n'aimerais certes pas une demoiselle qui s'appellerait Pétronille ou Sacountala, fût-elle jolie...

— Ma femme se nomme Rose-Vertu, me dit l'officier de l'Université, qui faisait route avec moi.

— Je le crois bien !... répliquai-je : mademoiselle Mars a nom Hippolyte... Et vous, monsieur ? lui demandai-je.

— Moi !... Sébastien.

— C'est un martyr... Et vous êtes sans doute très heureux en ménage ?

— Mais oui.

Nous étions arrivés.

Ce fragment de conversation est sincère et véritable. Je puis affirmer que, sauf de légères inexactitudes, bien pardonnables, et qui n'ont adultéré ni le sens ni la pensée, tout ceci a été dit par des hommes d'un haut mérite. N'est-ce pas un problème intéressant à résoudre pour l'art en lui-même, que de savoir si la nature, textuellement copiée, est belle en elle-même ? Nous avons tous été fortement émus, un lecteur le sera-t-il ? Nous allons voir, à l'Exposition, les décors des peintres, et nous ne faisons pas attention à des créatures qui fourmillent dans les rues de Paris, bien autrement poétiques, belles de misère, belles d'expression, sublimes créations, mais en guenilles... Aujourd'hui, nous hésitons entre l'idéalisation et la traduction littéraire des faits, des hommes, des événements.

Choisissez.

NOTES

ÉTUDE DE FEMME

Page 24.

1. Cette dédicace apparaît pour la première fois en 1842, au tome I de l'édition globale de *La Comédie humaine;* voir notre Notice. Balzac avait connu le marquis di Negro, Génois, au cours de ses voyages italiens de 1837 et 1838; il le met en scène au début d'*Honorine* : « Supposez autour de la table le marquis di Negro, ce frère hospitalier de tous les talents qui voyagent, et le marquis Damaso Pareto, deux Français déguisés en Génois », etc. Comme on le verra plus loin, c'est au marquis Pareto qu'est dédié *Le Message.*

Page 26.

2. Voir, dans *Physiologie du mariage,* la fin de la Méditation XIX : « (...) Il se rencontre bien çà et là des hommes qui, doués d'un profond génie conjugal, peuvent conserver leurs femmes pour eux seuls, corps et âme, jusqu'à trente ou trente-cinq ans; mais ces exceptions causent une sorte de scandale et d'effroi. »

3. En suçant le pommeau de leur canne, contenance que prennent volontiers les dandies de Balzac.

Page 27.

4. L'opéra de Rossini n'a été créé à Paris qu'en 1829, donc quatre ou cinq ans après l'époque où est censé se passer le récit.

Page 29.

5. Le narrateur est donc le médecin Horace Bianchon, qui dans *La Comédie humaine* (comme l'avoué Derville) joue un rôle qu'on a pu comparer à celui des choreutes du théâtre antique. Balzac ne se met lui-même en scène, en disant « je », qu'exceptionnellement : Bianchon est l'un de ses porte-parole — mais un porte-parole doué d'une personnalité qui lui est propre, et introduisant à ce titre une sorte de second degré du romanesque. Voir la note 2 de *Autre étude de femme.*

Page 31.

6. *De l'amour,* chapitre II (Folio, n° 1189, p. 31) :

« Laissez travailler la tête d'un amant pendant vingt-quatre heures, et voici ce que vous trouverez :

« Aux mines de sel de Salzbourg, on jette, dans les profondeurs abandonnées de la mine, un rameau d'arbre effeuillé par l'hiver, deux ou trois mois après on le retire couvert de cristallisations brillantes : les plus petites branches, celles qui ne sont pas plus grosses que la patte d'une mésange, sont garnies d'une infinité de diamants, mobiles et éblouissants ; on ne peut plus reconnaître le rameau primitif.

« Ce que j'appelle cristallisation, c'est l'opération de l'esprit, qui tire de tout ce qui se présente la découverte que l'objet aimé a de nouvelles perfections. »

Balzac connaissait personnellement Stendhal ; et, malgré les distances qu'il s'efforçait parfois de prendre, il fut toujours particulièrement attentif à ses idées et à son œuvre.

Page 37.

7. Cette date apparaît dès la première édition de librairie, en 1831, du tome troisième et dernier des *Romans et contes philosophiques* (voir notre Notice). Elle semble exacte.

AUTRE ÉTUDE DE FEMME

Page 40.

1. Léon Gozlan (1803-1866) était pour Balzac un bon camarade de lettres plutôt qu'un ami. Il avait eu, avant de le rencontrer, une existence dont le caractère aventureux devait plaire au romancier. Il était né à Marseille d'une famille d'origine levantine ; son père, négociant puis armateur, avait été ruiné par la guerre maritime. Lui-même fut navigateur, participa peut-être à un trafic d'esclaves sur la côte africaine, se retrouva maître d'étude dans un établissement d'enseignement, et aboutit enfin à Paris comme journaliste et homme de lettres. On estime qu'il a fourni des traits à Balzac pour certains de ses personnages — mais on ne sait trop quels traits ni quels personnages. Lui-même a publié un *Balzac en pantoufles* (1856) et un *Balzac chez lui, souvenirs des Jardies* (1862), anecdotiques et quelque peu légendaires.

Page 43.

2. Le témoin qui parle ici à la première personne, qui est censé faire le récit des récits dont la réunion forme *Autre étude de femme*, et qui crée ainsi un lien entre eux, n'est pas Balzac lui-même (il est fort rare, dans *La Comédie humaine*, que celui-ci se présente à découvert). C'est, comme on le découvrira un peu plus loin, le docteur Horace Bianchon. Sur ce procédé romanesque, voir la note 5 de *Étude de femme* ; on trouvera ci-dessous, au début de la note 4, une autre indication concernant Bianchon.

Page 44.

3. La Fontaine, *Fables*, IV, 7, « Le Singe et le Dauphin » (La Fontaine parle du « dos » du dauphin, non de ses « épaules »).

Page 46.

4. Voici, d'après les travaux du docteur Fernand Lotte, une biographie sommaire de ce personnage. De telles indications sont nécessaires pour éclairer maintes allusions de *Autre étude de femme*.

Signalons d'abord qu'Henri de Marsay est l'un des principaux héros de *La Comédie humaine*; on l'y voit reparaître dans 27 ouvrages : un peu moins souvent que Nucingen (31) et que Bianchon (29), qui arrivent en tête de liste, un peu plus que Rastignac (25) et que la marquise d'Espard (24).

La date de sa naissance est incertaine : en 1792 selon *La Fille aux yeux d'or* ou vers 1798 selon *Autre étude de femme.* Il est le fils naturel de lord Dudley et le fils putatif du comte de Marsay, qui accepta, moyennant honnête rétribution, d'épouser la fille séduite et de légitimer l'enfant. Beau comme Adonis, vigoureux, rompu à tous les exercices du corps et au maniement de toutes les armes, il est athée, parfaitement dénué de scrupules, impertinent, cruel, implacable. Il est affilié à la société secrète des Treize (ainsi que Ronquerolles et que le général de Montriveau, qu'il seconde dans l'affaire de la duchesse de Langeais).

L'aventure avec Charlotte qu'il raconte ici ne fait l'objet d'aucune référence ou allusion dans *La Comédie humaine;* le nom de la duchesse nous reste donc inconnu. Autres amours notables : Delphine de Nucingen, Diane de Maufrigneuse (princesse de Cadignan), etc. C'est à lui que Vautrin fait livrer Lydie Peyrade après l'avoir droguée (*Splendeurs et Misères*), pour se venger du père en déshonorant la fille. En 1827 il épouse une Anglaise richissime.

Entré dans la vie politique, il devient premier ministre en 1832 (l'année même où a lieu la réunion qui sert de cadre à *Autre étude de femme*). Disciple de Talleyrand, il sait utiliser la collaboration de Ronquerolles, de Maxime de Trailles, de Rastignac (qui sera son héritier direct en politique); Balzac le définira comme le seul véritable homme d'État qu'ait eu la monarchie de Juillet. Il meurt en 1834.

Page 47.

5. Le maréchal d'Ancre, premier ministre de Marie de Médicis, assassiné par Vitry en 1617.

Page 48.

6. Balzac lui-même, rappelons-le, avait vingt-deux ans de moins que Laure de Berny et quinze ans de moins que Laure d'Abrantès.

Page 53.

7. Allusion au roman de Richardson *Clarisse Harlowe* (1747-1748).

Page 62.

8. A partir d'ici, et jusqu'au récit de Montriveau, Balzac reprend le texte de son propre essai sur *La femme comme il faut*, paru en 1839 dans la sixième livraison du recueil collectif *Les Français peints par eux-mêmes,* et figurant en 1840 dans le tome I de cet ouvrage. Dans *Autre étude de femme* il déplace quelques passages du texte primitif, où d'autre part il intercale des répliques pour transformer l'essai en une conversation. Sous réserve de ces modifications purement formelles, on peut soutenir, contre certains commentateurs, que l'essai a été incorporé à la nouvelle intégralement.

Page 63.

9. Balzac ne faisait donc pas la distinction actuelle entre « lorgnon » et « monocle ».

10. L'ensemble du personnel domestique.

11. Terme de jurisprudence : héritiers.

Page 69.

12. Notre place de la Concorde.

Page 70.

13. Boucles de cheveux dites « anglaises ».

Page 75.

14. Dans *Physiologie du mariage* Balzac emploie souvent, pour désigner l'adultère, ce terme pudique de la jurisprudence anglaise. Le mot « conversation » y retrouve d'ailleurs le sens de « fréquentation » qu'il avait dans l'ancien français.

Page 77.

15. C'est le pseudonyme sous lequel sont signés les livres de Félicité des Touches, femme auteur, dans le salon de qui Balzac situe

Autre étude de femme. Dans *La Comédie humaine* il lui attribue sinon du génie, du moins un talent certain ; il passe pour avoir donné à ce personnage quelques traits de George Sand. En 1847, il commença un roman dont il n'écrivit que quelques pages (publiées pour la première fois en 1950, cent ans après sa mort) et qu'il intitulait *La Femme auteur* : l'héroïne de son ébauche était bien, cette fois, « une femme comme il n'en faut pas ».

16. Son adversaire en Corse, devenu par la suite, contre lui, agent secret et efficace de l'Angleterre, de la Prusse, de l'Autriche, surtout de la Russie ; âme, notamment, de la coalition de 1813.

17. A l'est de Paris, le village de Charonne en restait séparé par l'enceinte des fermiers généraux, construite sous Louis XVI ; il gardait le caractère champêtre qui avait été celui de son histoire : cultures vivrières, parcs et châteaux, « résidences secondaires », couvents. Les jésuites y avaient construit en 1626 une maison de repos. L'un d'eux, le père de La Chaise d'Aix, plus connu maintenant sous le nom de père La Chaise ou Lachaise, devint en 1675 le confesseur en titre du roi Louis XIV (il le resta jusqu'en 1709, où il mourut) ; il eut dès lors sa demeure particulière dans le vaste domaine constamment agrandi. La faveur dont ses fonctions lui assuraient le bénéfice, son influence à la cour et auprès des grands, les libéralités du souverain lui permirent de contribuer puissamment aux extensions et aménagements : son nom resta attaché au lieu. Une des « barrières » qui perçaient l'enceinte des fermiers généraux entre Charonne et Paris s'est appelée barrière du Père-Lachaise ; c'est aussi le nom que prit le cimetière de l'Est, ouvert en 1804 sur un emplacement correspondant en gros à l'ancienne propriété des jésuites. Balzac jeune, au temps où il habitait dans le quartier de l'Arsenal, avait longuement exploré ces régions orientales de Paris.

Page 80.

18. Balzac résume ainsi, en la prêtant à Bianchon, sa propre préoccupation d'une philosophie qui serait à la fois physiologique et mystique. Aussi bien ne doit-on pas s'étonner qu'il ait choisi un médecin pour en faire un de ses représentants privilégiés.

Page 82.

19. Dans le roman de Walter Scott qui porte comme titre le nom de ce personnage.

Page 85.

20. Littré : « Coiffure de femme qui consiste dans un morceau d'étoffe placé sur la tête, la pointe en arrière et les bouts noués sous le menton ; dénomination qui vient de ce que les petites Savoyardes, montreuses de marmottes au siècle dernier » (le XVIIIe), « étaient ainsi coiffées. »

Page 87.

21. Particularisme ; égoïsme. Cette acception du mot vieillissait déjà ; Balzac, si souvent novateur en vocabulaire, restait néanmoins attaché à de multiples expressions archaïques ou archaïsantes.

Page 88.

22. Le mot désignait, sans précision, une quelconque maladie pulmonaire.

Page 89.

23. Dans les *Caractères et anecdotes* de Chamfort, l'anecdote à laquelle Balzac fait allusion porte le numéro 740. En voici le texte exact : « Des jeunes gens de la cour soupaient chez M. de Conflans. On débute par une chanson libre, mais sans excès d'indécence ; M. de Fronsac sur-le-champ se met à chanter des couplets abominables qui étonnent même la bande joyeuse. M. de Conflans interrompt le silence universel en disant : Que diable ! Fronsac, il y a dix bouteilles de vin de champagne entre cette chanson et la première. » Balzac cite souvent Chamfort — et ordinairement d'une manière inexacte : de mémoire, sans doute. Il peut l'avoir lu dans l'édition Auguis de 1824-1825. Voir à ce sujet, dans *L'Année balzacienne,* livraison de 1969, l'étude de M. Pierre Citron, « Balzac lecteur de Chamfort ».

Page 90.

24. « Pense à la dernière (heure) ! »

Page 91.

25. Le mot « bretèche » (qu'on retrouve dans l'appellation d'une localité de notre département des Yvelines, Saint-Nom-la-Bretèche) désignait un rempart crénelé. On lit dans Littré une définition plus précise de ce terme de fortification : « Ouvrage de charpente en saillie sur des faces de maçonnerie, s'ouvrant, à la partie inférieure, par de larges mâchicoulis, et latéralement aussi bien que de front, par des créneaux revêtus de volets. »

Bianchon, à ses débuts, avait été l'assistant du grand chirurgien Desplein ; le séjour de celui-ci à Vendôme n'est évoqué nulle part ailleurs dans *La Comédie humaine*.

Page 94.

26. L'impôt des portes et fenêtres était l'une des quatre contributions directes, dites « les quatre vieilles », établies par la Révolution (les trois autres étant la contribution foncière, la contribution personnelle mobilière et la patente). Déterminé d'après le nombre et la qualité des ouverture des immeubles, il visait à frapper ce qu'on appelle aujourd'hui les signes extérieurs de richesse ; il conduisait à l'incommodité et surtout à l'insalubrité des locaux. Supprimé seulement en 1917, il continua pendant une dizaine d'années après cette date à produire quelques effets fiscaux secondaires.

27. Dans *Tristram Shandy*, une des références favorites de Balzac.

Page 96.

28. Le chimiste et physicien genevois Argant ou Argand (1755-1803) inventa en Angleterre, vers 1782, la lampe dite « à double courant d'air » qui améliora sensiblement le confort de l'éclairage. Jusqu'alors la mèche des lampes à huile était pleine et brûlait à l'air libre. Avec son collaborateur Lange il fit de la mèche un cylindre creux où l'air circulait à la fois à l'intérieur et à l'extérieur ; il assura à

l'ensemble, protégé par un tube de verre ouvert aux deux bouts, une combustion plus complète, et procura ainsi une lumière plus intense, plus pure et plus régulière. En France, l'invention fut reprise, modifiée et quelque peu plagiée par le pharmacien Quinquet, qui lui donna son nom et en tira une fortune, tandis qu'Argand mourut pauvre.

Page 100.

29. Ann Radcliffe (1764-1823), auteur anglais de romans « noirs », pleins de rebondissements merveilleux et de scènes terrifiantes, eut en France, dès les débuts de l'époque romantique, un succès considérable ; son influence est sensible dans les romans de jeunesse de Balzac.

Page 101.

30. Vivre à pot et à rôt avec quelqu'un : trouver chez lui part de marmite et de rôti ; avoir chez lui nourriture et logement ; d'une manière plus générale encore, vivre avec lui sur le pied de la familiarité.

Page 107.

31. Au sens propre, « ragréer » s'emploie pour parler des finitions en architecture, en menuiserie. En termes de marine, ragréer un navire, c'est le gréer à nouveau.

Page 108.

32. Jeu de cartes.

Page 114.

33. Les précisions que donne notre Notice indiquent dans quelle mesure cette datation est exacte.

LA FEMME ABANDONNÉE

Page 116.

1. Cette dédicace apparaît seulement dans l'édition de 1842, postérieure de quatre ans à la mort de la dédicataire ; elle était alors

datée curieusement d'août 1835, époque qui ne correspond à aucune publication de la nouvelle. Il ne serait pas absurde, semble-t-il, de rapprocher cette date de celle où parurent les *Mémoires sur la Restauration* ; voir notre Notice.

Née à Montpellier en 1784, Laure Permon, future duchesse d'Abrantès, était la fille d'un pourvoyeur des vivres de l'armée d'Amérique ; elle se prétendait issue par sa mère d'une branche déchue des Comnène, empereurs de Byzance. Elle épousa Junot qui, sabreur, soudard, violent, ivrogne et duc d'Abrantès, devint fou et se suicida en 1813. Sous la Restauration puis la monarchie de Juillet, et après avoir dilapidé des fortunes aux temps de la splendeur, elle eut une existence de plus en plus difficile. Elle se fit femme de lettres. On ne connaît plus d'elle aujourd'hui que ses *Mémoires,* publiés de 1831 à 1834, et pour lesquels Balzac (leur orageuse liaison avait commencé en 1825) lui servit de conseiller et peut-être un peu de collaborateur. Elle mourut en 1838, à peu près dans la misère.

Napoléon la traitait de « petite peste » ; elle devait compter parmi les femmes les plus agitées et les plus inconséquentes d'une cour où les mœurs n'étaient pas précisément paisibles. Cette cour et ce régime, cependant, elle en connaissait fort bien tous les détours, et il n'est pas douteux qu'elle n'ait été pour le romancier, dans ce domaine, une informatrice de premier ordre. Il est probable aussi qu'elle partagea avec Mme de Berny le soin de l'initier à maints secrets de la condition féminine.

Page 118.

2. Il s'agissait là, en droit féodal, d'une redevance due au seigneur sur tout changement de propriétaire ou de tenancier de biens fonciers. Ce « droit de mutation » variait en général de 1/5e à 1/13e du prix du marché.

Page 119.

3. Dans *Le Contrat de mariage* (Folio, n° 302), Balzac a lui-même défini le majorat comme « une fortune inaliénable, prélevée sur la fortune des deux époux, et constituée au profit de l'aîné de la maison, à chaque génération, sans qu'il soit privé de ses droits au partage égal des autres biens ». Réorganisée en 1817 et 1825, cette

institution avait pour objet de remédier dans une certaine mesure à l'émiettement des grandeurs de la fortune, de la propriété foncière et de la famille ; elle fut supprimée en 1835 par voie d'extinction. D'autre part, nul ne pouvait accéder à la pairie s'il n'était pourvu d'un majorat formé essentiellement de biens-fonds. Il existe une sorte de droit balzacien du majorat, dont M. Pierre Antoine Perrod a donné une analyse critique dans *L'Année balzacienne* (livraison de 1968).

4. La comtesse du Cayla (1784-1850) passait pour avoir été la maîtresse de Louis XVIII. Cependant les capacités du souverain passent aussi pour avoir été réduites ; mais il y a des compensations. Elle avait de la grâce et de la finesse, et sut ne pas abuser de sa position d'égérie.

5. « D'un magistrat ignorant/C'est la robe qu'on salue. » Le titre exact de la fable (livre V, fable 14) est « L'Ane portant des reliques ».

Page 120.

6. Action de faire valoir une terre.

Page 122.

7. Balzac emploie très souvent « s'harmonier » pour « s'harmoniser » (en hésitant sur la construction du verbe avec « à » ou « avec »). Selon Littré, « harmonier », transitif, dans le sens de « mettre en harmonie », est un néologisme, tandis que « s'harmonier », dont il cite deux exemples tirés de Bernardin de Saint-Pierre, serait un tour vieilli. La fréquence du mot dans le vocabulaire de *La Comédie humaine* est évidemment en rapport avec la notion swedenborgienne des correspondances.

8. Pleine de saveur.

Page 123.

9. Contrastes.

10. Soucis.

Page 125.

11. Aventure racontée dans *Le Père Goriot.*

Page 129.

12. Balzac était particulièrement amateur des *Mille et Une Nuits*, dans la version d'Antoine Galland ; il lui arrive aussi de faire allusion aux *Mille et un jours*, traduit par Pétis de la Croix, au début du XVIIIe siècle, dans les années qui suivirent immédiatement la publication de Galland.

Page 132.

13. Sensible aux impressions ; impressionnable.

Page 133.

14. Ce terme de grammaire (on disait alors « point interrogant » pour « point d'interrogation ») est aujourd'hui tombé en désuétude.

Page 142.

15. Sur le mariage malheureux de Mme de Beauséant, voir derechef *Le Père Goriot*.

Page 150.

16. La drogue — opium et haschisch en particulier — était en honneur, à l'époque de Balzac, chez les jeunes écrivains et artistes d'avant-garde. Le romancier s'y intéressait vivement, mais semble s'être gardé avec soin d'en faire usage.

17. « Paetus, ça ne fait pas mal ! » Le mot est rapporté par Pline le Jeune, dans une lettre (III, 16) sur le courage d'Arria, femme de Paetus. Les époux ayant décidé de se suicider, Arria se poignarda la première, puis tendit l'arme à son mari en lui disant pour l'encourager le mot que cite Balzac.

Page 156.

18. La chronologie de la fin du récit demeure incertaine. Il faut, semble-t-il, admettre que dans ces neuf années de bonheur sont décomptés les trois ans passés en Suisse.

19. Allusion à la forme de bail dite trois-six-neuf : conclu pour trois ans et tacitement reconductible deux fois pour la même durée.

Page 159.

20. Gaston de Nueil, né en 1799, a vingt-trois ans en 1822, au moment où commence le récit. Il en a donc environ trente-deux lorsque Mme de Beauséant, après leurs années heureuses, lui écrit cette lettre. Mais peut-être elle-même a-t-elle alors, en réalité, dépassé la quarantaine.

Page 165.

21. Allusion au drame réel raconté à Balzac par Mme d'Abrantès, et dont Mme A.-M. Meininger a retrouvé les traces historiques ; voir notre Notice.

Page 167.

22. Ce musicien et compositeur français (1741-1837), qui fut chef de chœur à l'Opéra-Italien et chef de chant à l'Opéra, est cité plusieurs fois dans *La Comédie humaine.*

Page 168.

23. « Acte, dit Littré, par lequel les matières nutritives sont introduites dans l'intérieur des corps organisés, pour y être absorbées. »

24. C'est un des thèmes favoris de Stendhal ; il est naturel de supposer ici une réminiscence.

Page 170.

25. Date exacte de la première publication, dans la *Revue de Paris* ; voir notre Notice.

LA GRENADIÈRE

Page 172.

1. C'est dans l'édition de 1842 que *La Grenadière* fut dédicacée pour la première fois. Mais la dédicace était alors différente : « A

Caroline. A la poésie du voyage, le voyageur reconnaissant. » La dédicataire était Caroline Marbouty (1803-1890), qui en 1836 s'était travestie en homme et affublée du prénom de Marcel pour accompagner Balzac à Turin : c'est alors qu'elle fut « la poésie du voyage ». En Italie on commença par s'étonner des allures efféminées de ce camarade de route ; puis on crut, avec plaisir, avoir affaire à George Sand, dont on connaissait le goût pour l'habit masculin ; enfin la simple vérité déçut. Femme de lettres, Caroline Marbouty, sous le pseudonyme de Claire Brunne, publia en 1844 un roman, *Une fausse position*, où Balzac était représenté sous le nom d'Ulric d'une manière peu flatteuse.

Dans l'exemplaire de *La Comédie humaine* que Balzac avait parsemé de corrections en vue d'une éventuelle réédition, et que les balzaciens appellent « le Furne corrigé », la dédicace primitive est biffée à la plume de sa main, et remplacée au crayon par celle que nous reproduisons suivant l'exemple des éditeurs modernes. Selon ceux-ci, les deux initiales désignent Denise Wylezinska, parente pauvre et dame de compagnie de Mme Hanska, et qui se trouvait auprès d'elle en 1833, à Neuchâtel, lors de la première rencontre avec Balzac.

« Un examen attentif de cette nouvelle dédicace », remarque M. Roger Pierrot à propos de l'autographe, « ne nous a pas permis de reconnaître de façon certaine l'écriture de Balzac. » Il n'est donc pas exclu que le changement soit dû non à la volonté expresse du romancier, mais à une intervention... étrangère, celle de Mme Hanska selon Anne-Marie Meininger (Pléiade, II, p. 1379).

Page 173.

2. Balzac avait été mis en nourrice à Saint-Cyr, localité où se passe ce récit. La Grenadière existait réellement. Le père du romancier était propriétaire d'une ferme toute proche. Lui-même séjourna avec Mme de Berny, durant l'été de 1830, à la Grenadière, où Béranger allait habiter de 1836 à 1839. Dans *Le Lys dans la vallée*, c'est aussi à la Grenadière qu'on voit Félix de Vandenesse retrouver lady Dudley.

Page 175.

3. Apparemment Château-Renault, à 29 kilomètres au nord-est de Tours.

4. Sorte de genévrier ; arbuste répandu dans tout le midi de l'Europe.

Page 176.

5. Fermier d'une petite exploitation rurale ne comportant pas d'animaux de labour.

Page 177.

6. Mesure ancienne dont la valeur était légèrement inférieure à deux mètres.

Page 189.

7. Cet autodidacte (1695-1775) avait débuté comme valet de ferme ; il finit comme conservateur du cabinet des antiques du duc Léopold de Lorraine, devenu empereur d'Allemagne.

Page 193.

8. On appelait autrefois un courtil ou une courtille un petit jardin attenant à une maison paysanne. La Courtille était un quartier du village de Belleville, entre les Buttes-Chaumont et notre place de la République, garni de courtils ou courtilles qui lui donnaient un charme champêtre. Au XVIIIe siècle on y ouvrit beaucoup de cabarets et de guinguettes à mesure que la vogue du lieu se développait. La tradition voulait qu'à l'entrée du carême, dans la nuit du mardi gras au mercredi des cendres, on s'y livrât à des réjouissances assez débridées : le mercredi matin les curieux se plaisaient à observer la « descente de la Courtille », c'est-à-dire le retour vers Paris des noceurs de la nuit. La Révolution de 48 mit fin à cet usage. Balzac semble avoir goûté particulièrement les agréments de la Courtille aux alentours de sa vingtième année, lorsqu'il habitait la mansarde du quartier de l'Arsenal qu'évoque le début de *Facino Cane.*

Page 203.

9. Date apparemment exacte, que précédait dans la première publication la mention plus précise : « A la Poudrerie d'Angoulême ». Voir notre Notice.

Madame Firmiani

Page 206.

1. Cette dédicace apparaît pour la première fois en 1842, au tome I de l'édition globale de *La Comédie humaine*; voir notre Notice. Alexandre de Berny (1809-1882) était le sixième des neuf enfants de Laure de Berny. En 1828, lors de la débâcle financière qui suivit pour Balzac son entreprise de fonderie de caractères d'imprimerie, Laure de Berny entreprit de sauver quelque chose des capitaux qu'elle avait investis dans l'affaire : elle mit à la tête de celle-ci son fils Alexandre, préalablement émancipé en raison de son âge. Il y réussit brillamment, et le succès de la maison fut dès lors durable. Saint-simonien, il fut « un des organisateurs des retraites ouvrières et il institua, l'un des premiers, après Leclaire, la participation du personnel aux bénéfices » (Hanotaux et Vicaire).

Page 208.

2. D'ordinaire les mots « langue » et « idiome » sont pratiquement interchangeables; mais Balzac maintenant va s'amuser au jeu qu'il affectionne : celui des divisions et subdivisions imitées de celles de l'histoire naturelle — jeu dont il souligne les règles en utilisant comme elle les initiales majuscules (Variétés, Espèces, Positifs, Flâneurs, etc.). Le vrai jeu, d'ailleurs, consiste pour lui à feindre de jouer, alors qu'en réalité il ne fait qu'appliquer le principe de méthode — assimiler l'Humanité à l'Animalité — qu'il développera doctrinalement dans l'Avant-propos de 1842 de *La Comédie humaine.*

Page 209.

3. Sous l'Empire, de 1805 à 1814, la région italienne de Montenotte, en Ligurie, avait formé un département français.

Page 213.

4. Par-dessus la chaussure ordinaire, par temps de boue ou de neige, on adaptait une seconde chaussure faite de bois et de cuir, qu'on laissait dans l'antichambre de la demeure où l'on se rendait. L'absence de socques dans l'antichambre de Mme Firmiani signifie qu'elle ne recevait que des visiteurs venus en voiture.

5. La plaisanterie revient à plusieurs reprises dans *La Comédie humaine.* Les voitures de poste étaient normalement attelées de deux chevaux ; pour gagner du temps dans les passages difficiles, on pouvait leur adjoindre un cheval de renfort, pour lequel les voyageurs payaient un supplément — lequel ressemblait souvent à une petite escroquerie.

Page 214.

6. Un peu plus loin, il semble qu'une autre indication date l'épisode de l'année suivante. Voir ci-dessous les notes 11 et 15. On sait que de tels flottements ne sont pas rares dans *La Comédie humaine.*

Page 216.

7. Balzac oublie qu'en général les ecclésiastiques n'ont pas de postérité officielle. Fils d'un quincaillier d'Amiens, François de Camps (1643-1723) fut ordonné prêtre très jeune, passa son existence à rassembler et à dépouiller des documents d'archives anciens ; ses portefeuilles forment 127 volumes in-folio à la Bibliothèque nationale, qui en fit l'acquisition en 1815. Il collectionnait aussi les livres précieux et les médailles ; son médaillier a été recueilli par le Cabinet des médailles.

8. La « bande noire » n'était pas, à proprement parler, une bande organisée. On appelait ainsi l'ensemble des spéculateurs qui sous la Restauration achetaient les grandes propriétés foncières et les monuments anciens, morcelaient les domaines et démolissaient les édifices pour en récupérer les matériaux. Beaucoup de châteaux et de constructions historiques disparurent ainsi. Ce massacre avait été

dénoncé par Hugo dans une *Ode*, « La Bande noire », publiée dès 1824, puis en 1825 dans un article, « La Destruction des monuments en France », publié seulement quatre ans plus tard par la *Revue de Paris* ; on sait que cette préoccupation, inspirée, peut-être, ou entretenue par Nodier, ne fut pas étrangère à la conception de *Notre-Dame de Paris* (1831). En favorisant — ou en entérinant — l'éclatement de la grande fortune terrienne, l'action de la bande noire se trouvait aller dans le sens de la redistribution des richesses amorcée par la Révolution (voir *Les Paysans,* Folio, n° 675) ; et le capital désormais sera de plus en plus orienté vers les opérations des financiers — évolution que l'on a pu regarder avec raison comme une des lignes de force de *La Comédie humaine.*

9. Plus exactement François Moor, qui est aussi un personnage des *Brigands* de Schiller. Balzac a coutume de se fier au souvenir de ses lectures, et ce souvenir est quelquefois incertain.

Page 218.

10. L'opera seria de Rossini, *Mosé in Egitto,* avait été créé à Naples en 1818 et à Paris en 1822. D'autres reprises ou adaptations, à Paris, sont postérieures à l'époque où Balzac situe *Madame Firmiani.* C'était à ses yeux un des sommets de l'art musical ; voir notamment, à ce sujet, *Gambara* et *Massimilla Doni.*

Page 220.

11. Voir ci-dessus la note 6.

Page 224.

12. L'actuelle rue Antonin-Dubois, en plein Quartier latin, à proximité de la faculté de médecine.

Page 226.

13. En Écosse. Les formalités du mariage, traditionnellement, y étaient réduites à des serments échangés devant un notaire ou un prêtre.

Page 230.

14. Ici encore Balzac cite de mémoire, et inexactement. La formule, thème du tableau de Poussin *Les Bergers d'Arcadie,* s'y lit

sur une tombe, pour exprimer l'instabilité du bonheur : « *Et in Arcadia ego,* moi aussi (j'ai vécu) en Arcadie. » Poussin est un des personnages du *Chef-d'œuvre inconnu.*

Page 231.

15. Celui des Affaires étrangères. C'était le 6 juin 1824. Voir ci-dessus la note 6.

Page 233.

16. Cette sorte de maxime représente exactement ce qu'était aux yeux de Balzac la vraie moralité de sa *Physiologie du mariage.*

17. Date vraisemblablement exacte ; voir notre Notice.

LES SECRETS DE LA PRINCESSE DE CADIGNAN

Page 236.

1. Dans l'édition de 1840, le texte de cette dédicace était : « A Théophile Gautier / son ami, / H. de Balzac. » C'est en 1835 que Gautier (1811-1872) fit la connaissance du romancier, qui le recruta comme collaborateur de sa *Chronique de Paris.* Parmi les contemporains de Balzac, il fut l'un de ses admirateurs les plus lucides et les plus efficaces.

Vers 1836 il le décrivait dans une lettre comme « un bon gros porc très plein d'esprit et très agréable à vivre ». Portrait plus fouillé et plus saisissant dans son livre *Honoré de Balzac* (1859) : « ... Quant aux yeux il n'en exista jamais de pareils. Ils avaient une vie, une lumière, un magnétisme inconcevables. Malgré les veilles de chaque nuit, la sclérotique en était pure, limpide, bleuâtre comme celle d'un enfant ou d'une vierge, et enchâssait deux diamants noirs qu'éclairaient par instants de riches reflets d'or ; c'étaient des yeux à faire baisser les prunelles aux aigles, à lire à travers les murs et les poitrines, à foudroyer une bête fauve furieuse, des yeux de souverain, de voyant, de dompteur. »

Dans *Illusions perdues* le sonnet *La Tulipe* fut composé pour Balzac par Gautier, dont plusieurs articles furent réutilisés dans *Béatrix.*

C'est encore Gautier qui introduisit le romancier à l'hôtel Pimodan pour l'initier au haschisch, et qui se fit son conseiller et sans doute son collaborateur pour certains récits de *La Comédie humaine* concernant la peinture.

Page 237.

2. Le vieux prince de Cadignan était mort en 1830, son fils, jusque-là duc de Maufrigneuse, avait alors succédé au titre.

Page 239.

3. Au début de l'après-midi. La « matinée » s'étendait jusqu'au dîner, c'est-à-dire jusqu'à six ou sept heures du soir.

4. Premières loges, loges de premier étage.

Page 241.

5. Élève du miniaturiste Augustin, Mme de Mirbel (1796-1849) fit en 1819 un portrait de Louis XVIII qui la rendit célèbre. Elle fut dès lors le miniaturiste attitré de la cour et de la haute société de la Restauration.

6. La duchesse de Berry.

Page 244.

7. Bourmont, qui avait été ministre de la Guerre avant de prendre le commandement de l'expédition d'Alger.

Page 251.

8. Les Italiens.

Page 252.

9. Allusions aux sanglantes émeutes parisiennes des 5 et 6 juin 1832.

Page 255.

10. Ces détails sont de ceux qui ont autorisé certains commentateurs à identifier Daniel d'Arthez avec Balzac lui-même. Mais on voit ici que le rapprochement est extrêmement forcé, encore qu'il soit exact que les courbes des deux destinées se recoupent par endroits.

Page 258.

11. C'était le nom de la servante à qui l'on dit que Molière lisait ses pièces avant de les jouer, pour en essayer l'effet sur un public non prévenu.

Page 259.

12. Détourné. Acception ancienne, mais conservée dans le vocabulaire juridique.

13. Balzac était un grand admirateur de ce peintre (1767-1824), qu'il cite souvent, et dont il prête plusieurs traits, dans *La Maison du Chat-qui-pelote*, au personnage de Sommervieux. Sa *Scène du déluge*, couronnée au concours décennal de 1810, appartient aujourd'hui au musée du Louvre.

Page 271.

14. Dans son tableau *Énée racontant ses aventures à Didon*, peint en 1813, exposé au Salon en 1817, acheté par le roi en 1818, et plusieurs fois cité dans *La Comédie humaine*. Stendhal aussi estimait cette œuvre de Pierre-Narcisse Guérin (1774-1833), à laquelle fait allusion, dans *Le Rouge et le Noir*, l'épigraphe du chapitre IX de la première partie.

Page 272.

15. Voir *Le Cabinet des Antiques*.

Page 273.

16. Dans *Tristram Shandy* de Sterne.

Page 278.

17. Littré : « Se dit, par mépris, de personnes auxquelles on ne trouve ni qualités ni mérite. » Le mot, pris dans cette acception, appartenait au bon langage classique avant de se déprécier jusqu'à devenir vulgaire ou trivial.

Page 280.

18. La loi dite du milliard des émigrés, promise par Charles X dès son avènement, et votée en 1825, eut pour objet d'indemniser les anciens propriétaires de biens fonciers nationalisés par la Révolution, sans avoir à exproprier les nouveaux acquéreurs. Les indemnités furent représentées par la valeur nominale de titres de rente 3 % dont il fut émis, en fait, pour un capital de 625 millions au lieu d'un milliard. (Ces 625 millions représentent près de quatre milliards de nos francs lourds.)

Page 285.

19. Jean-Louis Tulou (1786-1865) avait été première flûte aux Italiens puis à l'Opéra, avant de devenir en 1829 professeur au Conservatoire.

Page 290.

20. Vendu à La Baudraye vers 1827 : voir *La Muse du département.*

Page 291.

21. Voir ci-dessus la note 12.

Page 292.

22. Il s'agit apparemment de la première tragédie de Racine dont le texte ait été conservé, *La Thébaïde ou les Frères ennemis* (1664).

Page 293.

23. Voir encore *Le Cabinet des Antiques.*

Page 295.

24. Au sens propre, la capilotade est une sorte de ragoût. Mettre en capilotade : déchirer, humilier, perdre de réputation.

Page 300.

25. On aura remarqué plus haut, dans *Autre étude de femme,* le

même thème traduit par une image moins poétique : « Les femmes sont des poêles à dessus de marbre. »

Page 302.

26. En laisse. Balzac affectait une préférence pour cette orthographe archaïque.

Page 306.

27. Terme de droit désignant les biens appartenant en propre à la femme mariée, qui en conserve la jouissance et l'administration.

Page 309.

28. Mme A.-M. Meininger (voir notre Notice) se demande si cette phrase énigmatique n'aurait pas pour objet d'inviter le lecteur à oublier la fiction et à se souvenir désormais de l'aventure réelle de Mme de Castellane.

29. Date exacte ; voir notre Notice.

LE MESSAGE

Page 312.

1. Cet ami génois de Balzac, grand lettré cosmopolite et militant du libéralisme italien, figure en nom dans la scène initiale de *Honorine*. La dédicace du *Message* n'apparaît que dans l'édition de 1842. Voir la note 1 d'*Étude de femme.*

Page 313.

2. Il est extrêmement rare qu'un récit de Balzac soit exposé à la première personne. *Le Message*, malgré les apparences, ne fait pas exception : en effet, cette courte nouvelle, dans sa forme primitive (voir notre Notice), se trouvait constituer avec *La Grande Bretèche* un groupement d'anecdotes racontées dans un salon. Le principe technique était celui qu'on a pu observer plus haut dans *Autre étude de femme* (où se trouve maintenant repris l'épisode de *La Grande Bretèche*) : le « Je » du *Message* représente donc non pas Balzac lui-même, mais un personnage narrateur mis en scène par le romancier.

Page 314.

3. Voir plus haut notre Vie de Balzac : il serait difficile de ne pas évoquer ici les figures de Laure de Berny et de Laure d'Abrantès.

Page 317.

4. Littré : « Prosopopée. Figure de rhétorique qui prête de l'action et du mouvement aux choses insensibles, qui fait parler les personnes soit absentes, soit présentes, les choses inanimées, et quelquefois même les morts. »

Page 318.

5. Allusion probable à Roméo et Juliette — malgré la différence d'âge entre la Juliette de Shakespeare et Mme de Montpersan.

6. Dans l'*Amphitryon* de Molière, acte I, scène I.

Page 319.

7. Fonctionnaire itinérant.

Page 321.

8. Louvet de Couvray (1760-1797), auteur des *Amours du chevalier de Faublas* (1787-1790), roman libertin, ou simplement polisson, plutôt qu'érotique, auquel Balzac ne manque pas de se référer dans *Physiologie du mariage.* La marquise y est une femme mûrement experte en amour, et la comtesse une ingénue fort fâchée de l'être ; le chevalier fait bénéficier la seconde des leçons reçues de la première.

Page 329.

9. Cette datation, vraisemblablement exacte, figure pour la première fois dans l'édition de 1842.

DOSSIER

DU MÊME AUTEUR

Dans la même collection

LE PÈRE GORIOT. *Préface de Félicien Marceau.*

EUGÉNIE GRANDET. *Édition présentée et établie par Samuel S. de Sacy.*

ILLUSIONS PERDUES. *Préface de Gaëtan Picon. Notice de Patrick Berthier.*

LES CHOUANS. *Préface de Pierre Gascar. Notice de Roger Pierrot.*

LE COLONEL CHABERT. *Préface de Pierre Barbéris. Édition établie par Patrick Berthier.*

LE LYS DANS LA VALLÉE. *Préface de Paul Morand. Édition établie par Anne-Marie Meininger.*

LA COUSINE BETTE. *Édition présentée et établie par Pierre Barbéris.*

LA RABOUILLEUSE. *Édition présentée et établie par René Guise.*

UNE DOUBLE FAMILLE suivi de LE CONTRAT DE MARIAGE et de L'INTERDICTION. *Préface de Jean-Louis Bory. Édition établie par Samuel S. de Sacy.*

LE COUSIN PONS. *Préface de Jacques Thuillier. Édition établie par André Lorant.*

SPLENDEURS ET MISÈRES DES COURTISANES. *Édition présentée et établie par Pierre Barbéris.*

UNE TÉNÉBREUSE AFFAIRE. *Édition présentée et établie par René Guise.*

LA PEAU DE CHAGRIN. *Préface d'André Pieyre de Mandiargues. Édition établie par Samuel S. de Sacy.*

LE COLONEL CHABERT, suivi de EL VERDUGO, ADIEU, LE RÉQUISITIONNAIRE. *Préface de Pierre Gascar. Édition établie par Patrick Berthier.*

LE MÉDECIN DE CAMPAGNE. *Préface d'Emmanuel Le Roy Ladurie. Édition établie par Patrick Berthier.*

LE CURÉ DE VILLAGE. *Édition présentée et établie par Nicole Mozet.*

LES PAYSANS. *Préface de Louis Chevalier. Édition établie par Samuel S. de Sacy.*

CÉSAR BIROTTEAU. *Préface d'André Wurmser. Édition établie par Samuel S. de Sacy.*

LE CURÉ DE TOURS, suivi de PIERRETTE. *Édition présentée et établie par Anne-Marie Meininger.*

LA RECHERCHE DE L'ABSOLU, suivi de LA MESSE DE L'ATHÉE. *Préface de Raymond Abellio. Édition établie par Samuel S. de Sacy.*

FERRAGUS, CHEF DES DÉVORANTS («Histoire des Treize» : 1er épisode). *Édition présentée et établie par Roger Borderie.*

LA DUCHESSE DE LANGEAIS. LA FILLE AUX YEUX D'OR («Histoire des Treize» : 2e et 3e épisodes). *Édition présentée et établie par Rose Fortassier.*

LA FEMME DE TRENTE ANS. *Édition présentée et établie par Pierre Barbéris.*

LA VIEILLE FILLE. *Édition présentée et établie par Robert Kopp.*

L'ENVERS DE L'HISTOIRE CONTEMPORAINE. *Préface de Bernard Pingaud. Édition établie par Samuel S. de Sacy.*

BÉATRIX. *Édition présentée et établie par Madeleine Fargeaud.*

LOUIS LAMBERT. LES PROSCRITS. JÉSUS-CHRIST EN FLANDRE. *Préface de Raymond Abellio. Édition établie par Samuel S. de Sacy.*

UNE FILLE D'ÈVE, suivi de LA FAUSSE MAÎTRESSE. *Édition présentée et établie par Patrick Berthier.*

MÉMOIRES DE DEUX JEUNES MARIÉES. *Préface de Bernard Pingaud. Édition établie par Samuel S. de Sacy.*

URSULE MIROUËT. *Édition présentée et établie par Madeleine Ambrière-Fargeaud.*

MODESTE MIGNON. *Édition présentée et établie par Anne-Marie Meininger.*

LA MAISON DU CHAT-QUI-PELOTE, suivi de LE BAL DE SCEAUX, LA VENDETTA, LA BOURSE. *Préface d'Hubert Juin. Édition établie par Samuel S. de Sacy.*

LA MUSE DU DÉPARTEMENT, suivi de UN PRINCE DE LA BOHÈME. *Édition présentée et établie par Patrick Berthier.*

LES EMPLOYÉS. *Édition présentée et établie par Anne-Marie Meininger.*

PHYSIOLOGIE DU MARIAGE. *Édition présentée et établie par Samuel S. de Sacy.*

LA MAISON NUCINGEN, précédé de MELMOTH RÉCONCILIÉ. *Édition présentée et établie par Anne-Marie Meininger.*

LE CHEF-D'ŒUVRE INCONNU, PIERRE GRASSOU et autres nouvelles. *Édition présentée et établie par Adrien Goetz.*

SARRASINE, GAMBARA, MASSIMILLA DONI. *Édition présentée et établie par Pierre Brunel.*

LE CABINET DES ANTIQUES. *Édition présentée et établie par Nadine Satiat.*

UN DÉBUT DANS LA VIE. *Préface de Gérard Macé. Édition établie par Pierre Barbéris.*

Impression Bussière Camedan Imprimeries
à Saint-Amand (Cher),
le 15 janvier 2003.
Dépôt légal : janvier 2003.
1er dépôt légal dans la collection : décembre 1980.
Numéro d'imprimeur : 030255/1.
ISBN 2-07-037250-2./Imprimé en France.